Ahorcado

DANIEL COLE

Ahorcado

Traducción de
Mauricio Bach

Grijalbo

Papel certificado por el Forest Stewardship Council®

Título original: *Hangman*
Primera edición: marzo de 2019

© 2018, Daniel Cole
© 2019, Penguin Random House Grupo Editorial, S. A. U.
Travessera de Gràcia, 47-49. 08021 Barcelona
© 2019, Mauricio Bach Juncadella, por la traducción

Printed in Spain – Impreso en España

ISBN: 978-84-253-5739-8
Depósito legal: B-2.122-2019

Compuesto en La Nueva Edimac, S. L.

Impreso en Liberdúplex
Sant Llorenç d'Hortons
(Barcelona)

GR 5 7 3 9 8

Penguin
Random House
Grupo Editorial

¿Y si Dios existe?

¿Y si el cielo existe?

¿Y si el infierno existe?

¿Y si... y si resulta que, realmente, ya estamos todos en él?

Prólogo

—Dios no existe. Es un hecho.

La inspectora jefe Emily Baxter contempló su reflejo en el falso espejo de la sala de interrogatorios, esperando la reacción a esa impopular verdad por parte de quienes la escuchaban al otro lado del mismo.

Nada.

Tenía un aspecto terrible: parecía estar más cerca de la cincuentena que de los treinta y cinco años que tenía. Unos puntos ennegrecidos le fruncían el labio superior y se tensaban cada vez que sonreía, recordándole toda una serie de cosas que preferiría olvidar, tanto del pasado lejano como del más reciente. Los arañazos de la frente no había manera de que se le curasen, un vendaje le mantenía rígidos y juntos los dedos fracturados y tenía una docena más de heridas ocultas bajo la ropa húmeda.

Con una expresión deliberadamente aburrida, se volvió hacia los dos hombres que estaban sentados al otro lado de la mesa. Ninguno de ellos abrió la boca. Bostezó y empezó a toquetearse la larga melena castaña, pasando los pocos dedos operativos por unos mechones deslucidos y apelmazados después de tres días de champú seco. No le importaba lo más mínimo que su respuesta hubiera ofendido al agente especial Sinclair, el imponente y calvo estadounidense que en ese momento garabateaba algo en una hoja con un elaborado membrete en la parte superior.

Atkins, el oficial de enlace de la Policía Metropolitana, resultaba anodino al lado de ese extranjero vestido con impecable elegancia. Baxter se había pasado la mayor parte de los cincuenta minutos anteriores intentando adivinar de qué color debía de haber sido originalmente su descolorida camisa beis. Atkins llevaba la corbata con el nudo flojo, como si se la hubiese anudado al cuello un verdugo caritativo, y en su parte inferior se vislumbraba una mancha reciente de ketchup.

Atkins acabó aprovechando el silencio para meter baza:

—Eso habrá dado pie a una conversación de lo más interesante con el agente especial Rouche —señaló.

Le caía el sudor por la cabeza completamente afeitada, debido a las luces que tenían encima y al calefactor de la esquina, que lanzaba aire caliente y había transformado los cuatro grupos de pisadas con restos de nieve en un charco mugriento sobre el suelo de linóleo.

—¿A qué te refieres? —preguntó Baxter.

—Me refiero a que según su expediente...

—¡A la mierda el expediente! —lo interrumpió Sinclair—. Yo trabajé con Rouche y sé por experiencia que era un cristiano devoto.

El estadounidense repasó la carpeta minuciosamente ordenada que tenía a la izquierda y extrajo un documento con anotaciones manuscritas de Baxter.

—Al igual que usted, de acuerdo con la solicitud para su actual cargo.

Clavó la mirada en Baxter, deleitándose en el hecho de que esa beligerante mujer se hubiera contradicho a sí misma, como si el equilibrio del mundo se hubiese restituido ahora que se había demostrado que ella compartía las creencias de él y simplemente había intentado provocarlo. Baxter, sin embargo, se mostraba imperturbable.

—He llegado a la conclusión de que, en líneas generales, la gente es idiota —respondió la aludida—, y muchos tienen la idea equivocada de que creer ciegamente y tener unos principios morales muy estrictos están relacionados de algún modo. En esencia, lo que yo quería era un aumento de sueldo.

Sinclair negó con la cabeza, indignado, como si no pudiese creerse lo que estaba oyendo.

—Entonces ¿mintió? Eso no dice mucho en favor de su apelación a los principios morales estrictos, ¿no le parece? —Esbozó una sonrisa y tomó algunas notas más.

Baxter se encogió de hombros y replicó:

—Pero dice muchísimo sobre creer ciegamente.

Sinclair dejó de sonreír.

—¿Hay algún motivo por el que intenta usted convertirme? —preguntó Baxter, incapaz de resistirse a pinchar a su interrogador hasta que este se puso en pie y se inclinó hacia ella.

—¡Inspectora jefe, ha muerto un hombre! —bramó.

Baxter no se amilanó.

—Han muerto un montón de personas... después de lo que ha sucedido —murmuró. Acto seguido añadió con malicia—: ¡Y por algún motivo ustedes parecen empeñados en hacer perder el tiempo a todo el mundo preocupándose por la única que merece haber muerto!

—Le estamos preguntando —la interrumpió Atkins, intentando calmar los ánimos— porque cerca del cadáver se encontraron pruebas... de naturaleza religiosa.

—Que cualquiera podría haber dejado allí —dijo Baxter.

Los dos hombres intercambiaron una mirada, de lo cual la inspectora jefe dedujo que le ocultaban algo.

—¿Tiene usted alguna información sobre el paradero actual del agente especial Rouche? —le preguntó Sinclair.

Baxter resopló.

—Por lo que yo sé, el agente Rouche está muerto.

—¿De verdad va a enrocarse en esa respuesta?

—Por lo que yo sé, el agente Rouche está muerto —repitió Baxter.

—Entonces vio usted su ca...

La doctora Preston-Hall, psiquiatra de la Policía Metropolitana y la cuarta persona sentada alrededor de la pequeña mesa metálica, se aclaró la garganta de forma ostentosa. Al captar la advertencia, Sinclair se calló. Se echó hacia atrás hasta apoyarse en el respaldo de la silla e hizo un gesto dirigido al espejo. Atkins garabateó algo en su desgastado cuaderno de notas y se lo deslizó por la mesa a la doctora Preston-Hall.

Era una mujer elegante recién entrada en la sesentena, cuyo caro perfume en ese momento tan solo hacía las veces de ambientador floral que, aun así, no lograba enmascarar el apabullante olor de los zapatos húmedos. Tenía un aire de autoridad que parecía natural y había dejado claro que interrumpiría el interrogatorio si consideraba que la recuperación de su paciente peligraba. Sin prisas, cogió el cuaderno manchado de café y leyó el mensaje con el aspecto de una profesora que hubiera interceptado una nota secreta.

Había permanecido en silencio casi una hora entera y era obvio que no sentía ninguna necesidad de romperlo ahora, de modo que respondió a Atkins sobre lo que este había escrito limitándose a negar con la cabeza.

—¿Qué pone? —preguntó Baxter.

La doctora Preston-Hall hizo caso omiso.

—¿Qué pone? —insistió la inspectora jefe. Se volvió hacia Sinclair y le dijo—: Haga su pregunta.

Sinclair se mostró indeciso.

—Haga su pregunta —repitió Baxter.

—¡Emily! —gritó la doctora—. Señor Sinclair, no diga ni una palabra.

—Puede decirlo —la retó Baxter, y su voz llenó la pequeña sala—. ¿La estación? ¿Quiere preguntarme por la estación?

—El interrogatorio ha terminado —anunció la doctora Preston-Hall al tiempo que se ponía en pie.

—¡Pregúnteme! —vociferó Baxter por encima de la psiquiatra.

Impulsado por la sensación de que se le escapaba la última oportunidad de obtener respuestas, Sinclair decidió perseverar. Ya se preocuparía después por las consecuencias.

—Según su declaración, usted cree que el agente especial Rouche estaba entre los muertos.

Exasperada, la doctora Preston-Hall alzó las manos.

—Eso no es una pregunta —replicó Baxter.

—¿Vio su cadáver?

Por primera vez Sinclair tuvo la impresión de que Baxter flaqueaba, pero en lugar de sentirse satisfecho por su incomodidad, se sintió culpable. A Baxter se le pusieron los ojos vidriosos cuando la pregunta la obligó a regresar a la estación de metro, atrapándola momentáneamente en el pasado.

Se le quebró la voz cuando por fin susurró la respuesta:

—De haberlo visto, no lo habría reconocido, ¿no le parece?

Se produjo otro silencio tenso durante el que todos reflexionaron sobre lo inquietante que resultaba esa sencilla frase.

—¿Qué impresión le dio? —Atkins lanzó de forma abrupta la incompleta pregunta cuando el silencio se volvió insoportable.

—¿Quién?

—Rouche.

—¿En qué sentido? —quiso saber Baxter.

—Me refiero a su estado emocional.

—¿Cuándo?

—La última vez que lo vio.

Baxter reflexionó unos instantes y sonrió con franqueza.

—Parecía aliviado.

—¿Aliviado?

Baxter asintió.

—Se diría que le tenía afecto —continuó Atkins.

—No especialmente. Era inteligente, un compañero competente..., pese a sus obvios defectos —añadió.

Sus grandes ojos castaños, que resaltaban gracias al maquillaje oscuro, observaban a Sinclair a la espera de su reacción. El agente especial se mordisqueó el labio y volvió a mirar el espejo como si maldijese a alguien situado detrás por asignarle una misión tan ardua.

Atkins decidió poner fin al interrogatorio. A esas alturas tenía sendas manchas de sudor en la zona de las axilas y no se había percatado de que tanto Baxter como la doctora Preston-Hall habían echado hacia atrás su respectiva silla con disimulo para distanciarse del olor que desprendía.

—Previamente había enviado usted a una unidad a rastrear la casa de Rouche —dijo.

—Así es.

—Entonces ¿no se fiaba de él?

—No.

—¿Y ahora considera que ya no le debe ningún tipo de lealtad?

—Ni la más mínima.

—¿Recuerda qué fue lo último que le dijo?

Baxter pareció inquietarse.

—¿Todavía no hemos terminado?

—Casi. Por favor, respóndame. —Atkins aguardó, con la punta del bolígrafo sobre el cuaderno.

—Quiero marcharme —dijo Baxter a la psiquiatra.

—Por supuesto —respondió de inmediato la doctora Preston-Hall.

—¿Hay algún motivo por el que no pueda responder primero a esa sencilla pregunta? —Las palabras de Sinclair atravesaron la sala como una acusación.

—De acuerdo —dijo Baxter, irritada—. Se la contestaré. —Se pensó la respuesta, se inclinó sobre la mesa y miró a los ojos al estadounidense—. Dios... no... existe —dijo con una sonrisa altiva.

Atkins dejó caer el bolígrafo sobre la mesa mientras Sinclair se levantaba tirando la silla metálica al suelo y, acto seguido, abandonaba la sala indignado.

—Buen trabajo —musitó Atkins, y suspiró—. Gracias por su colaboración, inspectora jefe. Ya hemos terminado.

Cinco semanas antes...

1

Miércoles, 2 de diciembre de 2015
6.56 h

La superficie helada del río crujió y se resquebrajó como si se moviese en pleno sueño bajo la bulliciosa metrópolis. Varias embarcaciones atrapadas en el hielo y olvidadas allí estaban ya sepultadas bajo la nieve mientras el continente quedaba temporalmente unido a la isla en la que la ciudad se alzaba.

A medida que el amanecer se abría paso sobre el atestado horizonte y la luz anaranjada bañaba el puente, este proyectaba su austera sombra sobre el hielo que había debajo. En el imponente arco había un armazón de cables entrecruzados y cubiertos de nieve, una telaraña en la que por la noche había quedado capturado algo.

Enredado y retorcido de un modo inverosímil, como una mosca que se hubiera despedazado en un desesperado intento por liberarse, el cadáver quebrado de William Fawkes se perfilaba ante el sol.

2

La noche se agolpaba contra las ventanas de New Scotland Yard, las luces de la ciudad se veían difusas debido al vaho.

A excepción de un par de visitas rápidas al lavabo y una al cajón del material de oficina, Baxter no había abandonado su despacho tamaño armario en la Comandancia de Homicidios y Crímenes Graves desde que había llegado esa mañana. Se quedó mirando la montaña de papeles que se acumulaban en el borde de su escritorio, en precario equilibrio justo encima de la papelera, y tuvo que contener el impulso de darles un ligero empujón en la dirección correcta.

A los treinta y cuatro años se había convertido en una de las inspectoras jefe más jóvenes de la historia de la Policía Metropolitana, pese a que su rápido ascenso en el escalafón no fue ni esperado ni demasiado bien recibido. Tanto la vacante como su subsiguiente promoción fulminante solo podían atribuirse al caso Ragdoll y a su captura del infame asesino en serie el pasado verano.

El anterior inspector jefe, Terrence Simmons, había tenido que dejar el puesto por motivos de salud, que todo el mundo sospechaba que se habían agravado con la amenaza del comisario de despedirlo si se negaba a pedir la baja voluntaria, un gesto reflejo habitual ante las quejas de la ciudadanía, semejante al del sacrificio de un inocente para apaciguar a los enfurecidos dioses.

Baxter compartía el estado de ánimo del resto de sus colegas, indignados al ver que se había utilizado a su predecesor como cabeza de turco, pero al mismo tiempo se sentía aliviada de que ese papel no hubiera recaído sobre ella. Ni se le había pasado por la cabeza postularse para el puesto vacante hasta que el comisario le dijo que era suyo si lo quería.

Paseó la mirada por su minúsculo despacho, con la moqueta sucia y el archivador abollado (¿quién sabía qué importantes documentos descansaban sepultados en el cajón inferior que jamás había logrado abrir?) y se preguntó en qué demonios había estado pensando.

En la sala principal de la oficina se oyeron vítores, pero Baxter no se enteró porque estaba de nuevo concentrada en una carta de queja referente a un detective llamado Saunders. Se lo acusaba de haber utilizado una obscenidad para describir al hijo de la denunciante. La única duda de Baxter sobre la queja era la moderada vulgaridad de la palabra empleada. Empezó a teclear una respuesta oficial, pero se le quitaron las ganas a mitad del redactado, así que retiró la hoja que estaba mecanografiando y la lanzó hacia la papelera.

Llamaron a la puerta con suavidad y una apocada agente entró en el despacho. Recogió los lanzamientos fallidos (no todos lo habían sido por poco) de Baxter y los metió en la papelera antes de poner a prueba su dominio de las artes del equilibrio al depositar un nuevo documento sobre la inestable pila de papeles.

—Siento molestarla —dijo la mujer—, pero el detective Shaw está a punto de hacer su discurso. Quizá quiera ir a escucharlo.

Baxter maldijo en voz alta, se llevó las manos a la cabeza y la apoyó en el escritorio.

—¡El regalo! —gruñó, recordándolo demasiado tarde.

La nerviosa agente esperó incómoda sus instrucciones. Tras unos segundos, sin saber muy bien si Baxter seguía despierta, salió con sigilo del despacho.

Baxter se puso en pie sin ningún entusiasmo y se dirigió hacia la sala principal de la oficina, donde una multitud se había congregado alrededor del escritorio del sargento detective Finlay Shaw. En la pared habían pegado con masilla adhesiva una pancarta que tenía veinte años y que el propio Finlay había comprado para un colega del que ya nadie se acordaba.

¡NOS APENA QUE TE MARCHES!

Junto al cartelón, había en el escritorio un surtido de donuts de supermercado resecos con pequeñas etiquetas adhesivas que describían el contenido, que iba de lo nada apetitoso a lo incomible.

Se oyeron unas risas educadas cuando el detective, con su áspero acento escocés, amenazó teatralmente con arrear a Saunders un puñetazo final en los morros antes de retirarse. Ahora todos se reían, pero el último incidente se saldó con una nariz reconstruida, la apertura de dos expedientes disciplinarios y el puñado de horas que Baxter tuvo que dedicar a rellenar los formularios.

Baxter detestaba ese tipo de cosas: esas despedidas desmañadas, falsas y decepcionantes tras décadas de servicio con tantas decisiones difíciles e imágenes horribles que el homenajeado se llevaría a casa como recuerdo. Permaneció apartada, sonriendo en solidaridad con su amigo, contemplando con cariño a Finlay. Era el último aliado de verdad que le quedaba allí, la única cara amigable, e iba a marcharse. Y ella ni siquiera le había comprado un tarjetón de despedida.

De repente empezó a sonar el teléfono de su despacho.

Hizo caso omiso mientras contemplaba a Finlay, incapaz de simular de forma convincente que el whisky que le habían comprado entre todos los compañeros era su favorito.

Su favorito era el Jameson, el mismo que el de Wolf.

Baxter dejó que su mente divagase. Recordó que había pagado una copa a Finlay la última vez que se vieron en un bar. De eso hacía casi un año. Él le dijo que jamás se había arrepentido de su propia falta de ambición. Y le advirtió que el puesto de inspectora jefe no era para ella, que se aburriría y se sentiría frustrada. Baxter no le hizo caso, porque lo que Finlay no podía entender era que ella no buscaba tanto una promoción como distracción, un cambio, una vía de escape.

Volvió a sonar el teléfono de su despacho y Baxter miró con rabia el escritorio. Finlay estaba leyendo las variaciones del «Nos apena que te marches» que le habían garabateado en un tarjetón en el que aparecían los Minions, de los que alguien había supuesto erróneamente que era fan.

Baxter consultó el reloj. Por una vez, tenía que conseguir salir del trabajo a una hora decente.

Finlay dejó el tarjetón riéndose entre dientes e inició su sentido discurso de despedida. Su intención era hacerlo lo más breve posible porque nunca le había gustado hablar en público.

—… En serio, de verdad, gracias a todos. He estado entrando y saliendo de este edificio desde el mismísimo día en que se estrenó como New Scotland Yard… —Hizo una pausa, con la esperanza de que al menos una persona se riese. Su arranque había sido lamentable y acababa de echar a perder su mejor chiste. A pesar de todo continuó, consciente de que a partir de ahí era cuesta abajo—. Este lugar y las personas que trabajan en él se han convertido en algo más que trabajo y colegas, os habéis convertido en una segunda familia para mí.

Una mujer situada en primera fila se secó los ojos llorosos. Finlay trató de expresarle con una mirada que él también estaba emocionado y que sabía quién era ella. Echó un vistazo a la audiencia, buscando a la persona a la que iba dirigido específicamente su mensaje de despedida.

—He tenido el placer de ver cómo algunos de vosotros habéis crecido a mi alrededor y habéis pasado de ser aprendices engreídos —dijo, y notó que era a él a quien se le humedecían los ojos en ese momento— a convertiros en mujeres... y hombres fuertes, independientes, guapos y valientes. —Y preocupado por si se había puesto en evidencia, añadió—: Quiero que sepáis que ha sido un placer trabajar con vosotros y que estoy muy orgulloso de todos. Gracias.

Carraspeó, sonrió a los colegas que le aplaudían y al final localizó con la mirada a Baxter. Estaba de pie junto al escritorio de su despacho, con la puerta cerrada, y gesticulaba de forma ostentosa mientras hablaba con alguien por teléfono. Finlay volvió a sonreír, esa vez con tristeza, al tiempo que los congregados se dispersaban y lo dejaban solo para recoger sus pertenencias y vaciar su escritorio definitivamente.

Los recuerdos ralentizaron el proceso mientras recogía las fotografías con las que había convivido durante años en el trabajo; una foto en particular, arrugada y descolorida por el paso del tiempo, atrapó sus pensamientos: una fiesta de Navidad en la oficina. Una corona de papel crepé cubría la creciente calvicie de Benjamin Chambers, que rodeaba con el brazo a Baxter, en la que debía de ser la única imagen existente en la que ella aparecía sonriendo. Y al fondo, incapaz de ganar la apuesta de levantar en volandas a Finlay, se veía a Will… Wolf. Con cuidado de no arrugarla, se guardó la foto en el bolsillo de la americana y acabó de recoger lo que faltaba.

Cuando se disponía a abandonar la oficina, Finlay tuvo un momento de duda. Pensó que la carta que había descubierto detrás del escritorio no le pertenecía. Se planteó dejarla allí, o romperla, pero al final decidió meterla en la caja y se dirigió hacia los ascensores.

Pensó que era otro secreto más que debería guardar.

A las 19.49 Baxter seguía sentada a su escritorio. Había ido enviando mensajes cada veinte minutos en los que se disculpaba por llegar tarde y prometía aparecer lo antes posible. Su superiora no solo le había impedido escuchar el discurso de despedida de Finlay, sino que encima ahora estaba boicoteándole su primera cita en meses. Había pedido a Baxter que permaneciese en su puesto hasta que ella llegara.

No había entre ambas el menor aprecio. Vanita, el rostro más mediático de la Policía Metropolitana, se había opuesto de forma clara a la promoción de Baxter. Después de haber trabajado con ella en los asesinatos del caso Ragdoll, Vanita había argumentado ante el comisario que a Baxter le encantaba discutirlo todo, era terca y mostraba una completa falta de respeto hacia sus superiores, por no mencionar que ella seguía considerándola responsable de la muerte de una de las víctimas. Baxter, por su parte, consideraba a Vanita una trepa impresentable que había sacrificado a Simmons a la primera de cambio.

Para empeorar las cosas, Baxter acababa de abrir un email automático del archivo del departamento recordándole que, por enésima vez, Wolf tenía un montón de dosieres de casos sin resolver pendientes de devolver. Repasó la larga lista y reconoció un par de casos...

Bennett, Sarah: la mujer que había ahogado a su marido en la piscina de su casa. Baxter confiaba en que este lo hubiera extraviado detrás del radiador en la sala de reuniones.

Dubois, Léo: el sencillo caso de apuñalamiento que gradualmente se fue convirtiendo en uno de los más complicados de los últimos años, con varias agencias implicadas y en el que confluían drogas, contrabando, mercado negro y tráfico de armas y seres humanos.

Con este caso ella y Wolf se lo habían pasado en grande.

De pronto vio que Vanita entraba en la oficina acompañada de otras dos personas, lo cual no era una buena señal para su esperanza de salir del trabajo a las ocho de esa tarde. No se molestó en ponerse en pie cuando Vanita llegó a su despacho y la saludó con una afabilidad tan bien ensayada que bien habría podido tomarla por sincera.

—Inspectora jefe Emily Baxter, esta es la agente especial del FBI Elliot Curtis —anunció Vanita sacudiendo hacia atrás la melena negra.

—Es un honor, señora —dijo la alta mujer negra, y tendió la mano a Baxter.

Vestía un traje de corte masculino, llevaba el cabello recogido y tan aplastado que parecía que se hubiera afeitado la cabeza y apenas lucía maquillaje. Aunque por su aspecto se diría que ya había entrado en la treintena, Baxter sospechó que era más joven.

La inspectora jefe estrechó la mano a Curtis sin levantarse mientras Vanita le presentaba a su otro invitado, que parecía más interesado en el destartalado archivador que en las presentaciones.

—Y él es el agente especial...

—Me pregunto cómo de «especiales» serán —la interrumpió Baxter, provocadora— si resulta que nos han cabido dos en el cuchitril que tengo por despacho.

Vanita hizo caso omiso del comentario y continuó:

—Como estaba diciendo, él es el agente especial de la CIA Damien Rouche.

—¿Rooze? —preguntó Baxter.

—¿Rouch? —intervino Vanita, dudando de su pronunciación.

—Creo que es Rouche pronunciado a la francesa, «rush» —terció Curtis echando un cable y se volvió hacia el susodicho para que zanjase el asunto.

Baxter se quedó desconcertada cuando el aludido, despistado, sonrió educadamente, le dio un golpecito con el puño a modo de saludo y se sentó sin decir palabra. Baxter le echó treinta y tantos largos. Iba bien afeitado, tenía la tez pálida y el cabello entrecano peinado con un tupé un poco descuidado. El tipo observó la irregular pila de papeles que se alzaba entre ellos, después la papelera que esperaba en el suelo a que la llenasen y sonrió. Vestía camisa blanca con los dos botones superiores desabrochados y un traje azul que tenía ya su trote, pero que le sentaba de maravilla.

Baxter se volvió hacia Vanita y esperó.

—Los agentes Curtis y Rouche acaban de llegar de Estados Unidos esta tarde —le informó su jefa.

—Parece lógica su procedencia —replicó Baxter con un tono más relajado de lo que pretendía—. Esta noche tengo prisa, así que...

—¿Me permite, comandante? —preguntó Curtis con educación a Vanita antes de volverse hacia Baxter—. Inspectora jefe, sin duda habrá usted oído hablar del cadáver que se descubrió hace una semana. Bien...

Baxter miró a Curtis de forma inexpresiva y se encogió de hombros, interrumpiéndola antes de que pudiera siquiera empezar a explicarse.

—En Nueva York. En el puente de Brooklyn —explicó Curtis, estupefacta—. Ahorcado. La noticia ha dado la vuelta al mundo.

Baxter reprimió un bostezo.

Rouche rebuscó en el bolsillo de su abrigo. Curtis se mantuvo a la espera de que sacase algo útil, pero en lugar de eso extrajo una bolsa tamaño familiar de gominolas Jelly Babies y la abrió. Al percatarse de la expresión indignada de su colega, le ofreció una.

Haciendo caso omiso del ofrecimiento, Curtis abrió su bolso y sacó una carpeta. Seleccionó varias fotografías ampliadas y las plantó sobre la mesa ante las narices de Baxter.

De pronto esta cayó en la cuenta de por qué había ido a verla toda esa gente. La primera fotografía estaba tomada a ras de suelo enfocando hacia arriba. En ella aparecía, silueteado contra el resplandor que la ciudad irradiaba, un cadáver que colgaba entre cables a unos treinta metros del suelo. Las extremidades estaban contorsionadas en una postura antinatural.

—Todavía no lo hemos hecho público, pero la víctima se llama William Fawkes.

Baxter contuvo la respiración un instante. Ya se sentía un poco débil porque llevaba muchas horas sin comer, pero en ese instante creyó estar a punto de desmayarse. Le tembló la mano al pasarla por encima de la silueta retorcida encuadrada por el icónico puente. Sentía las miradas de todos los presentes sobre ella, observándola, tal vez resucitando las dudas que les había despertado su difusa versión de los acontecimientos que rodearon el dramático final de los asesinatos del caso Ragdoll.

Con una expresión de curiosidad, Curtis continuó:

—Esa no —dijo con calma mientras estiraba el brazo para retirar la foto superior del montón y dejar a la vista un primer plano del cadáver de un hombre desnudo, con sobrepeso y desconocido.

Baxter se tapó la boca con la mano, todavía demasiado impactada para reaccionar.

—Trabajaba para P. J. Henderson, el banco de inversión. Esposa, dos hijos… Pero está claro que alguien está enviando un mensaje.

Baxter recuperó el autocontrol lo suficiente para echar un vistazo al resto de las fotografías, en las que el cadáver se veía plasmado desde varios ángulos. El cuerpo estaba entero, sin costuras. Un cincuentón desnudo. El brazo derecho le colgaba y llevaba la palabra «Anzuelo» grabada en el pecho con incisiones profundas. La inspectora jefe repasó todas las fotografías y se las devolvió a Curtis.

—¿Anzuelo? —preguntó mirando a los dos agentes.

—Tal vez ahora entienda por qué hemos considerado que teníamos que informarla —dijo Curtis.

—La verdad es que no —replicó Baxter, que volvía a ser ella misma.

Curtis se quedó perpleja y se dio la vuelta hacia Vanita.

—Pensaba que su departamento, más que ningún otro, querría…

—¿Sabe cuántos imitadores de los crímenes del caso Ragdoll han aparecido en Inglaterra el pasado año? —la interrumpió Baxter—. Siete de los que tenga noticia, y le aseguro que hago todo lo que está en mi mano por no enterarme.

—¿Y eso no la inquieta en absoluto? —le preguntó Curtis.

Baxter no veía motivo alguno por el que debiera dedicar a esa monstruosidad en particular más tiempo que a los otros cinco casos que habían aterrizado sobre su escritorio esa mañana.

Se encogió de hombros y sentenció:

—Los pirados hacen cosas propias de pirados.

Rouche casi se atraganta con una gominola de naranja.

—Escuchen, Lethaniel Masse era un asesino en serie muy inteligente, habilidoso y prolífico. Los otros no son más que chalados que pintarrajean a los muertos hasta que la poli de la comisaría más cercana los pilla.

Baxter apagó el ordenador y guardó sus cosas en el bolso, dispuesta a marcharse.

—Hace seis semanas le ofrecí un paquete de Smarties a una versión de un metro del Ragdoll que se presentó ante mi puerta al grito de truco o trato. Un pedante con boina ha decidido recoser juntos varios pedazos de animales muertos. Ese revoltijo es la última adquisición de la Tate Modern y ha tenido un récord de visitas por parte de otros pedantes que también lucen boinas.

Rouche soltó una carcajada.

—Hay incluso un perturbado que está haciendo un programa de televisión sobre él. Ahora el Ragdoll anda por ahí fuera, por todas partes, y no tendremos más remedio que aprender a convivir con eso —concluyó.

Se volvió hacia Rouche, que estaba concentrado en su bolsa de gominolas.

—¿Este tío no habla? —preguntó a Curtis.

—Prefiere escuchar —respondió Curtis con malas pulgas, como si ya estuviese hasta las narices de su excéntrico colega y eso que tan solo hacía una semana que formaban equipo.

Baxter volvió a mirar a Rouche.

—¿Las han cambiado? —murmuró este por fin, con la boca convertida en un espectáculo en tecnicolor, al percatarse de que las tres mujeres estaban esperando a que interviniese.

A Baxter le sorprendió el impecable acento británico del agente de la CIA.

—¿Qué han cambiado? —preguntó, y puso mucha atención por si el tipo estaba intentando provocarla.

—Las Jelly Babies —dijo Rouche, y se pasó la lengua por los dientes—. No saben como antes.

Curtis empezó a frotarse la frente con una expresión de incomodidad y frustración. Baxter alzó las manos y miró a Vanita con impaciencia.

—He de irme —dijo cortante.

—Inspectora, tenemos motivos para pensar que no se trata de otro vulgar imitador —insistió Curtis a la vez que señalaba las fotografías en un intento de reconducir la reunión.

—Tiene razón —dijo Baxter—. Ni siquiera se trata de eso. No ha cosido nada.

—Ha habido un segundo asesinato —soltó Curtis elevando la voz, para después volver a su tono habitual—. Hace dos días. Como mínimo la localización resultó... favorable, en el sentido de que pudimos bloquear las filtraciones a la prensa, al menos de manera temporal. Pero siendo realistas, no contamos con poder mantener un incidente de esta... —Miró a Rouche para que le echase un cable, pero su compañero no se inmutó—. ... naturaleza —prosiguió— sin que el mundo tarde en más de un día.

—¿Ha dicho «el mundo»? —exclamó Baxter con escepticismo.

—Tenemos un pequeño favor que pedirle —continuó Curtis.

—Y otro grande —añadió Rouche, todavía más fino en su acento ahora que ya no tenía la boca llena de gominolas.

Baxter miró a Rouche frunciendo el ceño, Curtis hizo lo mismo y Vanita fulminó con la mirada a Baxter antes de que tuviese tiempo de protestar. Rouche clavó los ojos en Vanita para equilibrar la situación, y Curtis se volvió y se dirigió a Baxter:

—Queremos interrogar a Lethaniel Masse.

—Así que esa es la razón por la que tanto la CIA como el FBI se han metido en este caso… —dijo Baxter—. Un asesinato en Estados Unidos. Un sospechoso en Inglaterra. Bueno, pueden presentarse ustedes mismos. —Se encogió de hombros.

—Con usted presente, por supuesto.

—Desde luego que no. No hay ningún motivo por el que vayan a necesitarme. Anótense las preguntas en una ficha y léanselas en voz alta. Tengo plena confianza en ustedes.

A Rouche el sarcástico comentario le provocó una sonrisa.

—Por descontado, estaremos encantados de ayudarlos en todo lo que podamos, ¿no es así, inspectora jefe? —Vanita dirigió una mirada iracunda a Baxter—. Nuestras buenas relaciones con el FBI y la CIA son importantes y queremos…

—¡Por Dios! —soltó abruptamente Baxter—. De acuerdo. Los acompañaré y los llevaré de la mano. ¿Y cuál es ese «pequeño favor»?

Rouche y Curtis se miraron, e incluso Vanita vaciló incómoda antes de que alguien se atreviese a tomar la palabra.

—Este era…. el pequeño favor —dijo Curtis en voz baja.

Baxter parecía a punto de estallar.

—Queremos pedirle que inspeccione la escena del crimen con nosotros —prosiguió Curtis.

—¿A través de fotografías? —preguntó Baxter, conteniéndose, en un susurro.

Rouche despegó los labios y negó con la cabeza.

—El comisario ya ha autorizado tu traslado temporal a Nueva York y yo me calzaré tus zapatos aquí mientras estés fuera —le informó Vanita.

—Son zapatos muy grandes de una talla muy especial —replicó Baxter con brusquedad.

—Ya me las apañaré… para acomodármelos —respondió Vanita, y por un instante su fachada profesional se tambaleó.

—¡Esto es absurdo! ¿Qué demonios creen que puedo aportar a un caso sin conexión alguna en la otra punta del mundo?

—Nada en absoluto —respondió con sinceridad Rouche, y dejó desarmada a Baxter—. Es una completa pérdida de tiempo para todos… ¿Cómo se dice? ¿De nuestros tiempos? ¿De nuestro tiempo?

Curtis metió baza en la conversación:

—Creo que lo que mi colega intenta decir es que la sociedad estadounidense no verá este caso tal como lo vemos nosotros. Verán los asesinatos del Ragdoll aquí. Verán asesinatos al estilo Ragdoll allí y querrán ver a la persona que atrapó al asesino del caso Ragdoll persiguiendo a los nuevos monstruos.

—¿Monstruos en plural? —inquirió Baxter.

Esa vez fue Rouche quien lanzó una mirada recriminatoria a su colega. Estaba claro que Curtis había hablado más de la cuenta para ser la primera reunión; sin embargo, el subsiguiente silencio dejó claro a Baxter que la mujer ya estaba de nuevo en guardia.

—Entonces ¿esto no es más que un juego de relaciones públicas? —preguntó.

—Y de todo lo que hacemos —dijo Rouche con una sonrisa—, ¿qué no lo es, inspectora jefe?

3

Martes, 8 de diciembre de 2015
20.53 h

—Hola. ¡Perdón por llegar tan tarde! —gritó Baxter desde el vestíbulo mientras se quitaba las botas para, acto seguido, entrar en la sala.

Desde la puerta de la cocina llegaba todo un repertorio de deliciosos olores y la inofensiva voz de quienquiera que fuese el cantautor que Starbucks promocionara esa semana canturreaba desde el altavoz del iPod plantado en la esquina.

La mesa estaba preparada para cuatro, las titilantes velas envolvían la sala en un resplandor anaranjado que resaltaba el lacio cabello pelirrojo de Alex Edmunds. Su larguirucho excolega haraganeaba desgarbado con una botella de cerveza vacía en la mano.

Aunque Baxter era alta, tuvo que ponerse de puntillas para darle un abrazo.

—¿Dónde está Tia? —preguntó a su amigo.

—Hablando por teléfono con la niñera… por enésima vez —respondió él.

—¿Em? ¿Eres tú? —preguntó una voz con acento refinado desde la cocina.

Baxter guardó silencio. Estaba demasiado cansada para dejarse enredar y echar una mano con la cena.

—¡Tengo vino! —añadió la voz con tono guasón.

Esa información la animó a entrar en la cocina de diseño, en la que varias cacerolas de buena marca burbujeaban bajo la tenue luz. Un hombre ataviado con una elegante camisa bajo un delantal largo las controlaba y, de vez en cuando, removía el contenido o subía el fuego. Baxter se acercó a él y le plantó un beso fugaz en los labios.

—Te he echado de menos —dijo Thomas.

—¿Has comentado que tenías vino? —le recordó ella.

Thomas se echó a reír y le sirvió una copa de una botella abierta.

—Gracias. Lo necesitaba —dijo Baxter.

—No me des las gracias a mí. Esto es cortesía de Alex y Tia.

Ambos brindaron por Edmunds, que miraba desde la puerta, y después Baxter se sentó sobre la encimera para contemplar a Thomas mientras este cocinaba.

Se habían conocido en hora punta ocho meses atrás, durante una de las recurrentes huelgas del metro de Londres que paralizaban la ciudad. Thomas había intervenido cuando una furibunda Baxter trató de arrestar sin motivo justificado a uno de los trabajadores que formaba un piquete para reivindicar mejoras salariales y más seguridad en el trabajo. Le había hecho ver que si retenía a ese caballero pertrechado con una chaqueta impermeable reflectante y lo obligaba a acompañarla contra su voluntad a caminar los diez kilómetros que los separaban de Wimbledon, técnicamente sería culpable de secuestro. Y tal comentario hizo que Baxter cambiase de estrategia y optase por arrestarlo a él.

Thomas era un hombre honrado y amable. Cabía considerarlo guapo en un sentido tan genérico como sus propios gustos musicales y era diez años mayor que Baxter. Desprendía confianza en sí mismo. Tenía muy claro quién era y lo que quería: una vida ordenada, sin sobresaltos y confortable. Además, era abogado. Baxter sonrió al pensar que Wolf lo habría odiado. A menudo se preguntaba si no sería eso, precisamente, lo primero que la había atraído de él.

El elegante piso en el que iba a celebrarse la cena era propiedad de Thomas. Llevaba un par de meses insistiéndole en que se instalase allí con él. Pero a pesar de que Baxter había empezado a dejar algunas pertenencias e incluso habían redecorado el dormitorio principal entre los dos, ella se negaba en redondo a abandonar su apartamento en Wimbledon High Street y seguía teniendo en él a su gato, Eco, como una permanente excusa para regresar.

Los cuatro amigos se sentaron a la mesa para cenar, se contaron historias que con la edad se habían ido haciendo menos rigurosas pero más divertidas, y mostraron gran interés por las respuestas a las preguntas más triviales relacionadas con el trabajo, la mejor manera de cocinar el salmón y la paternidad. Con la mano de Tia sobre la suya, Edmunds les habló de su ascenso en la Oficina Antifraude y reiteró un montón de veces que ahora podía pasar mucho más tiempo con su cada vez más numerosa familia. Cuando a Baxter le preguntaron sobre su trabajo, obvió mencionar la visita de sus colegas del otro lado del Atlántico y la nada envidiable tarea que la esperaba la mañana siguiente.

A las 22.17 Tia se había quedado dormida en el sofá y Thomas había dejado a Baxter y Edmunds conversando mientras él limpiaba la cocina. Edmunds se había pasado al vino y volvió a llenar las copas mientras hablaban envueltos por la titilante luz de las velas ya a punto de consumirse.

—¿Y qué tal te va en la Oficina Antifraude? —le preguntó Baxter sin alzar la voz toda vez que volvía la cabeza hacia el sofá para asegurarse de que Tia seguía dormida.

—Ya te lo he dicho..., muy bien —respondió Edmunds.

Baxter esperó con paciencia.

—¿Qué pasa? Me va muy bien —insistió Edmunds cruzándose de brazos, a la defensiva.

Baxter continuó en silencio.

—Es un buen sitio. ¿Qué esperas que te cuente?

Ella siguió sin tragarse la respuesta y él acabó sonriendo. Baxter lo conocía muy bien.

—Me aburro mucho. No es que... No me arrepiento de haber dejado Homicidios.

—Pues por tu tono se diría que sí —lo pinchó ella. Cada vez que se veían, intentaba convencerlo de que volviese.

—Por fin he conseguido tener vida privada. De hecho, puedo ver a mi hija.

—Es una lástima que hayas acabado allí, es la verdad —dijo Baxter, y lo creía.

Oficialmente, ella había sido la que había cazado al asesino del caso Ragdoll. Pero de forma extraoficial, había sido Edmunds quien había resuelto el caso. Él había sido la persona capaz de ver a través de la bruma de mentiras y engaños que había cegado tanto a Baxter como al resto del equipo.

—Te diré una cosa, si me ofrecieses un trabajo de detective de nueve a cinco firmaría los papeles esta misma noche —reconoció Edmunds con una sonrisa, consciente de que la conversación estaba zanjada.

Baxter se apoyó en el respaldo de la silla y bebió un trago de vino mientras Thomas seguía trajinando en la cocina.

—Mañana tengo que ir a ver a Masse —soltó Baxter sin preámbulos, como si lo de visitar a asesinos en serie fuese algo que formase parte de su rutina diaria.

—¿Qué? —exclamó Edmunds, y unas gotas del sauvignon blanco barato que estaba tomando salieron disparadas de su boca—. ¿Por qué?

Thomas era la única persona a la que Baxter había confiado la verdad de lo sucedido el día que atrapó a Lethaniel Masse. Ninguno de los dos podía saber a ciencia cierta qué recordaba Masse. Había recibido una paliza brutal y había estado a punto de morir, pero a Baxter siempre le inquietó hasta qué punto fue consciente de lo sucedido y con qué facilidad podía arruinarle la vida si su psicótica mente así lo decidía.

Baxter relató a su excolega la conversación que había mantenido con Vanita y los dos agentes «especiales» y le dijo que la habían transferido para acompañarlos a la escena del crimen en Nueva York.

Edmunds la escuchaba en silencio, con una expresión de creciente incomodidad mientras ella continuaba con su relato.

—Creía que eso ya había terminado —dijo cuando Baxter terminó de hablar.

—Y así es. Este no es más que otro imitador como los demás.

Sin embargo, Edmunds no parecía tenerlo tan claro.

—¿Qué? —inquirió Baxter.

—Has dicho que la víctima tenía la palabra «Anzuelo» grabada en el pecho con un cuchillo.

—¿Y qué?

—Me pregunto: ¿un anzuelo para quién?

—¿Crees que va dirigido a mí? —preguntó Baxter resoplando ante el tono de Edmunds.

—El tipo tiene el nombre de Wolf y, mira por donde, acaba atrayéndote hacia él.

Baxter sonrió con cariño a su amigo.

—No es más que otro imitador —insistió—. No tienes que preocuparte por mí.

—Siempre lo hago.

—¿Café? —preguntó Thomas, y los cogió desprevenidos.

Estaba plantado en la puerta de la cocina, secándose las manos con un trapo.

—Para mí solo, gracias —dijo Edmunds.

Baxter declinó el ofrecimiento, y Thomas volvió a la cocina.

—¿Tienes algo para mí? —susurró Baxter.

Edmunds se sintió incómodo. Sin apartar la vista de la puerta abierta de la cocina, sacó a regañadientes un pequeño sobre blanco del bolsillo de la americana que había dejado colgada del respaldo de la silla.

Lo mantuvo en su lado de la mesa mientras intentaba, por enésima vez, convencerla de que no lo cogiese.

—No lo necesitas.

Baxter alargó el brazo y él apartó el sobre.

Baxter resopló.

—Thomas es un buen hombre —dijo Edmunds en voz baja—. Puedes confiar en él.

—Tú eres la única persona en quien confío.

—No lograrás tener una relación sólida con él si sigues comportándote así.

Ambos volvieron a mirar hacia la puerta de la cocina cuando oyeron un repiqueteo de piezas de loza. Baxter se puso en pie, arrebató a su amigo el sobre de la mano y volvió a sentarse, justo en el preciso momento en que Thomas entraba en la sala con los cafés.

Tia les pidió disculpas con insistencia cuando a las once de la noche. Edmunds la zarandeó con suavidad para despertarla. En la entrada, mientras Thomas daba las buenas noches a Tia, Edmunds abrazó a Baxter.

—Hazte un favor…, no lo abras —le susurró al oído.

Ella lo abrazó con fuerza, pero él no respondió al gesto.

Después de que se marcharan, Baxter se acabó su copa de vino y se puso el abrigo.

—¿De verdad vas a marcharte? —preguntó Thomas—. Apenas hemos tenido tiempo para nosotros.

—Eco estará hambriento —se excusó ella mientras se ponía las botas.

—No puedo llevarte. He bebido demasiado.

—Pediré un taxi.

—Quédate.

Baxter se inclinó hacia Thomas manteniéndose lo más alejada que pudo y con las botas húmedas firmemente plantadas en la alfombrilla de la entrada. Thomas le dio un beso y le dirigió una mirada de reprobación.

—Buenas noches.

Poco antes de medianoche, Baxter abrió la puerta de su apartamento. Como no se sentía cansada, se despatarró en el sofá con una botella de tinto. Encendió el televisor, hizo un repaso rápido a la programación y, al ver que no había nada interesante, rebuscó en la pila de películas navideñas que había ido reuniendo.

Optó por *Solo en casa 2* porque le daba igual si se quedaba o no dormida mientras la veía. La primera entrega era, aunque lo guardaba en secreto, una de sus películas favoritas, pero la segunda le parecía una mala imitación que caía en la vieja trampa de creer que trasladando la acción a Nueva York se conseguiría una secuela más llamativa y potente.

Se echó en la copa el vino que quedaba en la botella mientras contemplaba sin prestar mucha atención a Macaulay Culkin llevando a cabo sus juguetonas tentativas de asesinato. Se acordó del sobre que había metido en el bolsillo de su abrigo y lo sacó, con el recuerdo del ruego de Edmunds de que no lo abriese.

Su excolega llevaba ocho meses arriesgando su carrera por abusar de su posición en la Oficina Antifraude. Cada semana, más o menos, pasaba a Baxter un informe detallado de las finanzas de Thomas con la revisión estándar de sus diversas cuentas en busca de posibles movimientos que delataran actividades fraudulentas.

Baxter era consciente de que estaba abusando de su confianza. Sabía que él consideraba a Thomas un amigo y que pensaba que estaba traicionándolo. Pero también sabía por qué Edmunds hacía y seguiría haciendo eso por ella: quería que fuese feliz. Baxter había sufrido tantos reveses desde que permitió que Wolf saliese de su vida que Edmunds se temía que dejaría escapar un futuro estable junto a Thomas si él no le proporcionaba pruebas constantes de la honestidad de su nuevo novio.

Baxter puso el sobre sin abrir a sus pies, en la mesilla del café, e intentó concentrarse en las desventuras de uno de los bandidos de la tele, cuya cabeza acababa de ser carbonizada por un soplete. Hasta podía imaginar el olor de su carne chamuscada. Recordó lo rápido que los tejidos se quemaban hasta que la víctima moría, sus gritos al arder las terminaciones nerviosas...

El tipo de la tele sacó el dolorido rostro de la taza del váter y continuó como si nada hubiera pasado.

Era todo mentira; no se podía confiar en nadie.

Se acabó la copa de vino con tres grandes sorbos y abrió el sobre.

4

Miércoles, 9 de diciembre de 2015
8.19 h

La temperatura había descendido bajo cero durante la noche en Londres.

El débil sol invernal, difuso y lejano, proyectaba una luz neutra y fría del todo insuficiente para calentar la gélida mañana. A Baxter se le entumecieron los dedos mientras esperaba en Wimbledon High Street a que pasaran a recogerla. Comprobó la hora: veinte minutos de retraso, un rato que podría haber pasado en compañía de una taza de café en el interior de su acogedor apartamento.

Se puso a dar saltitos para entrar en calor mientras el aire helador le laceraba en la cara. Se había visto incluso obligada a ponerse el ridículo gorro de lana con borla y los guantes a juego que Thomas le había comprado en el mercadillo de Camden.

La gris acera se había transformado en una superficie de resplandeciente tonalidad plateada sobre la que los viandantes avanzaban con andar inseguro, sospechando que ese suelo estaba en disposición de romperles las piernas al mínimo descuido. Baxter vio a dos individuos que se hablaban a gritos de una acera a otra a través de la concurrida calle, y el aliento condensado que emergía de sus bocas se elevaba por encima de sus cabezas y creaba algo parecido a los bocadillos de diálogo de los cómics.

Cuando un autobús de dos pisos se detuvo ante el semáforo en rojo, Baxter se vio reflejada en una de las ventanillas cubiertas de vaho. Horrorizada, se quitó el gorrito naranja y se lo guardó en el bolsillo. Encima de su malhumorado reflejo vio un anuncio que le resultaba familiar pegado en el exterior del vehículo:

ANDREA HALL,
La actuación de la ventrílocua: mensajes de un asesino

Al parecer, no contenta con la fama y el dinero conseguidos gracias al dolor de los demás durante su actuación como destacada reportera durante los asesinatos del caso Ragdoll, la exmujer de Wolf había tenido la desfachatez de escribir el relato autobiográfico de sus experiencias.

Cuando el autobús arrancó, la enorme fotografía de Andrea que cubría los paneles traseros sonrió a Baxter. Parecía más joven y atractiva que nunca y se había cortado la despampanante melena pelirroja, sustituida ahora por un peinado corto a la moda con el que Baxter jamás se habría atrevido. Antes de que el petulante rostro de Andrea quedase fuera de su alcance, abrió el bolso, sacó la fiambrera, cogió el ingrediente principal de su sándwich de tomate y lo lanzó contra la gigantesca y estúpida cara de esa gigantesca y estúpida mujer.

—¿Inspectora jefe?

Baxter dio un respingo.

No se había percatado de la aparición de la enorme furgoneta negra que se había detenido en la parada de autobús detrás de ella. Guardó la fiambrera en el bolso y al volverse se topó con la agente especial que la miraba con aire preocupado.

—¿Qué estaba haciendo? —le preguntó Curtis con cautela.

—Oh, solo estaba... —Baxter dejó la frase sin terminar, con la esperanza de que la impecable y profesional joven se diera por satisfecha con esas vagas palabras al respecto de su inusual comportamiento.

—¿Lanzando comida a los autobuses? —sugirió Curtis.

—... Sí.

Antes de que Baxter llegara al vehículo, Curtis había abierto ya la puerta corredera, y el espacioso interior que las ventanillas tintadas ocultaban quedó visible.

—Americanos... —susurró Baxter, despectiva.

—¿Qué tal va todo esta mañana? —le preguntó educadamente Curtis.

—Bueno, no sé vosotros, pero yo estoy congelada.

—Sí, discúlpanos por el retraso. No nos esperábamos que el tráfico estuviese tan colapsado.

—Esto es Londres —dijo Baxter a modo de explicación.

—Entra.

—¿Seguro que hay sitio suficiente? —preguntó Baxter con sarcasmo al tiempo que subía con cierta torpeza al vehículo.

El cuero de color crema de la tapicería crujió cuando tomó asiento. Se preguntó si debía aclarar que ese ruidito provenía del cuero y no de su cuerpo, pero supuso que debía suceder cada vez que un pasajero se acomodaba.

Sonrió a Curtis.

—Disculpa —dijo la estadounidense para, acto seguido, cerrar la puerta corredera e indicar al conductor que ya podía arrancar.

—¿Hoy no viene Rouche? —preguntó Baxter.

—Lo recogeremos de camino.

Todavía tiritando mientras la calefacción de la furgoneta

empezaba a descongelarla, Baxter se preguntó por qué los dos agentes no se alojaban en el mismo hotel.

—Me temo que vas a tener que acostumbrarte a esto. En Nueva York ahora mismo tenemos dos palmos de nieve. —Curtis rebuscó en su bolso y sacó un gorro negro de lana similar al de Baxter—. Toma.

Se lo ofreció, y por un momento Baxter pareció esperanzada, hasta que se percató de que llevaba el logo del FBI estampado en un llamativo amarillo en la parte frontal, el blanco perfecto para un francotirador si se topaba con alguno.

Se lo devolvió a Curtis.

—Gracias, pero ya tengo el mío —dijo, y se sacó del bolsillo el anaranjado engendro y se lo colocó en la cabeza.

Curtis se encogió de hombros y durante un rato se dedicó a contemplar la ciudad a través de la ventanilla.

—¿Has vuelto a verlo desde entonces? —le preguntó tras un prolongado silencio—. Me refiero a Masse.

—Solo en el juicio —respondió Baxter mientras intentaba dilucidar hacia dónde se dirigían.

—Estoy un poco nerviosa —dijo Curtis sonriendo.

Baxter quedó momentáneamente obnubilada por la perfecta sonrisa de estrella de cine de la agente. Entonces se percató de su perfecta tez oscura y se preguntó si acaso llevaría maquillaje para conseguir ese efecto. Se sintió un poco cohibida y optó por juguetear con su melena y mirar por la ventanilla.

—Es que en estos momentos Masse es una leyenda viva —continuó Curtis—. He oído que los psiquiatras ya están estudiando su caso. Estoy convencida de que algún día su nombre figurará al lado de los de Bundy y John Wayne Gacy. Lo cual… es un honor, ¿no? Por decirlo de algún modo.

Baxter se volvió y miró con sus ojos enormes e iracundos a su compañera de asiento.

—Te sugiero que encuentres un modo mejor de expresarlo —dijo cortante—. Ese pedazo de mierda pirado, asesinó y mutiló a uno de mis amigos. ¿Te parece divertido? ¿Crees que vas a conseguir un autógrafo suyo?

—No pretendía ofender…

—Estás perdiendo el tiempo. Estás haciendo que yo lo pierda, e incluso haces que este tío lo pierda —sentenció Baxter señalando al conductor de la furgoneta—. Masse ni siquiera puede hablar. Por lo que sé, sigue con la mandíbula dislocada.

Curtis carraspeó y se removió en el asiento.

—Quiero disculparme por mi…

—Puedes disculparte manteniendo la boca cerrada —la cortó Baxter, dando por terminada la conversación.

Las dos mujeres permanecieron en silencio durante el resto del recorrido. Baxter observaba el reflejo de Curtis en el cristal de la ventanilla. No parecía ni ofendida ni indignada, tan solo rabiosa consigo misma por la falta de tacto de su comentario. Baxter la veía mover los labios sin pronunciar palabra; o bien estaba ensayando una disculpa o bien decidía el tema de su próxima conversación, que en un momento u otro se produciría.

Baxter, que empezaba a tener cierto sentimiento de culpa por su exabrupto, recordó su propia excitación descontrolada hacía año y medio, cuando descubrió al Ragdoll, supo que había dado con algo muy gordo y fantaseó sobre los efectos que podría tener en su carrera. Estaba a punto de decir algo cuando el vehículo dobló una esquina y se detuvo ante una enorme casa en una zona residencial repleta de vegetación. No tenía ni la más remota idea de dónde estaban.

Contempló desconcertada la vivienda de pretendido estilo Tudor, que transmitía una extraña sensación de lugar al mismo tiempo hogareño y abandonado. De las profundas grietas del empinado camino de acceso emergían un montón de malas hierbas de buen tamaño y de los deslucidos marcos de las ventanas con la pintura descascarillada colgaban lucecitas navideñas de colorines, apagadas, mientras que de la chimenea del tejado emergía con parsimonia una columna de humo.

—Vaya hotel más raro —comentó Baxter.

—La familia de Rouche todavía reside aquí —le explicó Curtis—. Creo que ellos van a verlo alguna que otra vez, y él vuelve cuando puede. Por lo que me ha contado, en Estados Unidos vive en los hoteles. Supongo que eso de no poder quedarse mucho tiempo en el mismo sitio forma parte del trabajo en su caso.

Rouche salió de la casa comiéndose una tostada. Parecía fundirse con la gélida mañana: la camisa blanca y el traje azul tenían el mismo tono que las nubes dispersas que se movían por el cielo, y las canas de su cabello relucían como el pavimento helado.

Curtis bajó de la furgoneta para saludarlo, y él resbaló y chocó contra ella, golpeándola con la tostada.

—¡Joder, Rouche! —protestó la agente.

—¿No has podido encontrar un vehículo más grande? —oyó Baxter que Rouche preguntaba con sarcasmo a su compañera antes de meterse en la furgoneta.

Se sentó en el asiento de ventanilla al otro lado del de Baxter y le ofreció un bocado de su desayuno, sonriendo ante el atentado estético de lana naranja que llevaba en la cabeza.

El conductor arrancó y siguieron su ruta. Curtis se concentró en unos documentos que había traído, mientras Baxter y Rouche contemplaban los edificios que pasaban a toda velocidad por las ventanillas, difuminándose hasta convertirse en una forma indescifrable que discurría al ritmo que marcaba el motor del vehículo.

—Por Dios, cómo odio esta ciudad —soltó Rouche de pronto cuando cruzaban el río, con la mirada clavada en la impresionante panorámica—. El tráfico, el ruido, la suciedad, las multitudes que se agolpan en las calles estrechas como arterias obturadas a punto de sufrir un ataque al corazón, los grafitis que cubren cualquier superficie posible...

Curtis miró a Baxter con una sonrisa de disculpa mientras Rouche continuaba la perorata:

—Me recuerda a mi época de estudiante: a esa fiesta en casa del chaval rico de la clase. Los padres no están, y en su ausencia todo el esplendor artístico y arquitectónico se ve pisoteado, pintarrajeado e ignorado para adecuarse a la vulgar vida de quienes son incapaces de apreciarlo.

Después los tres permanecieron en un incómodo silencio conforme la furgoneta avanzaba entre el tráfico hacia un cruce.

—Bueno, a mí me encanta tu casa londinense —dijo Curtis con tono entusiasta—. Aquí todo está impregnado de historia.

—Pues yo estoy de acuerdo con Rouche —intervino Baxter—. Como tú dices, aquí hay historia por todas partes. Pero estás viendo Trafalgar Square. Sin embargo, lo que yo veo es el callejón que hay al otro lado, de donde tuvimos que sacar de un contenedor el cuerpo de una prostituta. Tú ves el edificio del Parlamento; yo, la persecución de un barco por el río que hizo que no viera... algo que no debería haberme pasado desapercibido. Así son las cosas... Aun así, es mi hogar.

Por primera vez desde que habían salido de su casa, Rouche apartó los ojos de la ventanilla y miró a Baxter escrutadoramente durante un buen rato.

—¿Y tú, Rouche, cuándo te marchaste de Londres? —preguntó Curtis, a la que era obvio que el silencio no le resultaba tan cómodo como a los otros dos.

—En 2005 —respondió él.

—Debe de ser duro estar tan lejos de tu familia durante tanto tiempo.

—Lo es. Pero como hablo con ellos a diario, no nos sentimos tan distantes.

Baxter se revolvió incómoda en el asiento, un poco violentada por la sorprendente sinceridad de Rouche, y la cosa empeoró cuando Curtis soltó un innecesario y nada sincero: «¡Oooh!».

Se apearon de la furgoneta en el aparcamiento para visitantes de la cárcel de Belmarsh y caminaron hacia la entrada principal. Los dos agentes dejaron sus armas reglamentarias mientras les tomaban las huellas digitales, y después los tres atravesaron las puertas estancas, pasaron por la máquina de rayos X, el detector de metales y se vieron sometidos a un cacheo antes de que les indicasen que esperaran allí al director de la prisión.

Rouche parecía tenso mientras observaba a su alrededor, y Curtis se disculpó y fue a hacer una visita al «excusado». Pasado un rato, Baxter no pudo seguir simulando que no oía a Rouche canturreando en un murmullo *Hollaback Girl* de Gwen Stefani.

—¿Estás bien? —le preguntó.

—Perdón.

Baxter lo miró con suspicacia durante unos instantes.

—Cuando estoy nervioso, me pongo a cantar —le explicó él.

—¿Estás nervioso?

—No me gustan los espacios cerrados.

—¿Y a quién le gustan? —exclamó Baxter—. Es como que no te guste que te den un puñetazo en el ojo, es de manual. No hace ni falta verbalizarlo, porque a nadie le gusta estar encerrado.

—Gracias por tu interés —dijo Rouche sonriendo—. Y ya que estamos con lo de ponerse nervioso, ¿tú estás bien?

A Baxter le sorprendió que el agente se hubiera percatado de su incomodidad.

—Después de todo, Masse estuvo a punto de…

—¿De matarme? —Baxter lo ayudó a terminar la frase—. Sí, lo recuerdo. Pero no tiene nada que ver con Masse. Solo espero que el alcaide Davies no siga trabajando aquí. No le caigo muy bien.

—¿Tú no le caes bien? —preguntó Rouche con un tono pretendidamente sorprendido, si bien no lo consiguió.

—Sí, yo —respondió Baxter, un poco ofendida.

La explicación de Baxter era, por supuesto, una mentira. Sus nervios tenían que ver con volver a ver cara a cara a Masse, no por lo que ese tipo era, sino por lo que podía saber y lo que podía contar.

Solo cuatro personas conocían la verdad de lo sucedido en el juzgado de Old Bailey. Baxter esperaba que Masse contradijese su apresurada versión de los hechos; sin embargo, no hubo ninguna rectificación a su declaración y, a medida que el tiempo pasaba, empezó a tener la esperanza de que hubiera perdido la conciencia debido a las graves heridas sufridas durante su confrontación con Wolf y no fuese consciente del vergonzoso secreto. Día tras día, Baxter se preguntaba si el pasado la alcanzaría, y le parecía que en esos momentos estaba tentando a la suerte al prestarse a sentarse ante la persona que podía arruinar su carrera en un abrir y cerrar de ojos.

En ese momento el alcaide Davies apareció doblando una esquina. Y en cuanto divisó a Baxter, en su rostro se dibujó una mueca.

—Voy a buscar a Curtis —susurró la inspectora jefe a Rouche.

Se detuvo ante la puerta del lavabo porque oyó a Curtis hablando en el interior. Le extrañó, porque los tres habían dejado los móviles en el control de seguridad. Se pegó con cuidado a la pesada puerta hasta que logró distinguir la voz de la joven agente hablando consigo misma ante el espejo:

—... Ni un solo comentario idiota más. Piénsatelo dos veces antes de hablar. No puedes cometer un error de este tipo ante Masse. Recuerda: «La confianza en una misma exige contar con la confianza de los demás».

Baxter golpeó la puerta con los nudillos y la abrió, provocando que Curtis se sobresaltara.

—El alcaide nos espera —le anunció.

—Enseguida estoy lista.

Baxter asintió y regresó con Rouche.

El alcaide guio al grupo hacia el área de máxima seguridad.

—Como supongo que ya saben, Lethaniel Masse sufrió graves heridas antes de que la detective Baxter, aquí presente, lo detuviese —comentó, haciendo un esfuerzo por resultar amable.

—Ahora soy inspectora jefe —lo corrigió Baxter, arruinando su intento.

—Lo han sometido a varias intervenciones de cirugía reconstructiva en la mandíbula, pero jamás volverá a poder utilizarla de una manera normal.

—¿Será capaz de responder a nuestras preguntas? —inquirió Curtis.

—No de un modo coherente. Por eso he pedido una intérprete para que los acompañe durante el interrogatorio.

—Una intérprete especializada... ¿en balbuceos? —preguntó Baxter, incapaz de contenerse.

—En lenguaje de signos —respondió el alcaide—. Masse lo aprendió a las pocas semanas de ingresar aquí.

El grupo accedió al exterior a través de otra puerta de seguridad, tras las que aparecieron las áreas de recreo inquietantemente vacías mientras por el sistema de megafonía se emitía un mensaje codificado.

—¿Qué tal es Masse como interno? —preguntó Curtis con evidente interés en su tono de voz.

—Ejemplar —respondió el alcaide—. Ojalá todos se portasen tan bien. ¡Rosenthal! —gritó a un joven que se encontraba al fondo del campo de fútbol sala, que casi resbaló mientras corría hacia ellos—. ¿Qué pasa aquí?

—Ha habido otra pelea en el bloque tres, señor —dijo entre jadeos el muchacho. Llevaba uno de los cordones desatados y lo arrastraba por el suelo.

El alcaide suspiró.

—Me temo que van a tener que disculparme —dijo dirigiéndose a los tres—. Esta semana nos ha entrado un grupo nuevo de internos y siempre tenemos problemas de adaptación hasta que se amoldan al orden establecido. Rosenthal los acompañará a ver a Masse.

—¿A Masse, señor? —El muchacho no parecía entusiasmado con la orden recibida—. Por supuesto.

El alcaide se alejó con paso apresurado mientras Rosenthal los conducía a la prisión dentro de la prisión, rodeada por sus propios muros y verjas. Cuando llegaron a la primera puerta de seguridad, se palmeó los bolsillos y dio media vuelta.

Rouche le dio una palmadita en el hombro y le tendió una identificación.

—Se te ha caído hace un momento —le dijo con amabilidad.

—Gracias. El jefe me habría matado, literalmente, si llego a perderla... otra vez.

—No si uno de los asesinos en serie que tienes a tu cargo te pilla antes —comentó Baxter, y el muchacho se sonrojó de modo ostensible.

—Perdón.

Rosenthal les abrió la puerta, tras la que se toparon con otra tanda de controles de seguridad y cacheos. Luego les explicó que el módulo de alta seguridad estaba dividido en secciones de doce celdas individuales, y les contó que los guardias solo trabajaban allí durante tres años, pasados los cuales los enviaban de nuevo al área general de prisión.

Una vez dentro, se toparon con paredes y puertas beis, un suelo de tonalidad terracota y una estructura de barandillas, verjas y escaleras de color rojo óxido. Sobre sus cabezas, había enormes redes desplegadas entre las pasarelas, hundidas debido a la basura y otros objetos lanzados que se acumulaba en el centro de las mismas.

Para sorpresa de los recién llegados, el edificio estaba en silencio, ya que los prisioneros seguían confinados en sus celdas. Otro guardia les indicó que entrasen en una sala de la planta baja donde los esperaba una mujer de mediana edad vestida con ropa pasada de moda. Se presentó como la intérprete de lenguaje de signos y a continuación el guardia les explicó unas normas de seguridad de lo más obvio antes de cerrar la puerta.

—Recuerden que, si necesitan algo, estaré ahí fuera —les recalcó un par de veces, y a continuación abrió la puerta, tras la que apareció la imponente silueta sentada dándoles la espalda.

Baxter percibió la inquietud de los guardias ante su prisionero más célebre. Una larga cadena mantenía fijadas a la mesa de metal las esposas que Masse llevaba en las muñecas y después descendía por el mono azul oscuro hasta los grilletes que anclaban sus pies al suelo de cemento.

Aunque no se dio la vuelta y, por tanto, los visitantes se toparon al entrar con las profundas cicatrices que le recorrían el cráneo, sí meneó la cabeza y olisqueó el aire inquisitivamente para identificar el nuevo olor.

Las dos mujeres se miraron, inquietas, y Rouche se sentó en la silla más próxima al criminal como si tal cosa.

Pese a que era Masse quien no podía abandonar la sala debido a las cadenas, fue Baxter quien se sintió atrapada cuando la pesada puerta se cerró a sus espaldas. Lentamente, se sentó delante de ese hombre que, incluso allí recluido, seguía siendo una amenaza para ella.

Masse se fijó en que Baxter paseaba la mirada por la sala para evitar mirarlo y en su destrozado rostro se formó una sonrisa torcida.

5

—Bueno, esto ha sido una completa pérdida de tiempo —dijo Baxter con un suspiro mientras regresaban al patio cubierto central del que partían todas las galerías del edificio.

Masse no se había molestado en responder a una sola pregunta durante la media hora de interrogatorio en forma de monólogo de Curtis. Había sido como visitar a un animal enjaulado en un zoológico, pues Masse solo estaba presente físicamente, era la sombra apagada y derrotada del sádico monstruo que seguía manteniendo despierta a Baxter por las noches, un personaje que se alimentaba de los rescoldos de una reputación que ya no podía sostener.

Wolf lo había quebrado por completo, tanto su cuerpo como su alma.

Baxter no sabía a ciencia cierta si el tipo se fijaba una y otra vez en ella porque sabía lo que había hecho o simplemente porque era quien se había llevado el mérito de su arresto. Fuera como fuese, estaba contenta de que todo hubiera terminado.

Rosenthal los esperaba en «la Burbuja», la zona segura para el personal ubicada al fondo de la galería y ya estaba preparado para largarse de allí cuanto antes.

—Vamos a tener que revisar a fondo la celda de Masse —le advirtió Curtis.

El poco experimentado guardia se mostró desconcertado.

—Yo... Eeeh... ¿El alcaide está informado de esto?

—No hablarás en serio —le soltó Baxter a Curtis muy irritada.

—Estoy de acuerdo con Baxter —dijo Rouche—, aunque lo expresaría de un modo más educado. Masse no está involucrado en el nuevo asesinato. No es el mejor modo de emplear nuestro tiempo.

—Por lo que hemos visto hasta ahora, os doy la razón —empezó a argumentar Curtis, diplomática—. Sin embargo, debemos seguir el protocolo, y no puedo marcharme de aquí antes de descartar, sin que quepa la menor duda, cualquier posibilidad de implicación de Masse. —Se volvió hacia Rosenthal y añadió—: La celda de Masse..., por favor.

Dominic Burrell, a quien tanto los internos como los guardias llamaban el Gorila, cumplía condena por haber golpeado a un completo desconocido hasta matarlo por el simple hecho de que el pobre hombre le había parecido «raro». Había pasado la mayor parte de su condena en el bloque uno, pero lo habían transferido hacía poco al bloque de máxima seguridad después de protagonizar otros dos ataques sin mediar provocación contra guardias de la prisión. En la medida de lo posible, todo el mundo lo evitaba, dada su reputación y su obsesión por el culturismo, pese a que el tipo medía poco más de metro y medio.

Los contempló pasar desde su celda mientras accedían a la de Masse, en esos momentos vacía, que estaba frente a la suya. Cuando empezaron a revisar la celda de dos por tres metros en la que apenas podían moverse, perdió interés y continuó rasgando la tela del colchón en largas tiras con la ayuda de una afilada cuña que se había fabricado con un pedazo de envase de plástico.

En cuanto oyó que los guardias abrían la primera celda a fin de que los reclusos fueran formando en fila para ir a comer, dio la vuelta al colchón y se metió la larga cuña en la cintura para ocultarla bajo la ropa. Un guardia lo hizo salir al pasillo y allí se percató de que Masse estaba solo dos filas por delante de él en la cola. Cuando el guardia continuó abriendo las siguientes celdas, empujó al tipo que tenía delante quien, consciente de su reputación, retrocedió para dejarle ocupar su puesto sin rechistar.

—¿Lethaniel Masse? —le susurró al oído poniéndose de puntillas.

Masse asintió y siguió mirando hacia delante para que nadie se percatase de la conversación.

—Tengo un mensaje para ti.

—¿Qué men… mensaje? —masculló Masse con dificultad.

Burrell echó un vistazo a su alrededor para comprobar la posición del guardia, colocó una mano firme sobre el hombro de Masse y con suavidad lo atrajo hacia sí hasta que sus labios rozaron el vello de la oreja de su interlocutor.

—Tú…

Cuando Masse volvió la cabeza, el Gorila le bloqueó el cuello con el enorme antebrazo y lo arrastró hacia la celda vacía más próxima. Siguiendo los tácitos códigos carcelarios, los reclusos que estaban tanto delante como detrás de ambos en la fila se mantuvieron impasibles, sin interferir ni alertar a los guardias de la pelea.

A través de la puerta abierta, Masse cruzó la mirada con uno de los reclusos que esperaban en fila, pero este se limitó a contemplar impávido cómo lo ahogaban. Intentó gritar, pero los escasos e incoherentes balbuceos que logró articular a través de la destrozada mandíbula no consiguieron atraer la atención de nadie que pudiese ayudarlo.

Por un momento, cuando le abrió el mono, Masse se preguntó si ese tipo fornido pretendía violarlo, pero entonces sintió la punzada de un filo clavándosele en el pecho y tuvo la certeza de que iba a morir.

Era algo que solo había experimentado una vez en su vida, la extraña sensación de miedo mezclado con una retorcida fascinación cuando por fin descubrió lo que cada una de sus innumerables víctimas había sentido durante sus últimos instantes de vida, su indefensión al estar en sus manos.

A Curtis, Baxter y Rouche les habían ordenado que terminasen su infructuoso repaso a la celda de Masse y salieran de allí antes de que empezaran a mover a los reclusos hacia el comedor. Con las puertas de la primera planta abiertas, Rosenthal los escoltó hasta la planta baja y atravesaron el patio cubierto central. Ya casi habían llegado a la verja roja cuando los primeros silbatos rompieron la calma por encima de sus cabezas.

Resultaba complicado saber qué sucedía cuando vieron que tres guardias se abrían paso entre los prisioneros que los abucheaban y trataban de impedirles avanzar. Se sumaron más silbatos ante la desesperada petición de refuerzos mientras los gritos de los reclusos, cada vez más excitados, retumbaban en las superficies metálicas del edificio y a la cacofonía se iban sumando los presos de las celdas de la planta baja.

—Salgamos de aquí —dijo Rosenthal con toda la entereza que fue capaz de reunir.

Se dio la vuelta e insertó su identificación en el lector de la pared; en respuesta, parpadeó una luz roja. Volvió a intentarlo.

—¡Mierda!

—¿Algún problema? —preguntó Baxter, con un ojo puesto en el jaleo del piso superior.

—Las puertas se han bloqueado por la alarma —explicó. Era obvio que estaba al borde de un ataque de pánico.

—De acuerdo. ¿Y qué se supone que debemos hacer en una situación de alarma? —le preguntó Rouche sin perder la calma.

—No... No lo... —tartamudeó el muchacho.

Los llamamientos de los silbatos en la planta superior eran cada vez más desesperados y los gritos cada vez más ensordecedores.

—¿Y si vamos a la Burbuja? —sugirió Baxter.

Rosenthal la miró con los ojos como platos y asintió.

El ruido sobre sus cabezas se elevó en un crescendo cuando alguien colgó de la barandilla de la pasarela un cuerpo y lo lanzó al vacío hacia el patio central. El cuerpo medio desnudo arrancó el enganche de la red en una de las paredes y aterrizó boca abajo a pocos metros del grupo de visitantes.

Curtis profirió un grito y atrajo la atención de los reclusos del primer piso.

—Tenemos que largarnos de aquí. ¡Inmediatamente! —dijo Baxter, pero se quedó paralizada cuando el cuerpo que yacía en el suelo hizo un extraño movimiento hacia ellos.

Le llevó unos instantes percatarse de que la red que la víctima había roto se le había enredado en el cuello ensangrentado y la había arrastrado en su caída. Y en ese momento la improvisada cuerda se tensó y alzó el cadáver cuando un segundo cuerpo, más musculoso, cayó a su lado.

—¡Todavía está vivo! —dijo horrorizado Rosenthal con un grito ahogado mientras el contrapeso se movía con desesperación porque el deshilachado nudo corredizo lo estrangulaba.

—¡Vamos, vamos, vamos! —ordenó Baxter, y empujó a Curtis y a Rosenthal detrás de Rouche, que ya casi había llegado a la puerta de la Burbuja.

—¡Abran la puerta! —gritó este.

Dejaron de oírse los silbatos a medida que el motín se descontrolaba. De algún punto del piso superior llegó un grito espeluznante y a continuación aterrizó en medio del patio central un colchón en llamas, y el caos avivó el descontrol de los reclusos como la sangre fresca en aguas infestadas de tiburones.

El primero de los prisioneros ya se había descolgado hasta el patio por la red rota cuando todos los miembros del grupo alcanzaron a Rouche ante la puerta de seguridad de la Burbuja.

—¡Abran! —gritó Rouche de nuevo al tiempo que golpeaba con fuerza en el metal.

—¿Dónde tienes la identificación? —preguntó Baxter a Rosenthal.

—No va a funcionar. Tienen que abrirnos desde dentro —dijo jadeando.

Se sumaron más reclusos al peligroso descenso hasta la planta baja, mientras el que había llegado primero se dedicaba a abrir las celdas al azar con una identificación de seguridad manchada de sangre.

Rouche rodeó la Burbuja hasta la parte frontal, por cuyo cristal de seguridad vio al guardia que estaba dentro.

—¡Somos oficiales de policía! —gritó a través de la impenetrable ventana—. ¡Abra la puerta!

El aterrado guardia negó con la cabeza y dijo moviendo los labios: «No puedo, lo siento», mientras señalaba al grupo de individuos más peligrosos del país que se acercaba.

—¡Abra la puerta! —insistió Rouche.

Baxter se unió a él ante la ventana.

—¿Y ahora qué hacemos? —preguntó tratando de mantener la calma.

No tenían escapatoria posible.

Un recluso gigantesco se descolgó desde la primera planta. Llevaba un uniforme de guardia que le iba absurdamente pequeño. Los pantalones le quedaban a la altura de la espinilla y el vientre le asomaba por debajo de la camisa. Todo el conjunto habría resultado cómico de no ser por los arañazos recientes que le cruzaban la cara.

Curtis seguía golpeando la puerta, suplicando desesperada.

—No va a abrir —dijo Rosenthal, y se dejó caer hacia el suelo hasta quedar sentado—. No puede arriesgarse a permitir que esos reclusos entren.

Los amotinados se les acercaban a toda velocidad, mirando con odio a Rouche y a Rosenthal y con ansia a las mujeres. Rouche agarró a Baxter y la empujó a la esquina, detrás de él.

—¡Eh! —gritó ella, tratando de resistirse.

—¡Quedaos detrás de nosotros! —ordenó Rouche a las dos mujeres.

Rosenthal parecía desconcertado por la palabra «nosotros» hasta que Rouche lo agarró y lo obligó a levantarse.

—¡Atácalos a los ojos! —gritó Rouche al petrificado muchacho segundos antes de que la horda los rodease.

Baxter se puso a dar patadas con ferocidad. Había manos y rostros con muecas despectivas por todas partes. Un violento puño la agarró del pelo y la arrastró medio metro, pero la soltó cuando se desató una pelea entre dos de los atacantes.

Gateó hacia la pared, buscando a Curtis, pero el fornido brazo volvió a agarrarla. De pronto Rosenthal apareció de la nada, saltó sobre la espalda del agresor y clavó los dedos sin contemplaciones en uno de los ojos del tatuado recluso.

De repente se apagaron las luces.

El espacio quedó iluminado de un modo inquietante por el colchón que ardía en el centro del patio y se veían dos siluetas colgando sobre las agonizantes llamas como los restos de una quema de brujas.

Se oyó un sonoro estallido. El lugar se llenó de humo. Y después hubo otro estallido.

Por la verja de hierro del fondo del pasillo entró un pelotón de guardias con material antidisturbios y máscaras antigás mientras los reclusos se tapaban la cara y trataban de esconderse, dispersándose en todas direcciones como hienas ahuyentadas de un cadáver.

Baxter vio a Curtis inconsciente en el suelo a unos metros y reptó hacia ella.

Le recolocó la blusa desgarrada. La agente del FBI tenía un chichón enorme en la cabeza, pero por lo demás parecía ilesa.

Baxter notó que la nariz y la boca le ardían y percibió el olor del gas lacrimógeno que se expandía a su alrededor. Pese a que era difícil ver con claridad, distinguió unas siluetas espectrales que se dispersaban en la neblina que rodeaba el fuego y dio gracias por sentir un agudo dolor en las vías respiratorias, porque eso significaba que seguía viva.

Tras cuarenta minutos de lavados oculares en la enfermería, por fin permitieron que Baxter se uniera a Rouche y al alcaide Davies. Como se había recuperado mucho más rápido que sus dos colegas, Rouche la había estado informando de las últimas noticias mientras la inspectora jefe recibía sin demasiada paciencia sus curas.

Ya se sabía que uno de los reclusos fallecidos era un individuo llamado Dominic Burrell. Lo más preocupante, sin embargo, era que el otro cadáver era el de Masse. Después de revisar las grabaciones de las cámaras de seguridad habían confirmado que fue Burrell quien asesinó a Masse antes de quitarse la vida.

Curtis estaba consciente, si bien recuperándose psicológicamente todavía de la dura experiencia, y Rosenthal tenía la clavícula rota, pero estaba muy animado.

Ahora que Baxter ya había recobrado la vista, sospechó que Rouche había salido peor parado de lo que admitía. Cojeaba y parecía que le costaba respirar. Se percató de que se agarraba el pecho con una mueca de dolor cuando creía que nadie lo miraba.

El alcaide les aseguró que, una vez devueltos los reclusos a sus celdas, nadie había tocado la escena del crimen. A continuación les explicó, con el mayor tacto posible, que no tenían otro sitio en el que recolocar a los presos, de manera que la Unidad de Alta Seguridad seguía operando como de costumbre, solo que con dos cadáveres colgando de las vigas. De modo que, añadió, cuanto antes hicieran lo que tuviesen que hacer, mejor.

—Yo estoy lista en cuanto los demás lo estén —dijo Baxter, que tenía cierto aire de trastornada con los ojos hinchados e inyectados en sangre—. ¿Tenemos que esperar a Curtis?

—Ha dicho que empecemos sin ella.

A Baxter la dejó un poco perpleja que la agente del FBI estuviera dispuesta a no inspeccionar su propia escena del crimen, pero decidió no hurgar en la herida.

—Pues vamos allá.

Baxter y Rouche alzaron la mirada para observar los dos cadáveres que colgaban dos metros por encima de sus cabezas. La inspectora jefe se percató de que su compañero volvía a agarrarse el pecho. Habían conseguido que el inspector a cargo de la investigación les concediese cinco minutos a solas en la escena del crimen antes de que entrase su equipo.

Totalmente protegidos de los elementos por numerosas puertas de seguridad y por una absoluta ausencia de ventanas abiertas, los dos cadáveres pendían en una surrealista inmovilidad, colgados de los dos extremos de la misma red anudada a las barandillas de la primera planta.

Baxter estaba demasiado trastornada por la macabra escena para sentir el alivio de haberse quitado un peso de encima; lo que supiera o dejase de saber Masse ahora resultaba irrelevante.

Ahora ella estaba a salvo.

—De modo que después de que ambos aseguráramos a Curtis que tu caso y mi caso no tenían relación alguna, va y resulta que, en realidad, sí la tienen —comentó Baxter con ironía—. «Anzuelo» —leyó en voz alta. Las letras grabadas con tosquedad en el pecho de Masse se veían negras por la sangre coagulada—. Igual que el otro.

Se desplazó para contemplar mejor el cuerpo musculoso de Dominic Burrell, también desnudo de cintura para arriba y a su vez con otro mensaje grabado en el pecho.

—«Marioneta» —leyó—. Esto es nuevo, ¿verdad?

Rouche se encogió de hombros sin querer comprometerse.

—¿Verdad? —insistió Baxter.

—Creo que será mejor que se lo preguntes a Curtis.

Baxter y Rouche regresaron a la enfermería y comprobaron que Curtis ya estaba mucho más recuperada. De hecho, se hallaba en plena conversación con un apuesto treintañero vestido de civil con una media melena castaña oscura que le otorgaba un aire demasiado juvenil.

Como no quiso interrumpirlos, Rouche fue a preparar otro café. Pero a Baxter no le importó entrometerse:

—¿Estás bien? —preguntó a Curtis, a la que pareció irritar tener que interrumpir su conversación.

—Sí. Gracias —respondió, tratando de sacarse de encima a Baxter del modo más educado posible.

Baxter hizo un ademán interrogativo hacia el atractivo individuo que hablaba con Curtis y se sintió atrapada entre dos supermodelos; los tres metros que había entre ellos y la puerta no le habían permitido apreciar en toda su magnitud lo guapo que era.

—Él es... —empezó a decir Curtis sin ganas.

—Alexei Green —se presentó él con una sonrisa. Se levantó y le estrechó la mano con firmeza—. Y tú, por supuesto, eres la famosa Emily Baxter. Es un honor.

—Lo mismo digo —replicó Baxter sin que viniera a cuento, obnubilada por los pómulos de él.

Notó que se sonrojaba, se disculpó rápidamente y se escabulló siguiendo a Rouche, que salía.

Cinco minutos después, Curtis seguía absorta en su conversación. De hecho, a menos que Baxter estuviese equivocada, la mojigata agente parecía estar flirteando.

—¿Sabes qué? —dijo Rouche—. Al carajo. Tenemos que ponerte al corriente lo más rápido posible, sobre todo ahora. Hablemos fuera.

Salieron a la fría pero soleada tarde. Baxter se puso el gorrito con borla.

—¿Por dónde empezamos? —arrancó Rouche un poco inseguro—. El banquero William Fawkes, al que colgaron del puente de Brooklyn...

—¿Te importa si a partir de ahora lo llamamos sin más el Banquero? —preguntó Baxter.

—Ningún problema... Creemos que tenía un brazo dislocado colgando porque el asesino no acabó el trabajo. Eso lo confirma el testimonio de varios testigos que describen a alguien o algo cayendo al East River.

—¿Es posible que sobreviviese a la caída? —preguntó Baxter al tiempo que se bajaba el gorrito para taparse un poco más la cara helada.

—No —respondió Rouche con mucha seguridad—. En primer lugar, es una caída de unos cincuenta metros. En segundo lugar, esa noche Nueva York estaba por debajo de los diez grados y el río estaba helado. Y en tercero y más importante, el cadáver apareció en la orilla al día siguiente. ¿Y a que no adivinas qué tenía grabado en el pecho?

—Marioneta —dijeron al unísono.

—¿De modo que tenemos dos víctimas con la misma palabra grabada en el cuerpo y dos asesinos con otra palabra en común, también grabada en el cuerpo, una a cada lado del Atlántico? —resumió Baxter.

—No —dijo Rouche escondiendo las manos congeladas debajo de las axilas—. Olvidas el caso que Curtis mencionó ayer y al que de momento no hemos dado publicidad, el que nos ha traído hasta ti para que nos ayudes.

—Lo cual nos da la víctima y el asesino número tres.

—Todos ellos asesinatos seguidos de un suicidio, como el de hoy —añadió Rouche.

Baxter estaba desconcertada.

—¿Alguna teoría al respecto? —preguntó.

—Solo que pinta que las cosas van a ir a peor antes de que logremos algún resultado. Después de todo, resulta que estamos persiguiendo fantasmas, ¿no crees?

Rouche lanzó al suelo el resto de su insípido café, que crepitó y humeó como si fuese ácido. Cerró los ojos y alzó la cara hacia el sol antes de reflexionar en voz alta:

—¿Cómo se atrapa a un asesino que ya está muerto?

6

Miércoles, 9 de diciembre de 2015
19.34 h.

Baxter se las ingenió para abrir la puerta de casa de Thomas utilizando solo la barbilla y entró a trompicones en el recibidor con el transportín del gato en una mano y una bolsa del Waitrose en la otra.

—¡Soy yo! —saludó, pero nadie respondió.

Las luces de la planta baja estaban encendidas, así que dedujo que Thomas se encontraba en casa. Vio el televisor encendido también, aunque sin sonido, mientras se dirigía a la cocina dejando el pasillo perdido de huellas de barro. Puso la bolsa de la compra y el transportín del gato sobre la mesa y se sirvió una generosa copa de vino.

Se acomodó en una de las butacas, se quitó las botas y se masajeó los doloridos pies mientras contemplaba el jardín a oscuras. En la casa había un silencio relajante, solo roto por el reconfortante murmullo del calentador al encenderse y el amortiguado repiqueteo de la ducha de la planta superior a través del suelo de parquet.

Sacó sendos paquetes de tamaño familiar de bocaditos de maíz y de medallones de chocolate de la bolsa de la compra, pero la distrajo su propio reflejo fantasmagórico en el cristal ennegrecido de la ventana. Se dio cuenta de que era la primera vez que se contemplaba desde la tremenda experiencia de hacía unas horas y contabilizó los múltiples arañazos que se vio en la cara y el cuello, y contó como uno el largo rasguño con sangre que le cruzaba la frente. Se estremeció al recordar a ese hombre agarrándola y arrastrándola por el suelo, y lo indefensa que se había sentido al borrar de su cabeza un rostro perturbador para ahora verse perseguida por otro.

Se había duchado dos veces antes de salir de su apartamento, pero todavía se sentía sucia. Se frotó la cara con fuerza y deslizó ambas manos por el cabello húmedo antes de volver a llenarse la copa.

Diez minutos después Thomas, en bata, apareció en la cocina.

—Oh, no pensaba verte por aquí esta no... —Se detuvo a media frase cuando reparó en los cortes en la cara de Baxter. Corrió hacia ella y se sentó a su lado—. ¡Dios mío! ¿Estás bien?

Tomó una de sus manos pringadas de bocaditos de maíz entre las suyas y se la apretó con afecto. Baxter se las arregló para dedicarle una sonrisa cariñosa, se deshizo del apretón y cogió la copa de vino como excusa para evitar que la tocase.

—¿Qué ha pasado? —preguntó Thomas.

Era un hombre que mantenía siempre una actitud comedida, salvo cuando se dejaba arrastrar por una histérica actitud sobreprotectora con Baxter. La última vez que ella volvió a casa con un labio partido, él utilizó toda su influencia como abogado para lograr que el tiempo que su asaltante pasó arrestado le resultase una pesadilla y se aseguró de que le cayese la máxima pena.

Por un momento, Baxter estuvo tentada de sincerarse con él.

—No es nada —dijo con una débil sonrisa—. Me metí en una pelea en la oficina. Debería haber dejado que se apañasen entre ellos.

Vio que Thomas se relajaba un poco, satisfecho al saber que nadie había tratado de hacerle daño de forma deliberada.

Deseando saber más, pero consciente de las pocas ganas de contarle nada que tenía Baxter, cogió un bocadito de maíz.

—¿Primero, segundo o postre? —preguntó señalando la bolsa de la compra.

Baxter dio un golpecito a la botella de vino y respondió:

—Primero.

A continuación señaló la bolsa de bocaditos de maíz.

—Segundo.

Y sacó la bolsa de medallones de chocolate.

—Y postre.

Thomas le sonrió con cariño y se puso en pie.

—Deja que te prepare algo.

—No hace falta. No tengo hambre.

—Una tortilla. Me llevará cinco minutos —dijo mientras ya ponía en marcha la cena de emergencia.

Reparó en el transportín del gato sobre la mesa de la cocina.

—¿Qué hay en esa caja?

—El gato —respondió Baxter de forma automática, esperando estar en lo cierto: Eco había estado inusualmente quieto desde que llegó a casa de Thomas.

De pronto se le pasó por la cabeza que habría sido de buena educación preguntarle si le parecía bien cuidar de su gato mientras ella estaba de viaje. Y en ese momento se dio cuenta de que, de hecho, no le había comentado aún que se iba.

La verdad es que no tenía ganas de meterse en una discusión.

—Y aunque siempre es un placer ver a Eco —empezó Thomas, cambiando el tono—, ¿cómo es que ha decidido cruzar la ciudad hasta aquí una noche tan fría como esta?

Baxter dedujo que había llegado el momento de plantear el tema.

—Me han asignado durante un tiempo indefinido para colaborar con el FBI y la CIA en un caso de asesinato muy relevante. Mañana por la mañana cojo un vuelo a Nueva York y no tengo la más remota idea de cuándo volveré.

Dejó que Thomas digiriese la noticia.

Se quedó muy callado.

—¿Algo más? —preguntó.

—Sí, he olvidado la comida de Eco, así que tendrás que comprársela. Ah, y acuérdate de darle las pastillas. —Rebuscó en el bolso y sacó una caja, que agitó con la mano izquierda—. Por la boca —explicó. Acto seguido sacó otra caja, que alzó en la mano derecha—. Por el culo.

Vio que Thomas hacía rechinar los dientes mientras colocaba la sartén sobre el fogón. Al poner el aceite, siseó y salpicó por encima de los confines no muy antiadherentes de la sartén promocionada por Jamie Oliver.

Baxter se levantó.

—Tengo que hacer una llamada.

—¡Estoy preparándote la cena! —protestó Thomas al tiempo que echaba queso gratinado en la sartén.

—No quiero tu maldita tortilla hecha con rabia —respondió Baxter antes de dirigirse al piso de arriba para poder hablar en privado con Edmunds.

A Edmunds acababan de vomitarle encima.

Tia estaba encargándose de cambiar pañales y él, después de haberse puesto una camisa limpia, llevaba la prenda sucia a la lavadora cuando sonó el teléfono.

—¿Baxter? —respondió mientras se lavaba las manos.

—Eh —saludó ella de un modo informal—. ¿Tienes un minuto?

—Desde luego.

—Ha sido… un día muy interesante.

Edmunds escuchó con atención el relato de lo sucedido en la prisión. Baxter también compartió con su amigo la poca información que Rouche le había facilitado en el exterior.

—¿Una secta? —sugirió él con prudencia cuando Baxter terminó.

—Desde luego parecería la explicación más lógica, pero los estadounidenses cuentan con equipos específicos dedicados a las actividades de sectas y fanáticos religiosos. Y han dictaminado que esto no encaja con ninguno de los grupos que tienen bajo su radar.

—No me gusta nada eso de la «Marioneta». Una cosa era matar a alguien apodado Wolf, pero ahora se las han arreglado para llegar hasta Masse. Parece que estén mandándote un mensaje, y de ser así, ya te has metido en el caso. Estás dándoles lo que quieren.

—Estoy de acuerdo en que es una posibilidad, pero ¿qué otra cosa puedo hacer?

—¡Alex! —gritó Tia desde el dormitorio.

—¡Un momento! —respondió Edmunds.

El vecino aporreó la pared.

—¡Ahora me ha vomitado a mí encima! —gritó Tia.

—¡Voy enseguida! —replicó Edmunds, irritado.

El vecino volvió a aporrear la pared, con tanta fuerza que una fotografía familiar cayó del estante.

—Lo siento —dijo Edmunds a Baxter.

—¿Te parece bien si te llamo cuando sepa algo más? —preguntó ella.

—Por supuesto. Y ve con mucho cuidado.

—No te preocupes… Estaré atenta las veinticuatro horas a cualquier… Marioneta —le aseguró.

—De hecho —dijo Edmunds con un tono muy serio—, creo que deberíamos preocuparnos más sobre quien sea que esté moviendo los hilos.

En cuando Baxter llegó al pie de la escalera, supo que la trifulca con Thomas era inevitable. Había dejado el televisor en pausa, Andrea estaba congelada a mitad de noticia y en el rótulo de la parte inferior de la pantalla se leía:

EL AUTOR DE LOS CRÍMENES DEL CASO RAGDOLL
ASESINADO TRAS UNA VISITA DE LA INSPECTORA JEFE

Baxter detestaba con toda su alma a esta tipa.

—¿Hoy has ido a ver a Lethaniel Masse? —preguntó Thomas sin alzar la voz desde algún rincón de la sala.

Baxter resopló y entró. Thomas estaba sentado en su butaca con lo que quedaba de la botella de vino.

—Ajá —asintió, como si se tratase de algo sin importancia.

—No me lo habías comentado.

—No me ha parecido necesario —replicó, y se encogió de hombros.

—Claro. ¿Por qué iba a parecértelo? ¡¿Por qué iba a parecértelo?! —gritó Thomas poniéndose en pie—. Igual que tampoco hay razón para que me comentaras que allí se ha producido un motín, ¿eh?

—Yo eso ni lo he visto —mintió ella.

—¡Y una mierda!

Baxter se asustó un poco. Thomas casi nunca decía tacos.

—¡Llegas aquí magullada y con heridas…!

—Solo son rasguños.

—¡… después de poner en peligro tu vida entre unos reclusos fuera de control porque se te ha ocurrido hacer una visita al tipo más peligroso del país!

—No tengo tiempo —dijo Baxter recogiendo su abrigo.

—¡Por supuesto que no! —vociferó Thomas, rabioso, mientras la seguía hasta la cocina—. Tienes que tomar un vuelo a Nueva York por la mañana, algo que tampoco te ha parecido oportuno comentarme. —Hizo una pausa—. Emily, no entiendo por qué crees que no puedes compartir estas cosas conmigo —añadió moderando el tono.

—¿Podemos hablar de esto cuando vuelva? —preguntó ella, sumándose al tono calmado.

Thomas se la quedó mirando un buen rato y al final asintió asumiendo su derrota mientras ella se calzaba las botas.

—Cuida de Eco —le pidió Baxter.

Se incorporó y se dirigió al recibidor. Thomas sonrió cuando se puso el gorro y los guantes a juego que le había comprado como una broma. Le resultaba incomprensible que una mujer que intentaba apartarse el pelo de los ojos soplando mientras la borla del gorro se bamboleaba sobre su cabeza gozase de tan alta reputación entre los pocos colegas a los que le había permitido conocer.

Baxter puso la mano en la manilla de la puerta.

—¿Cuál es ese maldito caso en el que han pedido que colabores? —le espetó.

Ambos sabían que era algo más que una simple pregunta, era un ruego de Thomas para que ella se sincerase con él antes de marcharse; era una oportunidad que le brindaba para que le demostrara que las cosas serían diferentes de ahora en adelante; era el modo que tenía de preguntarle si alguna vez podrían tener un futuro juntos.

Baxter lo besó en la mejilla.

Y la puerta se cerró tras ella.

A Rouche le había despertado la musiquita de *Air Hostess* de Busted sonando en su móvil. Respondió lo más rápido que pudo para no tener que seguir escuchando la irritante melodía.

—Rouche —dijo con un susurro ronco.

—Rouche, soy Curtis.

—¿Va todo bien? —preguntó él, inquieto.

—Sí. Todo bien. Espero no haber despertado a tu familia.

—No. —Bostezó mientras bajaba a la cocina—. No te preocupes…, tienen un sueño muy profundo. ¿Qué sucede?

—No logro recordar si mañana tenemos que recogerte a las seis y media o a las siete.

—A las siete —respondió Rouche con amabilidad, y consultó la hora.

Eran las 2.52 de la madrugada.

—Ah, vale —masculló Curtis—. Creía que era a las seis y media.

Rouche sospechó que ese no era el motivo real de la llamada a esas horas intempestivas. Cuando comprobó que Curtis guardaba silencio, se sentó en el frío suelo para ponerse cómodo.

—Ha sido un día horrible —dijo Rouche—. Es estupendo estar de vuelta en casa y poder hablar de lo sucedido con alguien.

Dejó transcurrir un rato en silencio para dar a su colega la oportunidad de contarle lo que quisiera.

—Yo…, bueno…, en realidad no tengo a nadie —admitió por fin.

Hablaba tan bajo que Rouche apenas la oía.

—Estás muy lejos de casa —le argumentó.

—Eso no… Seguiría sin tener a nadie.

Rouche esperó a que continuase.

—El trabajo se antepone a todo lo demás. No dispongo del tiempo necesario para cultivar una relación. He perdido el contacto con casi todos mis amigos.

—¿Y qué dice tu familia al respecto? —preguntó él, esperando no meter el dedo en la llaga.

Curtis dejó escapar un largo suspiro. Rouche hizo una mueca de dolor.

—Dicen que tengo la ética del trabajo correcta. El problema es que la aplico al trabajo equivocado.

Rouche se reacomodó para acurrucarse y combatir el frío, se pegó contra la puerta rota de un armario y al hacerlo derribó una pila de baldosas que se desparramaron por la polvorienta habitación.

—Mierda.

—¿Qué ha pasado? —preguntó Curtis.

—Disculpa. Estamos reformando la cocina y está todo hecho unos zorros —le explicó—. Bueno, cuéntame algo sobre tu familia.

Conversaron sobre esto y aquello hasta que las respuestas murmuradas de Curtis dejaron paso al silencio de nuevo. Rouche escuchó un rato su tenue respiración y leves ronquidos, y esos sonidos le parecieron un modo tan surrealista como relajante de concluir ese día traumático.

Finalmente decidió colgar.

Demasiado agotado para emprender el arduo camino de vuelta por la escalera hasta su habitación, apoyó la cabeza contra el armario, cerró los ojos y se quedó dormido entre las baldosas desparramadas y el cemento a la vista en el corazón de su casa.

7

Jueves, 10 de diciembre de 2015
14.16 h

14:16   10/12/2015   −5 °C/23 °F

Desde el cálido asiento trasero en el vehículo del FBI, Baxter contempló los números que parpadeaban en el cuadro de mandos. A continuación, comprobó la hora en su propio reloj y se dio cuenta de que había olvidado cambiarla en el avión y todavía marcaba las 19.16 h. Debió de pasársele por alto el aviso por megafonía. Los tres se habían dormido durante las siete horas y media de vuelo después de la noche de sueño interrumpido.

El trayecto desde el aeropuerto hasta Manhattan había sido agónicamente lento. El tráfico de la ciudad tenía que avanzar por las calles a paso de tortuga porque los vehículos se deslizaban y giraban sobre una compacta capa de hielo y nieve sucia acumulada durante una semana.

Baxter había estado en Nueva York en un par de ocasiones durante su juventud. Había cumplido con todas las visitas turísticas de manual, se había maravillado con el *skyline* de película contemplado desde el agua y había experimentado esa sensación de hallarse en el centro del mundo porque personas de todas partes del planeta se abrían paso a codazos para encontrar su lugar en una isla de poco más de tres kilómetros de ancho. Ahora, en cambio, solo se sentía agotada y con ganas de volver a casa.

Rouche permanecía sentado a su lado sin abrir la boca. Había pedido al conductor que los llevase por el puente de Brooklyn. Cuando se aproximaban a la segunda torre de piedra, señaló el punto en el que habían encontrado colgando el cadáver del Banquero.

—Le ataron las muñecas y los tobillos y lo colgaron entre esos dos cables, uno a cada lado de la calzada, de modo que contemplaba a la gente que pasaba por debajo. Era como una visión premonitoria que pendía sobre la entrada a la ciudad para que todo el mundo lo viera, una especie de advertencia de los horrores que esperaban a quienes sobrepasaran este punto.

El coche atravesó un tramo en sombra cuando pasaron bajo el arco.

—Por favor, ¿podemos ceñirnos a los hechos? —preguntó Curtis desde el asiento del copiloto—. Estás poniéndome mal cuerpo.

—En cualquier caso, como sabes, el asesino no consiguió terminar su obra. Le estaba atando el brazo izquierdo al cable exterior cuando perdió el equilibrio, se estrelló contra el hielo y se ahogó —explicó Rouche—. Lo cual debió de ser todo un incordio para él.

La irreverencia con la que Rouche acababa de trivializar la caída y muerte del asesino pilló a Baxter por sorpresa y, pese a estar de un humor de perros, sonrió.

Rouche no pudo hacer otra cosa que sonreír también.

—¿Qué pasa? —preguntó.

—Nada —respondió ella, y se volvió para mirar por la ventanilla mientras se adentraban en la ciudad helada—. Es solo que me has recordado a alguien.

El estado de las calles se había ido deteriorando a medida que se alejaban del centro. Cuando llegaron a Washington Heights, la calzada estaba rodeada de montículos de nieve que hacían la función de los parapetos laterales en una bolera, ya que devolvían a los vehículos a la pista.

Baxter no había estado nunca al norte de Central Park. Las mismas vías amplias se cruzaban a intervalos regulares, pero los edificios que se sucedían junto a las aceras permitían que el bajo sol invernal llegase a las calles en lugar de rebotar entre los rascacielos que lo eclipsaban. Le recordó a una ciudad en miniatura a la que sus padres la habían llevado de niña: una versión de juguete de Nueva York.

Mientras el chófer aparcaba e introducía el dinero en un parquímetro el nostálgico recuerdo infantil se desvaneció.

La entrada de la comisaría del distrito 33 estaba presidida por una enorme carpa blanca, bajo la cual un agente canoso desempeñaba un doble papel vigilando el acceso y regulando el tráfico. Cuando se apearon del coche, estaba dando absurdas instrucciones a los conductores de varios vehículos ingobernables por culpa del hielo para que se apartasen del cordón policial que bloqueaba una de las pocas calles con una curva pronunciada de la ciudad.

—Como ya mencioné cuando nos vimos por primera vez, gracias a la localización, hemos podido mantener este escenario del crimen en secreto —explicó Curtis a Baxter mientras entraban en el edificio a través de la lona que cubría la entrada.

Justo debajo de la carpa, el escudo azul del departamento de Policía de Nueva York adornaba la pared encima de una puerta de dos hojas. A unos metros a la derecha de la entrada, la parte posterior de un Dodge cuatro por cuatro sobresalía del edificio. Una columna de cemento de quince centímetros de grosor emergía del suelo detrás de él como un diente roto. Sin necesidad de acercarse al vehículo, Baxter vio la oscura sangre seca desparramada en abundancia por la tapicería color crema.

De la puerta de doble hoja emergieron dos agentes que cruzaron ese escenario de destrucción incrustado en su lugar de trabajo como si no fuese más que una elección decorativa poco acertada sobre la que no les habían consultado y salieron por la abertura de la lona.

—Permite que te muestre lo que sabemos —dijo Curtis mientras levantaba la cinta amarilla fluorescente que rodeaba el vehículo.

—¿Te importa si aprovecho para hacer una llamada? —preguntó Rouche.

Ella lo miró un poco desconcertada.

—Todo esto ya me lo sé —remarcó Rouche.

Curtis le hizo un gesto desdeñoso y el agente salió, dejando a las dos mujeres a solas.

—Bueno, antes de que empecemos con esto quería saber si estás bien.

—¿Bien? —preguntó Baxter, a la defensiva.

—Sí. Después de lo de ayer.

—Estoy bien. —Baxter se encogió de hombros, como si ni siquiera fuese capaz de recordar a qué incidente se refería Curtis—. Entonces…, la furgoneta empotrada en la pared… —inquirió rápidamente para alejar la conversación de las preguntas personales.

—Nuestra víctima era Robert Kennedy, treinta y dos años, casado. Llevaba en el cuerpo nueve años, cuatro como detective.

—¿Y el asesino?

—Eduardo Medina, emigrante mexicano. Trabajaba en la cocina del hotel Park-Stamford en el Upper East Side. Y antes de que me lo preguntes, te diré que no, no hemos encontrado ninguna conexión entre él y Kennedy, los otros asesinos o las otras víctimas.

Baxter se dispuso a preguntar algo.

—Ni con los asesinatos del caso Ragdoll... todavía —aclaró Curtis con un suspiro.

Rouche se guardó el móvil en el bolsillo de la chaqueta y volvió a entrar. Se unió a Baxter y a Curtis, que estaban en mitad de la calle cubierta con lonas.

—Tenemos las grabaciones de una cámara de seguridad...

—Del colegio de enfrente —añadió Rouche, interrumpiéndola—. Perdón. Continúa.

—Bueno, pues tenemos una grabación de una cámara de seguridad en la que aparece Medina aparcando en la 168 Oeste y sacando a Kennedy inconsciente del asiento trasero. El ángulo de la cámara no es el mejor, pero estamos seguros de que durante esos cinco minutos arrastró a un Kennedy ya marcado hasta el capó del vehículo cubierto con una sábana y lo tendió sobre él. Y ató cada extremidad con una cuerda, como en el caso del cadáver del puente.

Baxter volvió a echar un vistazo al vehículo siniestrado. Entre el amasijo metálico asomaba una gruesa cuerda que llegaba hasta la altura de la rueda trasera.

—Medina se desnuda, llevaba la palabra «Marioneta» grabada en el pecho, y aparta la sábana que cubre a Kennedy. Arranca en Jumel Place, y aquí es donde tenemos que dar gracias a la climatología porque gira demasiado rápido —dijo Curtis simulando el recorrido de la trayectoria del vehículo—, pierde el control y, en lugar de atravesar la entrada del edificio, se estrella contra el muro y los dos mueren a causa del impacto.

—Nadie más resultó herido —añadió Rouche.

Siguieron a Curtis al interior, pasaron como pudieron junto

a la furgoneta y, atravesando el muro abierto por el impacto, llegaron a un despacho.

El morro del vehículo se había aplastado hasta la altura del parabrisas roto. Había escombros y polvo por todo el despacho en un radio de diez metros, pero más allá de ese perímetro el resto de la habitación parecía apenas afectada por la destrucción de la esquina.

Baxter miró al suelo y contempló la silueta marcada con cinta de un cadáver.

—¿Esto es una broma? —susurró con incredulidad—. Vaya forma de contaminar la escena del crimen. No estamos en una entrega de *Agárralo como puedas*.

Las piernas y el torso estaban pegados al suelo, pero los brazos y la cabeza estaban marcados sobre el aplastado morro de la furgoneta.

—No se lo tengas en cuenta —dijo Rouche—. Lo hicieron sometidos a muchísima tensión.

—No creo que debamos dar mucha fiabilidad a la posición del cadáver —dijo Curtis—. Tienes que entender que Kennedy era uno de ellos, de manera que lo sacaron de aquí lo más rápido posible e iniciaron maniobras de reanimación. Uno de los novatos hizo esto mientras los demás trataban de devolverlo a la vida.

—¿Y tenemos la certeza de que ni Medina ni nadie de su familia quería vengarse de la policía por algún motivo? —preguntó Baxter, de nuevo incrédula.

—No que sepamos —respondió Curtis—. Lo sé. No tiene ningún sentido cuando es obvio que ha intentado poner en pie de guerra al departamento de Policía de Nueva York en pleno. Todo el mundo se entera si matas a un poli, la policía al completo te va a caer encima como una tonelada de ladrillos. Esté detrás algún tipo de secta, algún grupo de internet que busca notoriedad o una panda de forofos del Ragdoll, poner en la diana a un poli, probablemente, sea la mayor idiotez que podían hacer, y sea lo que sea lo que pretenden conseguir, con este crimen se han complicado muchísimo la vida.

Baxter recordó algo que Edmunds le había dicho la noche anterior.

—Alguien mueve los hilos —aseveró—, alguien está coordinando estos asesinatos, utilizando estas marionetas para sus propósitos. Sabemos que no elige las víctimas al azar porque las otras dos están relacionadas con el caso Ragdoll. Ahora tenemos tres asesinatos. No tenemos ni idea de quiénes están detrás, dónde están y ni siquiera qué pretenden. Pero desde luego esta gente no es idiota.

—¿Y entonces por qué declararle la guerra a la policía? —preguntó Rouche, fascinado.

—En efecto, ¿por qué?

La carpa se llenó de voces.

—¿Agente especial Curtis? —llamó alguien.

Baxter y Rouche siguieron a Curtis a través del boquete en el muro. El equipo de un noticiario estaba preparando los bártulos, contemplando con avidez el escenario cada vez que levantaban la vista. Curtis se acercó a un grupo de hombres con traje oscuro.

—Me parece que vas a salir por la tele —susurró Rouche a Baxter. Se sacó una corbata de emergencia del bolsillo y se la anudó al cuello—. ¿Cómo se siente una siendo la cara oficial de una campaña de propaganda?

—Cierra el pico. Pueden grabarme mientras hago mi trabajo, pero los mandaré a la mierda si…

—¿Rouche? —dijo un hombre con sobrepeso que se apartó del grupo de Curtis. Llevaba un anorak acolchado que no contribuía precisamente a estilizar su ya voluminosa figura—.

¿Damien Rouche? —repitió con una amplia sonrisa toda vez que le tendía una mano con dedos del tamaño de salchichas.

Rouche acabó a toda velocidad de ajustarse el apresurado nudo de la corbata y se dio la vuelta con un aspecto inusualmente elegante.

—George McFarlen —dijo con una sonrisa, después de lanzar una mirada acusadora al distintivo del FBI que el recién llegado llevaba colgado alrededor del cuello—. ¡Maldito chaquetero!

—¡Vaya, fue a hablar el agente británico de la CIA! —se mofó el aludido—. ¿De modo que fuiste tú el que se vio atrapado en ese motín carcelario?

—Me temo que sí. Pero parece que alguien ahí arriba estaba velando por mí.

—Amén —dijo asintiendo McFarlen.

Baxter puso los ojos en blanco.

—Eh, ¿sigues disparando? —preguntó McFarlen a Rouche.

—No, la verdad es que no.

—¡No! Pues es una pena. —McFarlen parecía decepcionado de corazón cuando se dio la vuelta y dijo a Baxter—: ¡Este tío sigue ostentando el récord de la agencia de tiro a cincuenta metros!

Baxter asintió y respondió con un murmullo evasivo.

Captando el escaso interés de su interlocutora, McFarlen volvió a centrar su atención en Rouche:

—¿Tu familia sigue en Inglaterra? —El dominante individuo no se molestó en esperar la respuesta—. ¿Cuántos años tiene ahora tu hija? ¿Como mi Clara, dieciséis?

Rouche abrió la boca.

—Qué edad, ¿eh? —McFarlen negó con la cabeza—. Solo piensan en chicos y en quejarse de todo a todas horas. ¡Te sugiero que te quedes por aquí algún tiempo y regreses cuando haya cumplido los veinte!

Una estridente risotada del todo impropia reverberó en el escenario del crimen cuando el tipo cayó en la cuenta de pronto de lo gracioso que había sido su comentario. Rouche sonrió educadamente y recibió una bienintencionada, pero dolorosa palmada en la espalda por parte de McFarlen antes de largarse.

Baxter hizo una mueca de dolor mientras Rouche se llevaba las manos al pecho para aliviar los efectos del golpe.

—Me parece a mí que esto podría considerarse una agresión en toda regla —bromeó la inspectora jefe.

Curtis se acercó para presentarle a la agente especial al mando del operativo, Rose-Marie Lennox. La ojerosa mujer parecía ser el equivalente en el FBI a Vanita: una burócrata disfrazada de oficial operativa, con un arma a modo de símbolo de poder por si a alguien se le ocurría robar la fotocopiadora de su despacho.

—Te estamos muy agradecidos por tu colaboración —le dijo Lennox, aduladora.

—Ok —dijo la reportera mientras se colocaba frente a la cámara—. Grabamos en tres, dos, uno…

—Un momento. ¿Qué…? —exclamó Baxter, e intentó escabullirse, pero Lennox la agarró del brazo mientras la reportera daba una versión periodística de los hechos.

Y a continuación presentó a Lennox, que se puso a recitar sus bien aprendidas respuestas.

—… un ataque absurdo y cruel a uno de los nuestros. Creo hablar en nombre de todos mis colegas si digo que no cejaremos hasta que… Puedo confirmar que estamos buscando conexiones entre este asesinato, el incidente en el puente de Brooklyn de hace unas semanas y el asesinato de ayer de Lethaniel Masse… Vamos a trabajar con la Policía Metropolitana inglesa, que nos ha ofrecido la colaboración de la inspectora jefe Emily Baxter, que fue quien atrapó…

Baxter perdió interés en la perorata enseguida y miró a

Rouche y a Curtis, que estaban inspeccionando el vehículo siniestrado. Observó que Curtis llamaba a Rouche para que observase algo en el asiento del conductor y no prestó atención a la pregunta de la reportera.

—¿Qué?

—Inspectora jefe —repitió la mujer haciendo gala de la sonrisa menos sincera que Baxter había contemplado en su vida—, ¿qué puede decirme de la escena que tenemos detrás? ¿En qué está trabajando? —Y señaló la devastación con una mirada desolada todavía menos convincente que su sonrisa de ceño fruncido.

El cámara enfocó a Baxter.

—Bueno… —La inspectora jefe suspiró, sin hacer el menor esfuerzo por disimular su desprecio—. Estaba investigando la muerte de un inspector de policía, pero ahora, por razones que se me escapan, estoy aquí plantada hablando con usted.

Se produjo un silencio incómodo.

Lennox parecía molesta, y la abrupta respuesta dejó desconcertada a la periodista, que no fue capaz de formular su siguiente pregunta.

—¿Por qué no dejamos que vuelva usted al trabajo, inspectora jefe? Gracias. —Lennox esbozó una sonrisa apaciguadora y cogió del brazo con delicadeza a Baxter mientras esta se encogía de hombros y se alejaba—. Como puede ver —dijo la agente especial a la reportera—, esta pérdida nos ha afectado mucho a todos y no queremos perder ni un minuto para descubrir quién es el responsable.

Lennox se despidió del equipo del noticiario y pidió a Curtis que la acompañase afuera. Cruzaron la calle y se apoyaron en la valla del parque Highbridge, la frontera en la que el compactado hielo de la acera se convertía en nieve en polvo intacta. Lennox encendió un cigarrillo.

—Me han contado lo que sucedió en la prisión —dijo—. ¿Estás bien? Tu padre me cortaría la cabeza si sucediese algo.

—Gracias por interesarte, pero estoy bien —mintió Curtis. Le fastidiaba que, pese a todo lo que había hecho por probar su valía, seguía recibiendo un trato preferente por sus conexiones familiares.

Lennox pareció percatarse de que la había molestado, porque decidió cambiar de tema.

—Esa Baxter es una tipa muy irascible, ¿no?

—Es solo que no soporta a los idiotas —respondió Curtis antes de caer en la cuenta de que con ese comentario estaba insultando a su superiora—. Con esto no quiero decir que tú seas idiota, claro está. Quiero decir que...

Lennox quitó importancia al comentario expulsando una bocanada de humo.

—Es fuerte y muy lista —dijo Curtis.

—Sí..., eso me temo.

Curtis no acabó de entender qué había pretendido decir con eso.

Pese a que no había tocado un cigarrillo en su vida, el cálido resplandor del tabaco al quemarse, oscilando en el aire gélido, de pronto le pareció más tentador que nunca.

Lennox se volvió hacia el campo de béisbol que había en lo alto de la cuesta nevada.

—Aquí es una turista —dijo a Curtis—. Ni más ni menos. La pondremos ante las cámaras unas cuantas veces más, haremos que le saquen algunas fotos para tranquilizar a la ciudadanía y después la meteremos en un avión de vuelta a casa.

—Estoy convencida de que podría sernos de gran ayuda.

—Lo sé, pero siempre hay mucho más en juego de lo que

parece a simple vista. Dado que el asesinato del oficial Kennedy es un insulto directo al cuerpo de Policía de Nueva York, una mofa a la autoridad que lo rige con la pretensión de cuestionarla públicamente, la presencia aquí de Baxter supone una amenaza similar.

—Lo siento, pero no entiendo a qué te refieres —comentó Curtis.

—Tenemos al NYPD, el FBI y la CIA trabajando en el caso sin llegar a ninguna parte. Necesitamos a Baxter aquí para demostrar que estamos haciendo todo lo que está en nuestra mano, pero al mismo tiempo tenemos que sacarla de aquí antes de que la Policía Metropolitana inglesa pueda ponerse una medalla por la resolución del caso. Hemos sido atacados, debemos mostrar fortaleza. Es preciso que dejemos claro al mundo que somos capaces de solucionar nuestros propios problemas. ¿Ahora lo entiendes?

—Sí, señora.

—Muy bien.

Un grupo de escolares empezó a recorrer el parque dejando profundas huellas. Otro inició una batalla de bolas de nieve demasiado cerca de ellas.

—Compórtate con normalidad —ordenó Lennox a Curtis—. Deja que Baxter te acompañe vayas a donde vayas, pero mantenla al margen si das con alguna pista importante.

—Eso va a ser complicado.

—Las órdenes a veces lo son —sentenció Lennox encogiéndose de hombros —. Pero solo será durante unos días más. La mandaremos de vuelta a casa después del fin de semana.

Uno de los agentes había llevado un café a Baxter y a Rouche mientras esperaban a que Curtis volviese. Además de ofrecerles un par de tazas descascarilladas, también los había obsequiado con una breve, pero no solicitada arenga:

—Vais a pillar a los cabrones que están detrás de esto.

Baxter y Rouche se limitaron a asentir hasta que el iracundo agente pareció darse por satisfecho y los dejó en paz. Pese a que la carpa los protegía del viento, la temperatura seguía bajo cero y empezaban a notarlo.

—Si tenemos tiempo, ¿quieres cenar conmigo y con Curtis esta noche? —preguntó Rouche.

—Yo…, bueno…, no lo sé. Tengo que hacer algunas llamadas.

—Conozco una pizzería un poco peculiar en el West Village en la que se come de maravilla. Siempre voy allí cuando estoy en Nueva York. Es una tradición.

—Yo…

—Venga… Los tres estaremos agotados y hambrientos esta noche. Tienes que comer algo —le dijo Rouche con una sonrisa.

—De acuerdo.

—Fantástico. Voy a reservar una mesa.

Sacó el móvil y buscó en sus contactos.

—Oh, se me había olvidado preguntártelo —dijo Baxter—. ¿Qué habéis encontrado tú y Curtis en el asiento del conductor?

—¿Qué?

Rouche tenía el móvil pegado a la oreja.

—Mientras yo estaba cagándola con la entrevista me ha parecido ver que habíais encontrado algo.

—Oh, eso. No era nada —respondió Rouche.

Alguien en la pizzería descolgó el teléfono y él se apartó un poco para hablar.

8

Curtis estaba atrapada.

Repasó con la mirada la habitación del destartalado hotel, con el arma en la mano, atenta a cualquier movimiento. Pensó en pedir ayuda a Rouche, pero dudó que la oyese y además no quería alertar al intruso sobre su posición exacta. Sintió el bombeo de la sangre en los oídos, al ritmo de su acelerado corazón, mientras mantenía los ojos clavados en la puerta, a unos pocos metros y, sin embargo, tan inalcanzable.

Sabía que en un momento u otro tendría que acercarse a ella.

Ya se había cambiado para acostarse: una camiseta retro de My Little Pony, un pantaloncito corto verde chillón y unos gruesos calcetines de lana. Muy lentamente, gateó por la cama y alcanzó su chaqueta, que estaba colgada en el respaldo de una silla.

Respiró hondo y bajó de la cama, dejando caer la zapatilla que blandía en la mano. Abrió muy nerviosa el cerrojo, salió al pasillo y la puerta se cerró a su espalda.

Se recompuso, se irguió y golpeó con suavidad en la puerta contigua. Apareció Rouche, con un aspecto desaliñado: la camisa blanca por fuera y descalzo. La combinación de jet lag y demasiado vino en la cena estaba pasando factura a todos.

Se quedó mirando a su visitante y se frotó los fatigados ojos tratando de enfocarla.

—¿Llevas una camiseta de My Little Pony?

—Sí —resopló Curtis.

Rouche asintió.

—Ok. ¿Quieres entrar?

—No, gracias. He venido para preguntarte si eres mañoso matando arañas.

—¿Arañas? —Rouche se encogió de hombros—. Sí, por supuesto.

—Nada de recogerla con un trozo de papel y sacarla por la ventana para que el horrible bicho pueda volver a entrar. Quiero que la mates..., que la extermines —fueron sus instrucciones.

—Entendido —dijo Rouche mientras cogía un zapato y la llave de su habitación.

—Ese bicho es demasiado grande para andarse con contemplaciones —continuó Curtis, satisfecha con la buena disposición de Rouche.

Ante el comentario, este se inquietó.

—¿De qué tamaño estamos hablando? —preguntó.

Baxter se las había ingeniado para ponerse el pijama a cuadros vuelto del revés, un descuido que no cometió con el pantalón a juego, que simplemente llevaba con el frontal detrás.

Se bebió otro vaso lleno de repugnante agua del grifo mientras varios clientes molestos se dedicaban a golpear y aporrear puertas. Cuando se dejó caer sobre la cama le pareció que el techo se movía un poco y sintió náuseas. El ruido del tráfico se colaba por la ventana mientras buscaba a ciegas el móvil, seleccionaba el nombre de Edmunds y llamaba a su número.

—¡Qué! —gritó Edmunds incorporándose de golpe en la cama.

Leila rompió a llorar en su cuna, en la esquina del dormitorio.

—¿Qué hora es? —gruñó Tia, que acababa de conseguir que se durmiese.

Una vez recuperado de la desorientación inicial, Edmunds se percató de que su móvil estaba sonando abajo. Se las apañó para bajar por la escalera del dúplex, vio el nombre de Baxter en la pantalla y respondió:

—¿Baxter? ¿Va todo bien?

—Sí, bien… Todo bien —farfulló.

—¿Es Emily? —preguntó Tia desde el piso superior con Leila lloriqueando.

—Sí —susurró Edmunds, tratando de no molestar al quisquilloso vecino.

—Me parece que tu hija está llorando —le informó Baxter, solícita.

—Sí, ya nos hemos enterado, gracias. La ha despertado el teléfono —dijo—. Nos ha despertado a todos.

—¿A las seis y veinte de la tarde? —preguntó Baxter antes de quedarse muda—. Oh, vaya, ya sabes lo que me ha pasado, ¿no?

—¿Que te has liado?

—Me he liado.

—Sí.

—Quiero decir, con lo del cambio de horario.

—¡Sí! Ya lo sé. Baxter, ¿estás borracha?

—No. Por supuesto que no. Solo he bebido un poco más de la cuenta.

Tia bajó por la escalera sigilosamente con Leila en brazos; por fin se había calmado.

—Ven a la cama —murmuró a Edmunds.

—Un minuto —susurró él.

—De verdad que lo siento —dijo Baxter sintiéndose culpable—. Solo quería contarte lo de la escena del crimen en la que he estado hoy.

—¿En cuál de ellas?

Tia empezaba a enfadarse.

—La del inspector atado todavía con vida al capó de una furgoneta y lanzado contra el muro de una comisaría.

Edmunds no sabía si acabar o no la conversación.

—Volveré a llamarte por la mañana —dijo Baxter—. Tú mañana… ¡No! Mi mañana… Espera…

—No, no pasa nada. —Edmunds dedicó una sonrisita de disculpa a Tia—. Cuéntamelo ahora.

—¿Dónde la has visto por última vez? —preguntó Rouche, consciente de que al blandir su zapato como arma había dejado el pie peligrosamente expuesto.

—Creo que ha saltado por detrás del armario —dijo Curtis, que se había subido a la cama para evitarse sustos.

—¿Saltado?

—Bueno, me ha parecido que se ha lanzado.

—¿Lanzado?

Rouche estaba perdiendo la paciencia.

—No, más bien… ¿Cuál es el equivalente a «galopar» referido a una araña?

—¡Supongo que sigue siendo «galopar»! —respondió él, alzando la voz a medida que se acercaba al armario, atento al suelo en previsión de posibles ataques por sorpresa.

—¿Tal vez deberíamos llamar a Baxter para que se encargue de ella? —sugirió Curtis.

—¡Ya me encargo yo! —protestó Rouche—. No necesitamos a Baxter para nada. Solo estoy asegurándome de no errar el golpe.

Curtis se encogió de hombros.

—No he tenido ocasión hasta ahora de darte las gracias —dijo, un poco avergonzada.

—¿Darme las gracias?

—Por lo de anoche.

—Me tienes siempre a tu disposición para lo que necesites —dijo con sinceridad Rouche al tiempo que volvía la cabeza para dedicarle una sonrisa, pero Curtis tenía los ojos fuera de las órbitas.

Rouche siguió el curso de la mirada de la agente hasta el suelo. Sobre la moqueta, delante de él, había una araña enorme, del tamaño de un platito de taza de café.

Se quedó muy quieto.

—Ve a buscar a Baxter —susurró.

—¿Qué?

De pronto el bicho correteó hacia él. Rouche soltó un grito, tiró el zapato y se precipitó hacia la puerta.

—¡Ve a buscar a Baxter! —chilló, y los dos salieron a trompicones al pasillo.

Para no mantener despiertas a Tia y a Leila, Edmunds había decidido desafiar a la gélida lluvia y había atravesado descalzo el embarrado jardín hasta el cobertizo. Encendió la luz de escasa potencia y secó su portátil.

La señal del wifi era lo bastante potente para poder abrir un artículo sobre el tema y un mapa de Manhattan. Baxter procedió a relatarle lo sucedido vocalizando con cierta dificultad, pero aportando todo lujo de detalles.

—No lo entiendo —dijo Edmunds con un suspiro.

Baxter estaba decepcionada. Se había acostumbrado a esperar lo imposible de su mejor amigo.

—Me inclino por la teoría de una secta. No se me ocurre otra explicación posible.

Alguien llamó a la puerta de la habitación de Baxter.

—Disculpa. No cuelgues.

Edmunds oyó las voces distantes mientras hacía un poco más de sitio en la mesa.

—Eh. Oh, sigues al teléfono.

—Sí.

—Tenemos un problemilla en la habitación de Curtis. Nada grave, pero... ¿Sabes qué? Seguro que lograremos resolverlo.

—Muy bien. ¿Puedo terminar primero mi razonamiento?

—Por supuesto. Gracias.

—Solo me llevará unos minutos.

Se cerró una puerta. Después se oyeron unos crujidos y la voz de Baxter reapareció mucho más fuerte:

—Disculpa... Resulta que la única conexión de que disponemos de momento es que dos de las víctimas están relacionadas con el caso Ragdoll.

—Como conexión es demasiado débil —opinó Edmunds—. Uno de ellos no era más que un tipo que tuvo la mala suerte de llamarse igual que Wolf, y la otra víctima era el propio asesino del caso Ragdoll. Todo esto no tiene ninguna consistencia.

—Así las cosas, diría que será mejor centrarse en los asesinos. Sabemos que tiene que haber alguna conexión por algún lado.

—Las Marionetas —dijo Edmunds—. Estoy de acuerdo. No tendremos la menor esperanza de poder predecir cuál será su próximo objetivo sin saber qué pretenden, algo que jamás comprenderemos a menos que averigüemos qué los conecta.

—¿Por qué fomentan toda esta atención de la prensa, tienen a todos pendientes de oírlos y después no abren la boca?

—Mi suposición: no se conforman con que todos les presten oído, sino que quieren su atención completa. Con lo cual esto irá a más.

—Corrígeme si me equivoco, pero no parece que eso te desagrade —observó Baxter al notar la excitación en la voz de Edmunds.

—Mándame todo lo que tengas sobre los asesinos mañana por la mañana y empezaré a mirármelo. Y, Baxter..., por favor, ten cuidado. Recuerda lo de «Anzuelo».

—Lo tendré.

—¿Has hablado con Thomas?

—No.

—¿Por qué no?

—Tuvimos una trifulca antes de marcharme.

—¿Sobre qué?

—Cosas nuestras.

Edmunds suspiró y reflexionó:

—No la cagues por ponerte terca.

—Gracias por la recomendación. Serías un consejero matrimonial estupendo.

—Buenas noches.

—Buenas noches.

Edmunds colgó. Eran las 4.26 de la madrugada, pero estaba muy despierto y temblando de frío. Echó un vistazo a su alrededor, observó el desorden y empezó a guardar herramientas, sospechando que volvería a necesitar el cobertizo antes de que ese caso estuviese resuelto.

Baxter se durmió enseguida en la cama de Curtis.

Curtis y Rouche se habían colocado cada uno a un lado y permanecían sentados, alertas y dispuestos a atacar con el improvisado arsenal que habían reunido. Aunque Rouche se había negado a dejarle utilizar la pesada biblia de la habitación como proyectil, estaban armados con dos pares de zapatos, una zapatilla, un bote de laca y sus dos pistolas proveídas por el gobierno, que solo pensaban utilizar contra el monstruo, si las cosas se ponían realmente feas.

Baxter no había aportado nada. Había entrado malhumorada y se había limitado a ubicarse en la «zona segura» una vez que le explicaron la situación. Se había quitado las botas y se había quedado dormida en cuestión de minutos.

—¿Otro? —preguntó Rouche mientras añadía su botellín a la pila amontonada sobre la cama.

—¿Por qué no? —respondió Curtis, y se acabó el suyo.

Rouche gateó por la cama hasta una silla, abrió el minibar y cogió un botellín para cada uno.

—Salud —dijo.

Brindaron y echaron un trago.

—¿Nunca te hartas de esto? —preguntó Curtis pasado un rato.

—¿De esto? —inquirió Rouche con un zapato en la mano.

—No de esto en particular, de esto en general: los hoteluchos, las camisas arrugadas..., estar solo.

—Estás compartiendo la cama con otras dos personas —remarcó él.

Curtis respondió con una sonrisa triste.

—No —dijo Rouche—. Pero si alguna vez me hartase, no creo que pudiera seguir en esto por mucho tiempo.

—Debe de ser duro estar tan lejos de tu mujer y de tu hija.

—Y, sin embargo, aquí sigo. Si no tienes estas ataduras y estás en crisis...

—¡No estoy en crisis! —protestó Curtis.

—Lo siento, he elegido mal la palabra.

—Es solo que... ¿mi vida va a ser siempre así?

—Lo será si tú no la cambias —dijo Rouche.

Curtis lanzó un zapato, que pasó rozando la cabeza de Rouche, y el movimiento perturbó el sueño de Baxter.

—He visto una sombra... Lo siento —se disculpó encogiéndose de hombros.

—No es asunto mío, así que puedes lanzarme otro zapato si digo algo fuera de lugar, pero arruinar tu vida solo para probar que tomaste la decisión correcta no es probar nada en absoluto.

Curtis asintió, meditabunda.

—Baxter lleva los pantalones del pijama al revés —observó Curtis tras unos instantes de silencio.

—Sí, sí —dijo Rouche sin necesidad de mirar.

Baxter había empezado a roncar un poco. Curtis la miró un momento antes de comentar en voz baja:

—Mi jefa me ha dicho que no comparta con ella ninguna información importante.

—¿Por qué?

Curtis se encogió de hombros.

—De todos modos, solo va a estar por aquí un par de días.

—Qué pena. La verdad es que me cae bien.

—A mí también.

—Duerme un poco —le propuso Rouche—. Yo me quedaré de guardia.

—¿Seguro?

Rouche asintió. Curtis se quedó dormida junto a él al cabo

de cinco minutos y diez más tarde también Rouche se quedó traspuesto.

El despertador del móvil de Curtis sonó a las seis en punto de la mañana. Después de pasar la noche los tres en su cama, todos se sintieron un poco desconcertados al abrir los ojos.

—Buenos días —gruñó Rouche.

—Buenos días —respondió Curtis estirándose.

Baxter no tenía ni idea de lo que pasaba.

—Voy a darme una ducha —anunció Rouche.

Se levantó y se dirigió a la puerta. Se detuvo en seco, miró al suelo y dejó escapar un chillido.

—¿Qué pasa? —preguntó Curtis.

Se acercó con cautela a donde estaba él y vio el cadáver aplastado en la moqueta.

—Baxter debió de pisarla al entrar —dijo Rouche riéndose entre dientes.

Cogió un trozo de papel higiénico, recogió la prueba del delito, la lanzó al inodoro y tiró de la cadena haciendo desaparecer su primera captura exitosa como equipo.

Era un primer paso en la buena dirección.

9

Lennox golpeó suavemente uno de los tres tarjetones que había colocado delante de Baxter cuando se sentaron:

No puedo especular sobre eso.
Puedo confirmar que eso es correcto.
No hay nada que sugiera esa posibilidad.

Baxter se acercó un poco más al pequeño micrófono colocado encima de la tela negra que habían extendido sobre los escritorios vacíos para dar a todo aquello un aire más oficial.

—Me temo que no puedo especular sobre eso —dijo.

Mientras se apoyaba en el respaldo del asiento y otro periodista formulaba una pregunta al hombre que estaba sentado junto a ella, captó el apenas audible chasquido de lengua que hizo Lennox. A continuación, esta escribió una breve nota y se la pasó con disimulo, sin mostrarse en ningún momento impresionada ni por la pregunta ni por la respuesta de ella.

A Baxter le llevó unos instantes descifrar los garabatos:

Nunca digas: «Me temo que...».

En circunstancias normales la notita habría bastado para que Baxter la hubiera mandado a la mierda de malos modos, sin importarle que la sala estuviese llena de periodistas y cámaras grabando cada gesto, pero por respeto se mordió la lengua y continuó sentada.

El propósito de la conferencia de prensa era certificar la identidad del detective fallecido y, en respuesta a las especulaciones que circulaban por internet en forma de teorías de la conspiración, confirmar oficialmente que el asesinato del Banquero, el de Lethaniel Masse y el del detective Robert Kennedy estaban relacionados.

Baxter no estaba muy concentrada. Seguía dando vueltas a la nota manuscrita y estaba decidida a restregársela en los morros a Lennox, que en ese momento concluía su propia e imprecisa respuesta:

—… y nuestros colegas del otro lado del Atlántico, como la inspectora jefe Baxter, aquí presente.

En cuanto terminó, un joven con un traje barato vio premiada su atención al ser el primero en levantar la mano.

—Entonces, inspectora jefe, ¿cuál creen que es la motivación que hay detrás de estos asesinatos? —preguntó.

La sala esperó la respuesta.

Sin necesidad alguna, Lennox señaló uno de los tarjetones.

—No puedo especular sobre eso —dijo Baxter.

—Una fuente de la prisión ha revelado que los dos cadáveres tenían palabras grababas en el cuerpo: «Marioneta» y «Anzuelo» —continuó el joven, que no estaba dispuesto a conformarse con una respuesta evasiva de cinco palabras—. Las fotografías del puente de Brooklyn sugieren que el fallecido tenía marcas similares. ¿Puede confirmar si ese patrón se repite en todos los cadáveres encontrados hasta el momento?

Lennox dudó un instante y plantó el dedo sobre otro tarjetón. Aunque sorprendida, Baxter obedeció la silenciosa orden.

—Puedo confirmar que eso es correcto —dijo mecánicamente.

En la sala se levantó un murmullo de conversaciones en voz baja y susurros siseados. Baxter se percató de la presencia de Curtis y Rouche de pie, apoyados contra la pared del fondo, y saber que estaban allí la reconfortó. Curtis le dirigió un gesto de asentimiento profesional, mientras que Rouche, más entusiasta, le alzó los pulgares, detalle que a ella le hizo sonreír.

—¡Inspectora jefe! ¡Inspectora jefe! —requirió su atención el joven por encima de la contenida conmoción, tentando a la suerte con una tercera pregunta—. Teniendo en cuenta que las tres víctimas hasta el momento han sido un inspector de la policía, un hombre llamado William Fawkes y el propio asesino del caso Ragdoll, los tres con la palabra «Anzuelo» grabada en el pecho, ¿puedo dar por supuesto que usted y sus colegas se habrán planteado la posibilidad de que esos mensajes estén dirigidos a usted?

En la sala se produjo un silencio sepulcral mientras los expectantes periodistas esperaban la respuesta, de modo que había que reconocer que el joven había lanzado una buena pregunta.

Lennox empujó hacia Baxter la cartulina del «No puedo especular sobre eso». Por supuesto que sí podía, pensó Baxter con amargura. Difícilmente Lennox iba a estar dispuesta a admitir que la había llevado hasta allí desde la otra punta del mundo básicamente para ponerla en peligro.

—Es solo una de las varias posibilidades que estamos valorando —dijo Baxter. Y con el uso del plural se refería, claro está, a ella y a Edmunds.

Lennox parecía un poco molesta porque Baxter se hubiera

saltado el guion, pero quedó satisfecha con su concisa y profesional respuesta.

—¡Inspectora jefe Baxter! —la llamó alguien de la primera fila.

Cuando ella en un acto reflejo miró a la mujer que había hablado, esta se lo tomó como una invitación para ponerse en pie y lanzarle una pregunta demoledoramente directa:

—¿Va a haber más asesinatos?

Baxter recordó su conversación con Edmunds de la noche anterior. Lennox golpeó con los dedos de nuevo la cartulina de «No puedo especular sobre eso».

—Yo... —Baxter dudó.

Lennox se volvió hacia ella y golpeó la cartulina con más insistencia. Al fondo de la sala, Curtis parecía preocupada y negaba con la cabeza. Sin necesidad de la nota de la cartulina, Rouche movió los labios diciendo: «No puedo especular sobre eso».

—¿Inspectora jefe? ¿Va a haber más asesinatos? —insistió la periodista mientras el resto de la sala guardaba silencio.

Baxter recordó la nota de prensa que había acompañado la detención de Masse: la historia que tuvo que contar para salvar el pellejo, la difusa explicación sobre la implicación de Wolf.

No era más que un montón de cadáveres y de mentiras...

—Creo que esto irá a más... Sí.

Mientras los periodistas presentes en la sala se levantaban de sus asientos y la bombardeaban a preguntas entre una nube de flashes, Baxter percibió que varias cabezas a ambos lados de ella se volvían para mirarla. Al parecer, se equivocaba al pensar que, para variar, la ciudadanía querría saber la verdad.

Resultaba deprimente darse cuenta de que preferían las promesas vacías y las mentiras reconfortantes. A la hora de la verdad, quizá las víboras del departamento de Relaciones Públicas tenían razón: la gente prefería que la apuñalaran por la espalda antes que ver al asesino venir de cara.

—De modo que esto es lo que tenemos de momento. —El agente especial Kyle Hoppus señaló una de las diez caóticas pizarras que ocupaban las paredes—. Estos son nuestros asesinos.

MARCUS TOWNSEND	EDUARDO MEDINA	DOMINIC BURRELL, «EL GORILA»
Puente de Brooklyn 39 años/blanco Estados Unidos Exfinanciero En bancarrota cuando los mercados se desplomaron en 2008 Etapas de vida complicada ¿Vínculos financieros con la víctima? Investigado por manejo de información privilegiada en 2007 ¿Venganza contra la policía?	Comisaría del distrito 33 46 años/latino Cocinero del hotel Park-Stamford Problemas con Inmigración: la mitad de su familia sigue en México ¿Venganza contra las autoridades?	Cárcel de Belmarsh 28 años/blanco británico Arrestado en 2011 por asesinato En prisión los últimos cuatro años ¿Cómo se conecta con los asesinatos del caso Ragdoll a menos que lo contactaran en prisión? Los registros de visitas muestran que veía a un psiquiatra una vez por semana y a su familia por su cumpleaños Obvia sed de venganza contra la policía

La oficina del FBI en Nueva York estaba en la planta veintitrés de un edificio decepcionantemente anodino pegado a

Broadway. Con la excepción del ladrillo visto típico de Nueva York, Baxter se sentía como en la sede de New Scotland Yard: los techos altos encalados; el mismo azul sucio para las separaciones entre escritorios, y una moqueta casi idéntica y repulsiva.

Hoppus les concedió un minuto para repasar la información anotada en la pizarra. A Baxter le pareció sospechosamente amable teniendo en cuenta que era un superior.

—Como podéis imaginar, después de haber explorado todos los posibles vínculos entre los asesinos, entre las víctimas y entre asesinos y víctimas, y entre todos ellos con los asesinatos del caso Ragdoll, en estos momentos estamos concentrando nuestra atención en el hecho de que cada uno de los asesinos tenía un buen motivo para odiar a la policía —explicó Hoppus—. Todavía tenemos a un equipo trabajando en sus finanzas, otro revisando sus ordenadores y teléfonos con lupa, por descontado. Pero para seros sinceros, el mayor esfuerzo se concentra aquí. No hemos encontrado el menor rastro de radicalizaciones religiosas o políticas, tal vez con la excepción de Medina, que es católico y simpatizante fervoroso del Partido Demócrata, como la mayoría de los emigrantes mexicanos. Ninguno de ellos tiene antecedentes de violencia, salvo Burrell. Básicamente, hasta donde hemos podido averiguar, esas personas no se conocían ni habían estado nunca en contacto unas con otras —concluyó.

—Y, sin embargo, han cometido con pocos días de diferencia tres asesinatos que, sin duda, estaban coordinados —reflexionó Rouche en voz alta—. Es escalofriante.

Hoppus no replicó, pero miró a Curtis con perplejidad, como preguntándole por qué había traído con ella a ese tipo tan raro.

—¿Podríais proporcionarme una copia de los documentos

de vuestras investigaciones? —le preguntó Baxter. Decidió no comentarle que planeaba enviárselos a la otra punta del mundo a un inspector de la Oficina Antifraude que no tenía relación alguna con el caso.

—Por supuesto —dijo Hoppus, aunque sin mucho entusiasmo. Era obvio que le parecía insultante que ella pensase que podía dar con algo que a todo el equipo le hubiera pasado por alto.

Rouche se acercó a la pizarra para mirar con atención las tres pequeñas fotografías que habían colocado encima de los nombres. La de Burrell era la foto policial de la detención. En la de Townsend este aparecía con una camiseta con un logo familiar.

—¿Townsend estaba en el programa De la Calle al Éxito? —preguntó Rouche.

—Así es —respondió Hoppus, que estaba hablando con Curtis y Baxter.

—¿Sigue en él? —quiso saber Rouche.

Hoppus se quedó desconcertado.

—Está muerto.

—Quiero decir... si seguía en el programa cuando murió. ¿No lo había dejado ni nada por el estilo?

—No. Seguía en ese programa. —Hoppus era incapaz de disimular la irritación en su tono de voz.

—Hummm. —Rouche volvió a concentrarse en la pizarra.

Sabía por un caso anterior que De la Calle al Éxito era un programa que pretendía reconducir al creciente número de personas sin techo de la ciudad hacia el mundo laboral y un mínimo nivel de autosuficiencia. Proporcionaban apoyo, alojamiento, educación, asesoramiento cuando era necesario y oportunidades de empleo a personas a las que el mundo había dado la espalda. Una iniciativa muy loable; sin embargo, resultaba difícil imaginarse al tipo flacucho y de mirada ausente de la fotografía encontrando en algún momento su camino de regreso a la sociedad.

Rouche había visto a suficientes yonquis para saber cuándo una persona era más adicta a una droga que a la vida.

Pasó a la fotografía de Eduardo Medina. En la esquina inferior asomaba la parte superior de la cabeza de alguien porque habían recortado toscamente la imagen. Por la postura de Medina, Rouche dedujo que debía de estar rodeando con los brazos a esa persona desconocida, y se lo veía feliz.

—¿Qué va a pasar ahora con su familia? —inquirió Rouche, interrumpiendo de nuevo a Hoppus.

—¿La de quién?

—La de Medina.

—Bueno, teniendo en cuenta que ese gilipollas mató a un poli a sangre fría, me sorprendería que no deportasen a su hijo, que vivía con él, y prohibieran para siempre al resto de sus familiares cercanos y lejanos volver a entrar en el país.

—Entonces podemos decir que los ha jodido bien a todos —concluyó Rouche.

—Diría que sí —opinó Hoppus, y se volvió de nuevo hacia Curtis.

—Sin embargo, cuidaba de ellos con verdadera dedicación hasta el asesinato, ¿no es así?

Hoppus mostró sin disimulo su irritación y se dio la vuelta para mirar a Rouche.

—Supongo que sí. En el hotel trabajaba horas extras y enviaba dinero a su familia. Estaba haciendo los trámites para traerse a su hija.

—No me parece un tipo chungo —dijo Rouche.

Hoppus, que de natural tenía un talante agradable, enrojeció de ira.

—Por Dios —susurró Curtis, avergonzada.

—¿Que no te parece un «tipo chungo»? —soltó Hoppus concentrando toda su atención en el agente de la CIA, quien a su vez seguía concentrado en la foto—. ¡Ese tío ató a un oficial de policía al capó de su vehículo y lo estampó contra un muro!

—No me has entendido —se disculpó Rouche sin perder la calma—. No he dicho que no haya hecho cosas terribles. Pero no veo claro que fuese una mala persona.

En la oficina se había hecho un inquietante silencio porque los colegas de Hoppus estaban perplejos por su inhabitual ataque de ira.

—Estoy de acuerdo con Rouche —dijo Baxter encogiéndose de hombros y haciendo caso omiso de la mirada de Curtis con la que parecía acusarla de traidora—. Medina es la mejor apuesta para tratar de dilucidar qué está pasando aquí. Burrell ya era un pedazo de mierda. Townsend estaba bien jodido y en contacto con vete a saber quién en las calles. Medina, sin embargo, era un hombre trabajador que intentaba ayudar a su familia. Cualquier cambio abrupto en su vida será mucho más evidente que en los otros dos.

—Eso es lo que quería decir yo —murmuró Rouche.

—Bien visto —admitió Hoppus a regañadientes, y no parecía sentirse especialmente cómodo con ninguno de ellos.

—El agente Hoppus estaba explicándonos las pesquisas de su equipo —dijo Curtis a Rouche con el propósito de serenar los ánimos.

Este se apartó de la pared y se unió al resto.

—Les decía que el equipo técnico se ha dedicado a hacer búsquedas de tráfico por internet de palabras como «Marioneta», «Masse», «Ragdoll» y «Anzuelo» antes de la conferencia de prensa de esta mañana, cuando los buscadores se han saturado. También han rastreado fórums y webs en los que hay gente que ya está intentando dar con el modo de involucrarse.

—Putos pirados —soltó Baxter.

—No puedo estar más de acuerdo —dijo Hoppus—. Estamos registrando las direcciones IP de cuantas personas los visitan y los monitorizamos por si atraen a alguien que esté de verdad involucrado.

—Por horrible que suene —reflexionó Curtis—, en esencia, estamos esperando a que aparezca otro cadáver, ¿no es así?

—No sugeriría anunciarlo en público..., pero sí, vamos completamente a ciegas —admitió Hoppus cuando apareció uno de sus agentes.

—Disculpe la interrupción, señor. La agente especial al mando Lennox está abajo con varios periodistas. Ha pedido que la inspectora jefe Baxter baje un momento, si es posible.

—¡Que me deje ya en paz de una vez! —clamó con un suspiro Baxter, indignada.

El joven agente temió por un momento tener que transmitir ese mensaje a Lennox.

—Mirándolo por el lado bueno, solo puedes mejorar la actuación de antes —dijo Rouche con ironía.

Curtis se mostró de acuerdo y asintió.

—¿Qué acabas de decir? ¿Que «en esencia, estamos esperando a que aparezca otro cadáver»? —repitió Baxter. Se volvió hacia el joven y le dijo—: De acuerdo, llévame abajo.

—Estaba de guasa..., ¿no? —preguntó Hoppus, nervioso, mientras todos la observaban salir.

Baxter notaba el móvil vibrándole sobre las costillas mientras recitaba las mismas respuestas genéricas a las mismas preguntas genéricas que ya le habían formulado hacía unas horas. Pese a no ser precisamente una fan de la exmujer de Wolf, no albergaba la menor duda de a que los sosos y nada imaginativos periodistas con los que se había topado hasta ahora en Nueva York no les vendría nada mal aprender uno o dos trucos de la escuela de desvergonzado sensacionalismo de Andrea Hall.

Pese a su irritación por verse arrastrada de nuevo a otra escenificación de relaciones públicas, se dio cuenta de que tenía verdaderas ganas de reunirse otra vez con Rouche y Curtis arriba. El caso Ragdoll había durado apenas un par de semanas y, sin embargo, por más motivos de los que estaba dispuesta a admitir, la había dejado con una sensación de vacío, de algo sin resolver. La inesperada prolongación del caso le había insuflado renovado vigor como investigadora. Se sentía útil como parte de un equipo. Y le hacía ser consciente de lo poco que le gustaba su nuevo papel de inspectora jefe.

El mismo joven que había ido a recoger a Baxter trató de interrumpir la entrevista en directo:

—Agente especial —susurró nervioso.

Lennox continuó con su perorata.

—Agente Lennox —volvió a intentarlo.

Baxter observó que el joven no sabía qué hacer mientras su jefa continuaba con la respuesta que tenía perfectamente preparada.

—¡Lennox! —chilló Baxter mientras las cámaras continuaban grabando—. Creo que este chico tiene algo urgente que decirte.

—Y a usted también, inspectora jefe —la corrigió el joven agente, con cara de agradecido.

—El deber me llama —dijo Lennox con una sonrisa a las cámaras.

Los tres se apartaron de los periodistas, que los observaban con suma atención.

—¿Qué demonios es tan importante que no podías esperar a que acabase? —susurró Lennox de malos modos al muchacho.

—He pensado que no le gustaría ser la última en enterarse de lo que acaba de pasar —se justificó él.

—¿Y qué acaba de pasar?

—Ha habido otro asesinato…, un segundo policía.

10

Viernes, 11 de diciembre de 2015
17.34 h

El detective Aaron Blake se vio separado de su compañero en medio del caos. Entre los dos se las habían arreglado para cerrar al tráfico la mitad de Londres desviándolo, habían redireccionado seis calles vaciando de vehículos el Mall con la esperanza de que de forma milagrosa pudiesen circular todos por la mucho más estrecha Marlborough Road. La capa de gélida niebla que había descendido sobre la ciudad no ayudaba precisamente a mejorar la situación. Blake había podido al menos ver el palacio de Buckingham iluminado y recortado contra el oscuro cielo cuando llegaron a la escena del crimen. Ahora ya no veía nada más allá de metro y medio de sus narices.

La densa niebla adquiría una espectral tonalidad azul debido a las luces de los vehículos de emergencia. Las diminutas gotas de agua del ambiente le habían humedecido el cabello oscuro y lo calaban a través de las cuatro capas de ropa que llevaba. La niebla también amortiguaba el ruido de los motoristas de la policía mientras Blake regresaba casi a tientas hacia la escena del crimen, guiado por el reflector de la parte trasera del vehículo de los bomberos.

—¡Blake! —Saunders llamó a su colega cuando este se materializó entre la bruma como un mago de pacotilla.

También él estaba empapado y su cabello rubio brillante había adquirido una extraña tonalidad anaranjada allí donde se le pegaba a su cara de malas pulgas.

La primera decisión de Baxter cuando la nombraron inspectora jefe fue emparejar a esos dos detectives con los que nadie quería trabajar. A ninguno de ambos le hizo ni pizca de gracia la decisión de su nueva jefa. Saunders tenía fama de ser un bocazas, maleducado y exaltado en grado sumo que no se sabía muy bien cómo seguía vinculado al departamento de Homicidios y Crímenes Graves. Blake, por su parte, se había ganado la reputación de cobarde, aficionado a la puñalada por la espalda y a las intrigas.

—¿No te has cruzado con los forenses durante tu paseo? —le preguntó Saunders con su marcado acento barriobajero.

—¿Estás de guasa? —replicó Blake—. No encontraba el camino de vuelta, me he pasado varios minutos perdido.

—Puta mierda, esto es de locos.

A Blake le distrajo una silueta dorada que flotaba varios centímetros por encima de la cabeza de Saunders, acompañada por el repiqueteo de herraduras sobre el asfalto.

—¿Y ahora qué pasa? —refunfuñó Saunders mientras sacaba el móvil, que estaba sonándole—. ¿Jefa?

Baxter había telefoneado a Vanita de regreso a la oficina. Le sorprendió que el tono de voz de su jefa fuese tan relajado y decidido ahora que iba de camino a una auténtica escena del crimen en lugar de esconderse detrás de su escritorio. Vanita le había resumido los pocos datos de que disponía y la informó del personal que ya estaba desplegado en el lugar de los hechos, lo cual no contribuyó precisamente a rebajar la preocupación de Baxter.

—Saunders, ¿puedes hacerme un resumen de la situación? —le pidió desde el otro lado del Atlántico.

Encontró un escritorio vacío y buscó papel y lápiz.

—Esto es un caos —fue la concisa respuesta de Saunders—. ¿Has visto el tiempo que hace en Londres? Es ridículo. No nos vemos las manos delante de las narices. Hay hombres a caballo que casi se me tiran encima porque salen de la nada entre la niebla; esto parece el puto Sleepy Hollow.

—¿Has acordonado el escenario del crimen? —le preguntó Baxter.

Por el móvil oyó una estruendosa sirena.

—Disculpa. No cuelgues... —La voz de Saunders se alejó del teléfono—. ¡Oh, fantástico! ¡Otro coche patrulla! ¿Y qué crees que podrás conseguir que las otras doce unidades no hayan logrado hacer...? ¡Sí, las que han llegado antes!

—¡Saunders!

—Sí, disculpa.

—¿Has acordonado la escena del crimen?

—Bueno, los bomberos fueron los primeros en llegar y llevaron a cabo sus actuaciones. Pero sí, hemos colocado una cinta... que nadie puede ver.

—¿Qué recursos tienes desplegados?

—A todo Cristo. El paquete completo: dos vehículos de bomberos, un mínimo de tres ambulancias, un número indeterminado de coches patrullas que, sin duda, es de dos cifras. He hablado con un tío del MI5, hay también policía montada e incluso hace un rato merodeaba por aquí un tipo de la Sociedad Protectora de Animales. Y, supuestamente, el equipo forense anda por algún lado, aunque todavía no he logrado dar con ellos.

—Mantén el escenario del crimen impoluto. Vanita no tardará en llegar —le dijo Baxter—. ¿Blake está contigo?

Le desagradaban ambos por igual, pero, por regla general, tendía a considerar que Blake demostraba algo más de sentido común.

—Sí, déjame un segun… ¡Blake! La jefa quiera hablar contigo… Sí, contigo. ¿Por qué te repeinas? No te puede ver… ¡Ni siquiera yo puedo verte!

Se oyó un crujido al otro lado de la línea.

—¿Jefa? —dijo Blake, sintiendo la humedad de la fría pantalla aplastada contra su mejilla, mientras contemplaba el limpio cielo nocturno. Se apoderó de él una sensación irreal, como si hubiera escalado hasta situarse muy por encima del caos reinante abajo y asomase la cabeza por encima de una nube.

—Necesito que recorras el escenario del crimen y me vayas diciendo exactamente lo que ves.

La ilusión se desvaneció. Blake siguió las instrucciones y pasó por debajo de la cinta que se había desplegado alrededor del vehículo carbonizado. Encendió su linterna y el difuso resplandor resaltó el humo oscuro que todavía salía de la chatarra y se mezclaba con la niebla blanquecina a medida que se elevaba para contaminar la amarga noche.

—Ok, ahora estoy en el Mall, en el lado del palacio. Tenemos un coche patrulla completamente achicharrado más o menos en el centro de la calzada. —Varios cristales rotos y trozos de plástico crujieron y se rompieron bajo sus pies cuando se acercó más—. Tenemos dos cadáveres, uno en el asiento del conductor y otro en el del copiloto. Los testigos han visto humo saliendo del interior del coche cuando se alejaba de Trafalgar Square. Unos segundos después se desató el infierno.

En condiciones normales en ese momento Blake habría hecho un chiste de mal gusto o dejado caer un comentario inapropiado, pero la combinación de lo perturbador del ambiente, la relevancia de ese cuarto asesinato cometido por un desconocido y la grotesca escena que tenía ante sus ojos produjeron un inusual momento de profesionalidad. Lo único que quería era hacer bien su trabajo.

—¿A qué distancia ha llegado del palacio? —preguntó Baxter.

—No muy cerca. Diría que ha recorrido dos tercios del Mall, pero es una avenida muy larga. Aun así, creo que debemos dar por hecho que la intención era llegar allí, si el fuego no se hubiera propagado con tanta rapidez.

—Háblame de los cadáveres.

Blake sabía que ese momento había de llegar. Todas las puertas estaban abiertas porque los bomberos se habían asegurado de que no hubiera alguien más en el interior. Se tapó la nariz y se acuclilló junto a los restos ennegrecidos.

—Están... Huuum..., están en pésimo estado. —Le vino una arcada, pero no vomitó nada—. Joder. El olor es... —Sintió una nueva arcada.

—Lo sé —dijo Baxter, comprensiva—. ¿Qué más ves?

Del chasis del vehículo, completamente a la vista, caía agua sucia de hollín que formaba charcos como de alquitrán a sus pies. Iluminó con la linterna el interior del coche.

—Huele a gasolina, a litros de gasolina. Podría ser la del depósito, pero por lo que los testigos han contado, sospecho que todo el interior estaba empapado de gasolina. El del asiento del conductor es un varón. Joder, no puedo ni distinguir el color de su piel.

Recorrió el cadáver carbonizado con la linterna; nervioso, concentró primero el haz de luz en el pecho antes de iluminar la cara reducida a calavera.

—Algo menos de metro ochenta, desnudo de cintura para arriba. Todo el cuerpo está quemado salvo una zona en el pecho, que está casi intacta.

—¿Pone «Marioneta»? —preguntó Baxter, segura de cuál sería la respuesta.

—Debe de haber puesto un barniz retardante de llama o algo por el estilo encima de las cicatrices —dijo Blake mientras enfocaba con la linterna los restos del otro cuerpo—. Lo mismo con la mujer del asiento del copiloto: desnuda de cintura para arriba y con la palabra «Anzuelo» todavía legible. Parece reciente. Lleva un cinturón del cuerpo de policía y botas negras, de modo que estamos convencidos de que es la agente Kerry Coleman. Es su coche patrulla, y al parecer desde hacía una hora no respondía a las llamadas de radio.

Se oyó un crujido a espaldas de Blake. Se volvió y vio a Saunders levantando la cinta para que pasara el equipo forense.

—Acaban de llegar los forenses —anunció a Baxter. Se incorporó y se apartó del coche—. ¿Quieres que te informe de lo que encuentran?

—No. Vanita llegará de un momento a otro. Infórmala a ella. Yo estaré de vuelta mañana.

—De acuerdo.

—Y Blake...

—¿Sí?

—Buen trabajo.

El detective prefirió centrarse en el cumplido y no en el tono de sorpresa de la voz de su jefa.

—Gracias.

Baxter arrancó del cuaderno la página con sus anotaciones y fue a reunirse con el resto del equipo en el despacho de Lennox. Les resumió las informaciones de Blake sobre el escenario del crimen y hablaron del claro patrón que empezaba a perfilarse. El asesinato inglés seguía el mismo patrón que el de los estadounidenses solo que unos días después: a ambos lados del Atlántico había una víctima relacionada con el caso Ragdoll y ahora también se igualaban con la incorporación de oficiales de policía asesinados.

—Tengo que volver allí —dijo Baxter a Lennox—. No puedo quedarme aquí cuando en la puerta de casa tengo a gente asesinando a mis colegas.

—Lo entiendo perfectamente —convino Lennox muy afable, encantada de tener una excusa para mandar a Baxter de vuelta antes de lo previsto.

—Es el mismo caso —opinó Rouche—, tanto si lo investigas aquí o allí.

—No puedo quedarme.

—Voy a pedir que te reserven un vuelo —dijo Lennox antes de que nadie más intentase disuadir a Baxter de marcharse.

—¿Para esta noche?

—Lo intentaremos.

—Gracias.

—No, inspectora jefe… —Lennox le tendió la mano—. Gracias a ti.

A Baxter le consiguieron un vuelo de regreso a Inglaterra para la mañana siguiente. Habló con Vanita en varias ocasiones a lo largo de la tarde y un par de veces con Edmunds. Incluso dejó a Thomas un mensaje de voz para decirle que volvía a casa, lo cual la hizo sentirse como una novia increíblemente detallista y atenta.

Pese a las dificultades de identificación de los restos carbonizados, al equipo de Londres no le llevó mucho tiempo asignar un nombre al asesino de la agente Coleman: Patrick Peter Fergus, cuyo móvil intacto se encontró en una mochila abandonada.

El sistema de seguimiento a tiempo real por GPS mediante el cual los responsables operativos adjudicaban coches patrulla a los incidentes mostró que el vehículo de Coleman había hecho una parada no programada en Spring Gardens. Con esos parámetros de tiempo y localización, el a menudo cuestionado «Gran Hermano» que controlaba la seguridad de la ciudad jugó a favor de los investigadores. Nueve cámaras de seguridad habían captado imágenes parciales del nada espectacular asesinato.

Un hombre de aspecto agradable con el cabello cano que llevaba una bolsa y vestía tejanos y un polo caminaba calle abajo por Whitehall. Mientras esperaba en un cruce, el coche patrulla de la agente Coleman se detuvo en el semáforo. En lugar de cruzar la calle, el hombre se acercó al vehículo y golpeó con los nudillos en la ventanilla, señalando una tranquila callecita adyacente y sin dejar de sonreír en ningún momento.

Unas obras en marcha a ambos lados de la calle habían reducido mucho el trasiego de peatones, de modo que nadie vio al individuo acuclillarse tranquilamente y coger un ladrillo. Y a continuación, cuando la agente Coleman salía del coche, la golpeó en la frente y la empujó hacia el asiento del copiloto. Gracias a las grabaciones de otras cámaras, fue posible discernir qué sucedió en el interior del vehículo: el cuchillo, el barniz ignífugo, la botella de gasolina, todo lo que el individuo había transportado en su bolsa sin levantar sospecha alguna entre las multitudes.

Baxter sintió un escalofrío cuando acabó su conversación telefónica con uno de los oficiales del turno de noche. Vanita había programado a toda prisa una rueda de prensa para anunciar la identidad de la colega asesinada, pero más allá de eso no se había producido ninguna otra novedad. Los técnicos habían analizado el teléfono recuperado, si bien no encontraron nada relevante. La clamorosa aleatoriedad del asesinato, patente en las grabaciones, hacía innecesario indagar en posibles conexiones de la agente Coleman. Simplemente, estaba en el lugar equivocado en el momento equivocado y había proporcionado a un hombre que buscaba asesinar a un policía la oportunidad para hacerlo.

Baxter estaba en el exterior del pub de Reade Street en Tribeca. El acogedor y anticuado bar era conocido por ser el lugar favorito de los agentes del FBI y, como tal, era uno de los sitios menos conflictivos de la ciudad. A Curtis la habían convencido sus colegas de unirse a ellos para tomar una copa al acabar el turno y ella, por su parte, había tirado de Baxter y Rouche para que también se unieran.

Baxter pensó que lo mejor sería volver a entrar, pero le resultó extrañamente relajante contemplar cómo la noche iba apoderándose del atardecer y las ventanas de la ciudad se iluminaban una a una como guirnaldas. Dejó escapar de sus pulmones un suspiro helado antes de ser recibida de nuevo por un torrente de calidez, música y risas estridentes en cuanto regresó al pub.

Rouche y Curtis estaban con un grupo de personas junto a la barra. El tipo con la voz más estruendosa estaba contando una historia sobre su colega, quien siempre se atenía a lo que dictaban las normas, mientras Curtis sonreía incómoda.

—… así que la tía salió en tromba de ese edificio de apartamentos de mierda, literalmente cubierta de los pies a la cabeza de polvo blanco. En un brazo lleva, agarrado por el cuello, al camello y en el otro carga con un pequeño terrier. —Todo el mundo se rio debidamente mientras el tipo echaba un trago de su botellín—. Había cámaras de televisión, todos los vecinos habían salido con los móviles. Había incluso un helicóptero dando vueltas sobre nuestras cabezas. ¿Y qué hace ella?

El tipo miró a Rouche, como si de verdad esperase que adivinara por cuál de las infinitas posibilidades se había decantado Curtis.

Él se encogió de hombros.

—Va directa hacia quien ahora es nuestro subdirector, le entrega al pobre animal llenándolo de polvo al hacerlo y le dice: «¡Me quedo con el perro!».

Hubo un estallido general de carcajadas entre los colegas de Curtis.

—Ja ja ja —se sumó Rouche haciendo un esfuerzo por reír y con expresión perpleja.

—¿Sabes?, en cuanto oyó las sirenas el muy hijoputa había intentado embutir al perro los dos kilos. ¡La tía tuvo que pasarse toda la noche en el veterinario esperando a que el perro cagase para obtener la prueba del delito! —Miró a Rouche a los ojos—. ¿Sabes qué nombre le puso?

Hubo un silencio. El tipo había vuelto a hacerlo. Rouche estuvo tentado de decir que no podía saberlo porque no era adivino, y es que de haberlo sido habría podido evitarse toda esa conversación escabulléndose antes de que empezara.

—Coca… Cocaína… Huuum… ¿Cocanino? —tanteó.

Su respuesta fue recibida con un silencio incómodo.

—Polvitos —desveló el tipo, como si Rouche acabase de darle una bofetada en plena cara—. Lo llamó Polvitos.

Al divisar a Baxter acercándose, Rouche se disculpó y dejó el grupo para interceptarla.

—Te invito a una copa —le dijo, y se la llevó hacia la otra punta de la barra.

Baxter no tenía ganas de discutir.

—Una copa de vino tinto.

—¿Pequeña? ¿Grande?

—Grande.

Rouche pidió las bebidas.

—¿Sabes?, ver las imágenes del asesinato de esa agente me ha dejado tocado —confesó a Baxter mientras esperaban que el barman reapareciese—. En realidad, lo que más me ha impactado es la poca violencia... No es que quisiera verla sufrir —aclaró de inmediato—. Es solo que...

—Que resultó demasiado fácil —completó la frase Baxter. Ella había tenido la misma sensación—. Alguien elige a una persona al azar, la golpea con fuerza en la cabeza con lo primero que tiene a mano y se la carga.

—Exacto —asintió Rouche mientras tendía al barman la tarjeta de crédito—. Ella no tuvo oportunidad de defenderse, ¿verdad? Fue demasiado imprevisto..., puro oportunismo.

Bebieron un sorbo de su respectiva copa.

—Curtis y yo te llevaremos al aeropuerto mañana por la mañana —le dijo.

—No es necesario.

—Insisto.

—Bueno, si insistes...

—Salud —propuso Rouche alzando la copa.

—Salud —respondió Baxter, y sintió que se relajaba en cuanto notó el punto de acidez del vino en la lengua.

Baxter necesitó varios intentos para lograr insertar la tarjeta de acceso a la habitación. Una vez dentro, se libró de los zapatos sacudiendo las piernas por turnos, lanzó el bolso sobre la cama, encendió la lámpara de la mesilla de noche y se dirigió dando tumbos hacia la pequeña ventana para abrirla.

Estaba deseosa de quitarse la ropa y se sacó los elegantes pantalones de camino hacia el cuarto de baño. Cuando estaba desabotonándose la blusa, le sonó el móvil. Se subió a la cama, lo sacó del bolso y se quedó de una pieza cuando vio que el mensaje de texto era de Thomas.

—¿Qué demonios haces despierto a estas horas? —se preguntó en voz alta antes de caer en la cuenta de lo tarde que era y de que hacía horas que debería haberse acostado.

Me muero de ganas de verte. Creo que Eco tiene pulgas. Besos.

—Vaya, tienes pulgas —murmuró irritada.

Ni se le pasó por la cabeza que Thomas quizá agradeciera una respuesta. En cambio, el mensaje le recordó que tenía que enviar a Edmunds los informes sobre los asesinos que Hoppus le había dado. Tecleó un email a duras penas inteligible dirigido a Edmunds, en el que cometió once errores tipográficos en solo dieciséis palabras, adjuntó los documentos y pulsó «Enviar».

Dejó el móvil y sus ojos se posaron en la fea cicatriz que decoraba la parte interior de su muslo izquierdo, un recuerdo imborrable del caso Ragdoll, de Masse…, de Wolf. Cada vez que se lo veía, la pillaba desprevenida.

Sintió un escalofrío mientras de manera inconsciente se pasaba los dedos por la piel abultada. Se le puso la piel de gallina cuando recordó el frío. No ese fresco que entra desde el exterior en invierno, sino un auténtico frío, que helaba el corazón. Era algo que nunca antes había experimentado. Recordó la sangre que chorreaba de su cuerpo, la temperatura que descendía a medida que el cálido líquido abandonaba sus entrañas.

Se levantó para cerrar la ventana y se puso el pantalón del pijama lo más rápido que pudo, con la esperanza de olvidar que esa parte de ella, que detestaba, había vuelto a aparecérsele.

11

Baxter apagó el despertador en cinco ocasiones antes de lograr abandonar la cama. Se saltó la ducha para que le diera tiempo a cepillarse los dientes, meter las cosas en la maleta y maquillarse mínimamente. Salió al pasillo con solo dos minutos de retraso y con un aspecto bastante presentable, y descubrió que era la primera que estaba lista.

Menos de un minuto después, se oyó un tenue gruñido procedente de la habitación de Rouche. La cerradura se abrió con un estruendo y apareció él con una pinta espantosa. Baxter sospechó que había dormido con el traje puesto, que ahora estaba como un acordeón. Parecía evidente que había intentado retocarse un poco el cabello alborotado, pero el empeño no había servido de mucho, y pese a llevar gafas de sol, se protegió los ojos de las luces del pasillo.

—Buenos días —masculló mientras se olisqueaba el sobaco de la chaqueta.

A juzgar por la cara, no le daría un abrazo de despedida.

—¿Cómo es que tienes esta pinta tan…? —Rouche se detuvo porque no quería decir nada que pareciese inapropiado.

—¿Tan…? —susurró Baxter, consciente de que en las otras habitaciones podía haber gente durmiendo.

Se preguntó si Rouche se había quedado frito de nuevo tras las gafas de sol.

—… estupenda —dijo por fin. Después de todo, esos seminarios sobre acoso sexual a los que habían obligado a acudir a todos los de su departamento no habían sido una completa pérdida de tiempo.

—Es cuestión de práctica —respondió Baxter—. Mucha práctica. Lo de las gafas de sol es un buen toque…, sutil.

—Eso he pensado —dijo Rouche asintiendo con la cabeza, y de inmediato se dio cuenta de que tenía que evitar volver a asentir durante el resto del día, por la resaca.

—De hecho, ¿cómo es que tienes a mano unas gafas de sol? En el exterior estamos a cinco grados bajo cero.

—Por los reflejos —respondió Rouche a la defensiva—. Para protegerme del resplandor cuando conduzco.

—¿El resplandor? —El tono de Baxter era escéptico.

En ese momento se abrió la puerta de la habitación de Curtis y la inmaculada agente salió con el teléfono pegado a la oreja. Siempre profesional, se había pasado toda la velada con un único botellín de cerveza y se había marchado del pub a las nueve en punto. Después de despedirse de sus colegas, se había topado con Baxter y Rouche refugiados en una mesita junto a la ventana. Por desgracia, para entonces ellos ya iban por su tercera copa, acababan de pedir algo para picar y no tenían ninguna prisa por marcharse.

Curtis saludó a Baxter con un gesto de asentimiento y a continuación le dedicó una prolongada, enojada y reprobadora mirada a su desaliñado colega. Negó con la cabeza y se dirigió hacia el ascensor.

Rouche miró a Baxter con expresión inocente.

—¿Las gafas han ayudado? —preguntó con una sonrisilla mientras Baxter pasaba ante él tirando de la maleta con ruedas.

Decidieron que lo mejor sería que condujese Curtis, de modo que Baxter se sentó en el asiento trasero y Rouche se acomodó en el del copiloto, abrió la ventanilla y dirigió todos los chorros de aire caliente posibles hacia él. Al poco de salir del hotel, el vehículo negro del FBI se vio engullido por un mar de taxis que avanzaban a un ritmo cada vez más lento hasta casi detenerse como un chorro de pintura amarilla que fuera secándose.

Llevaban la radio policial encendida con el volumen bajo e iban oyendo el alegre tonillo que precedía a cada comunicación entre la responsable de dar las alertas y los agentes en el terreno. Por lo que Baxter oía, la ciudad que nunca duerme había tenido una noche particularmente movida, aunque tenía que echarle inventiva porque no estaba familiarizada con los códigos de incidencias de la poli de Nueva York. Curtis tuvo la amabilidad de descifrarle el contenido de las llamadas más interesantes.

En Londres ya era la hora de comer y el equipo había aprovechado bien la mañana. Baxter recibió novedades sobre el último asesino, Patrick Peter Fergus, y las leyó en voz alta a Curtis y Rouche:

—Sesenta y un años. Trabajaba para una empresa llamada Consumer Care Solutions Limited como limpiador desde hacía dos años y medio. Problemas previos con la policía: tan solo una pelea en un pub hace treinta y tantos años. No tiene más familia que una madre con demencia en Wokingham... ¡Dios mío!

—¿Qué pasa?

—Tenía un trabajo a tiempo parcial como Papá Noel. Se dirigía hacia allí cuando, de pronto, cambió de idea y decidió matar a una agente de policía elegida al azar.

Rouche pareció recuperarse de golpe de la resaca, se volvió y miró a Baxter.

—¿Lo dices en serio? —le preguntó.

—Por favor, no dejéis que Andrea se entere de esto —gruñó Baxter sin dirigirse a nadie en particular—. «Los asesinatos de Papá Noel.» Ya me huelo el titular.

Miró por la ventanilla mientras avanzaban unos pocos metros, se detenían y volvían a avanzar junto al parque del Ayuntamiento. El cielo gris oscuro amenazaba con volver a descargar nieve. Un indicador verde la informó de que iban acercándose a paso de tortuga al puente de Brooklyn.

Recibió un mensaje de texto de Thomas y chasqueó la lengua como diciendo: «¿Y ahora qué pasa?».

¿A qué hora llegarás?
¡He comprado cosas para una cena tardía! Besos.

Baxter estaba pensándose la respuesta cuando la distrajo una transmisión de la radio con el volumen bajo. No fue el mensaje en sí lo que le llamó la atención puesto que no había entendido nada, sino el tono de la responsable de dar las alertas.

En los treinta minutos que la inspectora jefe llevaba oyendo la radio sin prestar mucha atención, la profesional voz de la mujer había ido adjudicando a las unidades una llamada sobre una agresión doméstica grave, otra que avisaba de la muerte de un heroinómano y otra acerca de un hombre que amenazaba con suicidarse. En ningún momento su voz se había alterado lo más mínimo… hasta ahora.

—¿Y qué plan tienes cuando…? —empezó a preguntar Rouche, que no se había percatado de lo que sus dos compañeras sí habían captado.

—¡Chist! —lo cortó Curtis al tiempo que subía el volumen

de la radio mientras doblaban una esquina y ascendían por la rampa hacia el puente.

—10-5 —dijo una voz masculina un poco distorsionada.

—Le pide que lo repita —aclaró Curtis a Baxter.

Volvió a oírse el alegre tonillo y dio paso a la voz de la mujer, que dejaba entrever su tensión.

—42 Charlie. 10-10F…

—Posible arma de fuego —informó Curtis.

—… vestíbulo principal de la estación Grand Central. Informe de posibles disparos… 10-6.

—Le dice que se mantenga a la escucha —explicó Curtis mientras se acercaban a la primera torre de piedra, desde la que habían tenido que descolgar a un hombre en plena entrada a la ciudad.

Volvió a oírse la voz de la mujer, rápida y tensa:

—42 Charlie. 34 Chico. 34 David. 10-39Q…

—¿Qué dice? —preguntó Baxter.

—Hay otra alarma. Creo que no sabe lo que pasa, pero está pidiendo refuerzos.

—… vestíbulo principal de la estación Grand Central. Informe de un hombre armado con un rehén…, que se cree muerto.

—¿Cómo? —exclamó Rouche.

—10-5 —respondió uno de los agentes, expresando el mismo desconcierto si bien en clave numérica.

—Un rehén muerto no es un rehén —sentenció Rouche—. Es un cadáver.

Lo que la mujer decía no tenía sentido. Estaba claro que quería proporcionar más información a los agentes, pero no podía hacerlo por el canal abierto, dado que cualquier persona con un escáner de treinta dólares podía piratear la emisión.

—10-6… Estación Grand Central. 10-39Q… 10-10F… 10-13Z… 10-11C…

—Deja de transmitir alertas —explicó Curtis—. Pide apoyo para un detective de paisano.

—Hombre armado. ¡Disparos! —informó innecesariamente la mujer de la centralita. El transmisor recogió unos chasquidos agudos de los auriculares mientras ella escuchaba una llamada entrante—. Confirmado. 10-10S. El perpetrador lleva atado al cuerpo un cadáver.

Rouche se volvió hacia Curtis y dijo:

—¿Atado? Este es uno de los nuestros, ¿no te parece?

Curtis puso la sirena.

—Lo siento, Baxter, pero me temo que tendrás que quedarte un tiempo más con nosotros —le dijo Rouche antes de volverse hacia Curtis—. Debemos pasar el puente y... ¿Qué haces?

Curtis estaba dando la vuelta para encararlos a tres hileras de tráfico. Zigzagueó entre los vehículos, aprovechando huecos que parecían demasiado pequeños. Se metió en la zona peatonal en los alrededores del parque del Ayuntamiento mientras comerciantes y turistas le hacían gestos con las manos y se apartaban. Los neumáticos chirriaron cuando giró a la izquierda y después dio un volantazo en dirección contraria, levantando una leve humareda de goma quemada, para enfilar Broadway.

Incluso Baxter se aseguró de que llevaba el cinturón puesto. Cerró el mensaje de texto de Thomas, dejó el teléfono y se fijó en que la ciudad, con un tono azulado, pasaba a toda velocidad tras los cristales tintados. Ya anunciaría a Thomas más tarde de que, al final, esa noche no volvería a casa.

Curtis se vio obligada a dejar el coche a doscientos metros de la estación debido a la multitud de gente que salía incesantemente desde la entrada principal hasta la calle. Avanzaron lo más rápido posible entre el tráfico bloqueado de la calle Cuarenta y dos hacia el sonido de un mensaje grabado de evacuación. Dejaron atrás tres coches patrulla, abandonados a distancias diversas de su destino, y entraron a toda prisa por la puerta de la avenida Vanderbilt.

Rouche encabezaba el grupo, abriéndose paso entre los rostros aterrados. Mientras lo hacía, la inquietante percepción de que nadie hablaba con nadie se apoderó de él. Divisó a un agente de policía que vigilaba el acceso al vestíbulo principal y se abrió paso entre los silenciosos evacuados para llegar hasta él.

Sacó su identificación.

—Rouche, de la CIA.

El joven agente se llevó el índice a los labios, señaló un paso abovedado y le susurró:

—Está justo ahí.

Rouche asintió.

—¿Quién está al mando? —susurró.

—Plant. —Les señaló el camino por el pasillo—. En la galería este.

El grupo avanzó dando un rodeo hacia el lado opuesto del vestíbulo y se encontró a un nervioso detective que hablaba por radio en la sala de mando. Su bigote entrecano se retorcía al ritmo de la bronca que estaba echando en voz baja.

—Mantenedme informado —dijo, y cortó en seco la comunicación para alzar la mirada de inmediato hacia los recién llegados.

—¿Plant? —preguntó Rouche. El tipo asintió—. Soy Rouche, agente especial de la CIA. —Señaló a sus colegas y añadió—: Curtis, del FBI. Y Baxter, de... No tengo tiempo para explicárselo. ¿Qué tenemos?

Baxter echó un vistazo al gran vestíbulo, con su cerúleo techo con el firmamento pintado y debajo el amplio y desierto suelo de mármol. Repasó lo que desde su posición podía ver de la planta superior, a la que se accedía por un tramo de la escalera que subía hasta los tres enormes ventanales en forma de arco.

Se fijó en el emblemático reloj metálico sobre las ventanillas de información. De pronto vio fugazmente un fragmento de un cuerpo, distorsionado por el cristal del quiosco y que desapareció con la misma rapidez con que había aparecido. Se ocultó tras la pared, con el corazón a mil y los ojos como platos, porque lo que acababa de ver la asustó.

—Ha disparado cuatro veces —les informó el oficial Plant—, ninguna a nosotros, siempre al techo. Tiene… —Plant miró un instante al vacío—. Tiene a alguien, a un hombre… cosido a él.

Se produjo un silencio.

—¿Puede explicarlo con más detalle? —preguntó Rouche sin inmutarse, actuando como si estuviese recibiendo una información como cualquier otra acerca de un sospechoso.

—Lleva a un varón blanco muerto cosido a la espalda.

—¿Tiene la palabra «Anzuelo» grabada en el pecho?

Plant asintió.

De manera inconsciente, Rouche miró a Baxter.

—¿Ha dicho algo a la policía? —preguntó Rouche al detective.

—Cuando he llegado, el tipo estaba muy nervioso, lloriqueaba y murmuraba, pero hemos tenido que retirarnos cuando ha empezado a disparar al aire.

—¿Y sabemos cómo ha llegado aquí… en sus condiciones?

—Algunos testigos lo han visto apearse de una furgoneta en la entrada principal. He pasado los detalles para activar una búsqueda.

Rouche asintió.

—Muy bien —dijo—. ¿Dónde tiene colocados a sus hombres?

—Uno en el lado oeste, otro en la planta superior y dos en los andenes para impedir que la gente baje de los trenes.

—Ok —dijo Rouche con decisión después de unos momentos de reflexión. Se libró de la arrugada americana y quitó el seguro de su pistola—. Esto es lo que vamos a hacer: ordene a sus hombres que no disparen al sospechoso bajo ninguna circunstancia.

—Pero ¿qué pasa si él…? —empezó Plant.

—Bajo ninguna circunstancia. ¿Entendido? —reiteró Rouche—. Es demasiado importante.

—Rouche, ¿qué diablos se supone que estás haciendo? —preguntó Curtis, paralizada al ver que su colega sacaba las esposas y se las colocaba en las muñecas.

—Hágalo —ordenó Rouche a Plant, ignorando a Curtis.

—No voy a dejar que vayas allí —dijo ella.

—Escucha —susurró Rouche—, créeme, este plan me gusta menos que a ti, pero no podemos interrogar a los muertos. Esta puede ser nuestra única oportunidad de averiguar qué está pasando. Alguien tiene que acercarse a él. Alguien tiene que hablar con él.

Curtis miró a Baxter en busca de apoyo.

—Puede que te dispare antes de darte tiempo a abrir la boca —le advirtió Baxter.

—Bien visto —admitió Rouche. Reflexionó sobre sus opciones unos instantes. Con dificultad, sacó el móvil y llamó al número de Curtis. Después de ponerlo en modo manos libres, se lo metió en el bolsillo de la camisa—. Mantén la línea abierta.

—Adelante —respondió Plant a alguien que le hablaba por el auricular—. 10-4. —Se volvió hacia Rouche—. He dado orden a todos los efectivos de no disparar durante tres minutos.

—Lo cual quiere decir que morirá al cuarto —dijo Rouche—. Allá voy.

—No —susurró Curtis al tiempo que trataba de agarrarlo, pero sus manos solo atraparon aire mientras el agente salía al oscuro vestíbulo.

Rouche alzó las manos esposadas por encima de la cabeza y, despacio, empezó a acercarse al reloj central. Con la excepción de la alarma de desalojo, que se disparaba cada treinta segundos, el solitario eco de sus pisadas era el único sonido discernible.

Y entonces empezó.

Como no quería pillar desprevenido al hombre del que tan desesperadamente necesitaba respuestas, se puso a silbar la primera canción que le vino a la cabeza.

Curtis sostenía su teléfono en alto para que todos pudieran oír el lento repiqueteo de los tacones de Rouche sobre el mármol que llegaba con un leve retraso a través del pequeño altavoz del móvil. Tras cada paso, Curtis temía escuchar el estruendo de un disparo.

—¿Está silbando una canción de Shakira? —preguntó Plant, que empezaba a cuestionarse la cordura del hombre cuyas órdenes estaba siguiendo.

Curtis y Baxter optaron por no responderle.

Rouche estaba a medio camino del reloj. La superficie de resplandeciente mármol que lo rodeaba se extendía en todas direcciones, como si se adentrase flotando en el mar. Se dio cuenta de que la distancia que lo separaba de la seguridad no era tanta, vista desde donde se encontraba. Descubrió a uno de los agentes que observaba asombrado desde un lateral, lo cual no contribuyó precisamente a relajarlo mientras se acercaba a cualquiera que fuese el horror que lo aguardaba.

Ya casi a la altura del puesto de información, Rouche dejó de silbar y titubeó… porque se topó de bruces con un cadáver que se mantenía en pie. A veinte pasos. Estaba desnudo, de la palabra «Anzuelo» grabada en el pecho todavía brotaba sangre y tenía la cabeza inclinada hacia delante, como si intentase descifrar la tosca escarificación. Oculto a la vista de Rouche, el hombre que sostenía el cadáver en su espalda rompió a llorar y provocó que el mutilado cadáver cobrase vida, moviendo los hombros al ritmo de sus sollozos.

Era, sin lugar a dudas, la imagen más aterradora que Rouche había visto en su vida.

—Vale... No, gracias —murmuró Rouche sufriendo un abrupto cambio de actitud. Se volvió para iniciar el retroceso y en ese momento una voz desconsolada se dirigió a él.

—¿Quién eres? —le dijo.

Rouche hizo una mueca de dolor. Dejó escapar un largo suspiro y, poco a poco, se volvió para encararse con el cadáver.

—Damien —respondió Rouche, y avanzó unos titubeantes pasos.

—¿Eres policía?

—Algo parecido, sí. Voy desarmado y esposado.

Rouche continuó acercándose paso a paso, desconcertado porque el hombre no se volviera para verificar lo que decía. Pero miraba hacia arriba, absorto en el cielo nocturno que tenía cuarenta metros por encima de su cabeza. Rouche siguió su mirada hacia el increíble techo en el que resplandecían estrellas y constelaciones formando siluetas pintadas en oro: Orión, Taurus, Piscis..., Géminis.

Los gemelos aparecían sentados uno al lado del otro, casi pegados. Se veían cuatro piernas extendidas sin que se supiera muy bien a cuál de los dos pertenecía cada una: un solo cuerpo, inesperable.

Distraído, Rouche reparó de pronto en que ya estaba a apenas unos pasos de la imitación celestial. Notó que la bilis le subía por la garganta cuando descubrió que el supuesto muerto gimoteaba entre jadeos.

—Dios mío… El rehén está vivo —susurró elevando la voz todo lo que se atrevió y confiando en que sus colegas lo hubieran oído—. ¡Repito: el rehén está vivo!

A Curtis le temblaba la mano cuando se volvió hacia Plant.

—Hay que llamar a emergencias médicas y asegurarse de que los de la Unidad Táctica están al corriente de la situación antes de que aparezcan aquí en tromba.

Plant se apartó un poco para hacer las llamadas.

—Estamos a demasiada distancia —dijo Baxter, tan nerviosa como Curtis—. Si algo se tuerce… Tenemos que acercarnos más.

Curtis asintió.

—Sígueme.

Rouche estaba ya junto al hombre doble. Una gruesa capa de sangre muy oscura parecía unir a los falsos siameses tanto como las gruesas puntadas de hilo que mantenían unida la tensa piel de ambos. Se obligó a mantener una expresión indiferente cuando por fin miró a la cara al individuo responsable de esa atrocidad.

Tenía la piel cerosa y pálida, y las lágrimas se mezclaban con el sudor pese al frío que hacía. Presentaba algo de sobrepeso, tenía como mucho dieciocho años y el cabello revuelto e infantil como el de los gemelos de Géminis del techo. Los cortes de la palabra grabada en el pecho parecían ya curados y las letras formaban parte de su cuerpo. Sus ojos enrojecidos descendieron poco a poco desde los cielos hasta posarse en Rouche, con una beatífica sonrisa pese al arma cargada que empuñaba.

—¿Te importa si me siento? —le preguntó Rouche, que procuró mostrarse lo menos amenazador posible.

Como el tipo no respondió, Rouche se sentó poco a poco en el frío suelo y cruzó las piernas.

—¿Por qué haces una pregunta y no esperas a la respuesta?

De forma instintiva, Rouche miró la pistola en la tensa mano de su interlocutor.

—No puedo hablar contigo. No... debería hacerlo —continuó, cada vez más nervioso. Se llevó la mano libre a la oreja y barrió con la mirada el vestíbulo vacío como si hubiera oído algo.

—Soy un maleducado —se disculpó Rouche con una sonrisa—. Tú has tenido la amabilidad de preguntarme cómo me llamo y yo todavía no sé tu nombre.

Aguardó con paciencia la respuesta. El tipo parecía indeciso y se llevó la mano a la frente como si le doliese.

—Glenn —dijo, y de nuevo rompió a llorar.

Rouche siguió esperando.

—Arnolds.

—Glenn Arnolds —repitió Rouche para que sus colegas oyesen el nombre. No tenía ni idea de si lograban o no oír la conversación—. Géminis —añadió como para darle conversación y miró hacia el techo. Era consciente del enorme riesgo de sacar el tema, pero tenía la sensación de que no disponía de mucho tiempo.

—Sí —respondió Glenn sonriendo entre las lágrimas, y volvió a mirar las estrellas—. Para mí siempre es de noche.

—¿Qué significa eso para ti, Géminis?

—Todo.

—¿En qué sentido? —preguntó Rouche con interés—. ¿Es... lo que aspiras ser?

—Es lo que soy. Él me hizo así.

El «muerto», que ahora estaba encarado hacia el vestíbulo vacío, lanzó un angustioso lamento. Rouche deseó que no recuperase la conciencia, incapaz de imaginar que alguien pudiera recuperarse del trauma de despertar cosido a otra persona.

—¿Él? —preguntó Rouche—. ¿Quién es él?

Glenn empezó a negar con la cabeza violentamente y a hiperventilar. Apretó los dientes y se presionó la frente con la mano.

—¿No lo oyes? —gritó a Rouche, quien se mantuvo en silencio, dudando de cuál sería la respuesta correcta que ese tipo esperaba. Pasado un rato, el dolor pareció aminorar—. No... No puedo hablar de esto contigo. Sobre todo, no debo hablar de él. ¡Soy idiota! ¡Por eso me dijo que entrara y lo hiciese de inmediato!

—Tranquilo. Tranquilo... Olvida lo que te he preguntado —dijo Rouche para calmarlo, ahora que casi tenía al alcance de la mano el nombre de la persona que movía los hilos y, al mismo tiempo, estaba a un paso de que una palabra inadecuada derivase en una bala en la cabeza. A través de las puertas, vio fugazmente las siluetas de varios miembros de la Unidad Táctica que estaban rodeando el edificio—. ¿Qué es lo que quería que hicieses de inmediato en cuanto entrases?

Glenn no oyó la pregunta y, entre sollozos, iba alzando y bajando el arma de forma inconsciente mientras se reprendía a sí mismo por ser tan débil.

Rouche lo estaba perdiendo.

—¿Él es tu hermano? —Rouche alzó la voz desesperado, señalando a la víctima, que cada vez gimoteaba más.

—No, todavía no —respondió Glenn—. Pero lo será.

—¿Cuándo?

—Cuando la policía nos libere.

—¿Liberaros? —preguntó Rouche—. ¿Quieres decir mataros?

Glenn asintió. En su pecho desnudo apareció un punto rojo. Rouche lo siguió hasta que se situó en la frente de su interlocutor.

—Glenn, nadie quiere matarte —mintió.

—Pero lo harán. Él dijo que lo harían. Tendrán que hacerlo… después de que matemos a uno de los vuestros.

Rouche volvió a mirar la pistola.

—No creo que quieras hacer daño a nadie —dijo al desconsolado individuo—. ¿Sabes por qué? Porque ya podrías haberlo hecho, pero no lo has hecho. Has disparado al aire para asustar a la gente y que huyese…, para salvarlos. ¿No es así?

Glenn asintió y se quebró.

—Tranquilo. Me aseguraré de que no te pase nada. Suelta el arma.

Glenn dudó unos instantes y se inclinó hacia delante para arrodillarse, pero al hacerlo lanzó un alarido de dolor porque se soltó una de las profundas puntadas que cosían su piel. El hombre que llevaba a la espalda gritó aterrorizado porque el dolor le había devuelto la conciencia. Empezó a sacudirse, tirando de las puntadas que los mantenían unidos, mientras el punto rojo se movía entre los dos cuerpos que luchaban por liberarse.

Rouche se percató de que en la mirada de Glenn se dibujaba la constatación de la traición cuando advirtió el punto rojo sobre su pecho.

Sabía lo que iba a suceder a continuación.

—¡No disparéis! ¡No disparéis! —gritó Rouche poniéndose en pie.

Se acercó a los siameses forzados, y el punto rojo apareció sobre la piel de su propio brazo alzado, bloqueando la posibilidad de disparar al tirador.

Glenn miró por última vez al techo y apuntó con la pistola a Rouche.

—¡No le disparéis! —volvió a gritar Rouche: la información era mucho más valiosa que su vida.

Glenn perdió el equilibrio por los aspavientos del hombre que llevaba a la espalda y en ese momento un chasquido transformó el punto rojo en un agujero sanguinolento en su garganta. Errado el tiro, Rouche oyó que el tirador recargaba su arma, pero ya era demasiado tarde porque el moribundo estaba apuntándolo.

Cerró los ojos, contuvo el aliento y dejó que en su rostro se esbozase una sonrisa.

El disparo fue ensordecedor.

12

Sábado, 12 de diciembre de 2015
11.23 h

A Curtis el aguado café de la máquina se le había enfriado hacía ya veinte minutos. Miraba sin prestar atención la pantalla del televisor sin sonido que no lograba distraer a los presentes de los dramas y tragedias que habían llevado a cada uno de ellos hasta la sala de urgencias del centro médico Langone de la Universidad de Nueva York. Baxter estaba sentada a su lado, todavía enfrascada en el breve mensaje de texto que llevaba media hora tratando de completar. Lo dio por imposible y dejó el móvil.

—No creo que pueda soportar esto por más tiempo —murmuró Curtis—. Si muere…

Baxter intuyó que se esperaba de ella que dijese algo, pero no sabía muy bien qué. Nunca había sido un buen hombro en el que apoyarse para llorar. De modo que ensayó una sonrisa empática, que pareció dar el pego cuando Curtis la miró.

—No debería haber permitido que Rouche bajase allí —continuó Curtis.

—No nos correspondía a nosotras tomar esa decisión —respondió Baxter—. Fue cosa suya. Fue su elección, para bien o para mal.

—Para mal…, sin duda, para mal.

Baxter se encogió de hombros.

—En esto consiste nuestro trabajo. Nos vemos envueltos en situaciones muy jodidas y tenemos que tomar decisiones.

—Sí, bueno, pues creo que yo también he tomado una —soltó Curtis—. Se diría que hablas por experiencia. ¿Has tomado alguna decisión que después lamentases?

Baxter no estaba preparada para esa pregunta indiscreta. De haber sido así, se habría forzado a no evocar el olor del abrillantador de madera, la sensación de un material empapado en sangre sobre su piel, la vibración en el suelo cuando la Unidad de Respuesta Armada se acercaba…, los resplandecientes ojos azules de Wolf…

—¿Baxter? —insistió Curtis, sacándola de su ensimismamiento.

No sabía por cuánto tiempo se había dejado arrastrar esa vez, imaginándose a sí misma tomando una decisión diferente, torturándose como hacía a menudo al valorar esos escenarios teóricos que la habrían conducido a soluciones más favorables…, a finales felices.

Se rio de sí misma por ser tan ingenua. Los finales felices no existían.

—He tomado decisiones que, probablemente, nunca sabré si fueron correctas —dijo Baxter—. Una tiene que aprender a vivir con eso.

—Para bien o para mal —dijo Curtis.

Baxter asintió.

—Para bien o para mal.

Una recepcionista les señaló desde su puesto a un médico. Ambas se levantaron y lo siguieron a un despacho.

—No hemos podido salvarlo —fue el contundente mazazo que les lanzó de entrada.

Curtis se fue y dejó que Baxter siguiera con la conversación. Cuando esta salió del despacho y buscó a Curtis en la sala de espera, no logró dar con ella. Sacó el móvil y se lo acercó a la oreja.

—¿Rouche? Soy Baxter. El tipo no ha sobrevivido. Tenemos que hablar.

Era casi imposible perderse en Manhattan; sin embargo, mientras Curtis caminaba sin rumbo fijo por la Primera Avenida trataba de decidir cuál era el camino más directo para regresar a la oficina. Su amplio conocimiento de calles, callejones y lugares importantes del centro de la ciudad no se extendía a esa zona más alejada de la isla.

El tormentoso cielo todavía no se decidía a descargar la nieve, pero a falta de esta el insidioso viento se encargaba de incordiar a los viandantes. Curtis cruzó los brazos sobre el pecho para protegerse y siguió caminando, convencida de que de un momento a otro iba a sentirse mal. Notaba que la sensación de culpa la carcomía, como una losa tangible y tóxica que hubiera deseado sacarse de encima y lanzar al fondo del río, que veía con el rabillo del ojo en cada cruce.

Había matado a un inocente.

Notó un retortijón en el vientre cuando lo admitió por primera vez y se metió en la oscura rampa de entrada de un aparcamiento subterráneo para vomitar.

Y por si eso fuera poco para convertir ese día en el peor de su vida, también había tenido una monumental trifulca con Rouche después de apretar el gatillo, pese a que fue él quien la forzó a hacerlo. Porque Rouche fue quien tomó la decisión de enfrentarse desarmado y sin protección alguna a Glenn Arnolds. Y cuando la situación se deterioró, tomó la inexplicable decisión de permanecer allí en lugar de guarecerse en un lugar seguro.

Era culpa de Rouche que ella se hubiera visto confrontada a un imposible ultimátum: o se limitaba a contemplar cómo asesinaban a su colega o se arriesgaba a matar a un inocente.

Y tomó una decisión.

Había sido la primera vez que Curtis disparaba su arma en una operación. Y siempre impecable, disparó una sola vez, una única bala que acabó con dos vidas porque atravesó la base del cráneo de Glenn Arnolds, matándolo al instante, y terminó alojada en la espalda de su víctima.

Si hubiera elevado unos milímetros el tiro...

Y después, cuando más necesitaba muestras de amistad y ánimos, Rouche le soltó que había tomado la decisión equivocada, que había dado al traste con la investigación, que debería haber optado por dejar que él muriese. Por alguna razón, la reacción de su colega fue lo que más la alteró.

Con los ojos humedecidos, sacó su móvil y buscó el número que cualquier otra persona tendría anotado como «Casa». Pero las palabras que aparecieron en la pantalla fueron «Residencia de los Curtis».

—Por favor, mamá, contesta —susurró.

—Senador Tobias Curtis —respondió con brusquedad una voz grave.

Curtis no abrió la boca. Se planteó colgar.

—¿Elliot? ¿Eres tú? —preguntó el senador—. ¿Elliot?

—Sí, señor. En realidad, quería hablar con mamá.

—Entonces ¿no quieres hablar conmigo? —preguntó él.

—No..., sí. Yo solo...

—Bueno, ¿en qué quedamos? ¿Quieres o no quieres hablar conmigo?

A Curtis empezaron a caerle las lágrimas. Necesitaba hablar con alguien.

—¿Y bien?

—Quiero hablar con mamá, por favor —pidió.

—Pues no va a poder ser. No deseo que tu madre se vea implicada en esto. ¿Crees que no sé lo que ha pasado? Lennox me ha llamado en cuanto se ha enterado…, cosa que deberías haber hecho tú.

Curtis sintió un fugaz momento de alivio: él ya estaba enterado. Giró por una calle que reconoció y se cambió el teléfono de oreja para dar un respiro a la mano congelada.

—He matado a una persona, papá… Perdón, señor.

—¿La víctima ha fallecido? —preguntó el senador sin alzar la voz.

—Sí. —Curtis rompió a llorar.

—¡Dios mío, Elliot! —bramó él—. ¿Cómo has podido hacer una cosa así? ¿Tienes la más remota idea de lo que esto va a suponer para mí cuando la prensa se entere?

—Yo…, yo… —tartamudeó Curtis. Pese a conocerlo, no pudo evitar la perplejidad ante la completa falta de interés de su padre por saber cómo estaba ella.

—Ya veo los titulares: «La hija idiota de un senador de Estados Unidos mata de un tiro a un inocente». Estoy acabado. Lo sabes, ¿verdad? Has acabado con mi carrera.

Curtis se quedó tan aturdida por las palabras de su padre que apenas podía caminar. Resbaló con una capa de hielo y sollozó a través del teléfono.

—Mantén la compostura, ¡por el amor de Dios! —gruñó él, y después suspiró y optó por el tono más amable que fue capaz de adoptar—: Lo lamento. ¿Elliot?

—Sí.

—Te pido disculpas. Me he enterado de lo sucedido de sopetón y tal vez he reaccionado de manera exagerada.

—No pasa nada. Lo siento si te he decepcionado.

—No nos preocupemos ahora por eso. Preocupémonos por

qué paso dar a continuación. Lennox te explicará qué tienes que decir exactamente para minimizar el daño al FBI, a mí y a lo poco que pueda quedar en pie de tu carrera.

—¿Y qué pasa con el hombre al que he matado?

—Bueno, en este caso el daño ya está hecho —respondió el senador con desdén, como quien deja a alguien fuera del listado de envíos de felicitaciones de Navidad—. Haz y di lo que Lennox te aconseje, y si tu equipo hace algún avance o arresto en relación con este disparate de la Marioneta tienes que ser tú quien se ponga la medalla y aparezcas como una heroína. ¿Me has entendido?

—Sí, señor.

—Muy bien.

—Te quiero.

La comunicación se cortó. Su padre no llegó a oír las últimas palabras de Curtis.

Era el cumpleaños de alguien. Siempre era el cumpleaños de alguien. El día en que alguien se convertía en la celebridad temporal del departamento, el protocolo social establecido lo forzaba a gastarse buena parte de la paga de ese día en un surtido de dónuts de distintos sabores.

Edmunds volvió a sentarse detrás de su escritorio con el dónut de rigor en la mano, y en cuanto le dio un mordisco salió lo que fuera que llevase de relleno y le manchó todo el teclado del ordenador. Al estirarse para coger la papelera notó cómo le tiraba la camisa. Desde su regreso a Antifraude había engordado más de cinco kilos. Pese a que su complexión larguirucha impedía que el sobrepeso fuera visible, él sí notaba los kilos de más a cada paso que daba.

Se quedó mirando la pantalla con un listado de cuentas

bancarias extranjeras hasta que empezaron a escocerle los ojos. Llevaba casi una hora sin adelantar apenas trabajo, dedicado a contemplar por la ventana cómo la noche caía sobre la ciudad. Estaba distraído. Sabía que esa mañana Baxter le había enviado los informes de los tres primeros asesinos, que no había tenido tiempo de mirar debido a un bebé de un año en plena dentición, una esposa falta de sueño y las cargantes exigencias de un empleo a tiempo completo. Esperó con impaciencia a que pasasen las horas que quedaban hasta poder instalarse en su cobertizo y centrarse en la investigación.

Después de echar un vistazo a la oficina para dar con la localización exacta de su jefe, abrió la web de noticias de la BBC, que estaba actualizando las informaciones sobre lo sucedido en la Grand Central. Volvió a echar una ojeada a su móvil, sorprendido de que Baxter no hubiera dado señales de vida. Mientras leía los testimonios de los horrorizados testigos se recordó a sí mismo cómo abordaba la prensa ese tipo de temas, exagerando e inventándose informaciones. A pesar de todo, aunque solo una pequeña parte fuese verdad, seguía tratándose sin ninguna duda de uno de los crímenes más perturbadores de los que jamás hubiera tenido noticia.

Incapaz ya de aguantar un minuto más, abrió su correo electrónico, se descargó los documentos adjuntos del embrollado mensaje de Baxter y se puso manos a la obra.

Rouche se había quedado en la Grand Central mientras Curtis y Baxter acompañaban en la ambulancia al herido cosido al cadáver de Glenn Arnold. Después de haber pasado por esa experiencia cercana a la muerte, lo único que Rouche deseaba era oír la voz de su mujer. Era consciente de que se había portado fatal con Curtis debido a sus prisas por abandonar la escena del crimen y hacer la llamada telefónica. Le debía algo más que una disculpa.

Fue caminando hasta el centro médico y se encontró con Baxter en el exterior, frente a la entrada principal. En unos minutos cruzaron el paseo Franklin Delano Roosevelt y se sentaron en un banco que miraba al East River.

—Si vas a reprenderme por cómo me he comportado con Curtis, soy consciente de ello —empezó Rouche—. Soy un gilipollas. Esta noche compraré la cena para disculparme.

—No se trata de eso.

—Entonces ¿es por haberme plantado desarmado delante de ese tipo para hablar con él?

—¿Tienes ganas de morir, Rouche? —le preguntó Baxter sin rodeos.

—¿Cómo dices? —El agente se rio. Parecía perplejo.

—Hablo en serio.

—¿Qué? ¡No! Escucha, alguien tenía que bajar allí y...

—No me refiero a eso.

—¿Te refieres a lo de decirles que no le disparasen? Lo necesitábamos vivo. Estuve a punto de sonsacarle el nombre del...

—Tampoco me refiero a eso —lo interrumpió Baxter.

La conversación se detuvo cuando un mendigo que arrastraba un carrito pasó por detrás de ellos.

—No estaba con Curtis cuando salió a salvarte la vida. Estaba pegada a la pared lateral detrás del hombre-marioneta..., frente a ti.

Rouche aguardó a que concretase más.

—Te vi sonreír.

—¿Sonreír?

—Cuando el primer disparo no lo derribó y te apuntó con la pistola. Cerraste los ojos... y sonreíste.

—Quizá fuera una reacción inconsciente por los gases que tengo —sugirió Rouche.

—Sé lo que vi. —Lo miró fijamente, esperando una explicación.

—No sé qué decirte. No recuerdo haber sonreído. Ignoro de qué iba a reírme. Pero no. Puedo asegurarte que no tengo ganas de morir... Te lo prometo.

—De acuerdo —aceptó Baxter—. Pero te diré, por experiencia personal, que cuando una persona empieza a jugar de forma temeraria con su vida suele haber alguien a su alrededor que acaba saliendo malparado.

Tras unos instantes de silencio, una paloma abandonó la rama del monocromo árbol sobre la que estaba posada a sus espaldas. Ambos contemplaron cómo planeaba hacia la isla Roosevelt y el puente de Queensboro que asomaba detrás.

—Hoy la he cagado —admitió Rouche sin dejar de mirar el río—. Debí haberme dado cuenta antes de que el otro hombre estaba vivo. Unos segundos podrían haber significado que todo hubiese acabado de otro modo.

—¿Cómo ibas a saberlo? —preguntó Baxter.

—Estaba sangrando.

—¿Sangraba?

—Le brotaba una sangre bien roja. —Rouche negó con la cabeza, furioso consigo mismo. Se volvió para mirar a Baxter—. Los muertos no sangran.

—Me aseguraré de recordarlo —prometió a su vehemente colega.

—Vamos —dijo Rouche—. Tenemos trabajo por delante.

—¿Qué trabajo? Arnolds no nos ha dicho nada.

—Desde luego que sí. Nos ha dicho que eso que hizo no fue por decisión suya, que alguien lo instruyó y lo manipuló. Esto plantea algunas preguntas sobre los otros asesinos, ¿no crees?

Tal vez ninguno de ellos es un miembro devoto de una supuesta secta, tal vez todos han sido manipulados por una sola persona para cometer esos crímenes.

—Él —dijo Baxter, recordando lo que había oído cuando escuchaba agazapada la conversación por el pequeño altavoz del móvil.

—Él —asintió Rouche—. Hasta ahora hemos ido en la dirección equivocada. Creo que sí hay una conexión entre los asesinos: todos tenían un punto débil, algo que permitía chantajearlos, que alguien los amenazara. Si somos capaces de desentrañar esos detalles, es posible que averigüemos quién podía estar en posición de manipularlos.

—¿Por dónde empezamos?

—El equipo que ha registrado el apartamento de Arnolds ha encontrado una tarjeta con una cita para una visita. Estaba acudiendo a un psiquiatra.

—Desde luego, parecía tener algunos… problemillas —dijo Baxter con delicadeza.

—¿Y quién mejor que su loquero para informarnos de cuáles eran esos problemillas?

13

Curtis no estaba en la oficina cuando Baxter y Rouche se pasaron por allí. Tampoco había respondido a sus llamadas. Sin saber muy bien si había prolongado la hora del almuerzo para aclararse las ideas o se había tomado el resto del día libre, cosa muy comprensible, decidieron continuar sin ella.

La dirección del psiquiatra, que Rouche se había anotado en el dorso de la mano, los llevó hasta un elegante edificio en la calle Veinte Este que daba al parque Gramercy. Subieron por la escalera que ascendía entre las dos columnas ornamentadas del pórtico.

Cuando cruzaron el impresionante vestíbulo del edificio y les indicaron que se sentasen para esperar, Baxter se sintió un poco avergonzada por cómo iba vestida. Agobiada por la cantidad de botones de la máquina de café, optó por servirse un vaso de agua y se sentó frente a Rouche, con música clásica de fondo.

—Ya nos encontraremos con Curtis en el hotel —le comentó Rouche, obsesionado en disculparse tras más de cinco minutos de silencio durante los que Baxter no había abierto la boca—. Probablemente, necesita un poco más de tiempo.

—Tal vez necesite algo más que eso —replicó Baxter mirando intencionadamente el lugar en el que estaban.

—Hum...

—¿Qué? Podría ayudarla.

—Se lo sugerirán, no te quepa duda.

—¿Tienes algún problema con eso? —preguntó Baxter, un poco a la defensiva.

Cuando el caso Ragdoll se dio por cerrado y ella tuvo tiempo suficiente para procesar lo sucedido, optó por hablar con alguien. Siempre le había parecido una salida para personas más débiles que ella, incapaces de asumir las decisiones que la gente debe tomar a diario, pero estaba equivocada. Resultó mucho más fácil expresar lo que sentía ante un completo desconocido que frente a alguien que la conociese, que podía juzgarla y esperar más de ella. Después de un buen número de sesiones, poco a poco fue digiriendo la muerte de uno de sus mejores amigos: Benjamin Chambers, el hombre que había sido para ella más una figura paterna que un mero colega.

—No tengo nada en contra de que otras personas opten por eso —respondió Rouche—, pero no me cabe duda de que es algo que no va conmigo.

—Sí, claro, eres un tipo tan fuerte que no puedes tener ninguna fisura, ¿verdad? —le soltó Baxter, consciente de que estaba revelando algo muy personal con esa salida de tono—. Eres perfecto.

—Estoy muy lejos de ser perfecto —respondió Rouche sin perder la calma.

—¿Eso crees? Tú que ordenas a nuestros colegas que te dejen morir. Tú que te pones a gritar a la amiga que acaba de matar a un inocente para salvarte la vida. Tú que sonríes cuando un chiflado te encañona con una pistola.

—No volvamos a sacar ese tema.

—Lo único que digo es que si alguien necesita hablar de sus empanadas mentales... eres tú.

—¿Has terminado? —preguntó Rouche.

Baxter guardó silencio, temerosa de haber pasado una línea roja. Permanecieron sentados sin decirse nada durante un rato, hasta que la recepcionista que los miraba con el ceño fruncido perdió interés en ellos.

—Rezo —confesó Rouche, recuperando su tono amigable—. Es allí adonde he ido mientras tú estabas en el hospital. Allí es donde hablo de mis empanadas mentales cada día, porque me temo que tengo más que nadie.

Algo en el tono de Rouche indicó a Baxter que no mentía.

—No entiendes mis dudas —continuó—. Jamás me atrevería a juzgar a alguien que busca ayuda; todos lo hacemos. Es la persona que cobra por escuchar la que no me merece confianza. Porque la sola idea de que alguien conozca sobre mí todo lo que me esfuerzo tanto por ocultar me aterra, como creo que debería pasarle a todo el mundo. Nadie debería tener tanto poder sobre ti.

Baxter nunca se lo había planteado desde ese punto de vista, observar con cierto distanciamiento a la reputada psiquiatra que la trató. ¿Había estado engañándose al creer que alguien con esa profesión estaba constreñida por unas normas y una honestidad mucho más severas que las que la propia Baxter se saltaba con regularidad en la suya? ¿Había intentado obviar que esa mujer disponía de una boca localizada a pocos centímetros de sus ávidas orejas, igual que todo el mundo?

Diseccionaba ya cada una de las conversaciones que había mantenido con su psiquiatra cuando la recepcionista les anunció que el doctor Arun podía recibirlos. Su ostentosa consulta era una versión reducida del lujoso vestíbulo, con un arbusto junto a la ventana. Les ofreció sentarse ante su ordenado escritorio. Sobre él descansaba un grueso dossier con una etiqueta en la que se leía el nombre de Glenn Arnolds.

—¿Pueden mostrarme sus identificaciones antes de empezar? —les pidió el psiquiatra de un modo firme, pero educado. Enarcó las cejas al ver la tarjeta que la Policía Metropolitana había entregado a Baxter, pero no puso objeción—. De modo que quieren que les proporcione cierta información sobre uno de mis pacientes... Supongo que no hará falta que les explique que la mayor parte de lo incluido en este dossier está protegida por la confidencialidad entre médico y paciente.

—Ese hombre ha muerto —le soltó a bocajarro Baxter.

—Oh —dijo el doctor Arun—. Siento oírlo. Pero eso no cambia el hecho de que...

—Asesinó a una persona —continuó Baxter. Técnicamente no era verdad, pero resultaba mucho más simple explicarlo así que ponerse a detallar lo sucedido.

—Ya veo.

—Y es muy probable que se trate del caso más sórdido y perturbador al que tanto él como yo hemos tenido que enfrentarnos.

—De acuerdo —dijo el médico, que de inmediato recordó las horripilantes informaciones que habían ido llegando desde la Grand Central—. Muy bien, ¿qué necesitan?

A Glenn Arnold le habían diagnosticado una grave esquizofrenia cuando tenía diez años, atribuida al temprano fallecimiento de su hermano gemelo el año anterior por un coágulo en el cerebro. Glenn se había pasado la vida temiendo correr la misma suerte en cualquier momento, obsesión que no ayudaba a calmar su propensión a sufrir intensos dolores de cabeza. Había vivido siempre literalmente esperando morir y llorando la muerte de su gemelo. Eso lo había llevado a aislarse cada vez más hasta caer en una depresión, así como a desarrollar una tendencia a considerar la vida como algo efímero y de escaso valor, al igual que lo había sido la de su hermano.

Lo habían transferido al consultorio del hospital Gramercy hacía tres años, jamás faltaba a sus citas en la consulta y había hecho progresos significativos tanto en la terapia personalizada como en la grupal. Con excepción de algún que otro episodio moderado de depresión, sus síntomas psicóticos se habían mantenido bajo control por medio de medicación. En resumen: jamás había mostrado el más leve impulso violento hacia nadie.

—¿Cómo se financiaba el poder gozar del placer de su compañía? —preguntó Rouche al doctor.

Baxter se preguntó si había formulado a propósito la pregunta de ese modo para equiparar al psiquiatra con una prostituta.

—No parece que sean ustedes baratos —añadió.

—Con un seguro médico —respondió el doctor Arun, dejando apenas entrever en su tono que se había sentido ofendido—. Un seguro médico de primera. Creo que cuando su hermano gemelo murió, sus padres le pagaron el mejor seguro que podían permitirse. Y dado que la enfermedad mental se le diagnosticó con posterioridad... —El doctor terminó la frase encogiéndose de hombros.

—¿Y según su opinión profesional....?

Baxter miró a su colega.

—¿... en qué estado se encontraba Glenn estas dos últimas semanas? —preguntó Rouche.

—¿Disculpe?

—¿Presentaba algún síntoma indicativo de una posible recaída? ¿Tal vez dejó de tomar la medicación?

—Lo siento, no tengo ni idea —respondió el doctor Arun, perplejo—. No he visto a ese hombre en mi vida.

—¿Qué? —preguntó Baxter.

—Habíamos programado nuestra primera sesión para la

próxima semana. Lo siento, creía que estaban ustedes al corriente. He heredado los pacientes del doctor Bantham. Dejó su consulta el pasado viernes.

Baxter y Rouche se miraron.

—¿El viernes? —preguntó ella—. ¿Fue una renuncia planificada?

—Oh, sí. A mí me entrevistaron para el puesto hace dos meses.

Baxter suspiró, después de haber creído que por fin tenían algo.

—Tendremos que hablar con él —dijo Rouche al doctor—. ¿Puede facilitarnos el modo de contactar con él?

Nadie respondió en ninguno de los números de teléfono que la temible recepcionista les proporcionó. También les había anotado una dirección del doctor Bantham en el condado de Westchester, a unos cincuenta minutos en coche de Manhattan. Mientras el FBI seguía intentando identificar a la víctima de Glenn Arnolds, el cadáver de este permanecía en algún lugar entre la morgue del hospital y el laboratorio forense, y Curtis continuaba desaparecida, optaron por arriesgarse a hacer un viaje que quizá fuera en balde hasta Rye para visitar al doctor.

Baxter no tenía grandes expectativas mientras iba guiando a Rouche:

—Con el campo de golf a la izquierda, deberíamos cruzar el arroyo de Beaver Swamp de un momento a otro y después hay que girar en la primera calle a la derecha desde la avenida Locust.

—Estupendo.

Se detuvieron junto a un idílico callejón sin salida. Por el aspecto del paisaje era obvio que había nevado intensamente al norte de la ciudad. Se acumulaban varios centímetros de nieve sobre los setos impecablemente podados que bordeaban los caminos de acceso a las casas de los que sí se había retirado, dejando a la vista la húmeda gravilla. En los amplios jardines de la zona se veían orgullosos muñecos de nieve rodeados de pisadas infantiles. Las casas estaban revestidas con listones de madera de diferentes tonalidades, lo cual daba a la invernal escena un aire escandinavo. Resultaba difícil concebir que el bullicio de Times Square estaba a menos de una hora en coche de allí.

—Se diría que quien planificó esta población quería mantener el lugar en secreto —dijo Rouche mientras revisaba los números de las viviendas. Carcomido por la envidia, no pudo resistirse a imaginar a su familia instalada en una de esas casas perfectas—. ¿Qué es esto, la calle de los cagarros de perro?

Baxter se echó a reír y Rouche se sumó ante ese sonido tan poco familiar.

Entraron en el camino de acceso a una casa al fondo de la calle justo cuando el crepúsculo activó los sensores que encendían las luces exteriores del triple garaje. La cosa no pintaba muy bien. En el interior de la vivienda no había ni una sola luz encendida y, a diferencia de lo que sucedía en el resto de las parcelas, el camino de acceso, el jardín y el sendero que llevaba a la puerta principal estaban cubiertos por una capa de nieve intacta.

Aparcaron y se apearon en el silencioso jardín. La brisa hacía sonar levemente el carrillón del porche de una casa cercana y oyeron un coche que aceleraba a lo lejos. A Baxter le impresionó el frío; estaban a varios grados menos que en la ciudad. Caminaron ruidosamente hacia la puerta principal envueltos por el crepúsculo, en el que los altos árboles que los rodeaban iban perdiendo el colorido y la definición a cada segundo que pasaba.

Rouche pulsó el timbre.

Nada.

Baxter pisó un parterre de flores para echar un vistazo a través de un ventanal, y las bombillas apagadas de unas lucecitas navideñas sujetas en el marco le recordaron la descuidada casa familiar de Rouche. Fijó la mirada, dejando que sus ojos se acostumbrasen a la oscuridad. Creyó entrever el tenue resplandor de una llama proveniente de otra habitación.

—Me ha parecido ver una luz ahí dentro —dijo a Rouche mientras este llamaba a la puerta golpeando con los nudillos.

Baxter pisoteó algún otro parterre, dobló la esquina y oteó el interior de la casa desde las ventanas laterales, donde creía haber visto la luz. Pero todo estaba a oscuras. Suspiró y regresó junto a Rouche.

—Es probable que esté de vacaciones. Ya casi es Navidad —dijo.

—Sí, es probable.

—¿Quieres que intentemos hablar con algún vecino?

—No, esta noche no. Hace demasiado frío. Le dejaré una tarjeta con una nota, y mañana por la mañana lo llamamos —sugirió Rouche, y emprendió el regreso hacia la calidez del coche.

—Recuerda que nos has prometido encargarte de la cena esta noche —le dijo Baxter.

—Bueno, sí, si encontramos a Curtis. No he sido grosero contigo.

—Sí has sido un poco grosero.

—Vale. —Rouche sonrió—. Tal vez un poco.

Se metieron en el coche y encendieron la calefacción. Rouche dio marcha atrás por el largo camino de acceso guiándose por las titilantes luces de la vivienda de enfrente. Echó un último vistazo a la casa de sus sueños, dio un volantazo al llegar a la calle a fin de girar y enfilaron hacia Manhattan.

Pasaron unos minutos durante los cuales la noche acabó de engullir los últimos restos de luz agonizante. Y entonces, en algún punto de la casa a oscuras volvió a aparecer el resplandor de una llama.

Thomas se despertó en la mesa de la cocina con el trasero de Eco aplastado contra la cara. Se incorporó en el momento preciso que el reloj de la cocina cambiaba de minuto y marcaba las 2.19 de la madrugada. Los restos de la cena que había cocinado para él y Baxter seguían en el centro de la mesa junto al teléfono; no había ningún mensaje de texto ni ninguna llamada perdida.

Se había mantenido al tanto de lo sucedido en Nueva York a lo largo del día y dio por hecho que Baxter se había visto envuelta de algún modo. Había aguantado las acuciantes ganas de ponerse en contacto con ella para asegurarse de que estaba bien y hacerle saber que lo tenía a su disposición si necesitaba hablar con alguien.

Durante los dos últimos meses había ido notando que se distanciaba de él, aunque, en realidad, nunca había conseguido una verdadera intimidad. Parecía que cuanto más trataba de acercarse a ella, más la empujaba a distanciarse. Incluso el propio Edmunds le había advertido que no la presionase. Pero Thomas nunca se había considerado una persona dependiente, en cualquier caso todo lo contrario. Era alguien seguro de sí mismo e independiente. No obstante, las exigencias fuera de toda proporción razonable del trabajo de Baxter lo ponían en un estado de permanente ansiedad.

¿Era ser «pegajoso» querer saber si su novia seguía con vida?

Baxter podía pasarse noches sin dormir, días enteros manteniendo el ritmo solo a base de café. Podía deambular por cualquier parte de la ciudad a cualquier hora y en compañía de lo peorcito de Londres. Se había acostumbrado hasta tal punto a los horrores que presenciaba que estaba insensibilizada. Y eso era lo que a Thomas más le preocupaba: que ella no temía a nada.

El miedo era algo positivo, lo mantenía a uno alerta, cauto. Lo mantenía a uno con vida.

Se levantó, cogió el plato que había servido a Baxter por si aparecía y echó el contenido en el cuenco de la comida de Eco, que lo miró como si acabase de malbaratar una pila de galletas en perfecto estado.

—Buenas noches, Eco —le dijo.

Apagó las luces y fue acostarse.

Las ojeras de Edmunds le daban un aspecto horripilante porque la luz que proyectaba la pantalla del ordenador portátil se las acentuaban. Encendió el hervidor eléctrico y tuvo que sacarse el grueso suéter porque el pequeño calefactor había hecho un trabajo sobresaliente. De no ser porque la lámpara con la que se iluminaba para trabajar estaba colocada encima de un cortador de césped, podría haber imaginado que estaba en algún lugar mucho más glamuroso que su destartalado cobertizo.

Se había pasado horas husmeando en las finanzas de los asesinos. Blake además había tenido la amabilidad de mantenerlo al tanto de las investigaciones de la Policía Metropolitana sobre el Asesino Incinerador de policías, Patrick Peter Fergus, de sesenta y un años. Esa colaboración la obtuvo a cambio de comprometerse a hablar bien de él a Baxter, cosa que Edmunds no tenía ninguna intención de hacer.

Dado que estaba en prisión, revisar las cuentas de Dominic Burrell le llevó apenas unos minutos; sin embargo, no podía decirse lo mismo con respecto al primer asesino, Marcus Townsend, el tipo que se había arrojado desde el puente. Pese a no ser más que un inacabable listado de transacciones y saldos bancarios, su historia financiera resultó ser una lectura fascinante. Edmunds pudo rastrear hasta su primera tentativa de incursión en los negocios ilegales y comprobar que su seguridad en sí mismo aumentaba proporcionalmente al ritmo de sus saldos bancarios.

El resultado final era un desastre del todo previsible. A medida que los negocios turbios se hacían más y más descarados, Edmunds iba percibiendo la adicción que se agazapaba tras los números hasta una repentina suspensión de operaciones a mediados de 2007, la peor decisión que Townsend podía haber tomado. Edmunds imaginaba la escena a la perfección: la policía entrando en su despacho, revisando los archivos, amedrentándolo con una drástica reducción de alternativas para que se autoincriminase y él admitiendo su culpabilidad para intentar salvar el pellejo. De ahí en adelante la trayectoria de Townsend había sido trágica: una multa tras otra habían ido esquilmando su fortuna y después el valor de los activos que todavía le quedaban se desplomó arrastrado por la caída de los mercados internacionales.

Se quedó en la ruina.

Antes de pasar a las cuentas de Eduardo Medina, Edmunds abrió la página web del programa De la Calle al Éxito en el que Townsend seguía participando cuando colgó un cadáver del puente de Brooklyn. La web estaba pensada para motivar, se veían fotografías de personas sin hogar, que parecían demasiado distanciadas de la sociedad para volver a incorporarse a ella alguna vez, vestidas con camisa y corbata en su primer día de trabajo. Quizá por eso Edmunds siguió husmeando en la web más tiempo del que de entrada pensaba dedicarle.

Dio con un hipervínculo, incluido en una de las historias reales, que le llamó la atención. Clicó encima y fue redirigido a otra parte de la web. Solo llegó a leer hasta el tercer concepto de la lista antes de, excitado, derramar los restos del café sobre el ordenador. Consultó el reloj, calculó con los dedos la diferencia horaria y telefoneó a Baxter.

Baxter estaba profundamente dormida. Por fin, al volver al hotel, se habían reencontrado con Curtis, y Rouche se había disculpado de corazón y ella había aceptado, si bien, a regañadientes cenar algo con ellos. Estaban todos bastante agotados después de ese día tan agitado, de modo que se habían acostado pronto para empezar temprano a la mañana siguiente.

Baxter cogió el teléfono que sonaba.

—¿Edmunds? —gruñó.

—¿Estabas dormida? —le preguntó él con cierto tonillo de reprimenda.

—Sí. Por extraño que parezca. Para ti es una hora normal, son las… Espera, no, no lo es. ¿Qué haces todavía despierto?

—Estaba repasando los archivos que me enviaste —le dijo, como si fuese una obviedad.

Baxter bostezó.

—¿Estás bien? —le preguntó Edmunds.

Por fin había aprendido cómo hablar con Baxter. Si ella quería comentar lo sucedido esa mañana en la Grand Central, lo haría. En caso contrario, él recibiría una respuesta monosilábica y pasarían a otro tema.

—Sí.

—Necesito que me consigas más información —le pidió.

—Lo sé. Mañana te mandaré los informes sobre lo del Mall y lo de la Grand Central.

—Ya tengo el informe de lo de Londres.

Baxter no quería saber qué había hecho para conseguirlo, de modo que decidió no preguntar.

—Necesito los historiales médicos completos de todos ellos —dijo Edmunds.

—¿Médicos? Ok. ¿Estás buscando algo en concreto?

—No lo sé. Es una corazonada.

Baxter se fiaba de la intuición de Edmunds incluso más que de la suya.

—Te los mandaré mañana. Quiero decir, más tarde.

—Gracias. Ya te dejo dormir. Buenas noches.

—¿Edmunds?

—¿Sí?

—No olvides por qué abandonaste el equipo.

Edmunds captó el mensaje subyacente. Era el modo que Baxter tenía de decirle que estaba preocupada por él. Sonrió.

—No lo haré.

14

Domingo, 13 de diciembre de 2015
7.42 h

—¡Una posesión!

Baxter se quedó a medio vestir en su habitación del hotel, paralizada y arrepentida de haber encendido el televisor. Aunque no era una sorpresa que los asesinatos fuesen tema de debate en uno de los programas matinales con mayor audiencia del país, la conversación parecía haber virado hacia territorio ignoto.

—¿Una posesión? —repreguntó al instante uno de los presentadores de punta en blanco del noticiario al evangelista inevitablemente controvertido.

—Exacto. Una posesión —confirmó el reverendo Jerry Pilsner Jr. con un cerrado acento sureño—. Obra de un único ente muy antiguo que salta de un alma quebrada a otra, movido por su insaciable ansia de tormento y dolor, que inflige de manera indiscriminada a los débiles y los pecadores... Solo tenemos un modo de protegernos... ¡La única salvación está en Dios!

—Entonces —empezó la presentadora con cierta prevención— ¿estamos hablando de... espíritus?

—De ángeles.

La mujer se quedó desconcertada y se volvió hacia su compañero para indicarle que le tocaba a él hacer la siguiente pregunta.

—Ángeles caídos —especificó el reverendo.

—Y... —El presentador titubeó—. Y está usted diciendo que esos ángeles caídos...

—Solo uno —lo interrumpió el reverendo—. Se trata de uno.

—Y ese ángel caído, sea quien sea...

—Oh, sé perfectamente quién es —volvió a interrumpir el entrevistado, dejando a los presentadores perplejos—. Siempre he sabido de quién se trataba. Puedo incluso darles su nombre, si lo desean... Uno de sus nombres.

Ambos presentadores se inclinaron hacia delante expectantes, conscientes de que estaban forjando un momento estelar de la televisión sensacionalista.

—... Azazel —susurró el reverendo un segundo antes de que el programa diera paso a la publicidad con precisión milimétrica.

Mientras un alegre anuncio del no va más en caramelos con sabores frutales le lanzaba imágenes y gritos desde la pantalla Baxter reparó en que se le habían erizado los pelos de la nuca.

El reverendo había desarrollado una teoría apasionante y, siendo justos, debía reconocerse que había dado con un modo de conectar todos esos extraños asesinatos, lo cual ya era más de lo que los esfuerzos combinados de la policía londinense, el departamento de Policía de Nueva York, el FBI y la CIA habían conseguido. Aun así, Baxter sintió un escalofrío cuando, acabada la publicidad, el noticiario proyectó unas imágenes de la iglesia blanca de madera del reverendo, aislada al final de un camino polvoriento que atravesaba como una cicatriz un árido campo.

La congregación allí reunida procedía de al menos tres pueblos y emergían de la linde del bosque espectros, vestidos con sus galas dominicales, ansiosos por rogar para su salvación. La multitud congregada alrededor del frágil edificio fue creciendo con varias hileras de gente que absorbía cada palabra que salía de la boca del predicador dirigida a quienes buscaban salvarse.

A Baxter algo en esa escena le pareció profundamente siniestro: esa gente en mitad de un lugar perdido de la América profunda, apiñados como un rebaño, rendidos sin condiciones a su oportunista reverendo, que no tenía ningún complejo a la hora de explotar con total desvergüenza las desgracias de los demás para promocionar sus delirantes chorradas y osaba referirse a las víctimas, dos de ellas honestos agentes de policía, «débiles y pecadores».

Por Dios, cómo odiaba Baxter la religión.

Incapaz de despegarse de la pantalla, contempló al reverendo mientras compartía sus últimas reflexiones con la rendida audiencia que tenía delante y con los innumerables telespectadores que lo veían desde la comodidad del sofá de su respectiva casa.

—Escuchadme, miro a mi alrededor y os veo a vosotros, buena gente, y me veo a mí mismo en el espejo, ¿y sabéis lo que veo?

La congregación esperó conteniendo el aliento.

—Pecadores… Veo pecadores. Ninguno de los aquí presentes es perfecto. ¡Pero como servidores del Señor, dedicamos nuestras vidas a lograr ser mejores!

La multitud estalló en aplausos, murmullos de acuerdo y algún esporádico «Amén».

—Pero después —continuó el reverendo— miro más allá. Miro el mundo en el que vivimos, ¿y sabéis cómo me hace sentir eso? Me asusta. Veo demasiado odio, demasiada crueldad, demasiada maldad —y añadió—: ¿Podemos al menos mirar hacia la Iglesia en busca de ayuda? ¡Cuando resulta que una vez más, justo la semana pasada, a otro miembro del clero, un hombre al que se suponía al servicio de Dios, se lo acusó de abusar de un niño de siete años!

El reverendo, auténtico profesional de su oficio, apartó los ojos de su embelesado público y miró directamente a la cámara.

—Ahora me dirijo a todos los no creyentes que hay por

ahí... Quiero que os preguntéis lo siguiente: ¿Y si Dios existe? ¿Y si el cielo existe? ¿Y si el infierno existe? Y si... y si resulta que, realmente, ya estamos todos en él?

Baxter colgó el teléfono y dejó escapar un sonoro suspiro. A través del cristal parcialmente opaco distinguió a Lennox levantándose de su escritorio para dar a Curtis un reconfortante, aunque sin duda incómodo, abrazo. Por lo que parecía, la agente especial al mando de la operación no iba a echarla a los lobos como era previsible. Baxter intentó imaginarse a Vanita haciendo algo así por ella y negó con la cabeza ante una idea tan descabellada.

Ella había mantenido una conversación de treinta y cinco minutos con su superiora en Londres. Apenas habían tenido tiempo de repasar el día anterior después de lo sucedido en la estación Grand Central. Siguiendo el protocolo que dictaba indagar en el estado emocional de Baxter, Vanita le había pedido que le explicase los detalles para confirmar si su relato coincidía con el informe que los estadounidenses le habían enviado. Hablaron de la probabilidad de que se produjese de forma inminente un asesinato de similares características perturbadoras en Londres, así como de la inquietante ausencia de progresos en las investigaciones, y estuvieron de acuerdo en que Baxter debía permanecer en Nueva York como representante de la policía londinense y que Vanita se ocuparía del frente londinense.

Tecleó un breve texto para enviar a Thomas mientras esperaba a que Lennox y Curtis acabasen. Había olvidado por completo decirle que no regresaría y cayó en la cuenta de que con esa actitud de no dar señales de vida no estaba contribuyendo a solucionar la tensión que había entre ellos.

Hola. ¿Cómo está Eco? ¿Hablamos más tarde? ☺

Lennox salió de su despacho con Curtis detrás.

—Por favor, quiero que todo el personal que trabaja en los asesinatos vaya a la sala de reuniones.

Más de un tercio de los presentes en la oficina se levantaron de su silla y llenaron la estancia hasta tal punto que algunos tuvieron que escuchar de pie desde fuera, como en las escenas de la iglesia del reverendo Jerry Pilsner Jr. Baxter entró como pudo en la atiborrada sala y se colocó con Rouche, Curtis y Lennox en la parte delantera. Rouche había escrito detalles de los cinco asesinos en la gran pizarra blanca:

ESTADOS UNIDOS	REINO UNIDO
1. Marcus Townsend (Puente de Brooklyn) Modus operandi: estrangulamiento Víctima: relacionada con el caso Ragdoll	3. Dominic Burrell (Cárcel de Belmarsh) Modus operandi: estrangulamiento Víctima: relacionada con el caso Ragdoll
2. Eduardo Medina (Comisaría del distrito 33) Modus operandi: impacto de un vehículo a gran velocidad Víctima: agente de policía	4. Patrick Peter Fergus (El Mall) Modus operandi: traumatismo con objeto contundente Víctima: agente de policía
5. Glenn Arnolds (Estación Grand Central) Modus operandi: desagradable Víctima: ¿?	

—¿Todo el mundo está aquí? —preguntó Lennox de forma innecesaria, dado que había incluso gente fuera de la sala—. Para los que todavía no los conozcáis, ellos son la inspectora jefe Baxter, de la Policía Metropolitana de Londres, y el agente especial de la CIA Roooch.

—Rouche —la corrigió él.

—¿Ruch? —volvió a intentarlo Lennox.

—¿No se pronuncia Roach? —preguntó un tipo musculoso sentado en primea fila.

—No —respondió Rouche, perplejo, en primer lugar, porque al parecer el tipo lo consideraba lo bastante estúpido para no saber decir su propio nombre y, en segundo lugar, porque varias personas más se lanzaron a sus propios intentos en una sucesión de pronunciaciones incorrectas de su apellido:

—¿Rooze?

—¿Roze?

—¿Rooshy?

—Rouche —volvió a corregirlos él educadamente.

—Mi vecino, sin duda, lo pronuncia Roach —insistió el de la primera fila.

—¿No será porque en ese caso su apellido es Roach? —razonó Rouche.

—Es Rouche —aclaró a la sala Curtis—. Como el silbido del viento: Rooouuush

—¡Vale, vale! —gritó Lennox elevando la voz por encima del barullo—. ¿Podemos volver a centrarnos en el motivo de esta reunión? ¡Silencio! Tiene usted la palabra, agente... Rouche.

Él se levantó.

—Bien..., pues estos son nuestros asesinos —empezó, y señaló la pizarra—, presentados de un modo esquemático para que todo el mundo se ponga al día. ¿Alguien es capaz de sacar una conclusión de estos datos? —preguntó, como si se dirigiese a un grupo de escolares.

El vecino del señor Roach carraspeó.

—Unos hijos de puta han asesinado a dos de los nuestros —dijo—, y ya solo por eso los odio..., ¡sí señor! —El fornido inspector jaleó su propio comentario y se puso a aplaudirse, seguido por varios de sus compañeros—. ¡Vamos! —gritó entusiasmado.

—De acuerdo —asintió Rouche con paciencia—. ¿Algo un poco más tangible? ¿Sí?

—Los asesinatos de Nueva York y los de Londres, sin duda, son similares.

—Sin duda —dijo Rouche—. Lo que nos lleva a esperar un asesinato en Londres con su correspondiente incómodo interrogante en cualquier momento, lo cual nos lleva a preguntarnos: ¿por qué? ¿Por qué alguien querría declarar la guerra a ambas ciudades, y por qué en concreto a estas dos?

—¿Por las bolsas? —propuso uno.

—¿Por la concentración de riqueza?

—¿Porque están en el foco de los medios de comunicación?

—Y, sin duda, debemos explorar todas estas posibilidades —dijo Rouche—. Ok. ¿Qué más nos dice esta lista?

—El *modus operandi* —sugirió una voz desde el exterior. El oficial se abrió camino hasta la parte delantera—. Cada *modus operandi* ha sido diferente, y eso sugiere cierto grado de independencia. Está claro que a esta gente se le había asignado un objetivo, tal vez incluso un lapso temporal para cometer el crimen, pero parecería que todo lo demás quedaba a la libre elección de cada uno de ellos.

—¡Excelente! —dijo Rouche—. Lo cual me lleva al siguiente punto: necesitamos concentrarnos en cada uno de estos individuos. Glenn Arnolds no quería hacer daño a nadie..., la verdad es que no. Alguien estaba utilizándolo. Vamos a dividiros en cinco equipos. Cada uno se hará cargo de uno de nuestros asesinos. Vuestro trabajo consistirá en detectar cualquier cosa sobre ellos que podamos analizar más a fondo. Lo primero que me viene a la cabeza: en el caso de Townsend, el dinero; en el de Medina, su situación como emigrante; en el de Burrell, beneficios penitenciarios como drogas o su posición en la cárcel; en el de Fergus, su madre enferma; en el de Arnolds, su hermano fallecido y el estado de su salud mental.

Su audiencia, muy atenta, iba tomando notas.

—Y también, Baxter, aquí presente, ha pedido que le paséis en cuanto los consigáis una copia de los historiales médicos de todos ellos —añadió.

Rouche notó la mirada inquisitiva que Lennox lanzó a Curtis.

—Haré lo posible por liberar a más personal y ponerlo a trabajar en el caso —dijo Lennox a Rouche.

Rouche asintió, agradecido.

—Cualquier cosa que encontréis —insistió Rouche dirigiéndose, una vez más, a todos los presentes—, comunicádnosla a mí, a Curtis o a Baxter de inmediato. Nosotros tres tenemos una visión panorámica del caso y podríamos dar con similitudes o patrones de comportamiento. Gracias a todos por vuestra colaboración.

La conclusión de despedida de Rouche sirvió para que los presenten desalojasen la sala.

Lennox se les acercó para hablar en privado con él, Baxter y Curtis.

—Tengo varias ruedas de prensa y reuniones convocadas a lo largo de la jornada —les dijo—. Inspectora jefe, puede que la necesite durante el día.

Baxter ya se lo había imaginado.

—¿Qué planes tenéis? —preguntó Lennox sin dirigirse a nadie en particular.

—Primero iremos al laboratorio forense. Tienen los dos cadáveres desde ayer y, con suerte, habrán identificado ya a... nuestra víctima —dijo Rouche, muy cuidadoso con la elección de las palabras dada la presencia de Curtis—. Tenemos al equipo de Arnolds tratando de localizar a su psiquiatra e interrogando a amigos y vecinos, de modo que probablemente después hagamos un seguimiento del tema.

—Muy bien. —Lennox detuvo a Curtis cuando salía, mientras Baxter y Rouche seguían su camino—. ¿Para qué quiere Baxter los historiales médicos?

—No estoy segura.

—Averígualo. Recuerda nuestra conversación. Después de lo que ha pasado, es más importante que nunca que seamos nosotros los que resolvamos el caso. Si te oculta alguna información, no dudaré en meterla en el próximo avión de vuelta a Inglaterra.

—Entendido.

Lennox asintió y se hizo a un lado para permitir que Curtis saliese y se uniera a sus colegas.

—Entonces ¿Glenn Arnolds seguía tomando su medicación? —preguntó Curtis, desconcertada.

—No, pero estaba medicándose —respondió la menuda mujer de forma críptica, mirándola por encima de sus gafas de lectura.

Curtis recordaba haberse reunido con la patóloga forense varias veces en el pasado. Después de todo, Stormy Day no era un nombre que una olvidase con facilidad. Según sus recuerdos, la sensación de absoluta perplejidad estando en compañía de esa mujer era habitual. Stormy pasó a Curtis y Rouche un dossier con la copia de un impreso: resultados de un análisis de sangre realizado como parte de la autopsia. Ninguno de los dos entendió nada.

Estaban sentados en la recepción del Centro de Servicios Forenses Hirsch en la calle Veintiséis Este. Como estaba ubicado en uno de los edificios anexos del centro médico, los dos cadáveres solo habían tenido que recorrer tres manzanas en dirección sur desde la sala de urgencias de hospital Langone de la Universidad de Nueva York. La reunión se celebraba en ese lugar inusual porque Rouche, sin molestarse en consultarlo con Curtis, había telefoneado para decir que no deseaban ver los cadáveres de nuevo.

Curtis, de haberse enterado, se habría ofendido, pero Rouche había visto el alivio en su cara cuando le pidió que se sentara en la iluminada y aireada recepción en lugar de conducirla a los tétricos laboratorios en el corazón del edificio, donde Curtis se habría visto confrontada al cadáver con piel cerosa del hombre al que había disparado.

Baxter todavía no se había unido a ellos. Ni siquiera había logrado escabullirse de la oficina antes de que Lennox la «tomase prestada» para alguna conferencia de prensa.

Stormy señaló la incomprensible hoja que Curtis sostenía en la mano.

—No sé con exactitud qué estaba tomando, pero desde luego bajo ningún concepto debería haberlo hecho. No había ni rastro de la medicación antipsicótica que le habían prescrito, pero sí hay una buena cantidad de ETH-LAD y benzodiacepinas.

Curtis la miró con cara de póquer.

—Uno de los efectos secundarios de las benzodiacepinas son las tendencias suicidas.

—Ah.

—Y el ETH-LAD es como el hermano pequeño del LSD. Probablemente, sean las dos peores cosas que alguien con el historial de Arnolds pudiera ingerir: alucinaciones, pérdida de contacto con la realidad. Y a esto hay que sumar los síntomas propios de haber dejado de tomar los antipsicóticos. ¡El tipo debía de estar en tal estado que apuesto a que a sus ojos el techo de la Grand había cobrado vida! —Consciente de que era mejor preservar su pasado hippy para una audiencia menos conservadora, carraspeó y continuó—: He enviado una muestra de sangre a Quantico para que realicen un análisis más detallado y he pedido que me informen de cualquier otra medicación que encuentren en su casa.

—Yo me encargo de que te llegue esa información —dijo Curtis al tiempo que lo anotaba.

—Esto es todo lo que tengo para vosotros sobre Arnolds, más allá de lo obvio. Si me permitís ser sincera, es una situación bastante extraña. Lo lógico habría sido que el cadáver permaneciese en la escena del crimen, pero dada la naturaleza del incidente, estaba cubierto con la sangre y los tejidos de otro hombre, lo trasladaron en ambulancia y los despegaron en urgencias. En resumen, lo más probable es que a estas alturas la mitad de los neoyorquinos hayan toqueteado ese cadáver. El nivel de contaminación e interferencias *post mortem* es problemático, por decirlo suavemente.

—¿Y qué sabemos de la víctima? —preguntó Rouche.

—Noah French. Se denunció su desaparición hace dos días. Trabajaba en una de las ventanillas de venta de billetes de la Grand Central.

Rouche parecía impresionado.

—No he tenido que hacer una sola prueba para descubrirlo —continuó Stormy—. Llevaba un tatuaje en el antebrazo: «K. E. F 6-3-2012». Tenía que tratarse de un hijo o una hija.

Cotejamos las iniciales con los registros de nacimientos en el área de Nueva York en esa fecha y obtuvimos un resultado.

—Genial. —Rouche sonrió.

—Eso me pareció. Lo drogaron, con algún opiáceo. Los detalles están en el informe. —A Stormy le llamó la atención algo en el mostrador de recepción—. ¿Va con vosotros?

Se volvieron y vieron a Baxter a punto de empezar una trifulca con el recepcionista, quien a todas luces no tenía ni idea de qué estaba hablándole. Stormy se levantó para intervenir antes de que la situación se desmadrase.

Rouche se volvió hacia Curtis.

—Ahora tenemos una pista clara —dijo—. Debemos hablar con su psiquiatra.

—Sí, hay que localizarlo —convino Curtis.

Volvió a echar un vistazo a los resultados del análisis de sangre, abrió las anillas y sacó la copia.

Rouche la miró perplejo.

—Eh, ¿qué estás haciendo? —preguntó.

—Cumplo órdenes.

—¿Ocultando pruebas?

—Mantengo entre el FBI y la CIA nuestro primer paso importante en el caso.

—La verdad es que… no me siento muy cómodo con esto —dijo Rouche.

—¿Y crees que yo sí? Pero por eso se llaman «órdenes» y no «sugerencias».

Stormy ya volvía hacia ellos con Baxter detrás. Curtis seguía con la copia en la mano.

—Esconde eso.

Se lo lanzó a Rouche, quien se lo devolvió.

—¡Yo no lo quiero! Se lo contaré a Baxter.

—No lo hagas.

El abrigo de Rouche estaba sobre el respaldo del sofá. Curtis metió la hoja arrugada en uno de los bolsillos justo cuando Baxter se sentaba con ellos. Hizo caso omiso de la mirada de reprobación de Rouche mientras Stormy empezaba a hablar.

Baxter había acompañado a Lennox a la conferencia de prensa, que se había convocado oficialmente para ofrecer información sobre el incidente ocurrido en la estación Grand Central. Le sorprendió e impresionó la resistencia de Lennox a la presión de facilitar el nombre del agente responsable de la muerte de un hombre inocente. Dejó muy claro que el único responsable había sido un individuo mentalmente inestable que provocó la muerte de ese hombre al forzar la mano del agente, quien había actuado con heroísmo y siguiendo lo que el protocolo dictaba.

Lennox había sido lo bastante hábil para mostrar al agente como una víctima, y las preguntas de los periodistas enseguida habían rebajado el tono acusatorio. Baxter había cumplido con su parte lanzando todo el repertorio de respuestas ensayadas de costumbre cuando le preguntaron sobre los progresos de la investigación.

Cuando por fin logró salir de allí, consultó el móvil y se encontró con varias actualizaciones. Tal como había pedido, los equipos de investigación le habían enviado los historiales médicos de los asesinos en cuanto las habían recibido. De momento, ya tenía información sobre Eduardo Medina, Dominic Burrell y Marcus Townsend. Se los envió de inmediato a Edmunds antes de dirigirse hacia el instituto forense.

Edmunds echó un vistazo a la pantalla del móvil, que zumbó al recibir tres emails consecutivos. Al ver que se los enviaba Baxter, se levantó, se dirigió a los aseos y se encerró en un cubículo antes de abrir los archivos adjuntos. Repasó rápidamente el primer informe y en cuestión de segundos encontró lo que buscaba. Abrió el segundo y localizó la misma palabra a las pocas páginas. Clicó en el tercer informe y empezó a leer. De pronto, se le iluminaron los ojos. Salió a toda prisa del cubículo y de los aseos y corrió hacia los ascensores.

Baxter, Rouche y Curtis acababan de concluir su conversación con la patóloga forense. Mientras salían a la Quinta Avenida, sonó el teléfono de Baxter. No habría respondido la llamada de tratarse de cualquier otra persona.

—¿Edmunds? —dijo apartándose un poco de sus colegas.

—¡Todos ellos estaban recibiendo algún tipo de asesoramiento! —le anunció eufórico.

—¿Quién?

—Los asesinos. ¡Eso es lo que los conecta a todos! Entré en la web del programa De la Calle al Éxito y leí que ofrecían asesoramiento para ayudar a la gente a enderezar su vida. Me hizo reflexionar. El informe sobre Patrick Peter Fergus dice que sufrió una crisis nerviosa debido al peso económico que le suponía su madre enferma. Tiene sentido que acudiese a alguien en busca de consejo. ¿Y adivinas qué?

—Sigue.

—Marcus Townsend se apuntó al amable ofrecimiento de sesiones gratuitas de *coaching* personal del programa De la Calle al Éxito. Eduardo Medina cayó en una depresión después de que a su hija le denegasen el permiso de entrada en el país, estaba en una reunión de Alcohólicos Anónimos la noche antes del asesinato; y Dominic Burrell tenía asignadas sesiones de terapia semanales como parte de su plan de rehabilitación.

Baxter sonrió. Edmunds no le había fallado.

—Todo encaja, Glenn Arnolds padecía serios problemas mentales desde la infancia —dijo Baxter, entusiasmada—. Estamos buscando a su psiquiatra.

—Más claro el agua: ¡son cinco de cinco! —casi gritó Edmunds—. Ok, puedes decirlo.

—¿Decir qué?

—Que sin mí estarías perdida.

Baxter colgó.

Curtis había aprovechado la breve llamada de Baxter para maquinar un modo de dejarla con Lennox mientras ella y Rouche iban al condado de Westchester para interrogar al escurridizo doctor Bantham. Se quedó callada cuando Baxter se les acercó con una extraña sonrisa.

—Tenemos que encontrar al psiquiatra

Rouche miró a Curtis y dejó escapar una sonrisa.

15

—… Entonces, si *Azaz* significa en hebreo «fuerza» y *El* significa «Dios», hay un debate sobre si, en ese orden concreto, Azazel significa «la fuerza de Dios…». Y aquí pone que los animales considerados «tenebrosos», tales como murciélagos, serpientes y perros salvajes, son «receptores particularmente susceptibles de dar cobijo a espíritus impuros».

—¿Podríamos cambiar de conversación? —se quejó Curtis desde el asiento del conductor mientras salía de la autopista interestatal—. Empiezas a acojonarme.

Por la mañana, zapeando, Rouche había visto una de las numerosas apariciones televisivas del reverendo Jerry Pilsner Jr. y se había pasado el día entero investigando por Google a su sospechoso sobrenatural.

Baxter por su parte hizo lo imposible por dormir la mayor parte del trayecto.

Tomaron una carretera rural a lo largo de la cual las ramas de los árboles sin hojas parecían garras que trataran de atrapar a los vehículos solitarios.

—Vale, pero escucha esto… —dijo Rouche, entusiasmado, al tiempo que deslizaba el dedo por la pantalla de su móvil.

Curtis resopló.

De nuevo despierta, Baxter se secó un poco de baba de la comisura de los labios.

—Atrapado por el arcángel Rafael, al ángel caído Azazel le quitan sus alas ennegrecidas y lo dejan encadenado en la oscuridad del pozo más profundo creado por Dios. Enterrado bajo las piedras más afiladas en el desierto más inhóspito y remoto de la tierra, Azazel permaneció en una tumba sobre un lecho de plumas arrancadas de su propio manto destrozado, sin volver a ver jamás la luz hasta arder en las hogueras del día del Juicio Final.

—Gracias por la información. —Baxter bostezó.

—Te odio, Rouche —le dijo Curtis, estremecida por la perturbadora historia.

—El último fragmento —prometió Rouche aclarándose la garganta—. En esa oscuridad infinita, Azazel enloqueció e, incapaz de liberarse de sus cadenas, liberó su espíritu de su cuerpo engrilletado para vagar por la tierra para siempre oculto en miles de almas diferentes. —Rouche dejó el móvil en su regazo y añadió—: Ahora hasta yo me he acojonado.

En el momento en que entraban en el helado camino de acceso de la casa de Bantham empezaron a caer sobre el parabrisas los primeros copos de nieve. Los meteorólogos habían pronosticado nevadas copiosas a última hora del día y advertido de posibles ventiscas durante la noche y la madrugada.

Mientras Curtis seguía las marcas de neumáticos que Rouche había dejado el día anterior hasta los garajes, Baxter observó la casa, que parecía tan desierta como la tarde pasada, salvo por unas pisadas profundas que habían quedado marcadas en el, por lo demás, impoluto césped.

—Alguien ha estado aquí —dijo esperanzada desde el asiento trasero.

Curtis aparcó y al apearse notaron el intenso frío. Rouche

vio que una vecina los escudriñaba desde la casa de enfrente y deseó que no les diese la lata. La mujer empezó a acercarse y casi perdió el equilibrio en dos ocasiones mientras avanzaba con dificultad por el camino de acceso.

—Adelantaos —dijo Rouche a sus dos colegas.

Curtis y Baxter se aproximaron a la puerta principal mientras él se dirigía a interceptar a la fisgona vecina antes de que los retrasase más rompiéndose una cadera.

—¿Puedo ayudarles? —susurró para sí mismo, imaginando el típico saludo de una vecina entrometida.

—¿Puedo ayudarles?

—Solo buscamos al doctor James Bantham —respondió él, tratando de disuadirla con una sonrisa.

Curtis llamó al timbre mientras la mujer los observaba con suspicacia. No parecía dispuesta a marcharse.

—Hace frío aquí fuera —comentó Rouche, a modo de sutil sugerencia a la mujer para que regresase a la calidez de su hogar y se ocupase de sus asuntos.

Al no obtener respuesta, Baxter pulsó el timbre con más fuerza e insistencia.

—Tienen un buen sistema de seguridad —dijo la vecina, sin molestarse en disfrazar las implicaciones de su comentario.

—No me diga —replicó Rouche, y le mostró su identificación—. Pues ahora tienen tres policías en la escalera de la entrada.

La mujer entró en calor de inmediato, pese a que las manos azuladas parecían a punto de quebrársele por congelación en cualquier momento.

—¿Han intentado llamarlos a los móviles? —preguntó mientras sacaba el suyo.

—Sí.

—¿Tienen el número de Terri? —preguntó ella mientras se

aceraba el teléfono a la oreja—. Una mujer encantadora. Y los niños. Por aquí todos cuidamos unos de otros...

—¡Cierre el pico! —gritó Baxter desde la puerta principal. La mujer pareció ofendida. Unos segundos después, Baxter se volvió hacia Curtis—. ¿Oyes eso?

Se acuclilló y abrió la ranura para las cartas, pero el sonido se había interrumpido.

—¡Llame otra vez! —gritó a la vecina entrometida.

Pasados unos segundos, volvió a oírse el tenue zumbido de un móvil vibrando sobre una superficie dura.

—El móvil está en la casa —informó Baxter a Rouche.

—Oh —dijo la vecina—. Qué raro. Ella siempre lleva el teléfono encima por si la llaman los chicos. Así pues, sin duda, estará en casa. Quizá esté en el baño.

Rouche vio que en el rostro de la mujer se dibujaba una mueca de seria preocupación.

—¡Baxter! Vuelve a escuchar —gritó Rouche.

Sacó su teléfono y marcó el número a través del que había intentado contactar con el psiquiatra el día anterior y, durante los instantes de espera hasta establecer contacto, el corazón se le aceleró un poco.

Baxter aplastó la oreja contra la estrecha ranura en la puerta y se esforzó por escuchar.

«*Oh, the weather outside is frighful...*»

Cuando la cancioncilla navideña empezó a sonar justo detrás de la puerta, se sobresaltó y cayó de culo sobre el suelo húmedo.

«*But the fire is so delightful...*»

Rouche se volvió hacia la desconcertada vecina.

—¡Aléjese de aquí!

Mientras corría hacia la casa, Rouche sacó la pistola.

Baxter, desde el suelo mojado, miró a Curtis mientras daba una patada a la cerradura.

«And since we've no place to go...»

Curtis dio otra patada. Esa vez la puerta se abrió y el móvil con su alegre melodía salió despedido y se deslizó por el suelo hasta quedar bajo un impresionante árbol de Navidad.

—¡FBI! ¿Hay alguien en casa? —gritó por encima del último verso del estribillo.

Rouche y Baxter entraron detrás de ella. Él subió corriendo por la escalera y Baxter avanzó por el pasillo hasta la cocina.

—¿Doctor Bantham? —oyó que el agente decía desde algún punto del piso superior.

La casa estaba caldeada. En el centro de la deslumbrante cocina de estilo campestre había cuatro platos a medio comer, ya fríos y olvidados. La superficie del puré de intenso color anaranjado estaba cubierta por una película reseca.

—¿Hay alguien en casa? —repitió Curtis desde otra habitación mientras Rouche continuaba recorriendo el piso superior.

Baxter observó lo que quedaba de los dorados panecillos junto a tres de los cuatro boles y después inspeccionó el suelo, en el que algún que otro resto de cereales y unas cuantas migas trazaban una suerte de sendero en dirección inversa a la que ella había recorrido. Siguió la mitad del difuso caminito por el pasillo hasta lo que parecía la estrecha puerta de un armario.

—¿Hola? —dijo antes de abrirla con prudencia y descubrir que daba a una escalera de madera que descendía hacia la oscuridad—. ¿Hola?

Bajó un peldaño para palpar la pared en busca de un interruptor. La madera crujió bajo su moderado peso.

—¡Curtis! —llamó.

Sacó el móvil y encendió la linterna. La escalera quedó iluminada por una cruda luz blanca. Bajó con cuidado un par de peldaños más. A cada centímetro que descendía iba iluminando un poco más el oscuro sótano. Al colocar un pie en el siguiente peldaño pisó algo inestable y se le torció el tobillo.

Perdió el equilibrio, cayó y acabó aplastada contra un muro de piedra.

—¿Baxter? —oyó que la llamaba Curtis.

—¡Aquí abajo! —gruñó.

Permaneció estirada en el suelo que hedía a moho, respirando polvo y humedad, mientras iba comprobando los daños extremidad por extremidad. Estaba magullada, se le habían saltado las costras de los arañazos de la frente y notaba un dolor incipiente en un tobillo embutido en la bota, pero parecía que solo tenía heridas de poca importancia. Su móvil estaba dos peldaños por encima del suelo y la luz de la linterna enfocaba el panecillo responsable de que hubiera perdido el equilibrio.

—Mierda. —Hizo una mueca de dolor al incorporarse.

Curtis asomó por la puerta.

—¿Baxter?

—Hola —dijo, y saludó con la mano.

Se oyeron sonoras pisadas arriba cuando Rouche se apresuró a unirse a ellas.

—¿Estás bien? —preguntó Curtis—. Tendrías que haber encendido una luz.

Baxter estaba a punto de responder con algún comentario lacerante cuando Curtis estiró el brazo y tiró de un cordón junto a la puerta que hizo un satisfactorio clic.

—Creo que he dado con algo útil —dijo Curtis, pero Baxter no la escuchaba.

Miraba la oscuridad con los ojos como platos, sin atreverse siquiera a respirar. La solitaria y polvorienta bombilla que colgaba del techo empezó a iluminar poco a poco, proyectando una mortecina luz anaranjada.

—¿Baxter?

El pulso de Baxter se aceleró cuando el bulto más próximo a la luz adquirió forma humana y después sucedió lo mismo con otro que había a su lado. Ambos estaban tendidos en el suelo boca abajo, con las cabezas cubiertas con sacos de arpillera. Ya se levantaba dispuesta a salir de allí cuando la luz de la bombilla alcanzó la máxima intensidad y el contradictorio instinto de plantar cara o salir huyendo se apoderó de ella. Cuando logró ponerse de rodillas, vio dos cuerpos más junto a los otros, en la misma posición y con los mismos sacos empapados de sangre en la cabeza, solo que más pequeños que los de los dos adultos.

—¿Qué sucede? —preguntó con inquietud Curtis.

Baxter subió tambaleándose por la escalera, debilitada tanto por el pánico como por el tobillo torcido. Salió al pasillo, cayó al suelo y cerró la puerta de una patada mientras trataba de acompasar su respiración. Mantuvo la puerta cerrada presionando la parte inferior con fuerza con una de sus botas, como si temiese que algo pudiera subir y salir detrás de ella.

Curtis trataba de mantenerse serena, con el móvil en la mano, preparada para pedir refuerzos. Rouche se arrodilló junto a Baxter y esperó paciente a que se explicase. Ella se volvió para mirarlo y le lanzó un aliento cálido en la cara.

—Creo… que he encontrado… a los Bantham.

Rouche permanecía sentado en el porche, contemplando cómo caía la nieve sobre el montón de vehículos que ahora estaban aparcados en fila en el largo camino de acceso. Cogió con la mano uno de los livianos copos y lo aplastó entre los dedos hasta hacerlo desaparecer.

Le vino a la cabeza un recuerdo: su hija jugando en el jardín cuando era más pequeña, tendría cuatro o cinco años, con los brazos cruzados contra el pecho para combatir el frío mientras intentaba atrapar copos de nieve con la lengua. Se había quedado mirando fascinada las nubes blancas que literalmente se desintegraban sobre ella. Sin el menor atisbo de miedo en su voz, preguntó si el cielo estaba desplomándose.

Por algún motivo, esa idea surrealista de ser testigo del final del mundo sin poder hacer otra cosa que contemplar cómo sucedía y atrapar copos de nieve se le había quedado grabada. Mientras las nubes seguían desangrándose, se dio cuenta de que ahora, después de haber sido testigo de esos incomprensibles actos de violencia y crueldad llevados a cabo bajo un cielo cargado de nieve, ese recuerdo adquiría un sentido completamente diferente.

Iban a suceder más atrocidades, de eso estaba seguro, y ninguno de ellos podía hacer otra cosa que contemplar cómo sucedían.

Con la casa llena de policías y ahora iluminado con luces de este siglo, el sótano había adquirido la apariencia de un escenario del crimen como cualquier otro, aunque en este caso repleto de profesionales con lágrimas en los ojos y que hacían frecuentes peticiones de «salir un momento». El equipo de forenses se ocupó del sótano para evitar la contaminación del escenario mientras sus colegas trabajaban en la cocina en la que la familia había estado reunida antes de morir. Dos fotógrafos recorrían las habitaciones documentando cada detalle y la Unidad Canina había rastreado la parcela.

Baxter y Curtis estaban en la planta superior. No habían cruzado una sola palabra desde hacía casi una hora mientras buscaban cualquier indicio que pudiera ayudar en la investigación.

No había señales visibles de pelea. Curiosamente, el psiquiatra asesinado llevaba grabada la etiqueta de «Anzuelo» en lugar de la de «Marioneta», mientras que el resto de los cadáveres no llevaban palabra alguna. Habían retenido a los cuatro miembros de la familia y después los habían ejecutado uno a uno con una bala en la nuca. La franja horaria estimada: habían transcurrido entre dieciocho y veinticuatro horas desde la muerte.

En las escenas del crimen con niños la tensión se acrecentaba. Baxter la experimentaba como todos los demás, pese a no tener hijos ni la intención de tenerlos y de evitar a los críos siempre que le era posible. La gente trabajaba con una profesionalidad acrecentada por la ira, dispuesta a no dormir, ni comer ni ver a su familia para dedicarse en cuerpo y alma a resolver el caso; y por eso a Baxter le chocó descubrir a Rouche sentado en el porche sin hacer nada.

Bajó a toda prisa por la escalera pese al dolor del tobillo, salió por la puerta abierta y lo empujó desde atrás para moverlo.

—¡Ay! —se quejó él toda vez que se volvía.

—¿Qué cojones haces, Rouche? —le gritó Baxter—. ¡Todo el mundo está echando una mano y tú aquí plantado sobre tu culo!

La Unidad Canina que estaba inspeccionando el perímetro se detuvo a lo lejos y el oficial gritó una orden al pastor alemán cuando este empezó a ladrar con mucha agresividad hacia ellos.

—No me gusta involucrarme cuando hay niños muertos —dijo simplemente Rouche mientras se levantaba y comprobaba que el perro ya había perdido interés en ellos y se alejaba.

—¿Y a quién le gusta? ¿Acaso crees que a alguno de nosotros nos gusta estar ahí dentro? ¡Pero es nuestro trabajo!

Rouche no dijo nada. Se puso a sacudirse la nieve.

—Sabes que trabajé en el caso del Asesino Incinerador, ¿verdad? —continuó Baxter—. Yo y Wolf… —Dudó. Siempre trataba de evitar pronunciar el nombre de su infame excompañero—. Yo y Wolf tuvimos que enfrentarnos a veintisiete niñas muertas en veintisiete días.

—Escucha, tuve una mala experiencia… en un trabajo, y desde entonces no me involucro si hay niños muertos…, jamás —se explicó Rouche—. Simplemente no puedo. Me encargaré de lo que haya que hacer aquí fuera, ¿de acuerdo?

—No, no estoy ni de coña de acuerdo —respondió Baxter.

De vuelta al interior, cogió un puñado de nieve y hielo del suelo. Rouche hizo una mueca de dolor cuando se sacudió la chaqueta. Unos instantes después una sólida bola de nieve lo golpeó con fuerza en un lado de la frente.

Cuando acabaron de trabajar en la escena del crimen ya había anochecido. Y la pronosticada gran tormenta de nieve ya había llegado y descargaba desde el oscuro cielo en el jardín iluminado con reflectores. Baxter y Curtis salieron y se encontraron con Rouche acurrucado en el mismo lugar que antes.

—Os dejaré a solas un momento —dijo Curtis, excusándose.

Baxter se puso el gorro de lana y se sentó junto a Rouche para contemplar el tranquilo jardín. Con el rabillo del ojo veía el feo tajo en la frente de su compañero.

—Perdóname por lo de la frente —se disculpó entre la nube de vaho que formaba su cálido aliento. Contempló las luces navideñas de los vecinos que parpadeaban junto a las de los vehículos policiales.

—No tienes por qué disculparte. —Rouche sonrió—. No ha sido intencionado.

—He metido una piedra en la bola de nieve —dijo Baxter con aire culpable.

Rouche sonrió de nuevo, y ambos rompieron a reír.

—¿Qué me he perdido aquí fuera? —preguntó Baxter.

—Bueno, está nevando.

—Gracias por la información. Eso ya lo veo.

—No lo entiendo. ¿Ahora están matando a los suyos? ¿Cómo encaja este crimen en el patrón establecido? —Rouche suspiró—. He comunicado a los equipos que la prioridad actual es identificar y localizar al resto de los asesores y terapeutas implicados, y he pedido la lista completa de los pacientes de Bantham al hospital Gramercy. También he encargado análisis de sangre completos de todas las marionetas.

Rouche cayó en la cuenta de que todavía no habían contado a Baxter que se habían encontrado rastros de drogas en la sangre de Glenn Arnolds. Decidió que esa misma noche hablaría en serio con Curtis sobre ese tema.

—Por si acaso —añadió al ver la expresión intrigada de Baxter—. Pero a lo que me he dedicado con más ahínco es a reunir pruebas. —Señaló el punto del impoluto y blanco jardín en que se había colocado una pequeña carpa—. Allí debajo están las huellas de nuestro asesino.

—No podemos darlo por seguro.

—De hecho, sí podemos.

Rouche sacó el móvil y buscó una foto que había tomado esa tarde. Se lo pasó a Baxter: unas motas de nieve decoraban el cielo y al fondo, a oscuras y en completa quietud, aparecía la idílica casa, que Baxter ya no podría quitarse de la cabeza. El vehículo del FBI en el que habían ido estaba aparcado frente a los garajes con unas claras marcas de roderas detrás. Y ahora borradas por la nieve, una serie de profundas pisadas habían recorrido el camino más corto atravesando el jardín.

—Podría tratarse de un vecino o del repartidor de periódicos —sugirió Baxter.

—Imposible. Vuelve a mirar la foto.

Se concentró en la pantalla y amplió la imagen.

—¡No hay ninguna huella en dirección a la casa!

—Exacto —dijo Rouche—. Y anoche aquí no nevó. Lo he comprobado. Y he hecho un repaso antes de que llegase la caballería. He descartado tus huellas, las mías, las de Curtis y las de la vecina entrometida, y las únicas que quedan son estas.

—Lo que significa… ¡que el asesino estuvo aquí ayer! Estaba en la casa cuando nosotros nos plantamos ante la puerta —dijo con un grito ahogado Baxter—. ¡Mierda! ¡Podríamos haberlo pillado!

Devolvió el teléfono a Rouche.

Permanecieron en silencio unos instantes.

—¿Crees que quien asesinó a esta gente es el que mueve los hilos? ¿Tu Azazel? —preguntó Baxter.

—No lo sé.

—Dios mío, Rouche… ¿Qué está pasando aquí?

El agente dejó escapar una sonrisa triste, tendió la mano más allá del tejado del porche hacia la cada vez más intensa tormenta de nieve y dijo:

—El cielo está desplomándose.

16

Domingo, 13 de diciembre de 2015
18.13 h

La tormenta de nieve había llegado antes de lo previsto y había dejado el estado de Nueva York bajo varios centímetros de nieve en polvo mientras el gélido viento soplaba con furia inusitada. Antes de que la calefacción del coche empezara a notarse, ya los habían desviado de la autopista de Nueva Inglaterra y, a juzgar por el accidente que se veía a algo menos de un kilómetro por delante de ellos, de las primeras víctimas de la tormenta de esa noche. Curtis siguió las indicaciones de un panel informativo con parpadeantes luces anaranjadas colocado a toda prisa y se sumó a la lenta procesión de vehículos para tomar la carretera 1.

Baxter empezaba a adormilarse en el asiento trasero. Más allá de la ventanilla, el mundo era una imagen fija. En el interior del coche la calefacción lanzaba aire caliente con olor a cuero desde el salpicadero tenuemente iluminado. El sonido de los neumáticos abriéndose camino entre la nieve resultaba tan relajante como escuchar el plácido fluir de un arroyo y, de cuando en cuando, de la radio policial emergían voces que hablaban de accidentes automovilísticos, peleas de bar y robos.

El día le había pasado factura, se la había pasado a todos los involucrados en el caso. En el escenario del crimen había dejado que le saliera la bravuconería profesional, el mismo tipo de actitud hastiada que había desplegado en algunos de los casos más duros de su carrera. Pero ahora, sentada en el asiento trasero de un coche a oscuras, la única imagen que se le aparecía era la del sótano y los cadáveres boca abajo: atados y cegados, sometidos; una familia entera masacrada.

Aunque sabía que era del todo irracional, sentía rechazo al pensar en Thomas, Tia y el puñado de amigos con los que todavía mantenía contacto. ¿En qué pozos de horror podían hundirse sus vidas? ¿Se quedaban empapados por la lluvia de camino al trabajo? ¿Tal vez elegían la leche equivocada en el Starbucks? ¿Algún colega había soltado un comentario malicioso?

Ninguno de ellos entendía lo que significaba ser detective de Homicidios. Ninguno de ellos podría imaginar jamás las cosas que ella estaba expuesta a ver, a recordar.

Ninguno de ellos tenía la entereza para soportarlo.

No era raro sentir resentimiento hacia la gente con una vida más sencilla y prosaica. Sin duda, ese era el motivo por el cual muchos compañeros del cuerpo mantenían relaciones con colegas. Existían, claro, un montón de excusas —los turnos, trabajar tan unidos, los intereses comunes—, pero Baxter sospechaba que se trataba de algo más profundo. Por incómodo que fuese admitirlo, al final todos y todo lo ajeno al trabajo empezaba a resultar un poco… trivial.

—¿Estás bien, Baxter? —Rouche se volvió para mirarla.

Ella ni se había percatado de que alguien había hablado.

—¿Qué?

—El tiempo está empeorando —repitió Rouche—. Estábamos diciendo que quizá sería mejor detenernos en algún local donde comer algo.

Baxter se encogió de hombros.

—Estará de acuerdo con lo que decidamos —tradujo Rouche para Curtis.

Baxter miró por la ventanilla. Una señal cubierta de hielo indicaba que entraban en Mamaroneck, estuviera donde estuviese ese lugar, y vio que ahora nevaba mucho más que hacía un rato. Incapaces casi de distinguir los edificios de la calle principal, Rouche y Curtis trataban de localizar entre la cortina de nieve algún sitio en el que parar.

—¿Me pasas mi abrigo, por favor? —pidió Rouche, al parecer optimista con la perspectiva de detenerse y picar algo.

Baxter cogió el abrigo del asiento contiguo. Mientras Rouche le daba las gracias y ella se lo pasaba por el hueco entre los dos asientos delanteros, reparó en que de uno de los bolsillos caía algo y aterrizaba junto a sus pies. Lo buscó palpando bajo los asientos hasta que dio con la arrugada hoja de papel. Estaba a punto de pasársela a Rouche cuando vio el nombre de Glenn Arnolds impreso en el encabezamiento.

Sin dejar de vigilar el cogote de Rouche con sus ojos negros, lo desplegó con sigilo.

—¿Qué es eso que hay ahí, a la izquierda? —preguntó Curtis señalando un lugar donde varios coches giraban.

—¡Restaurante y pizzería! —dijo Rouche entusiasmado—. ¿A todo el mundo le parece bien?

—No suena mal —respondió Baxter, distraída, mientras intentaba leer a la luz intermitente de los edificios por delante de los que iban pasando la hoja arrugada en la que figuraban varios datos señalados con un marcador naranja.

Dedujo que era un informe forense de un análisis de sangre. Pese a que el listado de medicamentos y drogas no le decía nada, el patólogo había marcado con un círculo algunos que debían de ser relevantes por algún motivo.

¿Por qué se lo había ocultado Rouche? Estaba planteándose echárselo en cara de inmediato cuando el agente de la CIA se volvió y le sonrió.

—No sé tú, pero yo me muero por una cerveza.

Baxter le devolvió la sonrisa e hizo una bola con el papel en su regazo mientras Curtis seguía al vehículo que tenían delante hasta un aparcamiento a rebosar. Ante la insistencia de Rouche, aceptó a regañadientes dejar el coche en un terreno adyacente. Baxter se puso el gorro y los guantes. Rouche colocó su identificación en el parabrisas a modo de patente de corso para aplastar cualquier parterre o césped que hubiera bajo la nieve.

Salieron del coche a la embarrada superficie del aparcamiento y caminaron hacia el restaurante con los brazos cruzados sobre el pecho para protegerse del frío. De las puertas principales salía una cola de al menos dos docenas de personas, que se guarecían del gélido clima pegándose a las cristaleras que los tentaban con calidez, conversación y comida caliente si tenían un poco de paciencia y por fin lograban entrar. Mientras Rouche y Curtis se ponían a la cola, Baxter se disculpó y aprovechó para hacer una llamada.

Caminó hasta una distancia desde la que no pudieran oírla, en dirección a la calle principal, donde había una pequeña iglesia que parecía sacada de una postal navideña, solo arruinada por el Dunkin' Donuts que había enfrente. Marcó el número de Edmunds. Tras varios timbrazos, saltó el buzón de voz.

—Necesito hablar contigo. Llámame —fue el escueto mensaje que le dejó.

En lugar de unirse a sus colegas, que no habían avanzado ni un centímetro desde que los había dejado, se apoyó en una pared y esperó, con la esperanza de que Edmunds le devolviera la llamada de un momento a otro.

Era preciso que hablara con él cuanto antes.

Hicieron pasar a la familia que encabezaba la cola, lo cual permitió a Rouche y Curtis dar dos gratos pasos hacia la entrada. Observaron a Baxter al otro lado de la calle, con el rostro iluminado por el resplandor de la pantalla del móvil.

—Creía que por fin estábamos llegando a algún sitio —comentó Curtis, decepcionada—. Y ahora esto: otro callejón sin salida.

Rouche supuso que se refería a Glenn Arnolds, un hombre inocente obligado a asesinar. Lo cierto era que Rouche estaba sorprendido de que ella siguiese operativa, teniendo en cuenta lo destrozada que se la veía hacía solo veinticuatro horas. La charla nocturna que habían mantenido después del motín carcelario le había proporcionado pistas sobre la poderosa familia de políticos de Curtis. Desde ese momento, el favoritismo, el instinto protector y la disposición a hacer excepciones de Lennox con respecto a Curtis le parecía flagrante.

Le costaba entender que Curtis no se diese cuenta de que su determinación a triunfar en la carrera que había elegido, su historial de casos importantes y su rápido ascenso en el escalafón, que ella alardeaba haber conseguido a pesar de su familia, se debía en realidad a su apellido. A cualquier otro lo habrían apartado del caso y sometido a dos semanas de evaluaciones y valoraciones, pero como Curtis quería redimirse, ahí estaba.

—Sí estamos llegando a algún sitio —dijo Rouche con una sonrisa animosa—. No estaba previsto que encontrásemos a los Bantham, no todavía. Todos los demás cadáveres se exhibieron ante nuestras narices, pero en este caso… nada de teatro, nada de público. Los habían escondido. Y eso significa que estamos sobre la pista correcta. Una Marioneta muerta; tal vez a Bantham estaban coaccionándolo para que matase…, tal vez él se resistió.

Curtis asintió, y la cola avanzó unos pasos.

—Ojalá hubiéramos podido salvarlos —se lamentó.

Como Rouche dijo en su momento, Arnolds fue su primer y a buen seguro único sospechoso vivo. Solo él podría haberles proporcionado la información que tan desesperadamente necesitaban, y debido a la acción de Curtis habían perdido esa ventaja. Por la expresión de su cara, Rouche dedujo que su colega estaba preguntándose si, de haber tomado otra elección, habrían llegado a tiempo de salvar a la familia Bantham.

—Tenemos que trabajar como un equipo —dijo Rouche.

Curtis siguió su mirada hacia Baxter que, al parecer, en un arrebato de ira, había lanzado el teléfono por encima de una valla cerrada y ahora se esforzaba por recuperarlo.

Ambos sonrieron.

—Cumplo órdenes —replicó ella.

—Órdenes estúpidas.

Curtis se encogió de hombros.

—No resulta práctico dejar a Baxter al margen de la investigación. Mira lo que ha pasado hoy —le recriminó Rouche.

—¿Por qué no analizamos lo sucedido hoy? —contraatacó Curtis—. Baxter sabía que había que centrarse en el psiquiatra, ¿cómo lo sabía? No se lo hemos dicho nosotros. Tal vez también ella nos oculta cosas. ¿Se te ha ocurrido pensarlo?

Rouche suspiró y la miró.

—¿Y qué pasará el día que Lennox te pida que me ocultes información a mí?

Curtis se mostró un poco incómoda. Dudó y al final dijo:

—Te la ocultaré.

Le sostuvo la mirada y asintió como si no estuviera muy segura pero se negara a disculparse o a dar marcha atrás.

—¿Tan sencillo como eso? —preguntó Rouche.

—Tan sencillo como eso.

—Voy a ponértelo fácil —le dijo él—. Seré yo quien diga a

Baxter lo de los medicamentos. A mí nadie me ha ordenado no hacerlo, y si me lo hubieran ordenado no cumpliría la orden.

—Si lo haces, informaré a Lennox. Dejaré claro que has hecho caso omiso de mi petición expresa. Y ella te apartará del caso.

Curtis ya ni se atrevía a mirarlo. Se volvió y comprobó que acababan de hacer entrar a otro grupo y la cola avanzaba. Ya casi estaban en la entrada. Pasado un rato, lo miró.

—Ahora me siento mal —le dijo—. Yo invito a las patatas fritas con chile y queso.

Rouche parecía todavía un poco dolido.

Curtis suspiró.

—Y a un batido —añadió.

La buena noticia era que Baxter había conseguido recuperar su móvil, gracias a su repertorio completo de tacos y a un palo lo bastante largo. La mala noticia era que Edmunds seguía sin devolverle la llamada. A esas alturas ya estaba tiritando y la nieve que le cubría las botas le empapaba hasta los calcetines. Volvió a marcar el número de Edmunds y esperó a que saltara el buzón de voz.

—Soy yo. Un mal día. Parece que estabas en lo cierto sobre lo del psiquiatra, pero... es complicado. Ya te lo explicaré más tarde. Y hay otra cosa: necesito que husmees sobre el agente de la CIA Damien Rouche. Y antes de que empieces a hacerme recriminaciones, no, no estoy paranoica y ya sé que no todo el mundo está en contra de mí, pero he encontrado algo y necesito que confíes en mí en este asunto. Solo... solo mira a ver qué encuentras, ¿de acuerdo? Ok. Adiós.

—Patatas fritas con queso y chile... —empezó Rouche, a un par de metros de ella.

Baxter lanzó un chillido, resbaló y aterrizó en el suelo.

Rouche acudió en su ayuda.

—Estoy bien —refunfuñó ella cuando logró incorporarse al tiempo que se masajeaba las nalgas.

—Únicamente quería decirte que ya tenemos la mesa preparada y que Curtis invita a las patatas fritas con queso y chile.

—En un minuto estoy lista.

Se recompuso mientras lo observaba cruzando la calle en dirección al restaurante. ¿La había oído dejar el mensaje? Llegó a la conclusión de que le daba igual.

Ese tío estaba ocultándole información.

Y de un modo u otro, iba a averiguar por qué.

17

Lunes, 14 de diciembre de 2015
8.39 h

Acabo de comprobarlo. Es un supervillano que
se alimenta de gatitos. ¡Buena pista! ;-)
Intentaré telefonearte a la hora de comer. Besos.

Edmunds pulsó el botón de «Enviar», consciente de que Baxter se enfadaría con él por haberla despertado.

—¿Otra vez con el móvil? —protestó una voz nasal desde el escritorio de enfrente mientras Edmunds se lo guardaba en el bolsillo.

Hizo caso omiso de la recriminación y volvió a introducir su contraseña en el ordenador, que entre tanto le había bloqueado el acceso. Despreciaba al personajillo gimoteante y lameculos a cuyo lado se veía obligado a trabajar: Mark Smith. Por inaudito que pareciese, su vulgar nombre era probablemente lo más interesante de él. Edmunds no tenía ni que mirarlo para saber que ese tío repeinado de treinta y un años llevaba un traje dos tallas más grande de la que le correspondería y una camisa amarillenta y con manchas en la pechera. El tipo hacía que toda la oficina oliese como una cama.

Mark carraspeó.

—He dicho que si volvías a estar otra vez con el móvil —azuzó, ya que Edmunds no había respondido.

Imitando las actitudes de Baxter, Edmunds se inclinó por encima de su ordenador y mostró al tipejo que tenía enfrente el dedo corazón.

—¿Ves esto? —le preguntó antes de centrarse de nuevo en su pantalla.

Ese arranque puntual de agresividad de Edmunds estaba del todo justificada. Ahora resultaba difícil de imaginar, pero hubo una época en que se dejaba intimidar por los colegas, espoleados por ese nada impresionante líder. La cosa fue empeorando, hasta que el hecho de acudir al trabajo cada mañana le supuso un auténtico agobio.

Eso sucedió tiempo atrás, antes de que lo transfirieran a Homicidios y Crímenes Graves durante una breve temporada para trabajar en el caso Ragdoll, antes de conocer a Baxter, en la que vio a una mentora permanentemente irascible, a veces odiosa y a menudo inestable, pero siempre inspiradora.

A ella nadie se atrevía a tratarla con altanería. No lo habría permitido. Era tajante en lo de no tolerar ninguna salida de tono a nadie, fuese o no un superior, tuviera o no razón.

Edmunds sonrió al pensar en la cabezonería de su mejor amiga. A veces podía convertirse en una auténtica pesadilla.

Recordaba con claridad el día que por fin se decidió a solicitar el traslado. Siempre había soñado con ser detective de Homicidios. Había estudiado Psicología Criminal en la universidad, pero su natural facilidad para los números y para detectar pautas combinadas con dotes para la discreción, lo habían conducido hasta un puesto muy estable en el equipo Antifraude. Había conocido a Tia. Se habían ido a vivir juntos en un dúplex que en otro tiempo formó parte del parque inmobiliario del Ayuntamiento y parecía del todo impermeable a cualquier tentativa de arreglarlo o modernizarlo. Y entonces Tia se había quedado embarazada.

Toda la vida de Edmunds parecía grabada en una losa... y ese era el problema.

Después de un día particularmente horrible en la oficina, gracias a Mark y sus cejijuntos lacayos, Edmunds había dicho que le era imposible acudir a una reunión y había presentado su petición de traslado para conseguir su sueño. Cuando se enteraron, sus colegas se rieron en su cara. Él y Tia se habían peleado cuando él llegó a casa y, por primera vez desde que iniciaron la relación, ella lo mandó a dormir al sofá. Pero Edmunds se mantuvo firme en su decisión, impulsado por el hartazgo que sus colegas le producían, por el tedio del trabajo y el indudable desaprovechamiento de sus capacidades.

La decisión de regresar a Antifraude había sido una de las más duras de su vida, tener que volver a ocupar esa silla ante el mismo escritorio que había dejado hacía medio año. Todo el departamento dedujo que no había dado la talla, que no tenía lo que había que tener para hacerse un sitio en Homicidios y a nadie le sorprendió que se sintiera más cómodo entre hojas de cálculo que entre cadáveres. Sin embargo, la realidad era que le había ido de maravilla durante el breve período que permaneció en Homicidios. Había desempeñado un papel relevante en la resolución de los asesinatos del caso Ragdoll. Y por eso había regresado a Antifraude muy resentido. Esa gente no tenía ni la más remota idea de lo que había logrado mientras trabajaba en el caso más impresionante de los últimos tiempos.

Nadie lo sabía.

Sus mayores logros en la investigación habían sido silenciados bajo un manto de secretismo para que no llegaran a hacerse públicos y, disueltos entre un torrente de medias verdades, habían contribuido a proteger tanto el buen nombre de la Policía Metropolitana de Londres como la del detective Fawkes, de rebote. Él era una de las pocas personas que estaba al corriente del vergonzoso secreto de la Policía Metropolitana y la verdad sobre lo sucedido en la sala del juzgado bañada en sangre, pero no tenía otro remedio que guardar silencio por lealtad a Baxter.

Con rabia contenida, había mantenido la versión del comunicado de prensa oficial en relación a la desaparición de Wolf, y lo releía de vez en cuando para recordarse que no siempre resultaba cierto eso de que al final siempre se hace justicia... De hecho, por fin empezaba a darse cuenta de que, en realidad, daba igual lo que uno hubiera hecho.

Ya no había nada que hacer:

> ... y por tanto se requiere al detective William Fawkes para interrogarlo en relación a varias dudas surgidas durante la investigación de los asesinatos del caso Ragdoll y la presunta agresión a Lethaniel Masse durante su detención, que le ha dejado secuelas médicas permanentes.
>
> Cualquiera que tenga información sobre su actual paradero debe contactar con la policía de inmediato.

Eso fue todo.

Querían hacerle algunas preguntas.

A Edmunds se le revolvían las tripas al pensar en eso. Wolf había desaparecido enseguida de la lista de prioridades y se las había apañado para escabullirse.

Edmunds estuvo tentado de llevar a cabo su propia investigación, pero tenía las manos atadas: si perseguía a Wolf, se arriesgaba a dejar al descubierto la participación de Baxter en su huida. No podía hacer otra cosa que tragarse como un chico obediente el sapo de la injusticia de que Wolf quedase libre mientras tenía que oír la versión diluida de lo sucedido que dejaba su contribución en el caso reducida a poco más que chismorreos entre sus colegas.

Ese era el motivo por el cual estaba tan harto de sus compañeros, su trabajo y su vida en general; todo el mundo seguía pensando que era un don nadie.

—Ya sabes que no se nos permite utilizar el móvil aquí dentro —comentó Mark mientras encendía su ordenador.

Edmunds casi había olvidado que seguía allí.

—Joder, Mark, no sabes cuánto te odio.

Notó que el móvil le vibraba en el bolsillo y lo sacó escenificando el gesto de forma ostensible y respondió al mensaje de texto que Tia acababa de enviarle.

—Bueno… —empezó Mark.

—No me hables.

—¿Adónde fuiste ayer? —continuó Mark, tratando de contener el entusiasmo de fastidiarlo—. Ayer por la tarde me pasé un buen rato buscándote y no hubo modo de encontrarte. Tenía que consultar contigo una cosa. Pregunté a Gatiss si sabía adónde habías ido, pero él tampoco tenía ni idea.

Edmunds percibía la mala baba en la voz de Mark. Ese petulante bicho se había ido directo al despacho del jefe en cuanto él salió para hablar con Baxter de algo que sí era vital.

—Le comenté que probablemente estabas atendiendo una llamada importante —continuó Mark—, dado que llevabas el móvil todo el rato encima y te pasaste el día entero consultándolo cada pocos minutos.

Edmunds cerró los puños. Nunca había sido una persona violenta y era difícil hacerle perder la paciencia, pero Mark siempre sabía qué tecla pulsar. Fantaseó unos instantes sobre la posibilidad de estampar la cabeza de ese ser repulsivo contra la pantalla de su ordenador y al final optó por volver a concentrarse en el suyo para encontrarse con que se le había bloqueado otra vez. Ni siquiera eran todavía las nueve de la mañana, lo cual significaba que su jornada laboral aún no había empezado oficialmente.

Dejó escapar un largo suspiro.

Baxter dio una cabezada y cuando se despertó se dio cuenta de que no se había perdido nada: la mujer que estaba soltando un galimatías, seguía soltando su galimatías.

Ella, Rouche y Curtis habían solicitado tres salas contiguas en la comisaría del distrito 9 para poder llevar a cabo con más rapidez los interrogatorios a los diecisiete participantes del programa De la Calle al Éxito. Todos ellos habían aceptado el bienintencionado, pero posiblemente contraproducente ofrecimiento de «asesoramiento vital».

A Baxter le sorprendió que en el caso concreto de esa mujer que no coordinaba bien a causa de las drogas la cosa no hubiera funcionado.

De los cinco asesinos identificados, solo Glenn Arnolds había sido paciente del doctor Bantham y del prestigioso hospital Gramercy. La opción barata, la de Phillip East, era la que había prestado servicios tanto a Eduardo Medina como, de un modo más impreciso como «asesor vital», a Marcus Townsend a través de una organización de caridad. Ya habían confirmado que Dominic Burrell estaba conectado con el doctor Alexei Green, a quien Curtis había interrogado y con el que hasta había flirteado en la cárcel, pero no habían encontrado ningún documento que demostrase que Patrick Peter Fergus hubiera seguido algún tipo de terapia.

Los reiterados intentos de los equipos de Inglaterra y Estados Unidos de contactar con East y con Green no habían dado resultados, lo cual los afianzaba en la idea de la implicación de los asesores terapeutas pese a que todavía no habían podido trazar el mapa completo del caso. Sin saber si esos dos hombres eran los cerebros detrás de los asesinatos o iban a aparecer en un estado similar al del doctor Bantham, Curtis había sugerido trabajar entre tanto en sus respectivos listados de pacientes. Pero de momento esa vía había sido una completa pérdida de tiempo.

Baxter despidió a su interrogada y se levantó para prepararse un café. En la sala contigua, Rouche estaba enfrascado en una conversación. Baxter lo observó con suspicacia mientras el agente bromeaba y se reía con alguien sentado enfrente al que ella no veía, pero de pronto recordó que no había comunicado a Edmunds el hallazgo en casa de la familia Bantham.

Además, se había producido un nuevo hallazgo. Por la noche, la Unidad Canina había seguido el rastro de un olor de la casa hasta un área de descanso varios centenares de metros detrás del arroyo. Uno de los vecinos recordaba haber visto allí aparcada una furgoneta azul o verde la mañana del asesinato, pero dado que las carreteras de la zona eran rurales las posibilidades de que una cámara de tráfico hubiera captado alguna imagen eran nulas.

Baxter necesitaba hablar con Edmunds cuanto antes.

Pasó por delante de las personas que esperaban a ser interrogadas y salió a la calle Cinco Este. Se sentó en uno de los bancos frente a la comisaría, sobre la marca que el trasero del anterior ocupante había dejado. Contempló los edificios adyacentes a la comisaría: típica arquitectura neoyorquina. En uno de ellos estaban realizándose trabajos de renovación; de las ventanas vacías colgaban tubos para lanzar runa que bajaban junto a la habitual escalera de incendios, cubierta de nieve, hasta los contenedores. Parecía una versión gigante del juego de las serpientes y las escaleras.

La idea la deprimió, sacó el móvil y telefoneó a Edmunds. Un paso adelante. Dos pasos atrás.

Edmunds esperó a que su supervisor se marchase de la oficina antes de descargar la actividad financiera de Thomas durante la semana anterior. Tras echar un vistazo para comprobar que la impresora estaba libre, presionó la tecla de «Imprimir» y se levantó de su escritorio. La máquina escupió las páginas todavía calientes y, al recogerlas, se percató de que el documento era más largo de lo habitual, probablemente porque se acercaba la Navidad.

Notó la vibración del móvil en el bolsillo y, con discreción, echó una ojeada a la pantalla. Notó los ojos de Mark clavados en su espalda mientras se metía las hojas impresas en el bolsillo de la americana y salió con paso acelerado para coger la llamada.

En cuanto Edmunds desapareció de su vista, Mark se inclinó hacia su ordenador y movió el ratón para impedir que la pantalla quedase bloqueada. Se levantó, rodeó la mesa y se sentó ante la pantalla de Edmunds.

—¿En qué andas metido? —susurró mientras fisgaba las páginas abiertas: las noticias de la BBC, un mapa de Manhattan y los emails del trabajo.

Se le iluminaros los ojos cuando descubrió una pestaña que daba acceso a la cuenta personal del correo electrónico de Edmunds, pero, para su decepción, cuando clicló resultó que había cerrado la sesión. De todos modos, daba igual. Mark disponía de lo que necesitaba: los extractos de las finanzas personales del señor Thomas Alcock en pantalla y ningún requerimiento oficial sobre la mesa que justificase esa invasión de la privacidad. El rastreo ilegal de un ciudadano era una infracción muy grave.

Mark apenas podía contener la excitación mientras se imprimía una copia de los extractos de Thomas para mostrárselos a Gatiss como prueba.

Por fin lo había pillado.

18

Baxter tiritaba.

Las prisas repentinas por telefonear a Edmunds habían hecho que saliese poco abrigada para mantener una larga conversación a la intemperie. Él la escuchó en silencio mientras le contaba lo de la familia Bantham, lo del vehículo sospechoso visto cerca del escenario del crimen y lo de la hoja con los análisis de sangre que había encontrado en el bolsillo de Rouche.

—Algo me huele mal —continuó Baxter—. Y no estoy poniéndome paranoica. Este tío está siempre al teléfono, se supone que para hablar con su mujer, y cuando digo «siempre» me refiero a que lo hace continuamente. Te das la vuelta en el escenario del crimen y resulta que ha desaparecido y está charlando con esa persona misteriosa en lugar de hacer su trabajo.

—¿Y tú en qué deberías estar ocupaba ahora? Se supone que no tendrías que estar manteniendo esta conversación conmigo —le dijo Edmunds, haciendo de abogado del diablo.

—Es diferente.

—Tal vez ese tío habla de verdad con su mujer.

—Oh, vamos. Nadie habla tanto con su mujer. Además, no la querrá tanto cuando viven en continentes distintos, de manera que no me parece el prototipo de tío colgado de su esposa

—dijo Baxter. Le castañeteaban los dientes, y había flexionado las piernas para aovillarse al máximo—. Es muy… reservado, de un modo inquietante, y ahora descubro que me oculta documentos relevantes para la investigación. ¿Puedes, por favor, hacer algunas averiguaciones para mí?

Edmunds dudó, convencido de que no resultaría nada bueno de meter las narices en los asuntos personales de un colega.

—De acuerdo, pero yo…

—Espera un momento —lo interrumpió cuando vio que Rouche y Curtis salían a la carrera por la entrada principal de la comisaría. Se levantó.

—¡Han localizado a Phillip East! —le gritó Curtis desde el otro lado de la calle.

—Tengo que dejarte —anunció Baxter a Edmunds.

Colgó y se dirigió corriendo al coche. Cuando alcanzó a sus compañeros, Rouche le entregó su abrigo y su bolso.

—Gracias, pero te has olvidado del gorro —dijo Baxter, para no parecer demasiado agradecida al hombre al que acababa de pedir a su amigo que investigase.

Subieron al coche. Curtis dio marcha atrás y derrapó un poco al acelerar calle abajo. Cuando Baxter se dispuso a ponerse el abrigo, el gorro de lana y los guantes le cayeron en el regazo.

Edmunds regresó a la oficina y se le levantó un poco el ánimo al ver que el escritorio de Mark estaba vacío. Volvió a entrar en su ordenador, y estaba a punto de continuar trabajando en la aburrida tarea de la que intermitentemente estaba ocupándose todo el día cuando se dio cuenta de que lo observaban. Mark lo espiaba desde el despacho de Gatiss, pero desvió la mirada cuando se encontró con la de Edmunds.

Un poco desconcertado, Edmunds cerró todas las pantallas que no tenían que ver con el trabajo y, por si acaso, escondió los extractos financieros de Thomas en el fondo de su cartera.

Por desgracia, el abogado de Phillip East se les había adelantado y ya estaba en la sala donde se desarrollaría el interrogatorio, sin duda, aconsejando a su cliente que no respondiese a ninguna de sus preguntas.

Lennox había estado esperando la llegada de Curtis. Entregó a un miembro de su equipo un teléfono móvil y los saludó yendo directa al grano:

—Está con su abogado. Averiguad lo que podáis mientras lo tengamos aquí, pero dudo que consigamos retenerlo más de media hora, después del interminable listado de amenazas que su abogado me ha lanzado.

—¿Quién es el abogado? —preguntó Curtis mientras recorrían la oficina.

—Ritcher —respondió Lennox.

—Mierda.

Curtis había tratado con él en alguna ocasión: era un abogado defensor muy competente y obstructivo a quien normalmente contrataban los ricos y poderosos para que los sacase de los problemas que su dinero y su arrogancia solían comportarles. Y lo que era todavía peor: le recordaba a su padre. Tenía serias dudas de que lograsen sonsacar algo a East durante ese interrogatorio.

—Buena suerte —dijo Lennox cuando llegaron ante la sala. Bloqueó el paso a Baxter estirando el brazo—. Usted no.

—¿Ya volvemos otra vez con lo mismo? —protestó Baxter.

Rouche se disponía a protestar también cuando Lennox continuó:

—No con Ritcher ahí dentro. Nos metería una demanda por cada sílaba que usted pronunciara.

—Pero...

—Puede observar. Fin de la discusión.

Rouche dudó, pero Baxter le indicó con un gesto que entrase y ella se metió en la pequeña sala anexa. Rouche se sentó junto a Curtis en la sala de interrogatorios. Al otro lado de la mesa, Ritcher emanaba todo el ego y mala baba que su reputación le atribuía. Tenía cincuenta y bastantes años, una cara alargada y angulosa y una tupida mata de cabello canoso y ondulado. En comparación, su cliente parecía necesitar dormir y comer, y su escuálido cuerpo apenas llenaba el traje raído que llevaba. Sus ojos hundidos paseaban la mirada por la sala.

—Buenos días, señor East —saludó Curtis con cordialidad—. Señor Ritcher, siempre es un placer verlo. ¿Alguno de ustedes quiere beber algo?

East negó con la cabeza.

—No —respondió Ritcher—. Y para su información, le quedan cuatro preguntas.

—Ah, ¿sí? —dijo Rouche.

—Sí.

—¿En serio?

Ritcher se volvió hacia Curtis.

—Sería aconsejable que sugiriese a su colega no encararse conmigo.

—¿De verdad? —preguntó Rouche.

Curtis le dio una patada por debajo de la mesa.

En la sala contigua, Baxter negó con la cabeza, desesperada.

—Tendrían que haberme dejado entrar ahí —murmuró.

—Tengo una pregunta —dijo Ritcher—. ¿Qué es lo que da derecho al FBI a arrastrar hasta aquí a mi cliente como si fuese un criminal cualquiera sin darle explicación alguna y sin que haya el más mínimo atisbo de que haya hecho algo ilegal?

—Intentamos contactar con él por teléfono —respondió Rouche con un tonillo irónico—, pero resulta que su cliente y su familia habían decidido abandonar sus rutinas diarias y esconderse. —Se volvió hacia el médico y le espetó—: ¿No es así, Phillip?

—Solo queremos hacer al señor East algunas preguntas relacionadas con nuestra investigación. Eso es todo —intervino Curtis, en un fútil intento de apaciguar al malhumorado abogado.

—Sí, su investigación —dijo con desdén Ritcher—. Su superior ha tenido la amabilidad de explicarme por encima las pesquisas de la élite del FBI antes de, por supuesto, despojarnos de nuestros objetos personales, no fuera a ser que tuviésemos la tentación de compartir su sin par ingenuidad con el mundo exterior: aparece muerto un psiquiatra que atendió a uno de esos pirados llamados Marioneta y ustedes, en un golpe de genio, ahora sospechan de la mala praxis de cuantos han prestado ayuda a esa gente… Muy inspirador.

—Su cliente asesoró a dos de nuestros asesinos —dejó claro Curtis.

Ritcher suspiró.

—Corrección: asesoró a uno de ellos de manera… profesional, digamos. Al otro le dedicó el tiempo libre que destinaba a colaborar con una organización para personas sin techo. Un esfuerzo admirable. Estoy seguro de que estarán de acuerdo.

East miró un instante a Rouche con los ojos como platos y de nuevo bajó la mirada hacia la mesa.

—¿Ha representado usted a Phillip en alguna ocasión previa? —preguntó Rouche al obstructivo abogado.

—No veo que eso sea relevante.

—A mí me parece que sí lo es.

—Muy bien —dijo Ritcher, exasperado—. Resulta que esta es la primera vez que represento… al señor… East —concluyó sin rodeos.

—¿Quién le paga por sus servicios… y cómo?

—Bueno, eso sí que está claro que no es relevante.

—Porque yo diría que no sale usted barato —continuó Rouche—. El limpiador de mierda oficial de los ricos y demás capullos.

Ritcher sonrió y se apoyó en el respaldo de la silla mientras Rouche continuaba:

—Discúlpeme por encontrar solo un poquito sospechoso que un terapeuta a tiempo parcial que el resto del tiempo trabaja en la administración y viste un traje de saldo decida de pronto contratar los servicios de un prestigioso abogado…

Todo el mundo puso cara de desconcierto.

—… limpiador de mierda oficial —aclaró Rouche— para que lo asesore a la hora de responder a unas simples preguntas, que no había podido responder antes porque él y su familia habían desaparecido de la faz de la tierra.

—¿Había alguna pregunta oculta en alguna parte entre sus descalificaciones y sus subrepticias afirmaciones? —preguntó Ritcher.

—Hacer preguntas no nos lleva a ninguna parte —dijo Rouche—. Usted no las responde. No: no he hecho una pregunta, he hecho una constatación.

Señaló el dossier que Curtis tenía delante mientras East lo miraba muy nervioso. Curtis parecía incómoda, pero le pasó el dossier a Rouche. Este se puso a hojearlo.

—Llámame escéptico, Phillip —dijo Rouche—, pero cuando oí que habías desaparecido, di por hecho que estabas huyendo porque te sentías culpable. Ahora que te he conocido, me parece obvio que huías porque tenías miedo.

Rouche se detuvo en una de las páginas. Tras unos instantes, tuvo que apartar la mirada. Sacó una fotografía del dossier y la deslizó hasta el centro de la mesa.

—¡Dios bendito! —exclamó Ritcher con un grito ahogado.

—¡Rouche! —gritó Curtis.

East, sin embargo, parecía subyugado por la imagen de la familia Bantham al completo, todos atados y con la cabeza cubierta con un saco, boca abajo en el suelo y en fila, tal como los había encontrado Baxter.

—Este es James Bantham, psiquiatra…, hacía lo que usted —explicó Rouche. Se dio cuenta de que East se tiraba de la holgada camisa para separar la tela de la piel del pecho—. La que está a su lado es su esposa y después de ella sus dos hijos.

East parecía indeciso. No podía apartar los ojos de la fotografía. El sonido de su respiración acelerada llenaba la pequeña sala.

—Bantham no nos dijo nada —comentó Rouche con exagerada repulsa—. Probablemente, creía que actuando así protegía a su familia.

Ritcher estiró el brazo y puso boca abajo la sobrecogedora fotografía.

—Adiós, agente Rouche —dijo levantándose.

Resultaba irritante que la única persona de la historia que había pronunciado de forma correcta el nombre de Rouche a la primera era la única que él habría preferido que lo olvidase.

—¡To… todavía tenemos preguntas que hacer! —tartamudeó Curtis.

—Seguro que sí —replicó Ritcher.

—Phillip —dijo Rouche mientras el abogado intentaba meter prisa a su cliente para que saliera de la sala—. ¡Phillip!

East lo miró.

—Si nosotros hemos podido localizarte, ellos también lo harán. —Rouche sabía que lo que decía era absolutamente cierto, aunque no tenía ni idea de quiénes eran «ellos».

—No le hagas caso —dijo Ritcher a su cliente, y siguió tirando de él para salir y recoger las pertenencias que les habían retenido.

—¡Mierda! —exclamó Curtis al ver que los dos hombres se alejaban por la bulliciosa oficina—. No hemos conseguido nada.

—No podemos permitir que se marche —dijo Rouche, y se sacó las esposas del bolsillo.

—Pero Lennox ha dicho…

—Que se joda Lennox.

—Te apartará del caso antes incluso de que te dé tiempo a volver con ese tío a la sala de interrogatorios.

—Al menos seguirá habiendo un caso con posibilidades de resolución.

La empujó para pasar y corrió detrás de los dos hombres, que esperaban el ascensor.

—¡Phillip! —gritó a través de la oficina.

Se abrieron las puertas y ellos entraron.

—¡Phillip! —volvió a gritar Rouche al tiempo que corría hacia las puertas, que ya se cerraban—. ¡Espera!

Apartó a alguien de un empujón al acelerar en los últimos metros que lo separaban del ascensor y logró introducir una mano en el cada vez más estrecho hueco entre las hojas de la puerta metálica. Estas se bloquearon y volvieron a abrirse, mostrando a Ritcher y a East. Compartiendo el pequeño espacio con ellos, casi irreconocible con el abrigo y el gorro, estaba Baxter.

—¿Qué piso? —preguntó con aire inocente.

Rouche se guardó las esposas en el bolsillo y, en su lugar, sacó una tarjeta profesional y se la tendió al abogado.

—En caso de que se lo repiense... —dijo, y dejó que las puertas se cerrasen ante él.

Curtis llegó junto a él cuando la expectación que había levantado empezaba a decaer.

—¿Has dejado que se marche? —le preguntó, desconcertada.

—No, no lo he hecho.

A Edmunds solo le quedaba aguantar la última media hora en el trabajo. Estaba deseando volver a casa y enfrascarse de nuevo en los asesinatos. A lo largo de toda la tarde había dejado de pensar en las últimas novedades que Baxter le había contado y, por espantoso que sonase, debía admitir que había tenido un subidón. Adoraba el reto de un puzle irresoluble, y ese caso no lo había decepcionado. Estaba convencido de que la conexión de los asesores terapeutas lo relacionaría todo, a pesar de que, por el momento, había complicado todavía más el asunto.

—¿Puedes venir un instante? —le preguntó Mark, que se había colocado justo detrás de él.

Edmunds se sobresaltó del susto. Llevaba un rato con los ojos sobre la pantalla pero sin mirarla, ajeno a todo.

—A la oficina de Gatiss —añadió Mark, sin poder ocultar la sonrisa.

Edmunds ya se esperaba algún tipo de castigo por lo sucedido la tarde anterior, de modo que se levantó y siguió a Mark por la oficina. Tan solo esperaba que la reprimenda no fuese excesiva.

En cuanto cruzó la puerta del despacho, vio a Thomas sentado frente a Gatiss en el escritorio. Parecía obvio que su presencia allí no tenía nada que ver con la llamada telefónica. Mark cerró la puerta, y Edmunds se sentó y miró, un tanto nervioso, a su amigo.

Mark se acercó una silla y se colocó en la punta del escritorio.

—Señor Alcock, siento convocarlo de esta manera tan precipitada —dijo Gatiss.

El jefe de Edmunds era un individuo fornido, calvo y de mirada agresiva.

—No pasa nada —respondió Thomas con tono relajado.

—Me han informado de un asunto que me temo que le concierne. Y por lo tanto me ha parecido que lo mejor era pedirle que viniera y llegar al fondo de esto aquí y ahora.

A Edmunds no le gustaba el derrotero que estaba tomando la reunión. Siempre se había cuidado mucho de no dejar rastro de sus movimientos.

—Lo primero es lo primero —dijo Gatiss—. ¿Ustedes dos se conocen?

—Sí, así es —respondió Thomas con una sonrisa dirigida a Edmunds—. Alex es un amigo íntimo y trabajó con mi... novia.

Tanto Thomas como Edmunds hicieron un mohín. El término no era el más adecuado para describir a Baxter. Mark observaba con atención, degustando con sus ojos hambrientos cada detalle de la avalancha que estaba a punto de caer encima a Edmunds.

—Y, Edmunds, observo que está usted un poco incómodo con su «amigo» sentado a su lado. ¿Cree usted que el señor Alcock es culpable de algún tipo de actividad ilícita?

—Por supuesto que no.

Mark dejó escapar un leve chillido de lo entusiasmado que estaba.

—Interesante. Bueno, señor Alcock, tal vez le escandalice saber que su amigo ha estado utilizando de forma ilegal el programa informático de la Oficina Antifraude para indagar en sus cuentas bancarias y tarjetas de crédito —dijo Gatiss, y lanzó una mirada furibunda a Edmunds.

Muy orgulloso, Mark sacó las fotocopias y las colocó en el escritorio, a la vista de todos.

—Bueno..., la verdad es que no —dijo Thomas desconcertado—, porque se lo pedí yo.

—¿Que usted hizo qué? —le espetó Mark.

—¿Disculpe? —dijo Gatiss.

—Dios mío, me siento fatal si le he creado un problema con esto —añadió Thomas—. He tenido algunos problemas con mi afición al juego, y pedí a Alex que me vigilase los extractos bancarios y me echase una reprimenda si sospechaba que yo estaba... volviendo a caer en la tentación. Por desgracia, me conozco: jamás lo admitiría voluntariamente. Y él es un muy buen amigo.

—Cuatro meses sin una sola apuesta —dijo Edmunds muy orgulloso e incapaz de esconder una sonrisa mientras daba unas palmaditas en la espalda a Thomas.

—¡Sigue siendo ilegal! —vociferó Mark por encima de sus palabras.

—¡Mark! ¡Sal de aquí! —le ordenó Gatiss, que ya había perdido la paciencia.

Con sutileza, Edmunds se rascó la cabeza con el dedo corazón extendido, un gesto que solo Mark pudo ver mientras se ponía en pie y salía del despacho.

—Entonces ¿está usted al corriente de la indagación que Edmunds lleva a cabo? —preguntó Gatiss a Thomas.

—Al corriente por completo.

—Ya veo. —Se volvió hacia Edmunds—. Pero Mark tiene

razón: utilizar de manera particular nuestros recursos es ilegal, a pesar de que la intención sea buena.

—Sí, señor —admitió Edmunds.

Gatiss dejó escapar un profundo suspiro mientras valoraba sus opciones.

—Voy a limitarme a amonestarlo de manera oficial. No haga que me arrepienta de mi indulgencia.

—No lo haré, señor.

Edmunds acompañó a Thomas hasta el exterior del edificio. En cuanto pisaron la calle, rompieron a reír.

—Problemas con el juego —resopló Edmunds—. Has sido muy rápido.

—Bueno, no podía contar la verdad, ¿no te parece? Que mi novia confía tan poco en mí que me dejaría si no estoy sometido a auditorías semanales —dijo con un punto de ironía, pero era obvio que a Thomas le dolía que, después de ocho meses juntos, Baxter todavía no confiase del todo en él.

Ahora que ambos habían estrechado lazos, a Edmunds la situación le parecía insostenible. Podía traicionar a su nuevo amigo y continuar con las consultas ilegales y al hacerlo preservar la relación de Thomas con Baxter. O podía negarse a seguir cumpliendo la petición de Baxter, en cuyo caso ella daría por terminada la relación de manera inmediata en lugar de arriesgarse a que volvieran a hacerle daño. Finalmente, decidió sincerarse con Thomas, que se lo tomó muy bien. Se mostró comprensivo con la paranoia de Baxter. Y como no tenía nada que ocultar, dio a Edmunds permiso para que continuase pasándole información regular sobre sus finanzas, ya que prefería eso que perderla.

Thomas era el hombre perfecto para Baxter. Edmunds lo

tenía clarísimo. Con el tiempo, también ella acabaría por darse cuenta.

—¡Siga a ese coche!

Baxter jamás había experimentado una excitación semejante a la de soltar esa frase después de subir al asiento trasero de un taxi de Nueva York.

Ritcher y East habían tomado caminos separados en Federal Plaza. Baxter esperaba que East optara por el metro, pero, como el tiempo empeoraba, detuvo un taxi. Aterrada ante la posibilidad de perder la mejor pista de que disponían, corrió a parar también uno.

No perder de vista al taxi correcto mientras avanzaban entre el denso tráfico del distrito financiero era como jugar al juego de los cubiletes. El tráfico empezó a ser más fluido cuando salieron de Manhattan y entraron en la autovía. Confiada en que ahora ya no podía perder a East, Baxter sacó el móvil. Sabía que Rouche y Curtis estarían esperando su llamada para partir tras ella.

Miró por la ventanilla en busca de algún indicador y les mandó un texto corto:

278 en dirección a Red Hook

En cuando pulsó el botón de «Enviar» reconoció un familiar acento de Luisiana en la radio:

—Se trata de someterte paso a paso hasta que no queda atisbo de resistencia —explicaba el reverendo Jerry Pilsner Jr.

—Y… por lo poco que sé de exorcismos y esas coas…, básicamente por las películas —bromeó el entrevistador—, se produce en varias etapas, ¿no es así?

—En tres etapas. Exacto.

—Pero… esto es ficción, ¿no? Un tema para películas de terror. No estará diciendo en serio que es lo que les ocurre a esas personas denominadas «Marionetas», ¿verdad?

—Por supuesto que hablo en serio. Tres etapas. La primera es la «infestación diabólica». En ella el ente escoge a sus víctimas, tantea su receptividad… y anuncia su presencia. La segunda etapa es la «opresión», en la cual el ente ejerce un control firme sobre la vida de los sujetos, elevando cada vez más la manipulación psicológica hasta hacerlos dudar de su cordura.

—¿Y la tercera? —preguntó el entrevistador.

—La «posesión», el momento en que las víctimas pierden el control. El momento en que invitan al ente a penetrar en ellas.

—¿Lo… «invitan»?

—No en el sentido tradicional —aclaró el reverendo—. Pero siempre existe la posibilidad de elegir. Si uno opta por rendirse…, está optando por permitirle el acceso.

Baxter se inclinó hacia delante para dirigirse al taxista:

—¿Puede apagar eso, por favor?

19

El taxi de Baxter esperó en la parte exterior de una de las entradas de Prospect Park mientras Phillip East pagaba su carrera unos metros más adelante. Se detuvo en la calle más de un minuto, mirando con inquietud los coches que pasaban y el parque al otro lado. Aparentemente convencido de que no lo habían seguido, retrocedió un poco hacia donde estaba ella y entró en un espectacular edificio de estética art decó.

Baxter bajó del taxi y pagó al taxista dejándole una desmesurada propina. No pudo evitar la sospecha de que el tipo se había demorado a propósito buscando el cambio, consciente de que esa mujer que había perseguido a un individuo por media Nueva York preferiría perder ocho dólares y medio antes que a su presa. Esquivando el tráfico, Baxter llegó a la entrada del edificio en pos de East.

Durante un terrible momento, creyó que lo había perdido, pero de pronto oyó una puerta que se abría en algún punto del pasillo de la planta baja. Siguió el ruido, y descubrió a East entrando por una puerta, al fondo. Echó a correr hacia allí, adentrándose en la penumbra porque la bombilla del techo estaba rota, y apuntó el número del apartamento.

Salió, cruzó la calle y se sentó en un banco a la entrada del parque desde el que podía vigilar el edificio sin llamar la atención. Acto seguido, con los brazos cruzados sobre el pecho para combatir el frío, sacó el móvil a fin de poner al día a Rouche.

Hacía ya quince minutos que Curtis y Rouche habían dicho a Baxter que tardarían no más de doce en llegar. Baxter daba patadas a la nieve medio derretida del suelo, en parte para no congelarse, pero sobre todo porque su impaciencia crecía por segundos.

—¡Feliz Navidad! —le dijo un entusiasta anciano al pasar por delante de ella, pero enseguida interpretó correctamente su ceño fruncido como una invitación a largarse cagando leches.

Baxter había vuelto a telefonear a Rouche para averiguar por qué se retrasaban cuando se percató de la presencia de un vehículo desconocido mal aparcado delante del edificio de apartamentos.

Se levantó.

—¡Llegamos en cinco minutos! —le prometió Rouche disculpándose por teléfono—. ¿Baxter?

La inspectora jefe se movió para tener una visión mejor. Un hombre con la cabeza cubierta con una capucha bajó del vehículo. Abrió la puerta lateral y sacó una mochila grande.

—¿Baxter?

—Me parece que tenemos un problema —contestó ella a Rouche mientras cruzaba la calle tras el hombre que acababa de entrar en el fastuoso vestíbulo—. Una furgoneta verde ha aparcado hace un instante delante del edificio. El conductor actúa de una manera sospechosa.

Oyó a Rouche dando la noticia a Curtis, y unos segundos después le llegó a través del móvil el sonido de una sirena policial. Corrió por el caminito cubierto de nieve semiderretida que conducía hasta las puertas de cristal y, en cuanto empujó para abrir una, vio en el interior al hombre acuclillado sobre su mochila, a pocos metros de ella. Casi se resbaló al detenerse en seco y pegar la espalda contra la pared para evitar que la descubriera.

—Dos minutos, Baxter. ¡Ya casi hemos llegado! —gritó Rouche por encima del estruendo de la sirena—. Espéranos.

Baxter asomó la cabeza para echar un vistazo. A través de la puerta acristalada vio que el individuo estaba montando algo. Pero seguía sin poder verle la cara. Unos instantes después, el tipo sacó una pistola, alargada por el silenciador enroscado al cañón, se la ocultó debajo de la chaqueta, cerró la mochila y se incorporó.

—No tenemos dos minutos —susurró Baxter—. Es posible que la familia de East esté ahí dentro.

Colgó antes de que Rouche pudiera protestar. Tenía que hacer algo, más aún con lo sucedido a los Bantham todavía fresco en su cabeza.

Entró en el vestíbulo y vio la silueta del tipo efectuando el mismo recorrido que East por el pasillo apenas iluminado hasta plantarse ante la puerta de su apartamento. Baxter necesitaba ganar tiempo, así que sacó las llaves del bolso y las hizo tintinear sonoramente en el silencioso vestíbulo. Al ver que la silueta se volvía hacia ella, caminó sin prisas por el pasillo hacia él como si fuese una residente distraída.

Avanzó con la mayor lentitud que fue capaz mientras el individuo la observaba haciendo lo posible por disimular que estaba esperando a que ella desapareciese.

Cuando Baxter llegó casi a su altura alzó la mirada, sonrió con dulzura y le soltó:

—¡Feliz Navidad!

El hombre no respondió. La capucha de la chaqueta de invierno le tapaba la cara, con la cremallera abrochada hasta la altura de la nariz y los pómulos. Baxter solo pudo entrever que era un individuo de raza blanca de una altura y un peso nada inusuales, y que tenía los ojos castaños oscuros. Mantenía una mano metida en la chaqueta, sin duda, empuñando la pistola.

Seguía sin haber ni rastro de Rouche y Curtis, así que dejó caer las llaves al suelo, improvisando.

—Qué torpe soy —dijo a la vez que se agachaba para recogerlas.

Eligió la más larga y afilada, la de la casa de Thomas, para deslizársela entre los nudillos a modo de improvisada arma. Vio que el hombre ponía los ojos en blanco, irritado, y aprovechó su oportunidad.

Baxter se incorporó de golpe y lanzó su punzante puño contra la capucha del tipo, clavándole la llave en la mejilla. Ambos se empotraron contra la puerta del apartamento, entre los gritos de dolor de él.

La empujó contra la pared opuesta y sacó la pistola de la chaqueta mientras ella se abalanzaba sobre él, utilizando la parte inferior de la palma de la mano para romperle la nariz, que mantenía oculta, porque sabía que tendría el efecto de hacer que se le saltaran las lágrimas y se le nublara la visión.

Wolf la había adiestrado muy bien.

El tipo la atacó a ciegas golpeándola con la pesada pistola. Se oyó que se abría una puerta y asomó un rostro atemorizado a través de una rendija. Su atacante se desentendió de Baxter, abrió la puerta de una patada y tiró al suelo a East.

Se oyeron gritos procedentes del interior del apartamento mientras sonaban tres disparos con silenciador muy seguidos.

—¡No! —chilló Baxter.

Se recuperó y entró gateando en el apartamento detrás del atacante.

—¡La furgoneta verde! —gritó Rouche mientras Curtis giraba bruscamente e invadía el carril contrario de la calle.

Rouche ya había sacado el arma y se había desabrochado el cinturón de seguridad, ansioso por llegar hasta Baxter. Curtis apagó la sirena y pisó a fondo el freno, percibiendo la vibración del ABS bajo su pie. El coche se detuvo con un chirrido de ruedas a menos de un metro de los cristales tintados de la parte posterior de la furgoneta.

Rouche se apeó rápidamente y cuando había dado unos pocos pasos hacia la entrada del edificio se oyó un estruendo de cristales rotos en una de las ventanas de la planta baja. Se volvió a mirar, y vio que un hombre saltaba por ella, caía mal en el suelo y rodaba por la nieve. Cruzó una mirada con el individuo durante un segundo antes de que este se incorporase y echara a correr en el sentido opuesto.

—¡Busca a Baxter! —gritó Rouche a Curtis mientras salía en persecución del huido.

Empuñando el arma, Curtis entró en el edificio y recorrió el pasillo de la planta baja en dirección a la ventana rota. Varios vecinos habían salido de sus apartamentos y dirigían sus miradas hacia una puerta rota rodeada de trozos de yeso que habían caído de la pared.

—¿Baxter? —exclamó Curtis.

Apuntando con la pistola, entró en el apartamento y se topó con un cadáver. East yacía boca arriba con la mirada fija en el techo. La moqueta beis estaba empapada de sangre roja oscura.

—¿Baxter? —insistió, con un claro temblor en la voz.

Oyó un llanto procedente de otra habitación y, con mucha prudencia, se adentró en el apartamento, se detuvo, abrió de una patada la puerta del cuarto de baño y acto seguido confirmó que no había nadie tampoco en la pequeña cocina. Llegó hasta la sala de estar y se la encontró patas arriba. Había muebles rotos. Una gran mesa de cristal había quedado reducida a añicos esparcidos por la moqueta. Una mujer protegía con sus brazos a tres niños pequeños, sin tener claro si Curtis estaba allí para salvarlos o para matarlos.

En la otra punta de la sala, Baxter yacía inmóvil en el suelo como si la hubieran lanzado a través de la estantería destrozada. Tenía el brazo izquierdo doblado tras la espalda en una postura casi imposible.

—¡Baxter! —dijo Curtis con un grito ahogado.

Se precipitó sobre su colega, le buscó el pulso y suspiró aliviada al notar el pálpito acelerado en las yemas de los dedos. Acto seguido sonrió cuando oyó a Baxter soltar un taco.

—¿Y mi... mi marido? —preguntó la señora East con la respiración entrecortada.

Curtis negó con la cabeza.

La mujer rompió a llorar, y Curtis llamó por la radio para pedir una ambulancia.

Rouche se había metido en el laberinto de callejones que conectaban el enorme complejo de apartamentos y los edificios adyacentes. Se había perdido mientras seguía el eco de unos pasos fantasmales que, una y otra vez, lo conducían hasta un callejón sin salida. El monótono tono plateado del cielo añadía un techo uniforme que cubría los claustrofóbicos callejones.

Se detuvo en una intersección de pasillos de cemento y oteó en todas direcciones.

Cerró los ojos para concentrarse.

De pronto oyó justo el repiqueteo de unos pies corriendo.

Se volvió.

No vio a nadie y dobló por una esquina, siguiendo la única ruta posible que podía haber tomado el tipo que huía; rozaba con los hombros las paredes del estrecho pasadizo. Al girar en la siguiente esquina, alzó los brazos para protegerse y cayó de espaldas.

Estaba ante un enorme husky alzado sobre las patas traseras, que enseñaba los dientes y gruñía con ferocidad, solo separado de él por una cerca de alambre.

Poco a poco, Rouche bajó los brazos. Ya más tranquilo porque el animal no podía llegar hasta él, se incorporó. Pero al ver que el perro seguía presionando sobre la resistente cerca, sintió que un escalofrío le recorría la espalda.

Se acercó hasta tener la cara a apenas quince centímetros de la bestia, y la miró fijamente…

De pronto el perro empezó a gimotear como si estuviese herido, se posó sobre las cuatro patas y desapareció por otro callejón.

Rouche prestó oído hasta que las acolchadas pisadas del husky se alejaron. Volvió la cabeza, sintiéndose un poco idiota por permitir que los fanáticos cuentos del reverendo televisivo hicieran mella en él. Recogió la pistola del suelo y se adentró otra vez en el oscuro laberinto.

Cinco minutos después llegó al apartamento. Se detuvo ante el cadáver de East en el recibidor. Tenía tres agujeros de bala en el pecho y, al acuclillarse junto a él, Rouche notó que bajo sus pies la gruesa moqueta estaba empapada de sangre. A través de los desgarros que los impactos de los proyectiles habían dejado en la camisa, vio el familiar y grotesco mensaje grabado en la piel: «Marioneta».

Se frotó los ojos cansados.

—Mierda.

Tia llevaba frita en el sofá desde las siete de la tarde. A las 21.20, Edmunds bajó después de haber conseguido por fin que Leila se durmiese. Desde que había llegado a casa del trabajo, había preparado la cena, limpiado el arenero de Bernard, hecho la colada y lavado los platos de los dos últimos días. Cogió a Tia en brazos y la cargó hasta la cama, sintiéndose un marido modélico.

Por una vez, consideró que se había ganado el derecho a seguir trabajando hasta entrada la madrugada con la poca energía que le quedaba. Se metió en la cocina y se preparó un café cargado. Tenía que despejarse. Todavía debía atravesar la ciudad en coche.

Después de la reprimenda oficial de esa tarde, no podía arriesgarse a utilizar ningún programa de Antifraude para investigar a Rouche. Había utilizado los limitados recursos que seguía teniendo a su disposición para reunir alguna información básica. En lo poco que pudo encontrar ya detectó ciertas irregularidades que merecían indagaciones más en profundidad.

Se preguntó si, después de todo, Baxter habría dado en la diana.

A través de diagramas estructurales retroactivos que localizó enterrados en el área de Recursos Humanos de la intranet, había descubierto que un antiguo colega de Homicidios y Crímenes Graves había trabajado con Rouche durante su paso por Narcóticos. Tuvo la suerte de localizarlo de servicio.

El tipo contó a Edmunds que Rouche era un tipo «perspicaz», «un poco excéntrico», pero sobre todo «poco sociable», lo cual más o menos cuadraba con la descripción de Baxter. Sin embargo, cuando le preguntó sobre las creencias religiosas de Rouche, su interlocutor soltó una carcajada.

—Yo soy más religioso que él, colega —espetó a Edmunds, lo cual era relevante, viniendo de un inspector aficionado al *death metal* que llevaba un descolorido tatuaje en el antebrazo en el que se leía:

Dios ha muerto

Después le relató una historia que le había contado un amigo del Equipo de Escoltas, adonde habían transferido a Rouche en 2004.

—Lo echaron. Al menos es lo que todo el mundo dio por hecho. No hubo ninguna fiesta de despedida, nadie que lo sustituyera. Literalmente, un día estaba allí y al siguiente había desaparecido. Y no volvió a vérsele el pelo. El jefe se puso echo una furia, como era de esperar.

Edmunds agradeció al detective su ayuda y hablaron de quedar para tomar unas copas, si bien ninguno de los dos tenía la menor intención de materializar ese encuentro.

Antes de salir de la oficina, Edmunds había logrado localizar la dirección de Rouche en Londres y calculó que, a esas horas de la noche, podía plantarse allí en menos de media hora. Se dirigió de puntillas al vestíbulo, cogió el abrigo y la bufanda, descolgó del gancho las llaves del coche y salió con sigilo.

—¿Ve esta pequeña zona sombreada aquí? Es un desgarro en la articulación del codo —le explicó el médico con entusiasmo profesional.

—Estupendo. —Baxter suspiró—. ¿Ya puedo irme?

Llevaba casi tres horas en esa habitación del hospital mientras médicos y enfermeras le pinchaban y la toqueteaban, y estaba empezando a agotársele la paciencia. El enfrentamiento con el encapuchado la había dejado magullada y con rasguños por todo el cuerpo. Tenía la cara decorada con docenas de pequeños cortes por cortesía de la mesa de cristal que, a su vez, se había hecho añicos por cortesía de su propia cabeza. Y, además, tenía tres dedos rotos, vendados, y un codo desgarrado para sumar a su listado de males.

El médico se despidió de ella y pidió a una enfermera que le proporcionase un cabestrillo.

—Hoy has sido muy valiente —le dijo Curtis cuando se quedaron a solas.

—Más bien estúpida —replicó Baxter con una mueca de dolor.

—Tal vez un poco ambas cosas. —Curtis sonrió—. Rouche me ha dicho que en la mochila que han recuperado del escenario del crimen había sacos de arpillera y cinta aislante. Material suficiente para los cinco miembros de la familia. Les has salvado la vida.

Incómoda con los elogios, Baxter hizo caso omiso.

—¿Dónde está Rouche?

—¿Dónde va a estar? —respondió Curtis, lo cual significaba que estaba al teléfono, como de costumbre.

Al percatarse de la expresión abatida de Baxter, Curtis se sintió obligada a animarla.

—Esto no es un nuevo callejón sin salida. Lo sabes, ¿verdad? Han vuelto a llamar a comisaría a Ritcher. La familia está bajo protección policial. Están interrogándolos en este momento. Ya tenemos acceso completo a los movimientos bancarios de East y al registro de su teléfono, y los restos de ADN hallados en tus llaves y tu ropa tienen prioridad para los forenses. Estamos haciendo progresos.

Apareció una aturullada enfermera con un cabestrillo de color púrpura chillón en las manos.

—Esto es para usted —anunció al tiempo que se lo ofrecía a Baxter.

Tanto Baxter como Curtis contemplaron con horror semejante monstruosidad.

—¿No tienen uno negro? —preguntaron al unísono.

—Me temo que no —respondió la enfermera rápidamente—. Pero es opcional…

—¿Opcional?

—Sí.

—Entonces quédatelo tú —dijo Baxter, y se lo devolvió. Miró a Curtis con una sonrisa—: Vámonos.

Edmunds comprobó otra vez la dirección que le habían dado de la casa familiar de Rouche a la escasa luz del interior de su destartalado Volvo. Incluso sin salir del coche, veía la pintura descascarillada alrededor de las ventanas y las malas hierbas que crecían en las grietas del empinado camino de acceso. La vieja casa parecía abandonada, lo cual potencialmente podía significar muchas más cosas.

Se dijo que a buen seguro la ruinosa propiedad alimentaba la imaginación de los niños de la zona: la casa embrujada de la colina. Pese a que no conocía en persona a Rouche, Edmunds se sintió enojado con él. Tia, Leila y él vivían en una finca del Ayuntamiento, un privilegio que les dejaba la cuenta corriente al límite de tener que solicitar ayudas sociales. Pero incluso con sus limitadas posibilidades económicas, hacían un verdadero esfuerzo por tener la casa bien cuidada, pese a la total falta de apoyo de sus conformistas vecinos.

Con su dedicación, Edmunds había convertido sin pretenderlo su modesta vivienda en la envidia de varios vecinos resentidos, a los que todavía irritaba más el atrevimiento con el que vivía su vida aquel tipo de clase media baja. Esa misma mañana se había encontrado con sus elegantes lucecitas de Navidad blancas y azules cortadas por la mitad, y no podía permitirse reemplazarlas. Pero ahí estaba ese tal Rouche con una preciosa casa familiar en una calle pintoresca de una próspera zona residencial de la ciudad, y el tipo dejaba que se cayese a pedazos.

Edmunds bajó del coche y cerró la puerta procurando hacer el menor ruido posible. Volvió a comprobar que no había nadie por los alrededores y subió por el camino de acceso hacia la casa a oscuras. Por desgracia, no había ningún vehículo aparcado. Un número de matrícula habría sido una fuente de información muy útil. No obstante, había dos cubos de basura en una esquina que podrían serle de similar utilidad.

Iluminándose con la linterna, empezó a revolverlos en busca de cualquier pista sobre el enigmático agente de la CIA. De pronto, el estrecho callejón se iluminó. Edmunds se acuclilló y se escondió detrás de los cubos mientras un anciano salía de la casa de al lado y asomaba la cabeza por encima de la valla. Edmunds encogió cuanto pudo sus largas piernas contra el cuerpo.

—Malditos zorros —oyó que se quejaba el hombre.

Oyó pasos, una puerta cerrándose, el ruido de un cerrojo y a continuación la luz se apagó. Consideró que podía arriesgarse a volver a respirar. Después de la reprimenda oficial de la tarde, lo último que necesitaba era que lo pillaran allanando la propiedad de un agente de la CIA. Por consiguiente, se maldijo por ser tan temerario, pero la reacción de su cuerpo mostró sus verdaderos sentimientos: la descarga de adrenalina pedía que el corazón bombease más rápido y el vaho de su desacompasada respiración se hacía cada vez más regular, como un tren de vapor que se preparara para ganar velocidad.

Quería asegurarse de que el vecino de Rouche ya no fisgo-neaba antes de recorrer el camino de acceso para marcharse, de modo que se metió por un pasaje lateral y fue a parar al jardín trasero en el que la hierba alta le dejó marcas de humedad en los bajos de los pantalones. Vio una impoluta casita de juguete que resultaba desconcertante allí abandonada junto a una valla rota y una conejera vacía.

Se percató de que había una luz encendida en el interior de la casa. Estaba echando un vistazo a través de la puerta del jardín cuando sonó un teléfono en el recibidor. Después de cin-co timbrazos, oyó la voz de una mujer que respondía:

—¡Hola, cariño! ¡Nosotras también te echamos mucho de menos!

Edmunds maldijo en un susurro mientras se escondía y ga-teaba hasta el pasaje lateral. Dejó atrás los cubos de basura y bajó por el camino de acceso sin que nadie lo viese. Se metió en el coche y salió de allí sin encender los faros, porque así dificul-taría cualquier intento de identificar el vehículo. Una vez al-canzada la seguridad de la calle principal, encendió los faros y aceleró, con el corazón todavía a cien.

No había encontrado nada y, sin embargo, no dejó de son-reír durante todo el trayecto hasta su casa.

20

Cuando entraron en su hotel, a Curtis y Rouche los golpeó una ráfaga de aire caliente. Por encima del rugido del calefactor industrial, oyeron una irritada voz familiar. Siguieron el sonido hasta el destartalado bar. En el voluminoso televisor parecía a punto de comenzar algún acontecimiento deportivo y la excesiva iluminación del espacio revelaba todos los defectos de la decoración ochentera y las manchas de nicotina y bebidas derramadas acumuladas a lo largo de treinta años en el oscuro papel de las paredes.

—¡He dicho que puedo arreglármelas sola! —gruñó Baxter al barman mientras derramaba la copa de vino tinto en el suelo.

Se dejó caer en el reservado junto a la ventana, y al hacerlo movió con brusquedad el brazo herido y se puso a maldecir a gritos.

—Será por eso que llevas un cabestrillo —murmuró Rouche. Luego susurró—: ¿Crees que se daría cuenta si nos largamos?

De pronto reparó en que estaba hablando solo, porque Curtis se había quedado cerca del televisor. Pese a que el entorno no invitaba, se había quedado allí plantada con la espalda muy recta y la mano sobre el corazón mientras sonaba el himno de

Estados Unidos, interpretado en el estadio por un gigantesco coro de espectadores aficionados a la cerveza y los perritos calientes.

—Americanos… —dijo Baxter chasqueando la lengua y negando con la cabeza al tiempo que Rouche se sentaba delante de ella y dejaba sobre la pringosa mesa un descolorido librito—. Deberías ponerte en pie con ella, dado que odias tanto tu hogar.

Rouche echó un vistazo a Curtis, que parecía tener los ojos húmedos de orgullo patriótico.

—No, gracias. Mi canción de karaoke es *Since U Been Gone*.

En el momento en que Rouche volvió a mirar a Baxter, el himno nacional llegaba a su final con un estruendoso aplauso digno de un bis de Bon Jovi.

—No deberías… —Rouche dudó. Señaló la copa que tenía delante—. No deberías mezclar eso con los calmantes.

Baxter se lo quedó mirando.

—Creo que me lo merezco —dijo—, ¿no te parece?

Rouche optó por cambiar de tema. Se les unió Curtis y miró la generosa copa de vino de Baxter con la misma cara de preocupación. Probablemente, el barman se la había llenado hasta el borde con la esperanza de que esa mujer con tan mal genio no volviera a por una segunda ronda.

—No deberías beber eso si… —Curtis no acabó la frase al ver que Rouche negaba con la cabeza a modo de advertencia. También ella pasó a otro tema, cogiendo el libro que había sobre la mesa y leyendo en voz alta el título—: *Padre Vincent Bastian: un relato del exorcismo de Mary Esposito…* No me digas que sigues con eso.

Rouche le quitó el libro y lo abrió por una página marcada con un doblez.

—Ok. Escucha esto, un testimonio escrito de una persona

que fue poseída: «La noche me acechaba, incluso durante el día. Y aunque el sol quemaba, lo hacía en un cielo negro; los colores cambiaban como si estuviera iluminado por una vela y yo fuese una sombra, obligada a dejarme absorber por él».

Alzó la mirada y se topó con las expresiones impávidas de sus dos compañeras. Baxter bebió un generoso sorbo de vino.

—Es lo que dijo nuestro hombre Géminis cuando se puso a mirar el techo estrellado de la Grand Central. «Para mí siempre es de noche» —les explicó Rouche—. Vamos, atreveos a decirme que no es relevante.

—¡No es relevante! —corearon Baxter y Curtis.

—Y hoy en el bloque de apartamentos, he seguido el ruido de las pisadas hasta... —Estuvo a punto de contarles su encuentro con el perro feroz, pero reculó al ver la expresión de sus caras.

—Rouche, estás leyendo demasiadas cosas de estas —dijo Baxter, animada por el vino—. Estableces conexiones que no existen. No todo va de dioses y fantasmas. A veces se trata solo de personas actuando como tarados.

—¡Eso, eso! —asintió Curtis. Y de nuevo optó por cambiar de tema—: Lennox da por hecho que dejarás el equipo después de resultar herida en acto de servicio.

—Claro, por supuesto que lo da por hecho —se mofó Baxter, zanjando el asunto—. Bueno, ¿algún progreso?

—La furgoneta tenía que ir al desguace —le dijo Rouche—. Está repleta de ADN. Llevará varios días averiguar de quiénes. La mujer y los hijos no parecen saber nada. East llegó a casa hace un par de días...

—¿Estamos hablando del día que empezamos a buscar a Bantham? —preguntó Baxter.

—Exacto —respondió Rouche—. Se pone a llenar maletas como un loco, gritándoles que tienen que marcharse.

—Se inventó una historia sobre un paciente que se había obsesionado con él, pero su mujer nos ha dicho que llevaba semanas comportándose de un modo raro —añadió Curtis.

—¿No se le ocurrió preguntarle por qué llevaba la palabra «Marioneta» grabada en el pecho? —ironizó Baxter.

—Nos ha dicho que no habían mantenido… relaciones íntimas desde que empezó todo esto —comentó Curtis encogiéndose de hombros.

Baxter soltó un largo suspiro y se acabó el vino.

—Voy a subir a la habitación. Necesito darme una ducha después de que tanta gente haya estado toqueteándome.

—¿Necesitas ayuda para desvestirte? —se ofreció Curtis.

—No. Gracias. —Baxter frunció el ceño, como si acabaran de insinuársele—. Ya me las arreglaré.

Alguien golpeó con los nudillos en la puerta de Curtis.

—La verdad es que no me vendría mal que alguien me ayudase a desvestirme —dijo Baxter, que no pudo ver la sonrisa de su colega porque se le había quedado atascada la blusa a medio sacar y le cubría la cabeza.

—Deja que coja la llave. Ahora vengo —dijo Curtis riéndose con disimulo, y entró de nuevo en la habitación mientras el pasillo empezaba a llenarse de voces.

—¿Qué estás mirando? —oyó que Baxter le recriminaba a alguien.

Curtis la escoltó de regreso a la habitación, en la que en el televisor un canal de noticias británico apenas audible explicaba la última decisión impopular tomada por el Parlamento. Tras algunas maniobras, Curtis logró liberar a Baxter de la blusa. Y esta, avergonzada, se cubrió con una toalla.

—Gracias.

—De nada.

—¡Zorra!

Curtis se quedó perpleja.

—¿Disculpa?

—No te lo digo a ti —le aclaró Baxter, con la mirada clavada en el televisor mientras subía el volumen con el mando a distancia.

Como en Inglaterra a esas horas era medianoche, el canal emitía una y otra vez las mismas informaciones grabadas. Ahora era el turno del último informe nocturno a cargo de Andrea Hall, que captó la atención de Baxter cuando su rostro fatigado apareció en las grandes pantallas que había detrás del elegante presentador del informativo. La icónica cabellera pelirroja de la reportera lucía mechas rubias, que, sin duda, serían replicadas por multitud de mujeres a lo ancho de todo el país antes de mediodía.

—Lo siento —dijo Andrea, atascándose—. Como muchos de ustedes saben, la inspectora jefe Baxter y yo somos muy buenas amigas...

—¡Zorra! —repitió Baxter, furiosa, mientras Curtis optaba sensatamente por no abrir la boca.

—... Yo, junto con todo el equipo, le deseo una rápida recuperación después de su «pelea» con el sospechoso. —Andrea respiró hondo y siguió hablando con la estoica profesionalidad que uno esperaría de alguien a quien, en realidad, lo sucedido le importaba un pimiento.

»Bueno, y ahora vamos a hablar con la comandante Geena Vanita de la Policía Metropolitana... Buenas noches, comandante.

—Buenas noches, señora Hall.

Muy consciente de la habilidad de la ambiciosa periodista para transformar una situación mala en una peor, Vanita había considerado que lo mejor era que ella misma se enfrentase al campo minado de la entrevista.

—Comandante, ¿se considera usted una persona religiosa? —le lanzó ya de entrada Andrea.

—Yo… —La expresión de Vanita daba a entender que la entrevista ya había dejado atrás la zona de confort—. Preferiría que nos ciñésemos…

—Dada la falta de novedades, doy por hecho que siguen sin tener pistas sólidas sobre estos horripilantes asesinatos, que todo parece indicar que son obra de un único individuo de mente retorcida, aunque llevadas a cabo por otras personas sin aparente conexión entre sí.

—Bueno…, todavía estamos investigando la posibilidad de…

—Azazel.

—¿Perdón…?

—Doy por hecho que ha oído hablar de la teoría de Jerry Pilsner Jr.

—Por supuesto —respondió Vanita, arreglándoselas para completar su frase de dos palabras. Habría resultado casi imposible esquivar a ese fanático, porque estaba encantado de aparecer en todos los programas de televisión dispuestos a darle cancha.

—¿Y?

—¿Y…?

—Ese hombre tiene una explicación más bien poco convencional sobre lo ocurrido.

—Así es.

—¿Puedo preguntar si la policía otorga alguna credibilidad a sus teorías?

Vanita sonrió.

—Desde luego que no —respondió—. Eso sería un lamentable uso inapropiado de recursos vitales.

Andrea se echó a reír, y en la pantalla se vio que Vanita se relajaba de manera ostensible.

—¿Está segura? —preguntó Andrea, empeñada en seguir divagando sobre el tema—. Me refiero a que aquí, como en Estados Unidos, la semana pasada los templos de las diversas religiones han alcanzado récords de asistencia.

Al percatarse de la trampa que la periodista estaba tendiéndole, Vanita torció el gesto.

—Y la Policía Metropolitana respeta a todas esas personas...

—Comandante, ¿las considera usted ingenuas por tener esas creencias?

—No, en absoluto, pero...

—Entonces ¿está usted diciendo que la teoría del «ángel caído» es una vía de investigación válida?

La pobre Andrea parecía muy confundida.

—No, no estoy diciendo eso. Lo que digo es que... —Vanita no sabía por dónde tirar.

—Yo no soy policía —insistió Andrea—, pero ¿no entra, como mínimo, en lo posible que esos asesinatos se inspiren en la Biblia e incluso tal vez en la idea de los ángeles caídos que han perdido la gracia de Dios?

Vanita se quedó petrificada mientras pensaba cuál era el camino menos dañino que tomar.

—¿Comandante?

—Sí... No. Nosotros...

—Bueno, ¿qué me dice? —Andrea alzó las manos en un gesto de exasperación—. Sin duda, la policía querrá investigar todas las posibles...

—Sí —la interrumpió Vanita con un tono firme—. Estamos valorando esa posibilidad.

De pronto la cámara abrió el plano y mostró al presentador

del informativo en el centro del plató, con el panel de monitores desplegados varios metros en ambas direcciones.

—Oh, no —susurró Baxter, al intuir que estaba a punto de producirse el momento estelar de sensacionalismo típico de Andrea Hall.

Las pantallas situadas detrás de la mesa del presentador parpadearon y emitieron zumbidos de un modo muy teatral mientras la imagen de Vanita se desvanecía y era reemplazada por unas enormes alas negras hechas jirones, encuadradas de modo que pareciese que le habían crecido de la nada a la galardonada reportera mientras hablaba a la cámara.

—Aquí lo tienen —dijo Andrea a su audiencia global—. La Policía Metropolitana persiguiendo a ángeles caídos.

—¿De qué habla? —preguntó Curtis.

—Esto es lo que ella entiende por periodismo —le explicó Baxter sin dejar de contemplar las alas negras en movimiento a modo de manto de Andrea.

—¡Pero es grotesco!

—Da igual cuando es ella quien lo hace… Atenta ahora —dijo Baxter cruzando los brazos.

—… De modo que Andrea Hall se despide de ustedes hasta mañana a partir de las seis de la mañana, en que abordaremos todas las novedades de este extraño y terrorífico caso que la policía ya llama… «los asesinatos de Azazel».

—¡No! —gruño Baxter, desesperada. Apagó el televisor y negó con la cabeza.

—¿Estás… bien? —le preguntó Curtis en voz baja.

—Estoy bien —respondió Baxter. Recordó que llevaba tan solo una toalla y tiró de ella para cubrirse un poco más—. Voy a acostarme.

Se produjo un silencio incómodo mientras Baxter esperaba que Curtis se marchase y la dejara tranquila. Pero en lugar de hacerlo, esta se sentó en la silla del escritorio que había en la esquina de la habitación.

—La verdad es que confiaba en que tendría la ocasión de hablar contigo a solas —le anunció.

Baxter se quedó dudando ante la puerta del cuarto de baño, intentando disimular lo incómoda que se sentía. Ya en presencia de Thomas no se habría sentido a gusto medio desnuda ante él, y mantener de esa guisa una conversación con una mujer a la que apenas conocía era todavía peor.

Curtis continuó sin inmutarse:

—Es probable que a estas alturas, ahora que sabemos que la pista de los asesores terapeutas es sólida, ya no tenga relevancia, pero me siento fatal si no te lo comento. La patóloga forense encontró ciertas anomalías en el análisis de sangre de Glenn Arnolds.

Baxter trató de mostrarse sorprendida ante la noticia, pese a que veía la punta del documento en cuestión asomando de la carpeta sobre el escritorio.

—Resumiendo, no estaba tomando su medicación antipsicótica. En lugar de eso, había estado ingiriendo otras pastillas que habían empeorado su estado mental. Debido a ciertos motivos… no compartimos contigo esta información, y te pido disculpas.

—Ok. Gracias por decírmelo. —Baxter sonrió. Un intercambio emocional en sujetador era demasiado para ella. Lo único que quería es que la escena terminase de una vez—. Bueno, creo que debería… —dijo señalando la ducha.

—Claro. —Curtis se levantó para marcharse.

Baxter temió que intentase darle un abrazo antes de salir y cuando eso, en efecto, sucedió, sintió un escalofrío.

—Somos un equipo, ¿de acuerdo? —dijo la agente del FBI con una sonrisa.

—Por supuesto que sí —convino Baxter, y le cerró la puerta en las narices.

—¿Que la estamparan contra una mesa no ha sido suficiente para mandarla de vuelta a casa? —susurró Lennox mientras se dirigía con Curtis hacia la sala de reuniones de la oficina. Acababa de descubrir a Baxter caminando con dificultad delante de ellas.

Un joven policía entró en la sala con un montón de impresiones que Lennox había pedido.

—¿Le importaría repartirlos, agente…?

—Rouche.

—¿Rooze?

—¡Por el amor de Dios! Pida a otro que los reparta —gritó Lennox.

En cuanto todo el mundo estuvo sentado, empezó con el primer punto del día, sin dignarse hacer un solo comentario sobre las numerosas magulladuras de Baxter.

En la pizarra con los asesinos de Rouche se había incorporado una nueva columna.

ESTADOS UNIDOS	REINO UNIDO	?
1. Marcus Townsend (Puente de Brooklyn) Modus operandi: estrangulamiento Víctima: relacionada con el caso Ragdoll	3. Dominic Burrell (Cárcel de Belmarsh) Modus operandi: estrangulamiento Víctima: relacionada con el caso Ragdoll	6. ¿? (Condado de Westchester) Modus operandi: disparo de pistola Víctima: psiquiatra y su familia

ESTADOS UNIDOS	REINO UNIDO	?
2. Eduardo Medina (Comisaría del distrito 33) Modus operandi: impacto de un vehículo a gran velocidad Víctima: agente de policía	4. Patrick Peter Fergus (El Mall) Modus operandi: traumatismo con objeto contundente Víctima: agente de policía	7. ¿? (Brooklyn) Modus operandi: disparo de pistola Víctima: asesor
5. Glenn Arnolds (Estación Grand Central) Modus operandi: desagradable Víctima: ¿? empleado de la estación		

—Las huellas de Brooklyn son idénticas a las que se encontraron en la casa de los Bantham —expuso Lennox a la sala—. Los de balística también han establecido la coincidencia entre las dos armas. Además, es la primera vez que tenemos un *modus operandi* que se repite. Voy a jugármela diciendo que no creo que los asesinatos de estos dos individuos formasen parte del plan. «Marionetas» muertas. Ningún «Anzuelo». Parece un acto desesperado de alguien que intenta eliminar cabos sueltos. ¿Alguno de los presentes tiene algo que añadir? —inquirió mirando a Rouche y a Curtis.

—Solo que ese «alguien» no es un profesional. Baxter lo puso en apuros al pelarse con él y los tres tiros que le pegó a

East solo cumplieron su objetivo por la pérdida de sangre, no porque le diese en ningún órgano vital —comentó Rouche—, lo cual, sin duda, refuerza la teoría del acto desesperado.

—No puede ser fruto de la casualidad que cada vez que empezamos a interesarnos por alguien, esa persona aparezca muerta —añadió Curtis.

—No, no puede serlo —se mostró de acuerdo Lennox—. Y ya que hablamos de nuestro asesino, en estos momentos disponemos de su altura y peso aproximados, y de una vaga descripción como «varón caucásico de ojos castaños».

Baxter hizo caso omiso del dardo que le lanzaba con lo de «vaga».

—¿Quién es el propietario del apartamento en el que se escondía East? —preguntó uno de los presentes.

Lennox buscó entre sus papeles.

—Un tal... Kieran Goldman. Al parecer, él y East eran amigos y tenía el piso vacío mientras reunía el dinero para reformarlo.

—Entonces ¿no tenemos nada? —preguntó el mismo agente—. A menos que los forenses nos consigan un nombre, ¿no tenemos nada?

—Por supuesto que sí —dijo Lennox—. Ahora conocemos la identidad de la persona que está detrás de todo esto. Por fin sabemos quién mueve los hilos.

—¿En serio?

Los rostros inexpresivos de todos los presentes en la sala esperaban a que continuase.

—Voy a desvelaros a nuestro Azazel... —Gracias a Andrea Hall, cada vez más periodistas estaban utilizando ese nombre, hasta el punto de que incluso el FBI lo hacía servir para referirse al caso, como si fuese obra de un ángel caído que hubiera adoptado forma humana.

A Curtis se le aceleró el corazón cuando Lennox mostró la fotografía de su psiquiatra británico desaparecido. No solo había matado a un inocente, sino que ahora resultaba que había estado cara a cara con la persona más buscada por el FBI, había flirteado con él como una colegiala boba y había permitido que se marchara.

—Alexei Green —continuó Lennox—. Solo en el último año Green ha hecho cinco viajes transatlánticos para visitar a East y a Bantham. Y como ya sabemos, era el psiquiatra de Burrell en la cárcel. Lo que no sabíamos hasta ahora era que la empresa de limpieza para la que trabajaba nuestro Asesino Incinerador de policías estaba contratada por el despacho de Green, lo cual proporcionaba a este infinitas posibilidades para reclutarlo, manipularlo o engatusarlo directamente.

—¿Y cuál es... la motivación de Green? —preguntó Baxter.

Lennox la fulminó con la mirada, si bien respondió con tono profesional:

—Todavía estamos indagándolo. Pero Green es la conexión entre todas nuestras «Marionetas». Es él, muchachos. Detener a Alexei Green pasa a ser nuestra máxima prioridad.

—No acabo de verlo claro —dijo Baxter—. De que está involucrado no hay duda. Que él sea el orquestador de todo esto... ¿Por qué?

—Estoy de acuerdo con ella —la apoyó Rouche.

—¿En serio? —Lennox se mostró irritada—. Tal vez esto te haga cambiar de parecer: después de que lo interrogásemos, East hizo una única llamada durante su trayecto en taxi hasta Prospect Park. ¿Alguien quiere hacer una apuesta sobre a quién telefoneó?

Nadie abrió la boca, intuyendo que lo mejor era mantenerse en silencio.

—Exacto: a Alexei Green. East se había escondido para

proteger su vida y la de su familia. Le había ido muy bien hasta que decidió confiar en la persona equivocada. Telefoneó a Green para pedirle consejo. Y media hora después alguien aparece en su puerta para asesinarlo.

Rouche estaba desconcertado.

—Si Green sigue utilizando el teléfono, ¿por qué no podemos localizarlo?

—No lo hace. Era un móvil prepago y la llamada fue demasiado breve para poder rastrearla.

Rouche se quedó todavía más desconcertado.

—Y entonces ¿cómo sabemos siquiera que ese teléfono pertenecía a Green?

—Porque estábamos escuchando la llamada —dijo Lennox encogiéndose de hombros—. ¿Crees en serio que íbamos a dejar marchar sin más a nuestra pista más prometedora solo porque apareció con un abogado de altos vuelos para que se nos torease?

Rouche quedó sorprendido por las taimadas tácticas de la agente especial al mando. En su momento, Lennox había puesto en escena un convincente espectáculo, pero ahora Rouche recordaba la queja de Richter porque a él y a East les habían requisado las pertenencias.

—Las evidencias son avasalladoras: Alexei Green maneja todos los hilos y vamos a poner la totalidad de los medios a nuestro alcance para atraparlo... —Lennox fue bajando el tono al ver la expresión distraída de su auditorio. Siguió sus miradas a través de las cristaleras hasta el despacho principal, hacia el que corría un montón de gente.

Abrió la puerta de la sala de reuniones y agarró a un joven agente que se dirigía a toda prisa hacia allí.

—¿Qué sucede?

—Todavía no estamos seguros. Algo sobre un cadáver en...

Parecía que todos los teléfonos de la oficina se habían puesto a sonar al mismo tiempo. Lennox se precipitó hacia el escritorio más próximo, descolgó y puso unos ojos como platos mientras escuchaba con suma atención.

—¡Curtis! —gritó.

La agente especial se puso en pie de un salto. Baxter y Rouche salieron detrás de ella de la sala de reuniones.

—¡La iglesia de Times Square, junto a Broadway! —gruñó Lennox sin dar más explicaciones.

Mientras obedecían y salían a toda prisa, oyeron a Lennox dando órdenes a gritos:

—¡Atención todo el mundo! Acaban de alertarnos de un incidente grave...

21

Martes, 15 de diciembre de 2015
10.03 h

Ninguno de los tres abrió la boca mientras atravesaban la ciudad a toda velocidad con Curtis al volante. Las radios de los agentes de la Policía de Nueva York no daban respiro y las nerviosas transmisiones se solapaban, mientras los coordinadores no paraban de enviar refuerzos al escenario del crimen cada vez que una unidad quedaba libre de otra emergencia. La escasa información que los agentes presentes en la iglesia se habían visto obligados a comunicar era escalofriante:

—... cadáveres por todas partes...

—... colgados de las paredes...

—... Todos muertos.

Cuando se aproximaban a la calle Cincuenta y uno Este, Curtis tuvo que subirse a la acera para evitar el embotellamiento de vehículos. Dos manzanas después, un joven agente les hizo señas para que atravesaran una barrera para cortar el tráfico en Broadway colocada a toda prisa. Arrastró la endeble valla de plástico por el embarrado y helado pavimento y les franqueó el paso a una calle desierta. Curtis aceleró hacia la multitud de vehículos policiales estacionados en el cruce que tenían delante, con las luces azules parpadeando y girando en todas direcciones.

Frenó y se detuvieron frente al rascacielos Paramount Plaza, lo más cerca posible de su destino, e hicieron el resto del camino a pie, corriendo. Baxter estaba convencida de que iban en la dirección equivocada mientras buscaban entre los uniformes edificios de fachadas sucias y decrépitas a ambos lados de la calle algo que se pareciese a una iglesia. Su desconcierto aumentó cuando siguió a Curtis y a Rouche por la puerta de un elegante teatro antiguo.

El recargado vestíbulo de los años treinta era una chocante mezcla de decadencia, mensajes que aseguraban que lo único que de verdad necesita una persona es a Dios y agentes de policía con expresiones traumatizadas que sugerían que tal vez Dios se había tomado el día libre en esa ocasión.

Había varias puertas abiertas, lo que les permitió atisbar algunas zonas del auditorio. Baxter vio linternas que iluminaban el techo dorado y la parte superior de unas cortinas de color rojo sangre, cerradas como si el espectáculo estuviese a punto de comenzar.

Siguió a sus colegas por una de las puertas.

Dio tres pasos en la espléndida sala y se detuvo.

—Oh Dios mío —susurró Curtis mientras Rouche miraba a su alrededor con absoluta incredulidad.

Baxter se abrió paso entre ellos, pero de inmediato se arrepintió de haberlo hecho. El viejo cine reconvertido en teatro y después en iglesia había experimentado su última metamorfosis, una mutación depravada: una representación viva del infierno en la tierra. Sintió que se mareaba mientras sus ojos absorbían la escena. Había olvidado la sensación, la misma reacción de desmoronarse que experimentó cuando vio por primera vez al Ragdoll colgado ante los ventanales de aquel nauseabundo apartamento en Kentish Town.

Sobre sus cabezas, había una infinidad de cables entrecruzados que iban del escenario a las butacas del primer piso, del techo al suelo enmoquetado, de una pared profusamente decorada a otra; era una telaraña de acero suspendida sobre las hileras de elegantes butacas rojas de la platea escalonada. Y, atrapados en ella como insectos, había cadáveres retorcidos en extrañas posturas que, sin embargo, resultaban perturbadoramente familiares, grotescos y deformes, desnudos y repletos de cicatrices.

Aturdida y seguida por sus colegas, Baxter se adentró en la plantea del teatro…, se adentró en el infierno.

Mientras avanzaban entre esos horrores, las linternas que rastreaban el lugar proyectaban por las paredes inquietantes sombras, siluetas distorsionadas de seres humanos desfigurados, y se oía el tenue murmullo de las docenas de agentes que ya estaban en el teatro. Nadie daba órdenes ni asumía el mando, probablemente porque, como le sucedía a Baxter, nadie sabía qué hacer.

Una de las linternas que barrían la sala con sus haces enfocó un cuerpo sobre sus cabezas e iluminó la oscura piel. Perpleja, Baxter se acercó, y mientras observaba los miembros retorcidos con una brutalidad mayor que en otros cuerpos, totalmente contorsionados, se oía cada vez más fuerte un perturbador crujido.

—¿Puedes enfocar ahí? —pidió a un agente que pasó junto a ella, con el susurro propio de una espectadora en plena función.

Encantado de que alguien le dijera qué debía hacer, el agente enfocó su linterna hacia el techo.

—Hay más —les informó mientras los miembros de madera se mecían sobre sus cabezas—. No sabemos cuántos.

Lo que estaban contemplando era una réplica de tamaño natural, pero sin rasgos definidos de los cadáveres suspendidos a su alrededor; la cabeza era un óvalo sin ojos en el que se dibujaba una mueca siniestra gracias a las vetas de la lustrosa madera…, una marioneta suspendida en el aire ante un escenario teatral, con una palabra familiar tallada en el cuerpo hueco: «Anzuelo». Al echar un vistazo a la sala a oscuras, resultaba imposible determinar cuál de los cuerpos retorcidos que colgaban sobre ellos era real.

Pasaron unos instantes, y de pronto Curtis se alejó de los demás. Alzó su identificación por encima de la cabeza y se dirigió a todos los presentes.

—¡Soy la agente especial del FBI Elliot Curtis! Asumo el mando en este escenario del crimen. Todos tienen que informarme a mí y no habrá ningún contacto con la prensa sin que yo lo autorice… Gracias.

Baxter y Rouche se miraron, pero no dijeron nada.

—¡Curtis, no te alejes! —le susurró Rouche cuando vio que la agente avanzaba hacia las butacas del centro de la sala, el auténtico escenario, un punto arbitrario hacia el que parecían estar encarados todos los cuerpos suspendidos—. ¡Curtis!

Ella hizo caso omiso de la advertencia de Rouche y asignó a un agente la inevitable tarea de contar el número exacto de cadáveres para diferenciarlos de los maniquís de madera.

Baxter se acercó al más cercano y dedujo que la víctima tendría unos sesenta años. Tenía la boca abierta y en los cortes recientes del pecho se dibujaba la palabra «Anzuelo». Pese a la escasa luz, distinguió los moratones azulados en la piel del cadáver. Colgaba de modo que las puntas de los dedos de sus pies rozaban la vieja moqueta roja.

La sobresaltó un estruendo sordo, pero enseguida vio el haz de una linterna que llegaba desde el primer piso, que un valeroso agente estaba revisando. Curtis, plantada bajo el cadáver de un hombre que pendía a unas pocas filas de ella, le dedicó una sonrisa nerviosa desde el centro de la sala.

El susurrante murmullo se transformó en un amable canturreo a medida que iban entrando más agentes de policía, una marea de uniformes azules que se retiraban de las calles de la ciudad para concentrarse en una sala como polillas que revolotearan alrededor de una llama. En el teatro fueron encendiéndose más linternas.

Las nuevas luces iluminaron otros cuatro cadáveres suspendidos en el aire cerca de Baxter, que se percató de algo en lo que hasta ese momento no había reparado. Buscó a tientas su móvil, enfocó con la débil linterna el cadáver que colgaba justo debajo del primer piso y después la solitaria silueta que pendía angustiosamente retorcida sobre el escenario. Se acercó a toda prisa a una víctima femenina, que le daba la espalda. Se inclinó bajo los cables que la sostenían e iluminó con la linterna su pecho desnudo.

—¿Baxter? —dijo Rouche. Se había percatado del comportamiento errático de su colega y se había acercado—. ¿Qué ocurre?

—Algo...

Volvió rápidamente la cabeza e iluminó el flaco y pálido cuerpo ante el que seguía plantada Curtis.

Curtis les lanzó una mirada inquisitiva.

—¿Baxter? —repitió Rouche.

—Anzuelo —contestó ella abstraída.

—¿Qué pasa con eso?

—Son todos Anzuelos. Todos y cada uno de ellos —explicó mirando a su alrededor con expresión preocupada—. Así que... ¿dónde están las Marionetas?

Le cayó en la mejilla una gota de sangre. De forma instintiva, se la limpió de la cara con una mano.

Rouche alzó la mirada hacia el cuerpo que tenían encima, con la familiar palabra grabada en el delgado pecho y regueros carmesíes todavía serpenteando hasta más abajo del ombligo.

—Los muertos no sangran —murmuró Rouche, y apartó a Baxter.

Esa vez la inspectora jefe no protestó, sino que se volvió hacia él con el pánico en los ojos mientras enfocaba con la improvisada linterna del móvil a la víctima próxima a Curtis, de una palidez espectral al quedar iluminada por el haz de luz.

Curtis estaba haciéndoles un gesto para llamar su atención porque quería saber de qué estaban hablando, cuando los músculos bajo la piel cetrina del cuerpo colgado a sus espaldas sufrieron un espasmo. Uno de los largos y pálidos brazos se liberó del cable que lo sostenía, y un resplandor de luz iluminó algo en su mano cerrada...

Antes de que Rouche pudiese desenfundar su arma, antes de que ni él ni Baxter pudieran avisarla, el resucitado cadáver había agarrado por el cuello a Curtis con un rápido y sutil movimiento.

Baxter se quedó paralizada y boquiabierta mientras Rouche disparaba tres ensordecedores tiros al pecho del tipo, provocando que se convulsionara violentamente contra los tensos cables que lo sostenían en el aire.

En los siguientes instantes, el único ruido que se oyó en la silenciosa sala fue el zumbido metálico de la vibración de la telaraña.

Cuando comprendió lo que estaba sucediendo, Curtis miró con ojos como platos a Rouche. Se sacó la mano del cuello y vio que de ella goteaba sangre. Una notable cantidad del oscuro líquido iba empapándole la blusa blanca como si se tratara de un telón que bajara. Baxter ya corría hacia ella cuando Curtis se tambaleó y se desvaneció detrás de una hilera de butacas.

—¡Todo el mundo fuera! —gritó Rouche—. ¡Todo el mundo fuera!

Varias de las siluetas a su alrededor habían empezado a

moverse para liberar sus miembros de las contorsiones. Los gritos de pánico de los agentes mientras salían de allí corriendo se amplificaban hasta casi perforar los tímpanos debido a la acústica del local.

La araña había cobrado vida.

Se produjeron varios disparos del todo imprudentes.

Rouche oyó el silbido de una bala a pocos centímetros de su cabeza.

Se oyó un grito arriba, y un instante después el agente que revisaba el primer piso cayó a sus pies como un grotesco fardo.

Rouche alzó el arma y se adentró en la platea en busca de Baxter.

En la otra punta de la sala se oyó un estruendo distinto a un disparo, seguido por gritos de desesperación de los agentes que evacuaban el recinto. Rouche no tuvo que darse la vuelta para saber qué era ese ruido: era el ruido de la muerte de la esperanza, era el ruido de pesadas puertas de madera cerrándose de golpe y dejándolos encerrados allí dentro, en un lugar que ya no formaba parte del reino de Dios.

Mientras la matanza continuaba a su alrededor, localizó a Baxter acuclillada junto al cuerpo de Curtis. Le buscaba el pulso y trataba de oír su respiración al tiempo que presionaba una mano ensangrentada sobre la mortífera herida.

—¡Creo que siento el pulso! —jadeó aliviada. Alzó la mirada hacia Rouche.

—Coge su pistola —le ordenó este con frialdad.

Pero Baxter no parecía oírlo.

—Tenemos que sacarla de aquí.

—Coge... su... pistola —repitió Rouche.

Baxter lo miró indignada.

De pronto apareció una silueta blanca corriendo hacia Rouche. Pillado con la guardia baja, el agente de la CIA solo tuvo tiempo de hacer un único disparo, que impactó en la pantorrilla de su atacante y lo derribó sobre varias butacas durante un instante, que concedió a Rouche unos segundos. Se inclinó sobre Curtis y le sacó el arma de la pistolera. Después tiró de Baxter con brusquedad para que se pusiera en pie, pese a la resistencia de esta.

—¡Déjame! ¡Todavía está viva! —gritó Baxter mientras Rouche la arrastraba alejándola de Curtis—. ¡Todavía está viva!

—¡No podemos hacer nada por ella! —vociferó él, pero Baxter no lo oyó por la suma de sus propias protestas, el eco de los disparos y los horrendos sonidos de muerte procedentes de la zona en la que los agentes que se habían visto atrapados antes de poder salir eran masacrados con armas primitivas: cuchillos improvisados, herramientas y cables. Las pocas personas que seguían arañando las puertas estaban rodeadas—. No podemos hacer nada por ninguno de ellos.

Rouche tuvo que soltar a Baxter cuando el hombre al que había herido los atacó con una pieza puntiaguda de metal y le dejó una marca de dientes de sierra en la cintura. Dio un paso atrás e hizo una mueca de dolor mientras se llevaba la mano al costado. Agarró por el cañón la pistola que le había cogido a Curtis y asestó a su atacante un potente golpe con la pesada culata que lo dejó inconsciente. De inmediato le dio el arma a Baxter, quien la sostuvo entre sus manos y se quedó mirándola.

Varios cuerpos seguían colgados inmóviles por la sala. No había modo de saber si estaban muertos, si eran marionetas o si esperaban a actuar. Rouche no tenía ni ganas ni tiempo de acercarse a ellos lo suficiente para averiguarlo, porque de la oscuridad del fondo de la sala emergieron otras dos figuras pálidas que corrían hacia ellos por el pasillo.

—Baxter, tenemos que largarnos… ¡Tenemos que largarnos! —dijo con rotundidad.

Ella seguía mirando con anhelo hacia el punto en el que habían abandonado a su amiga cuando de la butaca junto a la que estaba empezaron a saltar astillas y relleno.

Alguien les disparaba.

Mientras corrían hacia el escenario, el inexperto tirador apostado en el primer piso hizo que una de las marionetas de madera cayera al suelo antes de quedarse sin balas. Rouche abrió camino por la escalerilla lateral que daba acceso al escenario. Sin detenerse, se fijó en el retorcido y solitario cuerpo iluminado por un foco, en busca de cualquier signo de vida.

Varios pares de ojos sedientos se volvieron hacia Rouche y Baxter mientras se escabullían entre el telón y se adentraban en la oscura zona de los bastidores.

Por las paredes ascendían unas desvencijadas escaleras, y varias cuerdas gruesas y con nudos correderos colgaban del techo como horcas. Desde algún lugar impreciso llegaban los pasos de sus perseguidores, que iban acercándose.

El ruido sordo de pies desnudos sobre los tablones de madera los acechaba mientras se adentraban en las claustrofóbicas entrañas del edificio, guiados únicamente por las señales de «Salida de emergencia» con sus flechas verdes que resplandecían en la oscuridad. Mantuvieron las armas en posición de tiro conforme atravesaban puertas abiertas y las inacabables intersecciones que ralentizaban su marcha por los mugrientos corredores.

Oyeron un ruido justo detrás de ellos.

Rouche se volvió y escrutó la oscuridad.

Esperó, pero el único movimiento que percibió fue el de un cubo oxidado que se balanceaba suavemente colgado de una de las cuerdas que habían movido al pasar.

Cuando se dio la vuelta hacia Baxter, descubrió que había desaparecido.

—¿Baxter? —susurró mientras echaba un vistazo a los pasillos en los que podía haberse adentrado. Los gritos feroces y el ruido de las pisadas de gente corriendo parecían rodearlo—. ¿Baxter?

Tomó la decisión de avanzar por uno de los pasillos, basándose solo en que estaba algo mejor iluminado que las otras dos opciones. A mitad de camino, los ecos amortiguados de las exasperadas voces se intensificaron y tres siluetas fantasmales doblaron una esquina delante de él.

—Oh, mierda —dijo con un grito ahogado, y echó a correr en dirección contraria.

Mientras sus piernas luchaban por mantener el ritmo en su desesperada carrera para escapar, tuvo la sensación de que en cualquier momento caería de bruces contra el suelo. Atravesó la intersección en la que había perdido a Baxter y continuó recto, con los gritos a su espalda cada vez más histéricos y frenéticos. Los sabuesos olían el final inminente de su presa.

Rouche no miró atrás, pero disparó varias veces a ciegas, sin otro resultado que horadar las oscuras paredes. Gritó el nombre de Baxter, con la esperanza de que el pánico en su voz la impulsara a correr si seguía viva. Los disparos se convirtieron en simples clics porque se le había acabado la munición. Saltó por encima de un bote de pintura vacío y unos segundos después oyó que rodaba por el suelo.

Los tenía cada vez más cerca.

Llegó hasta una esquina, se golpeó contra la pared y se percató de que una mano le agarraba la cara mientras él tomaba impulso para seguir huyendo. Al fondo del pasillo, enmarcada por un halo de luz exterior, había una salida de emergencia. Corrió hacia ella, con el aliento de sus perseguidores en el cogote, y se lanzó sobre la barra que la abría para salir a la cegadora luminosidad de la calle.

Lo recibió un estruendo de disparos, seguidos de una orden dada a gritos:

—¡Policía de Nueva York! ¡No se mueva! ¡Suelte el arma!

Con los ojos llorosos por el impacto del aire frío, Rouche obedeció.

—¡Arrodíllese sin hacer movimientos bruscos!

—Tranquilos, tranquilos —dijo una voz familiar—. Es de los nuestros.

La oscura silueta que copaba la visión de Rouche tomó la forma de un oficial de la Unidad de Operaciones Especiales ataviado con el equipo completo. Rouche reconoció los edificios al otro lado de la calle y se dio cuenta de que la enorme red de pasadizos y almacenes de la iglesia lo había conducido de nuevo hasta la Cincuenta y uno Este, dos edificios más allá de la entrada principal.

El oficial armado dejó atrás a Rouche y se acercó hasta donde yacían dos cuerpos desnudos en la salida de emergencia. Rouche entendió su falta de interés por él como una invitación a levantarse y suspiró con alivio cuando vio a Baxter, pero ella no respondió a su mirada ni se le acercó.

—¿Ya han entrado sus hombres? —preguntó con ansiedad Rouche al oficial—. Hay una mujer, una agente del FBI, que…

El oficial lo interrumpió:

—Van a derribar las puertas del teatro de un momento a otro.

—Necesito entrar —le dijo Rouche.

—Tendrá que quedarse aquí fuera —negó el oficial.

—¡Quizá no logren localizarla a tiempo!

Rouche se volvió para dirigirse a la entrada principal, pero el oficial lo encañonó con un rifle de asalto AR-15.

Baxter se acercó rápidamente para poner paz.

—Tranquilo —dijo al oficial, interponiéndose en el camino

de Rouche. Lo empujó, golpeándolo en el pecho—. ¿Quieres que te maten? —le preguntó—. Me aseguraste que no querías morir, ¿lo recuerdas? Me lo prometiste.

—Curtis sigue ahí dentro —dijo Rouche—. Tal vez si yo pudiera… Si pudiera…

—¡Está muerta, Rouche! —le gritó Baxter. Luego le susurró—: Está muerta.

Un ruido amortiguado… y de pronto la pared delantera de la iglesia saltó por los aires como una enorme bola de fuego, acompañada por el siseo de cristales rotos. Baxter y Rouche retrocedieron dando tumbos y se taparon con las manos los oídos que les zumbaban mientras una nube de humo cubría toda la calle. A Baxter se le metió en los ojos hasta dejarla cegada. Notaba las motas de polvo rozándole bajo los párpados, y de repente notó que Rouche la cogía de la mano. No tenía ni idea de adónde la llevaba hasta que oyó que se abría la puerta de un coche.

—¡Entra! —le gritó, y en cuanto ella subió la cerró de un portazo y rodeó el vehículo para subir por el otro lado.

Baxter logró respirar de nuevo y se frotó los ojos hasta que fue capaz de abrirlos. Se habían metido en uno de los coches patrulla abandonados en mitad del cruce. Solo logró ver el rostro de Rouche mientras una marea de humo negro se movía alrededor de las ventanas, en un anochecer prematuro.

Ninguno de los dos abrió la boca.

Baxter empezó a temblar al rememorar los veinte minutos previos.

Y entonces se produjo una segunda explosión.

Baxter empezó a hiperventilar y se aferró a la mano de Rouche. Esa vez el estruendo no procedía de la iglesia, sino de algún otro punto cercano; sin embargo, no veían nada más allá del interior del vehículo. Baxter cerró los ojos cuando estalló una tercera bomba. Notó que Rouche la abrazaba cuando una cuarta y última explosión reverberó en torno a ellos.

Poco a poco, a medida que el humo iba dispersándose, volvió a asomar la luz del día. Baxter se sacó de encima a Rouche y salió del coche tapándose la boca y la nariz con la manga a modo de improvisada mascarilla. No logró localizar al oficial de Operaciones Especiales en la calle y supuso que se habría puesto a cubierto tras la primera explosión. Rouche salió del vehículo por el otro lado.

Las primeras llamaradas empezaron a colorear el cielo sobre el corazón de la ciudad y enormes columnas de humo negro ascendían muy alto, replicando una imagen demasiado familiar del horizonte de Nueva York.

—¿Dónde ha sido? —preguntó Baxter, incapaz de apartar la mirada de la escena que tenía delante.

—Times Square —susurró Rouche.

El silencio se quebró finalmente por una marea de sirenas, alarmas y ruido de gente que se acercaba al lugar como una avalancha.

—Oh —asintió aturdida Baxter mientras ambos permanecían inmóviles y sin poder hacer nada, contemplando cómo ardía la ciudad.

Primera sesión

Martes, 6 de mayo de 2014
9.13 h

Pese a la prisa que tenía, Lucas Keaton fue consciente de que no podría salir de la casa sabiendo que el marco de la fotografía colgaba torcido. Y si lo obviaba, acabaría por regresar desde la calle cinco minutos después y se retrasaría todavía más. Los golpes en la puerta de entrada no cesaron mientras se dirigía hasta la foto y, con suma delicadeza, elevaba uno de los ángulos del marco. Hizo un notable esfuerzo por no dejarse arrastrar por los recuerdos sepultados tras el cristal..., pero como siempre tenía poca fuerza de voluntad; había pasado incontables horas contemplando esa pared, sumergiéndose en un pasado teñido por el color rosáceo de la perfección.

Ya ni oía el ruido de los insistentes golpes en la puerta mientras contemplaba la fotografía: rodeado por su mujer y sus dos hijos, todos con las camisetas con el logo de Universal Studios.

Lucas observó el aspecto que tenía en el pasado. En aquel entonces lucía una barba tupida, empezaba a vislumbrarse el paso de los años bajo la hortera camiseta de la tienda de recuerdos y el poco elegante cabello crespo le cubría bastantes más zonas que ahora de su incipiente calvicie. Mostraba su muy practicada cara para las fotos, la misma falsa apariencia de felicidad que utilizaba para sus obligaciones de prensa y publicidad.

Estaba allí con ellos físicamente, pero su mente estaba en otra parte, en asuntos más importantes, y se odió por ello.

La persona que había al otro lado de la puerta volvió a pulsar el estridente timbre y sacó a Lucas de su ensimismado autodesprecio. Corrió escalera arriba y se retocó la corbata al pasar ante el enorme espejo del vestíbulo.

—Lamento molestarlo, señor Keaton, pero vamos a llegar tarde —se disculpó el conductor en cuanto él abrió la puerta.

—No tienes por qué disculparte, Henry. No llegaría a tiempo a ningún sitio si tú no me molestases. Siento haberte hecho esperar —le dijo con una sonrisa.

Henry se sentó directamente en el asiento del conductor; había llevado a su multimillonario pasajero suficientes veces para saber que detestaba que le abriesen la puerta.

—Esta mañana vamos a un sitio diferente —dijo Henry con ganas de iniciar una conversación mientras arrancaba.

Lucas no respondió de inmediato. Deseaba hacer el viaje en silencio.

—Después ya volveré por mi cuenta.

—¿Está seguro? —le preguntó Henry inclinándose hacia delante para mirar el cielo—. Parece que va a llover.

—Ya me las apañaré —le aseguró Lucas—. Pero tú cárgame el viaje de vuelta y date un banquete en algún lado.

—Es todo un detalle de su parte, señor.

—Henry, odio tener que ser poco sociable, pero he de leer varios emails antes de llegar a esta… reunión.

—No volveré a abrir la boca. Avíseme si necesita algo.

Satisfecho al comprobar que no había ofendido a su chófer, Lucas sacó el móvil y se pasó el resto del viaje contemplando la pantalla en blanco.

En sus buenos tiempos, Lucas había conocido a más celebridades, pesos pesados de la industria y líderes mundiales de los que podía contar y, sin embargo, nunca se había sentido tan nervioso como en ese momento, sentado en la minimalista sala de espera del doctor Alexei Green. Mientras rellenaba el formulario que le habían entregado al llegar no había dejado de repiquetear en el suelo con el pie. Había tenido problemas para sostener el bolígrafo por lo mucho que le sudaba la mano y se había mordisqueado el pulgar con tanta fuerza que se había dejado una marca con sangre.

Cuando sonó el telefonillo de la recepcionista se le cortó la respiración.

Unos segundos después se abrió la puerta que tenía enfrente y apareció un hombre inusualmente apuesto. Tal vez por el hecho de haber estado escrutando la fotografía en la que se había visto con su incipiente calvicie, Lucas fue incapaz de apartar los ojos del doctor Green y su cabello, que llevaba peinado hacia atrás al estilo de todas las estrellas de cine del momento, y la verdad es que parecía una de ellas.

—Lucas, soy Alexei —lo saludó Green, y le estrechó la mano como si fuese un viejo amigo—. Entra, por favor. ¿Puedo ofrecerte algo? ¿Un té? ¿Quizá un café? ¿Un vaso de agua?

Lucas negó con la cabeza.

—¿No? Bueno, pues pasa y siéntate. —Green sonrió y cerró con suavidad la puerta.

Lucas no había abierto la boca desde hacía más de veinte minutos. Jugueteaba con la cremallera de su chaqueta mientras Green lo observaba paciente. Cuando alzó los ojos, sus miradas se cruzaron durante un instante, pero Lucas volvió a concentrarse enseguida en su chaqueta, que había dejado en su regazo. Unos momentos después rompió a llorar y se tapó los ojos con las manos, pero Green siguió sin decir palabra.

Pasaron casi cinco minutos.

Lucas se secó los ojos enrojecidos y respiró hondo.

—Lo siento —se disculpó, y estuvo a punto de deshacerse en lágrimas de nuevo.

—No tienes por qué —dijo Green con tono tranquilizador.

—Es solo que… tú… Nadie puede entender por lo que he pasado. Jamás volveré a estar bien. Si amas a alguien, quiero decir, si los amas de verdad… y los pierdes, no deberías estar bien, ¿no es así?

Green se inclinó hacia delante para dirigirse a aquel hombre atormentado y le tendió un puñado de los pañuelos de papel grandes que siempre tenía sobre el escritorio.

—Hay una gran diferencia entre estar bien y aceptar que algo escapó por completo a tu control —le dijo Green con tono afable—. Mírame, Lucas.

Él, con titubeos, volvió a mirar al psiquiatra.

—Estoy convencido de que puedo ayudarte.

Sonriendo mientras se secaba las lágrimas de los ojos, Lucas asintió.

—Sí… Sí, yo también creo que podrá hacerlo.

22

Baxter envió tres mensajes de texto idénticos: uno a Edmunds, otro a Vanita y otro a Thomas:

Estoy bien. Vuelvo a casa.

Apagó el móvil y tomó uno de los pocos trenes de la red de metro que llegaban hasta Coney Island. Necesitaba alejarse de Manhattan, de la gente traumatizada, de las cuatro nubes negras que aún se cernían sobre la ciudad ensuciando el cielo: la tarjeta de presentación de un asesino.

Uno a uno, los restantes recelosos pasajeros habían ido apeándose a lo largo del trayecto. Sola, Baxter bajó en la casi desierta estación de metro. Cruzó los brazos para protegerse del viento, más intenso y frío que en la ciudad, y se dirigió hacia la playa.

El parque de atracciones estaba cerrado porque era invierno, se veían las estructuras de las atracciones inmovilizadas y las casetas cerradas con voluminosos candados.

Para Baxter la escena revelaba la verdadera futilidad oculta bajo la superficie; todo aquello no era más que una ilusión de luces resplandecientes y música estruendosa para distraer la atención de lo insustancial que resultaba lo que se ofrecía. Era el mismo principio que esa mañana había atraído a hordas de personas a Times Square, la mundialmente famosa trampa para turistas en la que gente de todo el planeta se plantaba para contemplar embelesada las versiones iluminadas de anuncios que, por lo general, a duras penas lograban llamar su atención.

Pese a ser consciente de que su ira era poco razonable y no venía a cuento, la ponía enferma el empeño de las empresas por plantar a todo el mundo sus productos en las narices. Había algo en la vacuidad de morir bajo el resplandor de un anuncio de Coca-Cola que hacía que esa muerte resultase todavía más penosa.

No quería seguir pensando en eso. No quería pensar en nada y menos aún en Curtis, en cómo la habían abandonado y dejado morir en aquel horrible lugar.

Por mucho que hubiera protestado y lanzado bravatas sobre la cobardía de Rouche, era consciente de que había permitido que él la sacase de allí, y se dijo que si de verdad hubiera querido quedarse nada la habría separado de su colega. Por eso estaba tan irritada con él: porque él lo sabía. Había sido una decisión conjunta.

Habían abandonado a Curtis.

Caminó por el paseo marítimo, dejó atrás el parque de atracciones. Ante ella ya solo había mar y nieve... Pero siguió avanzando.

A la mañana siguiente Baxter se levantó temprano y optó por saltarse el desayuno para no toparse con Rouche en el comedor. Había amanecido un día invernal precioso y de un frío vigorizante, sin una nube en el cielo, así que se compró un café para llevar y caminó hasta Federal Plaza. Pasó el control de seguridad y subió en el ascensor hasta la silenciosa oficina.

Fue la primera en entrar en la sala de reuniones y, sin pensarlo, se sentó en una esquina del fondo. Un momento después cayó en la cuenta del porqué. Ella y Wolf siempre habían considerado la última fila como la suya en las reuniones del equipo y las sesiones de entrenamiento. Los dos alborotadores haciendo de las suyas fuera de la vista de los jefes.

Sonrió, y de inmediato se enojó consigo misma por ponerse nostálgica al recordar aquella ocasión en que Finlay cometió la insensatez de quedarse frito durante una charla sobre corrección política. Durante veinte minutos ella y Wolf fueron girándole poco a poco la silla hasta dejarlo cara a la pared del fondo de la sala. La expresión que el profesor puso cuando se percató y empezó a bramar contra él fue todo un poema. Acabó llamando a Finlay «vago de mierda escocés», lo cual supuso el abrupto fin de la sesión.

Baxter tenía demasiadas cosas en la cabeza para ponerse a pensar en esas cosas. Se levantó y se colocó en primera fila.

La sala se llenó cinco minutos antes de las nueve, con una atmósfera de inquietud y rabia. Baxter se aseguró de evitar el contacto visual con Rouche cuando este entró y la buscó con la mirada. Como ya no quedaban más sillas libres, el agente de la CIA se vio obligado a sentarse en una de la primera fila, que todo el mundo evitaba.

Los esfuerzos de Baxter por lidiar con la muerte de su colega habían sido en vano. Veinte segundos después de entrar en la sala, Lennox encendió la enorme pantalla táctil y mostró una fotografía de Curtis sonriente, con el uniforme del FBI y la piel inmaculada incluso ampliada a semejante tamaño.

Baxter se sintió como si le hubieran arreado un puñetazo en el vientre y paseó la mirada por la sala para mantener los ojos ocupados porque sabía que, de lo contrario, se le llenarían de lágrimas.

En el pie de foto se leía:

Agente especial Elliot Curtis
1990-2015

Lennox inclinó la cabeza por espacio de unos segundos.

Se aclaró la garganta y dijo:

—Supongo que Dios necesitaba a otro ángel.

Baxter tuvo que contenerse para no salir de inmediato de la sala, pero, para su sorpresa, fue Rouche quien se levantó y se marchó.

Tras un incómodo silencio, Lennox dio comienzo a la reunión. Anunció que «por desgracia» esa tarde se quedarían sin Baxter y a continuación loó sus «valiosísimas» aportaciones al caso. Después recalcó que para los demás el trabajo no había hecho más que comenzar y que «a partir de ahora» colaborarían codo con codo con el Departamento de Seguridad Nacional y con la Unidad de Contraterrorismo de la Policía de Nueva York, y acto seguido les presentó al agente que asumiría las funciones de Curtis.

—Ayer por la mañana permitimos que nos manipularan, como agentes de la ley, como país —espetó Lennox a la sala—. No volveremos a cometer ese error. Ahora que podemos darnos el lujo de analizar las cosas a toro pasado, resulta obvio todo lo siguiente: el autor de esto se subió al carro del eco mediático del caso Ragdoll para despertar el interés inicial de los medios, el grotesco espectáculo de la estación Grand Central le garantizó que todo el mundo hablara de ello, ha asesinado a los nuestros para provocar una respuesta desproporcionada... Anzuelos.

El repaso de Lennox provocó un silencio incómodo. Durante todo el tiempo los habían alertado de que estaban provocándolos, pero nadie vio venir lo que se avecinaba.

—Respondimos con todos nuestros efectivos disponibles. —Lennox hizo una pausa mientras consultaba sus notas—. Entre la iglesia y Times Square, ayer perdimos a veintidós de los nuestros, incluyendo agentes de la Policía de Nueva York, una Unidad de Operaciones Especiales al completo y, obviamente, a la agente especial Curtis. El total de muertos contabilizados hasta el momento suma ciento sesenta almas. Y damos por hecho que la cifra aumentará de manera significativa dado que las labores de desescombro siguen en marcha y, por otra parte, a buen seguro también perderemos a algunos de los heridos graves hospitalizados.

Miró la fotografía de Curtis.

—Debemos a todas las víctimas atrapar y castigar a los responsables…

—Vaya si voy a darles su merecido —murmuró alguien.

—… Pero también debemos honrar a nuestros compañeros manteniendo los máximos niveles de profesionalidad que ellos esperarían de nosotros —añadió Lennox—. Estoy segura de que ya estáis hartos de escucharme, de modo que cederé la palabra al agente especial Chase.

El sustituto de Curtis se puso en pie. Baxter ya había decidido detestarlo por principio, pero le resultó grato comprobar que su odio estaba justificado. Chase llevaba en la oficina el equipo completo antibalas sin otro motivo imaginable que el hecho de que le parecía que le daba un aire de tío guay.

—Ok —empezó Chase, que sudaba ostensiblemente bajo tantas capas innecesarias—. Hemos logrado identificar dos de los vehículos involucrados en los ataques de ayer.

Las fotografías fueron pasando de mano en mano por la

sala. En una se veía una furgoneta blanca captada en un callejón y en la otra una segunda furgoneta blanca aparcada en medio de una zona peatonal.

—Como podéis ver, tenemos dos vehículos idénticos: matrículas falsas y colocados de forma estratégica para causar el mayor daño posible —explicó Chase.

—¿En un callejón? —preguntó una agente desde las primeras filas.

—Daño humano y estructural —aclaró Chase, tenso en su empeño de corroborar lo que decía el papel que sostenía en la mano—. La furgoneta del callejón se puso allí para derribar los carteles y la bola de año nuevo. Ya estábamos en máxima alerta. Cualquier otro día esos vehículos se habrían detectado e interceptado antes de llegar a diez manzanas del centro de la ciudad. Bajamos la guardia durante menos de una hora y hemos pagado un alto precio por ello.

—¿Y las otras dos explosiones? —preguntó alguien.

—La detonación final se produjo bajo tierra, en el metro, pero no en un tren. Suponemos que el artefacto estaba en una mochila o algo similar, pero esta explosión nos llevará un tiempo rastrearla. En el caso de la de la iglesia, todo indica que se detonó por las puertas. Nuestra hipótesis más plausible es que los maniquíes huecos de madera estaban llenos de C-4. Y la detonación se produjo cuando los chicos intentaron escapar de allí.

Chase sostuvo en alto una fotografía reciente del psiquiatra británico de larga cabellera.

—Nuestro principal sospechoso, el doctor Alexei Green, parece haber desaparecido de la faz de la tierra. Cree que puede esconderse de nosotros. Se equivoca. Cree que es más listo que nosotros. También se equivoca. Ninguno de nosotros descansará hasta que tengamos a ese hijoputa esposado. Y ahora, pongámonos a trabajar.

Baxter se sentó en su asiento de ventanilla en el avión. Le había llevado casi una hora y media pasar los controles de seguridad, reforzados desde la tarde anterior. Lennox la había convocado en su despacho después de la reunión para una hipócrita despedida, y después Baxter había esperado el momento oportuno para marcharse sin tener que volver a ver a Rouche. Era muy grosero largarse sin despedirse, pero no confiaba en él. Le había parecido irritantemente excéntrico a ratos, un bicho raro en otros momentos, y ahora su cara no era más que un recordatorio de la peor experiencia de su vida, horrible y vergonzosa a partes iguales.

Se alegraba de librarse de él.

Después de pasar la tarde vagando sin rumbo por las calles de la ciudad, estaba agotada. Había caminado kilómetros. Cuando por fin regresó al hotel, los pensamientos que había intentado borrar de su mente reaparecieron y le impidieron descansar siquiera un momento.

Sacó los auriculares de plástico del bolsillo del asiento de delante, encontró una emisora radio que le permitiera quedarse dormida y cerró los ojos.

De forma gradual, llegó a sus oídos el agradable rumor de los motores, acompañado por el relajante sonido del aire caliente que aclimataba la cabina tenuemente iluminada. Baxter se envolvió en la manta y cambió de posición para seguir durmiendo cuando de pronto cayó en la cuenta de que ella no se había puesto la manta encima.

Se despertó por completo, abrió los ojos y se topó con un rostro familiar a escasos centímetros, que roncaba de forma moderada con la boca abierta.

—¡Rouche! —exclamó, y con el grito despertó al menos a siete personas a su alrededor.

Rouche miró a su alrededor, sobresaltado.

—¿Qué?

—¡Chist! —siseó alguien desde una de las filas posteriores.

—¿Qué pasa? —preguntó Rouche, preocupado.

—¿Qué pasa? —replicó Baxter todavía a gritos—. ¿Qué haces aquí?

—¿Dónde?

—En el… ¡Aquí! ¡En el avión!

—Señora, haga el favor de bajar la voz —le recriminó una irritada azafata desde el pasillo—. Está molestando a los demás pasajeros.

Baxter le clavó la mirada hasta que la chica optó por seguir su camino mecida por las oscilaciones del avión.

—Después de llegar a la conclusión de que los acontecimientos de ayer son el broche final a los ataques en Estados Unidos, debemos prepararnos ante la posibilidad de un ataque de magnitud similar en el Reino Unido —susurró Rouche en un tono casi inaudible—. Alex Green es nuestra principal pista, y la última vez que se lo vio fue en Londres poco después de que Cur… —Se detuvo sin acabar de mencionar a la agente—. Poco después de que fuéramos a esa cárcel.

—Curtis —le espetó Baxter—. Deberías pronunciar su nombre. Hagamos lo que hagamos, a ambos nos perseguirá durante el resto de nuestra vida. Teníamos armas. Deberíamos haber intentado sacarla de allí. ¡La dejamos morir!

—No habríamos logrado salvarla.

—¡No puedes estar seguro!

—¡Sí, lo estoy! —replicó Rouche en un inusual ataque de ira. Hizo un gesto de disculpa dirigido a una pobre anciana al otro lado del pasillo y bajó la voz—: Lo estoy.

Siguieron en silencio durante un rato.

—Curtis no habría querido que murieses por ella —susurró Rouche—. Y sabe que no querías dejarla allí.

—Estaba inconsciente —alegó Baxter.

—Me refiero a ahora. Lo sabe. Estará mirando y…

—¡Oh, haz el favor de callarte!

—Cállate tú —murmuró alguien desde las filas de delante.

—No te atrevas a echarme tu mierda religiosa encima. No soy una niña boba a la que se le ha muerto el hámster, de modo que guárdate para ti tus gilipolleces celestiales, ¿de acuerdo?

—De acuerdo. Disculpa —dijo Rouche, alzando las manos en un gesto de rendición.

Sin embargo, Baxter todavía no había acabado.

—No voy a quedarme aquí sentada oyendo cómo te consuelas a ti mismo con la fantasía de que en estos momentos Curtis está ahí arriba en un lugar maravilloso dándonos las gracias por dejar que se desangrase en un suelo mugriento. ¡Está muerta! ¡Se ha ido! Sintió dolor y después entró en la nada. Fin de la historia.

—Siento haber sacado el tema —se disculpó Rouche, desmoronado por el veneno de la soflama de Baxter.

—Se supone que eres inteligente. Todo nuestro trabajo se basa en reunir pruebas, hechos probados, y, sin embargo, a ti te encanta creer que hay un viejo cabrón sentado sobre una nube esperándonos a todos como si fuéramos a ingresar en una especie de geriátrico. Cuentos chinos. Yo… no lo entiendo.

—¿Puedes parar ya, por favor? —le pidió Rouche.

—Curtis ha muerto, ¿de acuerdo? —insistió Baxter, y de repente fue consciente de que estaba llorando—. Es un pedazo de carne fría metida por nuestra culpa en un cajón refrigerado. Y si yo voy a tener que vivir con esto en la conciencia durante el resto de mi vida, por cojones tú también tendrás que hacerlo.

Se colocó los auriculares y se volvió hacia la ventanilla, todavía con la respiración acelerada tras el acceso de ira. Lo único que veía era su propio reflejo en el cristal oscuro y su expresión rabiosa que, poco a poco, iba relajándose y dando paso a algo que se parecía mucho al sentimiento de culpa.

Demasiado testaruda para pedir perdón, cerró los ojos hasta que por fin se quedó dormida otra vez.

Ya en el aeropuerto de Heathrow, Rouche se había mostrado tan amable y solícito como siempre, lo cual solo contribuyó a que Baxter se sintiera peor. La inspectora jefe había hecho caso omiso de todos los intentos del agente especial de congraciarse con ella, y lo había apartado con un empujón para desembarcar antes que él. Su maleta fue una de las primeras en aparecer en la cinta. La cogió y salió para esperar a Thomas.

Diez minutos después, oyó las ruedecillas de una maleta a sus espaldas, así que clavó la mirada en el punto de recogida hasta que oyó que se alejaba. Con el rabillo del ojo vio a Rouche dirigiéndose hacia la fila de taxis. Cuando bajó la mirada hacia su equipaje le sorprendió toparse con su gorro chillón y sus guantes sobre él. Negó con la cabeza.

—Soy una persona horrible —musitó.

23

—¡Buenos días, jefa!

—Buenos días.

—Bienvenida de vuelta, jefa.

—Gracias.

—Joder. Ha vuelto.

Cinco minutos después de llegar a New Scotland Yard, Baxter tuvo que abrirse paso a través de una avalancha de saludos, amistosos en su mayoría, para poder llegar al santuario de su despacho.

Thomas la había llevado esa mañana con el coche a su casa, donde Baxter se dio una ducha rápida y se cambió de ropa. Habían desayunado juntos mientras Eco permanecía enfurruñado en un rincón, indignado porque su dueña lo hubiera dejado en un lugar desconocido durante casi una semana. Pero por primera vez, para Baxter llegar a casa de Thomas había sido como llegar al hogar... Thomas era su hogar.

Sin tener muy claro qué hora era o incluso en qué día estaba, Baxter se había dirigido hacia el trabajo.

Rápidamente, cerró la puerta del despacho, y los ojos en cuanto, con un suspiro, se apoyó contra la delgada lámina de madera por si alguien más intentaba darle los buenos días.

—Buenos días.

Abrió poco a poco los ojos y se topó con Rouche sentado detrás de su escritorio. Parecía irritantemente fresco y lleno de vitalidad.

Alguien llamó a la puerta.

—¿Sí? —preguntó Baxter—. Oh, hola, Jim.

Apareció un tipo bigotudo y entrado en años que lanzó una mirada inquisitiva hacia Rouche.

—Buenos días. Venía por lo de nuestra entrevista —anunció con prudencia.

—Tranquilo —le dijo ella. Acto seguido se volvió hacia Rouche y le aclaró—: Jim es quien está al mando de la investigación interna sobre el detective Fawkes.

—Y bien —dijo Jim, sin siquiera sentarse—, ¿te has topado con Wolf?

—No.

—Fantástico. Entonces nos vemos la semana próxima —comentó, salió y cerró la puerta.

Baxter se cruzó de brazos a la espera del siguiente visitante, pero no apareció nadie.

—Estoy en tu asiento. —Rouche se levantó y se acomodó en una de las sillas de plástico—. He concertado una cita con el jefe de la Unidad de Contraterrorismo en la sede del MI5. A las diez y media. Espero que te vaya bien. Después tenemos otra reunión aquí a las doce con el mando antiterrorista de la Policía Metropolitana.

—Perfecto.

—He pensado que debíamos ir los dos —añadió con delicadeza.

—¿En serio? —Baxter suspiró—. Vale, pero conduzco yo.

—Siga respirando, siga respirando, siga respirando...

El alcoholímetro pitó dos veces antes de que el joven agente se lo retirara a Baxter de la boca. Su compañero estaba estirado en el suelo, tratando de rescatar de debajo del Audi los restos de una bicicleta de carretera. Un enfermero estaba haciendo un chequeo al ciclista con su mono de licra, pese a que solo había sufrido algunos rasguños. Mientras tanto, Rouche permanecía sentado en el bordillo, visiblemente alterado.

—Bueno, ¿ya hemos terminado con esto? —preguntó Baxter a todos los presentes.

Como nadie le dio una respuesta clara, sacó una tarjeta del bolsillo y se la entregó al furioso ciclista. Rouche se levantó sin ningún entusiasmo y los dos subieron al coche. Cuando dio marcha atrás, varios fragmentos de fibra de carbono repiquetearon sobre el asfalto, y después continuaron su corto trayecto hasta Millbank.

—Mételos en la guantera, por favor —pidió Baxter a Rouche al tiempo que le tendía un taco de tarjetas de la Policía Metropolitana como la que le había dado al ciclista.

Rouche las cogió, pero se detuvo en seco.

—Sabes que llevan el nombre de Vanita, ¿verdad? —le preguntó.

Baxter lo miró frunciendo el ceño.

Rouche seguía mirándola, a la espera de una explicación.

—Lo que pasa es que no puedo recibir ninguna reclamación más de un seguro contra mí —le explicó—. Tráfico me dio un último aviso unos once accidentes atrás. Cuando tenga tiempo me haré unas cuantas tarjetas a nombre de Finlay Shaw... Finlay puede ser nombre de chica, ¿verdad?

—Desde luego que no —dijo Rouche.

—Pues yo creo que sí. Y es perfecto —aseguró Baxter—. Ya se ha jubilado. No le importará que lo haga.

Rouche seguía perplejo.

Tras unos minutos de silencio, durante los que se movieron metro y medio entre el embotellamiento, Rouche intentó iniciar una conversación.

—Tu novio debe de estar encantado de que hayas vuelto —le comentó de modo informal.

—Supongo que sí. —Baxter se plegaba a la etiqueta social correspondiendo con un comentario, que recitaba con la emoción de un robot—: También tu familia debe de estar muy contenta de tenerte otra vez por aquí.

Rouche suspiró.

—Cuando el taxista terminó de pasearme por Londres, ya se habían ido todos al trabajo o al colegio.

—Qué lástima. Esta noche intentaremos terminar a una hora decente para que puedas verlos.

—Me gustaría. —Sonrió—. He estado pensando en lo que dijiste sobre Curtis y...

—¡No quiero hablar de eso! —le gritó Baxter cortándolo en seco mientras todas las emociones del día anterior reaparecían en un instante.

Se hizo un tenso silencio.

—¡Bueno, tampoco se trata de no hablar! —se quejó Baxter—. ¿No podemos charlar de cualquier otra cosa?

—¿Como qué?

—Cualquier cosa. No lo sé. Cuéntame algo sobre tu hija o lo que quieras.

—¿Te gustan los niños, Baxter?

—No.

—Claro. Bueno, mi hija ha heredado el cabello pelirrojo de su madre. Le apasiona cantar, aunque más te vale no estar cerca de ella cuando se pone a hacerlo.

Baxter sonrió. Wolf a menudo decía lo mismo de ella. En

una ocasión, después de detener a un camello que le había sacado una navaja, Wolf pidió a Baxter que diera una serenata al detenido mientras iba a buscar algo para comer.

Debido al atasco, la inspectora jefe detuvo el coche en medio de un concurrido cruce y bloqueó el paso a todo el mundo.

—Le gusta nadar, bailar y ver *Factor X* los sábados por la noche —continuó Rouche—. Y lo que siempre pide para sus cumpleaños son Barbies, Barbies… y más Barbies.

—¿Con dieciséis años?

—¿Dieciséis?

—Sí. Tu amigo, ese agente del FBI, dijo que tenía la misma edad que su hija: dieciséis.

Rouche se quedó perplejo unos instantes y después rompió a reír.

—Uau. No se te pasa una, ¿verdad? McFarlen no es amigo mío. Pensé que era más fácil seguirle la corriente en lugar de decirle que estaba equivocado. Mi hija tiene seis años… Casi acierta —se mofó con una sonrisa.

Por fin Baxter logró salir del cruce y se metió en el paso de peatones.

—¿Cómo se llama?

Rouche dudó unos instantes antes de responder.

—Ellie… Bueno, Elliot. Se llama Elliot.

El jefe de departamento Wyld se apoyó en el respaldo de la silla e intercambió una mirada con su colega. Baxter llevaba diez minutos hablando y Rouche iba asintiendo en silencio.

Wyld era sorprendentemente joven para ostentar un cargo tan importante en los servicios de seguridad e irradiaba una absoluta confianza en sí mismo.

—Inspectora jefe —la interrumpió cuando comprobó que

Baxter no parecía dispuesta a parar el carro—. Entendemos su preocupación...

—Pero...

—... y que venga a contarnos todo esto, pero ya estamos informados de todas sus investigaciones y tenemos a un equipo trabajando en los datos que el FBI ha enviado en relación con el caso.

—Pero yo...

—Lo que tiene que entender —la interrumpió de nuevo— es que Estados Unidos y la ciudad de Nueva York en particular ya estaban en un nivel de alerta crítica, lo cual significa peligro de ataque inminente.

—¡Sé lo que significa! —protestó Baxter con una reacción infantil.

—Bien. Entonces me entenderá si le digo que el Reino Unido ha mantenido durante los quince últimos meses un incómodo, pero tranquilizador estado de alerta severa.

—¡Pues elévenlo!

—Me temo que no es tan fácil como pulsar un botón —dijo Wyld con una sonrisa paternalista—. ¿Tiene usted idea del coste que supone para el país cada vez que elevamos el nivel de alerta terrorista? Billones: la presencia visible de efectivos armados por las calles, movilizar al ejército, gente que no puede ir a trabajar, un parón en las inversiones en el extranjero, el desplome de la bolsa. Y la lista sigue y sigue... Declarar alerta crítica supone admitir ante el resto del mundo que vamos a recibir un golpe y que no sabemos qué coño podemos hacer para evitarlo.

—Entonces ¿todo se reduce al dinero? —preguntó Baxter.

—En parte —admitió Wyld—. Pero tiene más que ver con estar completamente seguros de que el ataque va a producirse, y en este caso no lo estamos. Desde que nos encontramos en alerta severa hemos logrado evitar siete ataques terroristas graves de los que la ciudadanía está informada y muchísimos más de los que no tiene noticia. Lo que digo, inspectora jefe, es que si fuera a producirse un incidente relacionado con los asesinatos de Azazel…

—No los llamamos así.

—… a estas alturas ya tendríamos algún indicio.

Baxter negó con la cabeza y se rio amargamente.

Rouche reconoció esa mirada e intervino de inmediato, antes de que ella pudiese decir algo irreparable a los altos cargos del MI5.

—No puede usted estar sugiriendo que el hecho de que Times Square fuese destruido menos de diez minutos después de la masacre en la iglesia sea una mera coincidencia.

—Por supuesto que no —respondió Wyld—. Pero ¿han considerado ustedes la posibilidad de que ese ataque fuese de naturaleza oportunista? ¿Que ese ataque terrorista se llevara a cabo para aprovecharse del grave incidente que tenía en jaque a la Policía de Nueva York?

Tanto Baxter como Rouche guardaron silencio.

—El FBI ya ha corroborado que los toscos materiales utilizados en la iglesia no guardan ningún parecido con los artefactos detonados en la calle. Y sobre esa teoría de «Reino Unido replicando lo sucedido en Estados Unidos» les diré que solo hemos tenido dos asesinatos, ambos con amplia cobertura informativa tanto al otro lado del Atlántico como aquí. Incluso usted tendrá que admitir la posibilidad muy real de que lo de la masacre de la iglesia de Times Square haya sido el último golpe de efecto de toda esta historia.

Baxter se levantó, dispuesta a marcharse. Rouche la imitó.

—¿Han recibido ya un mensaje? —preguntó mientras se dirigía a la puerta—. ¿Alguien ha reivindicado la autoría de toda esa devastación y todas esas muertes?

Wyld, exasperado, miró a su colega.

—No, no hemos recibido nada.

—¿Y sabe por qué? —preguntó ella, ya desde el pasillo—. Porque esto todavía no ha terminado.

—Capullos —susurró Baxter en cuanto salió del edificio a Millbank, donde estaba la entrada en forma de imponente arco a la sede del MI5 y donde se notaba el viento gélido que soplaba por el Támesis.

Rouche no la oyó. Estaba ocupado leyendo los emails en su móvil.

—¡Han encontrado con vida a uno de los asesinos de la iglesia!

—¿En serio? ¿Cómo?

—Enterrado bajo un montón de ruina en uno de los pasillos detrás del escenario, alejado de lo peor de la explosión. Está en coma, pero Lennox ha insistido, contraviniendo las órdenes del médico, en que lo despierten.

—Hurra por ella —lo celebró Baxter. No le caía bien la agente especial al mando, pero sabía que Vanita jamás osaría tomar una decisión tan valiente. Les tocaba a los detectives esa responsabilidad, y a ella sacrificarlos cuando lo hacían.

—Dicen que es muy probable que sufra daños cerebrales permanentes como resultado de hacerle recuperar la conciencia tan rápido.

—Todavía mejor.

—Si sucede eso, la historia no acabará bien para Lennox. Pedirán su cabeza.

—Sí. —Baxter se encogió de hombros—. Por desgracia, es un daño colateral muy común cuando se toma la decisión correcta.

A las 20.38 Edmunds entró a trompicones en su casa y se topó con los olores de talco, caquitas recientes y tostadas, y el ruido del llanto de Leila a pleno pulmón.

—¿Alex? ¿Eres tú? —lo llamó Tia desde el dormitorio.

Edmunds echó un vistazo a la cocina, que por su aspecto parecía haber sido objeto de un saqueo violento. Subió por la escalera y encontró a Tia acunando a la bebé. Parecía agotada.

—¿Dónde has estado?

—En el pub.

—¿En el pub?

Él asintió con aire inocente.

—¿Estás borracho?

Edmunds se encogió de hombros, avergonzado. Su intención era tomar solo una sola copa, pero Baxter tenía un montón de noticias horribles de las que ponerlo al día. Ahora que lo pensaba, intentar mantener el ritmo de ella siempre lo dejaba para el arrastre.

—Te lo he dicho esta mañana —le recordó a Tia mientras iba recogiendo cosas del suelo a medida que recorría la habitación.

—No —lo corrigió ella—. Solo me dijiste que hoy volvía Emily. ¿O es que debía deducir que en cuanto regresara irías corriendo a emborracharte con ella?

—Llevamos un caso —se excusó Edmunds.

—¡No…, tú no lo llevas! ¡Lo lleva Emily! ¡Tú trabajas en la Oficina Antifraude!

—Me necesita.

—¿Sabes lo que te digo? Que esta extraña relación que mantenéis los dos… me parece estupenda. Si quieres ir detrás de ella como un patético perrito faldero, adelante.

—¿A qué viene todo esto? ¡Adoras a Baxter! ¡Sois amigas!

—¡Oh, por favor! —se mofó Tia—. Esa mujer es un desas-

tre con patas. Es tan bruta que resulta cómica. Es la persona
más testaruda que he conocido, tan terca como una mula.

Edmunds se dispuso a defender a su amiga, pero se dio
cuenta de que no tenía argumento alguno para rebatir todas
esas aseveraciones perfectamente válidas. Sospechó que Tia
había estado practicando su diatriba antiBaxter.

Leila rompió a llorar en un tono más alto que los gritos de
su madre.

—¿Y has visto la de copas de vino que es capaz de beberse
en una noche? ¡Jesús!

El estómago de Edmunds emitió un quejido en apoyo al
comentario. Otra aseveración válida.

—Si tanto te gusta rodearte de mujeres, ¿qué te parece esto?
¡Ve a beber una pinta de agua, cómete una tostada y despéjate!
—le gritó Tia—. Esta noche te encargas tú de Leila. ¡Yo me voy
a dormir al sofá!

—¡Perfecto!

—¡Perfecto!

Al salir, Tia le lanzó un osito de peluche. Edmunds lo cogió y
se lo llevó abajo, recordando la torpeza de Baxter al ofrecérselo
a él como regalo para Leila en su primer cumpleaños. Le entris-
teció pensar lo mucho que a Baxter le costaba relacionarse con
los demás.

Amaba a Tia más que a nada en el mundo y entendía su
punto de vista, pero ella no podía ni imaginarse las cosas por
las que su mejor amiga había pasado, los devastadores horrores y pérdidas sufridos tan solo durante la semana anterior. Y
él iba a hacer cuanto estuviese en su mano por ayudarla.

Baxter lo necesitaba.

Iniciación

Supo que había llegado su turno.

Notaba los ojos de todos sobre ella, y aun así no podía moverse.

Una rápida mirada atrás le confirmó lo que ya sabía: que la única escapatoria habría sido largarse a la otra punta del mundo.

No lo lograría.

—¿Sasha? —le susurró una voz al oído.

Alexei estaba a su lado. Tuvo que recordarse que debía dirigirse a él de manera formal delante de los demás. Él no permitía a cualquiera que lo llamara por su nombre, pero a ella le había dicho que era especial.

—¿Por qué no vienes conmigo? —le propuso afable tendiéndole la mano—. Vamos.

Caminaron entre los demás. Para los que Sasha tenía a su izquierda, la terrible experiencia ya había terminado, pero la ansiosa espera de los que tenía a su derecha estaba prolongándose un poco más por culpa de su cobardía.

Green la condujo a la parte delantera de la habitación, donde había un rastro rojo sobre el resplandeciente suelo porque uno de los «hermanos» se había desmayado en mitad de la ceremonia. Un hombre al que no reconoció la miró con frialdad. Empuñaba un cuchillo ensangrentado. No iba a limpiarlo, no antes de marcarla, de eso se trataba. Ahora todos eran uno, iguales, conectados.

—¿Preparada? —le preguntó Green.

Sasha asintió, y empezó a respirar con rapidez y de forma entrecortada.

Él se situó detrás de ella para desabotonarle la blusa y deslizársela por los hombros.

Pero cuando el desconocido le acercó el cuchillo, Sasha se encogió de miedo y se tambaleó hacia atrás hasta toparse con Green.

—Lo siento…, lo siento —se disculpó—. Estoy bien. —Volvió a acercarse al individuo de mirada gélida, cerró los ojos y asintió.

Él volvió a alzar el cuchillo… Y Sasha sintió el frío metal contra su piel.

—Lo siento, lo siento, lo siento —repitió, y rompió a llorar a la vez que se apartaba—. No puedo.

Mientras gimoteaba delante de todos los congregados, Green la abrazó con fuerza.

—Chist… Chist —la tranquilizó.

—Haré lo que me pidas, te lo juro —le aseguró Sasha—. Esto para mí lo es todo. Pero… no puedo.

—Pero Sasha, ¿entiendes por qué te pido que hagas esto por mí? —le preguntó Green.

Una brutal marca en el cuerpo no habría resultado más dolorosa que la mirada acusadora que Green le lanzó.

—Sí.

—Explícamelo… De hecho, mejor explícanoslo a todos —le propuso, y la soltó.

Sasha carraspeó.

—Es la muestra de que haremos cualquier cosa por ti —respondió—, de que te pertenecemos, te seguiremos a donde sea y haremos lo que nos pidas sin cuestionarlo. —Volvió a mirar el curvado cuchillo y de nuevo se puso a gimotear.

—Bien. Pero ya sabes que no tienes que hacer nada que no desees —le aseguró Green—. ¿Estás segura de que no puedes hacerlo?

Sasha negó con la cabeza.

—Muy bien... ¡Eduardo! —llamó Green. Un hombre dio un paso al frente. Se ajustó los recientes vendajes con una mueca de dolor—. ¿Sasha y tú sois amigos?

—Sí, Ale... Perdón. Quiero decir, doctor Green.

—Creo que en estos momentos podrías ayudarla.

—Gracias —susurró Sasha mientras Eduardo se les acercaba y la rodeaba con el brazo.

Green apretó la mano a Sasha para infundirle ánimos y después la soltó.

Sasha y Eduardo ya habían avanzado varios pasos cuando el doctor Green se dirigió a ellos:

—Eduardo —dijo, haciendo que se detuviesen donde todos los convocados pudieran verlos—. Me temo que Sasha ha decidido que no es una de los nuestros... Mátala.

Estupefacto, Eduardo se volvió para decir algo, pero Green ya les había dado la espalda y se alejaba, desentendiéndose porque ya había dictado su sentencia. Eduardo se volvió hacia Sasha, sin saber qué hacer.

—¿Eddie? —Sasha jadeó al ver que la expresión del rostro de su amigo cambiaba. Ahora ya ni veía la salida, tapada por el muro de espectadores—. ¡Ed!

Los ojos de Eduardo se llenaron de lágrimas y le arreó un puñetazo en la cara que la dejó aturdida.

Sasha se agarró a los vendajes de él antes de caer y al hacerlo se los arrancó.

Lo único en lo que pudo fijarse mientras él se acuclillaba sobre ella fue en la palabra grabada en el pecho de su agresor. Y en sus últimos instantes de vida eso le aportó un poco de sosiego, porque no era su amigo el que le aplastaba el cráneo contra el duro suelo de la habitación... Ese amigo ya no existía.

24

Jueves, 17 de diciembre de 2015
15.36 h

Las paredes acristaladas amortiguaban los gritos del exterior mientras Lennox y Chase atravesaban el vestíbulo del centro médico Montefiore. Alguien, con casi total seguridad el quisquilloso médico del individuo en coma, había filtrado a los medios de comunicación lo que sucedía dentro y los reporteros habían acudido en tropel. Detrás de las cámaras, se veía asomar y desaparecer pancartas de queja de los manifestantes, activistas que protestaban contra la decisión del FBI de despertar del coma antes de tiempo a un hombre con una conmoción cerebral que amenazaba su vida.

—¡Joder! Qué poca memoria tiene esta gente —murmuró Lennox al tiempo que seguían los indicadores hasta la unidad de cuidados intensivos.

Chase no la oyó, estaba enfrascado rechazando las llamadas a su superiora mientras procuraba seguir sus andares rápidos. Con cada paso que daba, las varias piezas del equipo antibalas que llevaba puestas producían unos irritantes crujidos.

—Sí, lo entiendo, señor... Sí, señor... Como ya le he dicho antes, en este momento no puede ponerse al teléfono.

Un hombre de mediana edad con un largo abrigo marrón se

les acercó de frente con aspecto de estar muy interesado en hablar con ellos. Lennox estaba a punto de avisar a Chase cuando el tipo sacó de sus bolsillos una cámara y una grabadora.

—Agente Lennox, ¿considera usted que el FBI está por encima de la ley? —preguntó con tono acusador mientras Chase lo empujaba contra la pared. Lennox siguió avanzando por el pasillo sin detenerse—. Juez, jurado y verdugo, ¿es así como funcionan ahora las cosas?

Chase retuvo al tipo, que se resistía y seguía vociferando:

—¡La familia no ha dado el consentimiento!

Lennox mantuvo su actitud segura de sí cuando pasó ante los dos agentes que vigilaban la puerta de la UCI. Dentro, la atmósfera era todavía más tensa. En una esquina había un desfibrilador de mal agüero sobre un carrito. Tres enfermeras se movían entre cables y tubos mientras el médico preparaba una jeringuilla. Ninguno de ellos pareció percatarse de su presencia mientras Lennox contemplaba al individuo echado en la cama.

Pese a ser un veinteañero, era flacucho como un colegial. Tenía la mayor parte del costado derecho cubierto por graves quemaduras. Incluso la palabra de cuatro letras gravada en el pecho se había desdibujado en el costado: una Marioncta disfrazada de Anzuelo, un asesino disfrazado de víctima. Un rígido collarín le mantenía la cabeza en su sitio y de un diminuto agujero que le habían practicado en el cráneo salía un fino tubo de drenaje lleno de sangre.

—Quiero insistir en mi oposición radical a dar este paso —dijo el médico, sin apartar los ojos de la jeringuilla que sostenía en las manos—. Estoy totalmente en contra de este procedimiento.

—Tomo nota —dijo Lennox mientras Chase entraba en la habitación, y se alegró de contar con, al menos, una persona de su parte.

—Los riesgos de inducir una recuperación de la conciencia con un daño cerebral como el que este paciente sufre son inmensos, y se incrementan todavía más si tomamos en consideración su historial mental previo.

—Tomo nota —repitió Lennox con más determinación—. ¿Podemos empezar?

El médico negó con la cabeza y se acercó al muchacho postrado en la cama. Inyectó la primera de las jeringuillas en una vía, un punto de acceso al circuito cerrado de tubos intravenosos y goteros con los medicamentos que se le suministraban. Muy poco a poco, el médico fue presionando el émbolo y expulsando el líquido transparente que contenía la jeringa.

—Tened preparado el equipo de parada respiratoria —alertó el médico al equipo de enfermeras—. Debemos mantener la presión intracraneal lo más baja posible. Monitorizad en todo momento el pulso y la presión sanguínea. Vamos allá.

Lennox observó el cuerpo inmóvil y se esforzó por no mostrar el menor atisbo de su nerviosismo. Pasara lo que pasase, su carrera en el FBI tenía muchos números para llegar a su fin. Ella sola había creado un problema de relaciones públicas de dimensión nacional, había hecho caso omiso a órdenes directas de sus superiores y había mentido a los médicos para obtener su colaboración. Tan solo esperaba que el sacrificio mereciese la pena, que el único atacante superviviente les proporcionase alguna pista clave que hasta ese momento no habían sido capaces de encontrar.

El convaleciente empezó a respirar de forma acelerada. Abrió los ojos e intentó incorporarse, pero se lo impidieron los tubos y los cables que lo mantenían vivo.

—Tranquilo. Tranquilo. ¿Andre? Andre, necesito que mantengas la calma —le dijo el médico con un tono tranquilizador mientras posaba una mano sobre su hombro.

—Presión sanguínea ciento cincuenta y dos, noventa y tres —anunció una de las enfermeras.

—Soy el doctor Lawson y estás en el centro médico Montefiore.

El convaleciente paseó la mirada por la habitación. Los ojos iban abriéndosele más y más a medida que desfilaban por su cabeza horrores que nadie más podía ver.

—Ritmo cardíaco noventa y dos, y sigue subiendo. La presión sanguínea es demasiado elevada —dijo con inquietud la enfermera.

—No te mueras, no te mueras —susurró Lennox para sí mientras el joven empezaba a convulsionarse.

El doctor Lawson cogió una segunda jeringuilla y la introdujo en otra vía. En cuestión de segundos su paciente dejó de luchar y entró en un estado de somnolencia.

—La presión sanguínea está bajando.

—André, tengo aquí conmigo a alguien que necesita hacerte unas preguntas. ¿Te parece bien? —le anunció el médico, sellando el pacto con una amable sonrisa.

El chico, todavía atontado, sonrió. El doctor Lawson se hizo a un lado para dejar paso a Lennox

—Hola, Andre —le dijo con una sonrisa Lennox, marcando el tono del interrogatorio más amigable de la historia.

—Intente hacerlo lo más simple posible. Formúlele preguntas breves y directas —le advirtió el médico mientras se sentaba frente al monitor que reflejaba los signos vitales de su paciente.

—Entendido. —Lennox se volvió hacia el joven en la cama—. Andre, ¿reconoces a esta persona?

Sostuvo ante él una fotografía de Alexei Green con aire de aspirante a estrella de rock y la cuidada melena hasta la barbilla. Andre trató de concentrarse en la imagen. Finalmente, asintió.

—¿Has mantenido algún encuentro con él?

Al borde de quedarse dormido, Andre volvió a asentir.

—Todos… nosotros… debemos hacerlo —masculló.

—¿Cuándo? ¿Dónde? —le preguntó Lennox.

Andre negó con la cabeza como si no lograse recordarlo. De fondo, los pitidos constantes iban ganando velocidad. Lennox se volvió para mirar al doctor Lawson, quien le hizo un gesto que ella interpretó como «Dese prisa». Obedeció con renuencia. Miró las letras grabadas sobre el pecho en el raquítico cuerpo del chico: «Anzuelo».

—¿Quién te hizo esto? —le preguntó.

—Otro.

—¿Otro? ¿Otro qué? ¿Otra… Marioneta? —Casi había susurrado el final de la frase.

Andre asintió. Jadeó y resopló mientras intentaba dar con las palabras.

—Todos nosotros… juntos.

—¿Qué quieres decir con «juntos»?

No respondió.

—¿Cuando estabais en la iglesia? —preguntó Lennox.

Andre negó con la cabeza.

—¿Estuvisteis juntos antes de lo de la iglesia?

El muchacho asintió.

—¿Y este hombre estaba allí? —Volvió a alzar ante él la fotografía de Green.

—Sí.

Lennox se volvió hacia el médico con expresión satisfecha.

—¿De cuándo diría que son estas heridas? —le preguntó.

El doctor Lawson se levantó y las examinó, haciendo que Andre se encogiese de dolor cuando apretó una zona todavía blanda bajo la axila.

—Basándome en la cicatrización, la inflamación y la infección, calculo que dos, tal vez tres semanas.

—Eso coincide con el último viaje de Green a Estados Unidos —confirmó Chase desde el fondo de la habitación.

Lennox se volvió hacia el paciente.

—¿Sabías que la iglesia iba a volar por los aires?

Andre asintió avergonzado.

—¿Sabías algo de las otras bombas?

El chico la miró sin comprender la pregunta.

—Ok —dijo Lennox, deduciendo la respuesta por su expresión—. Andre, necesito saber cómo se organizó esa reunión. ¿Cómo supiste adónde debías dirigirte?

Lennox contenía el aliento. Si lograban averiguar cómo se comunicaba esa gente, podrían interceptar sus mensajes antes de que muriese nadie más. Observó al agotado joven mientras este trataba de recordar. Andre se llevó la mano a la oreja.

—¿Por teléfono? —le preguntó ella, escéptica. Su equipo había revisado minuciosamente los teléfonos de los anteriores asesinos, sus mensajes, sus apps y sus datos.

Andre, decepcionado, negó con la cabeza. Alzó la mano hasta el dispositivo electrónico que había sobre la cama.

—¿Un ordenador?

Se dio un golpecito en la oreja.

—¿La pantalla de tu teléfono? —preguntó Lennox—. ¿Algún tipo de mensaje en tu teléfono?

Andre asintió.

Confundida, Lennox se volvió hacia Chase. El agente comprendió la orden no verbalizada de distribuir esa información de inmediato y salió de la habitación. Lennox sabía que no iba a sacar mucho más del chico, pero decidió seguir interrogándolo hasta que el médico la obligase a parar.

—¿Esos mensajes decían algo más? ¿Había alguna instrucción sobre qué hacer después de lo de la iglesia?

Andre se puso a gimotear.

—¿Andre?

—El ritmo cardíaco vuelve a acelerarse —advirtió la enfermera.

—¿Qué decían, Andre?

—¡La presión sanguínea está subiendo!

—Se acabó. Voy a sedarlo —dictaminó el doctor Lawson al tiempo que se acercaba a la cama.

—¡Espere! —gritó Lennox—. ¿Qué os dijeron que hicierais?

El chico empezó a susurrar algo ininteligible mientras de nuevo barría con la mirada la habitación en busca de invisibles atormentadores. Lennox se inclinó sobre él para tratar de entender lo que decía.

—… odos… mat… todos… matar… Matarlos a todos…

Lennox notó que su pistola se deslizaba fuera de la pistolera.

—¡Cuidado, tiene mi arma! —gritó.

Agarró la pistola que el joven sostenía y en el forcejeo se disparó una bala que impactó en la pared. El equipo de monitorización lanzaba destellos y pitidos frenéticos mientras la pelea continuaba. El doctor Lawson y las enfermeras se habían tirado al suelo. Otro disparo destrozó la lámpara del techo y llenó la cama de fragmentos de cristales. Chase regresó a toda prisa a la habitación, se abalanzó sobre el postrado tirador y con la ayuda de un segundo par de manos fue fácil dominar al debilitado joven.

—¡Indúzcale el coma! —ordenó Chase al médico, y este se puso en pie y buscó otra de sus jeringuillas.

Mientras mantenían el arma encañonada contra la pared para evitar accidentes, el paciente fue perdiendo poco a poco la conciencia hasta que al final la pistola se le cayó de la flácida mano.

Lennox se la guardó en la pistolera y sonrió aliviada a su colega.

—Excepto por los últimos veinte segundos, creo que el interrogatorio ha ido muy bien.

Baxter apagó el aborrecible programa radiofónico matutino y contempló la entrada de la estación de Hammersmith y el granizo que estallaba en pequeños fragmentos helados al golpear contra el parabrisas.

A los pocos minutos, apareció Rouche, pegado al móvil como de costumbre. Saludó en dirección al Audi negro de Baxter y se quedó merodeando junto a la puerta de la estación mientras terminaba su conversación telefónica.

—¿De qué va este tío? —murmuró Baxter para sus adentros.

Pegó un bocinazo indignada y revolucionó el motor hasta que Rouche se aproximó corriendo bajo el aguacero y se sentó en el asiento del copiloto. Bajo sus pies crujieron varias cajas de sándwiches del Tesco vacías y alguna que otra botella a medio beber de Lucozade.

—Buenos días. Gracias por recogerme —dijo Rouche mientras ella enfilaba Fulham Palace Road.

Baxter no se dignó a responder y optó por volver a encender la radio, pero el programa matutino le pareció más irritante que nunca. No tardó en apagarla y se resignó a mantener una conversación.

—¿Qué tal está el hijoputa en coma?

La noche pasada les habían informado de los avances del FBI.

—Sigue vivo —respondió Rouche.

—Eso es bueno…, supongo. Significa que de momento podemos contar todavía con Lennox.

Rouche la miró con expresión perpleja.

—¿Qué? Es la primera mandamás con la que me topo que

ha hecho lo que yo habría hecho —dijo Baxter a la defensiva. Decidió cambiar de tema—: Entonces ¿habían olvidado revisar los mensajes de texto de los asesinos?

En el exterior la lluvia se intensificaba por momentos.

—Creo que es un poco más complicado —respondió Rouche.

—Ajá.

—Tratarán de descifrar la… bueno, la información codificada… en internet —intentó explicarle Rouche, sin que quedase muy claro lo que decía—. ¿Alguien ha vuelto a registrar la casa de Green?

—¿Adónde crees que vamos? —le espetó Baxter.

Continuaron por la avenida. Rouche contemplaba las tiendas iluminadas con anhelo.

—¿Tienes hambre? —preguntó.

—No.

—Yo no he desayunado.

—Muy propio de ti. —Baxter resopló y paró el coche junto al bordillo.

—Eres un sol. ¿Quieres algo? —le preguntó Rouche, que ya estaba saliendo bajo la lluvia.

—No.

Rouche cerró la puerta y esquivó el tráfico para entrar en la panadería al otro lado de la calle; se había dejado el móvil en el asiento. Baxter lo miró un momento y después levantó la vista hacia la panadería; sin embargo, poco a poco, sus ojos volvieron a posarse en el asiento del copiloto. Repiqueteó con los dedos en el volante.

—¡A tomar por saco!

Cogió el teléfono y, al deslizar por ella el dedo, se percató de que la pantalla estaba bloqueada. Aun así, no requería contraseña. Clicó sobre un icono y se puso a rebuscar en el registro de llamadas.

—¿A quién coño estás llamando a todas horas?

Apareció el listado de llamadas salientes. El mismo número se repetía una y otra vez: un número de Londres, al que la tarde anterior Rouche había estado llamando casi cada hora.

Baxter tuvo un momento de indecisión.

Miró de nuevo hacia la panadería, con el corazón a cien, se llevó el teléfono al oído y pulsó el icono de «Llamar».

Empezaron a sonar los tonos de marcado.

—Vamos. Vamos. Vamos.

Alguien descolgó.

—Hola, mi amor…

Se abrió la puerta del coche.

Baxter colgó y dejó el teléfono en el asiento del copiloto mientras Rouche se sentaba. Estaba empapado, el cabello canoso se le había oscurecido, lo cual le hacía parecer más joven. Basculó en el asiento, se sacó el móvil de debajo del trasero y se lo puso en el regazo.

—Te he comprado un bollo —dijo, y se lo ofreció a Baxter—. Por si acaso.

Olía de maravilla. Baxter lo cogió y rápidamente aprovechó un hueco para incorporarse al tráfico.

Mientras Rouche desenvolvía su sándwich de beicon y huevo, se percató de que el teléfono, que reposaba sobre sus pantalones, estaba encendido. Miró a Baxter, concentrada en la conducción. La observó detenidamente durante un rato y pasó el dedo por la pantalla para bloquearla.

25

—¿Puedes calmarte un momento? —susurró Edmunds mientras salía a toda prisa de la Oficina Antifraude y deambulaba por el pasillo con el teléfono pegado a la oreja. Había logrado dormir la impresionante cantidad de tres horas, más que la media que conseguía Tia, pero la acumulación de las noches en vela empezaba a pasarle factura.

Cuando de pronto vio salir a su jefe del ascensor al fondo del pasillo, Edmunds se refugió en el aseo para minusválidos y bajó la voz hasta el susurro.

—Estoy seguro de que hay una explicación perfectamente razonable.

—¿Para que me haya mentido una vez tras otra desde que me incorporé a este caso? —susurró Baxter.

Estaba en el enorme dormitorio principal del ático alquilado de Alexei Green en Knightsbridge. El suelo estaba alfombrado de ropa cara, y los armarios y cajones, vacíos. Habían rasgado el colchón y sobre la moqueta se veían muelles y relleno desparramados cerca de la ventana, que daba al edificio de Harrods y miraba al sudeste. Habían arrancado de la pared el televisor y separado el panel trasero de la pantalla.

El equipo de investigación había hecho un registro minucioso.

Baxter oía a Rouche rebuscando entre el desorden en otra habitación.

—Piensa en ello: literalmente vi que encontraban algo delante de mis narices en la escena del crimen de la comisaría del distrito 33 y él me lo negó. El informe de toxicología que Curtis… —Hizo una pausa—. Se lo pillé a Rouche todo arrugado en el bolsillo de la chaqueta, y ahora me miente sobre dónde estuvo anoche.

—¿Cómo lo sabes?

—¿Por qué iba a pasarse la noche telefoneando a casa cada hora si hubiera estado allí?

—Tal vez deberías habérselo preguntado a su mujer cuando hablaste con ella —le sugirió Edmunds, sin ser de gran ayuda.

—No me dio tiempo —susurró Baxter—. Valorando todo esto, su extraña relación con su familia y el hecho de que parece no saber ni qué edad tiene su hija, que de repente tiene dieciséis años y al cabo de un minuto resulta que tiene seis, creo que… algo no cuadra.

—Si lo planteas así… —Edmunds calló un momento—. Pero ser un pésimo padre no es ilegal. ¿Qué tiene que ver su vida personal con nuestro caso?

—¡No lo sé! Todo… Nada.

Baxter enmudeció cuando Rouche salió del dormitorio de invitados al pasillo. Bostezó con una boca de palmo, estiró los brazos y dejó al descubierto su pálido abdomen. Ufano, le dirigió un saludo con la mano y se fue a la cocina.

—Tengo que conseguir entrar allí —susurró Baxter.

—¿Dónde? —le preguntó Edmunds—. ¿Te refieres a su casa?

—Esta noche. Ya le he ofrecido acompañarlo con el coche. Le pediré ir al lavabo o algo por el estilo. Y si eso falla, tendré que entrar sin pedir permiso.

—¡No puedes hacerlo!

—No veo otra opción. No me fío de él y necesito averiguar qué me oculta.

—No quiero que lo hagas sola —le dijo Edmunds.

—Entonces ¿admites que hay algo sospechoso en todo esto?

—No. Pero... tú... Me encontraré contigo allí, ¿de acuerdo? Dime a qué hora vas a ir.

—De acuerdo.

Baxter colgó.

—Una chica muy guapa —dijo Rouche.

Baxter se sobresaltó al verlo plantado en la puerta.

Sostenía un retrato de Alexei Green y una hermosa mujer. Parecían más felices que cualquier otra pareja que Baxter hubiera visto en su vida y eclipsaban el espectacular paisaje que tenían detrás, que quitaba el aliento: una puesta de sol en un plácido fiordo de aguas quietas.

—Tenemos que lograr identificarla —dijo Baxter mientras se abría paso para salir de la habitación—. Yo ya he acabado aquí.

—Todo esto es una pérdida de tiempo. —Rouche volvió a dejar el retrato en el desorden del dormitorio de invitados. Siguió a Baxter por el pasillo y añadió—: La policía ya ha rastreado cada palmo de esta casa.

—Como si no lo supiera.

—Solo era una observación.

—Pues muy bien —replicó Baxter entrando en la despampanante cocina. La superficie de los mármoles resplandecía bajo las luces del techo y más allá de la terraza se extendía la ciudad grisácea cuyos edificios quedaban justo por debajo del ático—. ¿Sabes qué falta aquí? Una sola razón por la que Alexei Green quisiera volar por los aires media Nueva York. ¿Por qué arriesgar lo mucho que tenía para...? —Se detuvo cuando vio que Rouche la miraba fijamente—. ¿Qué pasa? —Empezó a sentirse incómoda porque él no dejaba de mirarla—. ¿Qué pasa, Rouche?

—Esta es la última planta, ¿verdad?

—Sí.

Rouche avanzó hacia ella. Baxter instintivamente cerró el puño, pero se relajó cuando él la rodeó y abrió la puerta de la terraza. Un viento frío se coló en el espacioso apartamento y removió los papeles y las fotografías desperdigados después del registro. Baxter salió detrás de Rouche bajo la lluvia.

—Dame un empujón —pidió él.

—¿Disculpa? —El tono de Baxter denotaba inquietud.

—Dame un empujón hacia arriba —dijo Rouche—. Para subirme al tejado.

—¡Oh! —exclamó Baxter, aliviada—. Vale... No.

Muy decidido, Rouche se subió a la empapada barandilla.

—¡Joder, Rouche!

Él levantó el brazo y logró agarrarse al borde del tejado plano, y a continuación intentó sin éxito darse impulso. Situándose entre sus piernas en precario equilibrio, Baxter le dio un empujón no muy decoroso en la dirección adecuada, y Rouche consiguió por fin trepar y desapareció de su vista.

De pronto a Baxter le sonó el teléfono.

—Baxter —respondió—. Ajá... Sí... De acuerdo. —Colgó—. ¡Rouche! —gritó, con la gélida lluvia empapándole la cara.

Trató de asomar la cabeza por encima del borde del tejado.

—¿Has encontrado algo ahí? —le preguntó.

—El tejado —respondió él, un poco avergonzado.

—Los del departamento Tecnológico tienen algo para nosotros.

A Rouche se le rasgó la entrepierna del pantalón al bajar, pero Baxter tuvo la cortesía de simular no haberlo visto.

—¿Vamos? —le preguntó.

—Ok. Esto resulta muy excitante —dijo el informático Steve, mientras se movía entre los diversos cables que conectaban los ordenadores portátiles a unos descodificadores conectados con otros que a su vez conectaban con los móviles—. He vuelto a meterme en el teléfono de nuestro asesino del Mall.

—Lo cual, por cierto, no habría sido necesario si alguien hubiera hecho bien su trabajo —comentó Baxter en tono acusatorio.

—Bueno, no empecemos a señalar a nadie con el dedo. —Steve sonrió con incomodidad mientras Baxter literalmente lo hacía—. En cualquier caso, he encontrado algo. Este... —Señaló el caro y nuevo teléfono que había sobre la mesa—. Este es de Patrick Peter Fergus.

Tecleó algo en su ordenador portátil.

Se oyó un alegre tintineo.

—Creo que tiene un mensaje de texto —le dijo a Baxter muy excitado.

Ella puso los ojos en blanco, cogió el teléfono y clicó sobre el familiar icono de los mensajes.

—«Hola, jefa» —leyó en voz alta—. También hay una cara guiñando un ojo.

—Espere un momento —le pidió Steve, casi incapaz de contener la emoción, mientras contaba veinte segundos en su reloj—. Ok. ¿Por qué no lo lee ahora?

Baxter gruñó. A punto de perder la paciencia, miró la pantalla otra vez y descubrió que el breve mensaje había desaparecido. Desconcertada, volvió atrás para consultar la lista de mensajes de texto previos de los diversos contactos de Fergus.

—¡Ha desaparecido!

—Son mensajes que una vez leídos se borran —le explicó con orgullo Steve—. O «textos suicidas», como los he bautizado. El móvil tiene instalada una app de mensajes clonada. Parece la estándar. Incluso actúa como la estándar en el 99,9 por ciento de los casos. Hasta que recibe un mensaje de alguno de los números preestablecidos, y entonces sucede esto y el contenido del mensaje resulta irrecuperable.

Baxter se volvió hacia Rouche, que parecía tener problemas para seguir la explicación.

—¿Qué opinas? —le preguntó mientras Steve toqueteaba su equipo, con una sonrisa de lado a lado en la cara.

—Opino que… este tío se hará pipí encima si le pedimos que mande otro mensaje —susurró, provocando la risa disimulada de Baxter. Acto seguido alzó la voz y, mirando el equipo, añadió—: Si lo he entendido bien, ¿estamos diciendo que Patrick Peter Fergus era un Santa Claus de sesenta y un años que en sus ratos libres ejercía de genio de la tecnología?

—Desde luego que no —respondió Steve—. Esto es un trabajo muy fino. Solo puede hacerse durante el proceso de fabricación.

—¿Dónde?

—En este mismo momento estoy trabajando en ello con los estadounidenses, porque ellos disponen de más aparatos que yo para trazar el origen.

—Antes me has dicho que ahora tenemos algo con lo que trabajar —le recordó Baxter.

—Así es. —Steve sonrió otra vez—. El servidor de la sede central de S-S Mobile en California, donde se han originado todos estos mensajes suicidas, cada uno de ellos enviado por un número diferente. Puede que no logremos recuperar la información de los aparatos, pero en la fuente en la que se originaron tiene que haber quedado un registro. En menos de una hora, el FBI debería estar enviándonos los archivos.

Baxter parecía casi feliz, o al menos un poco menos rebotada que de costumbre.

Steve tecleó otro mensaje corto y pulsó satisfecho la tecla de «Enviar».

El teléfono tintineó en la mano de Baxter.

De nada :-)

La impresora de la oficina central continuaba escupiendo hoja tras hoja, produciendo hora tras hora trabajo en el que Baxter y su equipo tendrían que sumergirse.

El bajo vientre de la capital se había superado a sí mismo durante una noche anormalmente ajetreada, limitando los recursos disponibles para revisar la montaña de mensajes que el FBI había recuperado del servidor de S-S Mobile. Baxter solo había logrado reunir un equipo de seis personas, la mayoría de ellas repescadas en su día libre.

Sacó el tapón del marcador fluorescente.

No te entienden, Aiden, no como te entendemos nosotros.
Sabemos que estás solo.

—¿Qué es esta mierda? —susurró, y dejó esa hoja en una pila aparte.

Tras cuatro horas, el consenso general era que todos esos estrafalarios mensajes mezcla de pontificación, provocación e instrucciones no hubieran conseguido por sí solos manipular ni siquiera a las mentes más susceptibles. Más bien, esas insidiosas comunicaciones que los despertaban en mitad de la noche para, a continuación, desvanecerse sin dejar rastro parecían tener la finalidad de mantenerlos en un estado de confusión entre sesión y sesión, aprovechando esas horas de privacidad para ir moldeando a esos individuos vulnerables hasta convertirlos en armas.

—¿Qué es esta mierda? —dijo también Rouche desde el escritorio contiguo, pero no precisamente en un susurro.

Alzó la mirada hacia la pizarra, donde habían ido anotando detalles de tres reuniones a ambos lados del Atlántico entresacados de los mensajes. Dado que ya se habían producido, se pidieron las grabaciones de las cámaras de seguridad callejeras para revisarlas.

—Es como si ese tipo tratase de poner a prueba la paranoia, la sensación de inutilidad de sus víctimas —comentó Baxter mientras marcaba otro mensaje, plenamente consciente de que sonaba como Edmunds con su jerga psicológica universitaria que siempre la irritaba—. Les promete grandeza y un objetivo en la vida, cosas que ellos jamás conseguirían por sí solos.

Rouche esperó a que Baxter acabase de encajar mentalmente las piezas.

—Es una secta —concluyó—. No en el sentido tradicional, Rouche, pero sigue siendo un grupo de personas arrastradas por una histeria colectiva que complacen los deseos de una única persona.

—Nuestro Azazel —dijo Rouche—. El doctor Alexei Green.

—¡Jefa! —gritó una detective desde la otra punta de la sala al tiempo que agitaba por encima de su cabeza una hoja de papel—. Creo que he encontrado algo…

Baxter fue hacia ella de inmediato, con Rouche detrás. Cogió el papel de las manos de la detective y leyó el breve mensaje:

Hotel Sicomoro, 20 de diciembre, 11.00 h
Jules Telles te da la bienvenida por última vez.

—¿Y bien? —preguntó Rouche.

Baxter sonrió y le tendió el mensaje supuestamente irrecuperable.

—¿Jules Teller? —quiso confirmar Rouche; le resultaba familiar.

—Era el nombre que utilizaron en la reserva de su último encuentro —le aclaró Baxter—. Es él. Es Green. Y ahora sabemos con exactitud dónde va a estar.

—¿Qué es esto? —preguntó Rouche cuando echó un vistazo al asiento trasero mientras Baxter lo llevaba de vuelta a su casa en plena hora punta.

—Deberes.

—¿Puedo ayudarte? —Estiró el brazo hacia la caja.

—¡No! Ya me encargo yo.

—¡Te llevará horas leer todo esto!

—He dicho que ya me encargo yo.

Rouche lo dejó correr y se puso a contemplar los chapuceros escaparates navideños de las tiendas. Un andrajoso Santa Claus mecánico le lanzó un saludo con los restos de su destrozado brazo derecho. Deprimido, se volvió hacia Baxter.

—Disponemos de dos días.

—¿Eh?

—Según los mensajes, disponemos de dos días —aclaró Rouche—. Hasta la próxima reunión. ¿Cómo quieres organizarlo? ¿Inspeccionamos el lugar mañana por la mañana?

—No sé si tiene mucho sentido planificar lo que haremos mañana —soltó Baxter.

—¿Qué se supone que quiere decir eso?

Baxter se encogió de hombros, pero al cabo de un momento continuó:

—Nadie va a poner un pie en ese hotel antes del domingo.

Rouche seguía observándola con atención mientras daba vueltas al comentario de pasada que Baxter acababa de hacer.

—Por primera vez vamos un paso por delante de él —explicó la inspectora jefa—. Green no tiene ni idea de que hemos localizado sus mensajes. Esta es nuestra única oportunidad. No podemos arriesgarnos a ponerlo sobre aviso.

—¡Gira a la izquierda! —le recordó Rouche.

Baxter dio un volantazo y golpeó contra el bordillo al meterse derrapando en una calle arbolada. Reconoció el destartalado Volvo de Edmunds cuando pasaron junto a él y siguió conduciendo hasta detenerse ante la también destartalada casa de Rouche.

—Gracias por traerme. Mañana por la mañana ya me las apañaré por mi cuenta, si a ti te va mejor.

—Sí, me va mejor.

—Entonces de acuerdo. —Rouche sonrió.

Bajó del coche, hizo un desgarbado gesto de despedida con la mano y ascendió por el peligroso camino de acceso a la vivienda.

Baxter observó por el retrovisor a Edmunds, que se apeaba de su coche, y esperó a que Rouche desapareciese en el interior de la casa para salir a la gélida noche.

Saludó con un movimiento de la cabeza a su amigo, respiró hondo y se encaminó hacia la vetusta puerta principal.

26

Viernes, 18 de diciembre de 2015
18.21 h

Una frondosa enredadera enmarcaba la puerta, las hojas temblaron cuando empezaron a caer las primeras gotas gélidas de la noche.

Por dos veces, Baxter había estado a punto de llamar, pero la idea de que si lo hacía desencadenaría el amargo final de su relación profesional con Rouche la había retenido.

Entre la madera combada y el marco, una solitaria rendija de luz anaranjada atravesaba la oscuridad e iluminaba el hombro de su chaqueta. Baxter miró a Edmunds, que se había situado al otro lado de la calle, y esbozó una sonrisa dubitativa mientras se volvía hacia la casa.

—Ok —susurró, y golpeó con decisión la puerta.

Como no hubo respuesta, insistió con más ímpetu.

Por fin, oyó ruido de pasos que se acercaban por el suelo de madera. Se oyó el movimiento de un cerrojo y la puerta se abrió unos cautelosos centímetros. Baxter vio la cadenita metálica que se tensaba y a Rouche que observaba a través de la ranura.

—¿Baxter?

—Hola —dijo ella con una sonrisa nerviosa—. Disculpa que te pida esto, pero es que me temo que el tráfico hasta Wimbledon va a estar imposible y necesito echar una meada de urgencia.

Rouche no respondió de inmediato, su rostro desapareció momentáneamente y dejó a la vista el andrajoso papel de la pared y unas partículas de polvo que revoloteaban tratando de escapar de la decrépita casa.

Volvió a aparecer un ojo de Rouche.

—No es... el mejor momento.

Baxter, sin dejar de sonreír, dio un paso adelante, como si la actitud reticente de su colega fuese perfectamente normal.

—Será entrar y salir. Te lo juro. Máximo, dos minutos.

—Ellie... ha pillado algo en el colegio y no se encuentra bien y...

—Recuerdas que acabo de acompañarte a casa cruzando todo Londres, ¿verdad? —lo interrumpió Baxter, que dio otro pasito hacia la puerta entreabierta.

—Sí, claro que lo recuerdo —respondió de inmediato Rouche, consciente de lo maleducado que estaba siendo—. ¿Sabes qué? De hecho, hay un Tesco al final de la calle. Seguro que allí tienen aseos.

—¿Un Tesco? —preguntó Baxter, indignada, y se acercó un poco más a la puerta.

—Sí.

Rouche percibió el drástico cambio de actitud en su compañera; se percató de que la mirada de Baxter trataba de colarse por cualquier resquicio que no tapaba con su cuerpo.

Se miraron fijamente durante un instante eterno.

—Bueno, pues creo que probaré allí —dijo Baxter sin dejar de observarlo.

—Ok. De verdad que lo siento.

—No pasa nada —dijo ella—. Ya me voy.

—Buenas noches.

Baxter empujó la puerta, y del impacto la cadena saltó de la madera y el canto golpeó con fuerza a Rouche.

—¡Baxter! —gritó él, revolviéndose para empujar la puerta e impedirle la entrada—. ¡Basta!

Ella metió un pie en el resquicio y se sobresaltó al ver una enorme mancha de sangre seca en los gastados listones de madera del suelo.

—¡Rouche, déjame entrar! —gritó al tiempo que le pisaba la bota con la que bloqueaba la puerta.

Rouche era más fuerte que ella.

—¡Déjame en paz! ¡Por favor! —clamó Rouche, mientras, con un esfuerzo final, empujaba con todo su peso la puerta y lograba cerrarla—. Márchate, Baxter. ¡Te lo ruego! —zanjó desde el interior con la voz ya amortiguada.

—¡Mierda! —gruñó Baxter cuando oyó que él volvía a pasar el cerrojo—. ¡Rouche, lo que suceda a partir de ahora depende de ti!

Dio una patada a la puerta cerrada con el pie dolorido y se marchó cojeando por el camino de acceso a la casa. Edmunds llegó hasta ella y le tendió la mano, a sabiendas de que rechazaría su ayuda.

—Hay una mancha de sangre en el suelo —anunció Baxter.

—¿Estás segura de que quieres hacerlo? —le preguntó Edmunds, que ya estaba marcando el número de emergencias. Descolgaron de inmediato—. ¿Baxter? —susurró, tapando con la mano el altavoz—. ¿Estás segura? No puedes permitirte meter la pata con esto.

Ella reflexionó durante un fugaz instante.

—No estoy metiendo la pata. Que venga un equipo de Intervención Rápida.

La puerta no opuso demasiada resistencia, se desgajó de los goznes con una lluvia de astillas y tornillos. Los primeros miembros de la Unidad de Intervención Rápida entraron de inmediato, acompañados por un coro de órdenes expeditivas, para reducir al hombre que permanecía tranquilamente sentado en el suelo del pasillo.

Rouche, con la cabeza gacha, no movió un músculo.

—¿Va usted armado? —le preguntó el oficial al mando del equipo de forma innecesaria mientras observaba con prudencia las manos vacías del agente de la CIA.

Rouche negó con la cabeza.

—La tengo desmontada —murmuró—, en la mesa de la cocina.

Sin dejar de apuntar al inofensivo sospechoso, el oficial envió a un agente a comprobar la cocina mientras sus colegas se desplegaban por la ruinosa casa.

Baxter y Edmunds entraron detrás del último oficial armado y se detuvieron en el umbral a fin de valorar la cantidad necesaria para empapar una superficie tan extensa del suelo. La puerta derribada se balanceó bajo sus pies cuando pasaron sobre ella y aspiraron la primera bocanada de aire rancio y polvoriento. En el techo se balanceaba una única bombilla. Proyectaba una mortecina luz amarillenta que iba iluminando partes del papel de la pared medio despegado, que parecía tener al menos cuarenta años.

Baxter se sintió de inmediato como en casa, porque era el tipo de lugar donde se había pasado la mayor parte de su vida laboral: la pútrida verdad oculta tras puertas cerradas, la oscuridad que un velo de normalidad había estado ocultando; era un escenario del crimen.

Se volvió hacia Edmunds.

—No me equivocaba —le dijo tratando de parecer segura

de sí misma, a pesar de que no logró ocultar la confusa mezcla de alivio y tristeza que la embargaba.

Cruzaron una puerta abierta a su derecha y entraron en una habitación vacía con las paredes repletas de manchas de humedad. Las goteras habían estropeado varias zonas del suelo. Baxter siguió avanzando por el pasillo, y cuando pasó junto a Rouche procuró evitar la mirada acusatoria que este le lanzó.

A los pies de la amplia escalera, la casa parecía más ruinosa que desde la entrada. El yeso de las paredes estaba surcado por profundas grietas. La madera de varios escalones estaba podrida y lucían unas cruces pintadas con espray para evitar pisarlos. En la planta baja, la cocina parecía el escenario posterior al estallido de una bomba y resucitaron en Baxter imágenes de Nueva York que imploraba poder olvidar.

—Tú ve a la planta de arriba, yo me quedaré por aquí —dijo a Edmunds.

Miró con el rabillo del ojo a Rouche, que seguía sentado en el suelo cerca de ellos. Estaba claro que se había rendido, permanecía con la cara entre las manos y la espalda de la camisa blanca sucia por la mugre de su propia casa.

Mientras Edmunds se jugaba la vida en la ruleta rusa de la escalera, Baxter entró en la cocina repleta de escombros. La pared divisoria con la habitación contigua yacía hecha pedazos en el suelo. Los pocos armarios que quedaban en pie mostraban un deprimente despliegue de alimentos enlatados y paquetes de nada apetecibles comidas instantáneas. Por detrás de las baldosas rotas asomaban cables sueltos que ofrecían fulminar piadosamente a cualquier incauto al que se le ocurriera aceptar una invitación a cenar en casa de Rouche.

—Putos animales —murmuró uno de los agentes armados—. ¿Quién puede vivir así?

Baxter hizo caso omiso del comentario y se dirigió a la puerta trasera para echar un vistazo al jardín a oscuras. Solo logró distinguir una colorida y cuidada casita de Wendy, lo único que parecía permanecer impoluto en aquella casa en ruinas. La hierba alta ensombrecía las paredes y amenazaba con devorarlas por completo.

En el piso superior, Edmunds oía a los miembros del equipo mientras comprobaban las habitaciones a ambos lados. Había bloques completos del techo hechos pedazos y pisoteadas sobre la vieja moqueta, y oía agua goteando en algún punto sobre su cabeza. De haber sido más temprano, estaba seguro de que habría podido ver la luz del día colándose a través de las grietas del tejado.

Un largo cable blanco recorría el descansillo y llevaba hasta el primer atisbo de que la casa estaba habitada: un contestador colocado en el suelo justo al lado de la escalera. Una luz parpadeante avisaba: «El buzón está lleno».

Edmunds avanzó, alejándose de sus colegas, y con una incómoda sensación de vacío en el estómago se acercó a una puerta cerrada al fondo del pasillo. La luz plateada que se filtraba por debajo de la madera blanca de la puerta provocó que se le acelerase el pulso mientras le invadía una sensación familiar. La puerta parecía resplandecer frente al resto de la oscura casa y lo llamaba, igual que lo hizo en su día la solitaria luz que resplandecía sobre el cadáver del Ragdoll.

Tenía claro que no quería ver lo que fuese que hubiera detrás de esa puerta, pero su panteón de pesadillas estaba todavía relativamente vacío en comparación con el de Baxter. Ese era un horror al que podía invitar a que lo persiguiese a él para ahorrárselo a su amiga.

Se dio ánimos, movió el ornado pomo de la puerta y poco a poco la abrió…

—¡Baxter! —gritó a pleno pulmón.

Edmunds oyó que ella sorteaba de forma temeraria la trampa mortal de la escalera mientras él volvía al pasillo e indicaba con gestos a los agentes que no ocurría nada.

Baxter apareció avanzando hacia él a grandes zancadas.

—¿Qué pasa? —preguntó con aire preocupado.

—Sí te equivocabas.

—¿De qué hablas?

Edmunds dejó escapar un profundo suspiro.

—Te has equivocado —dijo, y señaló con un movimiento de la cabeza la puerta abierta.

La inspectora le lanzó una mirada interrogativa y pasó junto a él para entrar en el pequeño dormitorio bellamente decorado. En la pared del fondo alguien había pintado con minuciosa dedicación un intrincado mural detrás de una cama estrecha repleta de animales de peluche. Por encima de los estantes brillaban unas pequeñas lucecitas que daban un aire mágico a las hileras de discos compactos de música pop.

En una esquina de la acogedora habitación, junto a la Supercasa de Barbie, sobre el alféizar de la ventana había tres fotografías: un Rouche con el cabello más oscuro que ahora y una sonrisa de oreja a oreja sujetaba sobre los hombros a una encantadora niñita que reía con un peluche en la mano; un Rouche todavía más joven y su bella mujer sosteniendo a su bebé; por último, la niña en la nieve, intentando atrapar con la lengua algunos copos, junto a la ya familiar casita de Wendy en un jardín que no resultaba familiar.

Finalmente, Baxter bajó la mirada a sus pies. Estaba pisando un saco de dormir extendido junto a la cama sobre la suave alfombra. La americana de color azul marino de Rouche estaba doblada con esmero junto a la almohada, colocada con obvia delicadeza para no alterar nada en la pequeña e impoluta habitación.

Baxter se frotó los ojos.

—Pero… se pasa el día llamando —susurró sintiéndose físicamente enferma—. Alguien me respondió cuando llamé y tú me dijiste que había alguien en la casa cuando estuviste aquí… —Se calló cuando se percató de que Edmunds se había marchado.

Cogió el pingüino de aire bobalicón de encima de la cama y lo reconoció como el peluche que aparecía en una de las fotografías. Llevaba un gorro de lana naranja muy parecido al suyo.

Un momento después, la voz de una mujer llenó el silencio de la casa.

—¡Hola, cariño! ¡Las dos te echamos muchísimo de menos!

Baxter volvió a dejar el peluche sobre la cama y, perpleja, prestó atención a la voz vagamente familiar que se oía cada vez más alto a medida que Edmunds se acercaba a la puerta del dormitorio y aparecía con el parpadeante contestador en las manos.

—Vamos, Ellie, di buenas noches a papi…

Al final un abrupto pitido señaló el final del mensaje grabado y dejó a Baxter y Edmunds en silencio.

—Qué cojones… —Baxter salió de la habitación con un suspiro y fue hasta la escalera—. ¡Todo el mundo fuera! —ordenó.

Por las puertas aparecieron varios rostros desconcertados.

—¡Ya me habéis oído: todo el mundo fuera!

Casi empujó a los contrariados agentes escalera abajo, por el pasillo pasando junto a Rouche y hasta el lluvioso exterior. Edmunds fue el último en salir. Se quedó remoloneando junto a la puerta rota.

—¿Quieres que te espere? —preguntó a Baxter.

Ella le dedicó una sonrisa afectuosa.

—No. Vete a casa —le dijo.

Cuando se quedaron a solas, Baxter se sentó en silencio en el suelo sucio junto a Rouche. Él parecía demasiado abstraído en sus pensamientos para siquiera percatarse. Sin el lujo de una puerta, la insistente lluvia había empezado a inundar el principio del pasillo.

Permanecieron sentados en silencio varios minutos, hasta que Baxter reunió el coraje necesario para hablar:

—Soy una mierda —anunció sin rodeos—. Una mierda total y absoluta.

Rouche se volvió para mirarla.

—Ese tipo pelirrojo un poco plasta y con pinta de empollón que acaba de irse… —empezó Baxter—. Es literalmente la única persona en este puto planeta en la que confío. Tal cual. Solo en él. No confío en mi novio. Llevamos ocho meses juntos…, pero no confío en él. Obtengo informes sobre sus finanzas porque temo que intente utilizarme o hacerme daño o… Ni siquiera sé muy bien qué. Patético, ¿verdad?

—Sí —asintió meditabundo Rouche—. Es patético.

Ambos sonrieron. Baxter se pegó más a él para combatir el frío.

—Fue justo después de que comprásemos esta casa destartalada —empezó Rouche, y miró a su alrededor el desolador panorama—. Íbamos al centro. Ellie… Se había puesto otra vez enferma… Sus pequeños pulmones… —dejó la frase sin terminar mientras contemplaba la lluvia que caía cada vez con más intensidad al final del pasillo—. Jueves, 7 de julio de 2005.

Baxter se llevó la mano a la boca, esa fecha había quedado grabada en la memoria de todos los londinenses.

—Nos dirigíamos a ver a un especialista en Great Ormond Street. Íbamos sentado en el metro tan tranquilos y de pronto todo se torció. La gente gritaba. Había humo y polvo por todos lados, me picaban los ojos. Pero nada de eso importaba, porque tenía a mi hija en mis brazos, inconsciente, aunque todavía respiraba, con la pierna completamente dislocada...

—Rouche tuvo que hacer una pausa para recomponerse.

Baxter no se movió. Esperó a que continuase, todavía tapándose la boca con la mano.

—Entonces, a unos pocos metros, vi a mi mujer en el suelo bajo un montón de escombros, en el punto en el que el techo del vagón se había desplomado sobre nosotros. Sabía que no podía salvarla. Sabía que no podía. Pero tenía que intentarlo. En ese momento podría haber sacado de allí a Ellie. Había gente que ya corría por el túnel en dirección a Russell Square. Pero uno tiene que intentarlo, ¿no? Así que me puse a empujar aquellas planchas de metal que me resultaba imposible mover, cuando en lugar de perder el tiempo podría haber sacado de allí a Ellie. No aguantó la concentración de humo y hollín. Y entonces se desplomó otra parte del techo, algo que era lógico que pasase. La gente que quedaba en el vagón entró en pánico. Yo también me dejé dominar por el pánico. Cogí a Ellie para seguir a los demás por el túnel, cuando de pronto alguien dijo que era posible que por las vías todavía circulara electricidad. Todo el mundo se quedó paralizado de inmediato. Sabía que podía sacar a Ellie de allí, pero no me movía porque nadie lo hacía... Nadie. La multitud había tomado una decisión y yo sin pensarlo la obedecí. No la saqué a tiempo. Podría haberlo hecho..., pero no lo hice.

Baxter estaba sin habla. Se secó las lágrimas de los ojos y miró a Rouche, maravillada de que fuese capaz de seguir adelante después de todo lo que había sufrido.

—Sé que me culpas por haber abandonado a Curtis en aquel lugar terrible, pero...

—No lo lago —lo interrumpió Baxter—. Ya no.

Vacilante, Baxter puso su mano sobre la de Rouche. Pensó

que ojalá no fuese tan inepta expresando sus emociones, porque lo habría abrazado. Quería hacerlo, pero no fue capaz.

—No podía cometer el mismo error dos veces, ¿lo entiendes? —le dijo mientras se pasaba la mano por los canosos cabellos.

Baxter asintió en el momento justo en que un temporizador hizo clic y se encendió la lámpara de la esquina.

—Ok. Ahora es tu turno —le dijo Rouche con una sonrisa forzada.

—Dejé escapar a Wolf… Perdón, al detective Fawkes —le aclaró—. Lo dejé marchar. Lo tenía esposado. Había pedido refuerzos… y lo dejé marchar.

Rouche asintió, como si ya lo sospechase.

—¿Por qué?

—No lo sé.

—Seguro que sí. ¿Lo amabas?

—No lo sé —respondió ella con sinceridad.

Rouche meditó la siguiente pregunta antes de planteársela:

—¿Y qué harías si volvieras a encontrártelo?

—Tendría que arrestarlo. Tendría que odiarlo. Tendría que matarlo yo misma por convertirme en la deplorable paranoica que soy ahora.

—Pero no te he preguntado lo que tendrías que hacer. —Rouche sonrió—. Te he preguntado qué harías.

Baxter negó con la cabeza.

—Sinceramente… no lo sé —respondió, dando por acabado su turno—. Explícame lo de la sangre en la entrada.

Rouche no respondió de inmediato. Con parsimonia, se desabotonó los puños de la camisa y se enrolló las mangas hasta revelar una profunda cicatriz rosácea en cada una de las muñecas.

Esa vez Baxter sí lo abrazó y por algún motivo recordó una de las perlas de sabiduría que Maggie soltó a un consternado

Finlay la noche en que su cáncer reapareció vengativo: «A veces lo que casi nos mata es lo que acaba salvándonos».

Baxter se guardó para sí misma esa reflexión.

—Un par de días después de salir del hospital —explicó Rouche—, empezaron a llegar tarjetones de felicitación por el cumpleaños de mi mujer. Me senté allí, junto a la puerta, y me puse a leerlos y… supongo que no fue mi mejor día.

—Yo bebo demasiado —soltó de repente Baxter, convencida de que ella y Rouche ya no tenían secretos—. Y quiero decir… demasiado.

Rouche se rio ante la ligereza con la que acababa de hacer esa confesión. Baxter parecía ofendida, pero no pudo evitar reírse también poco después.

Eran dos ruinas humanas.

Permanecieron sentados un rato en un grato silencio.

—Creo que ya son suficientes confesiones para una sola noche. Vamos. —Baxter se puso en pie y tendió a Rouche una mano helada. Tiró de él, sacó sus llaves, retiró una del llavero y se la ofreció a él.

—¿Qué es esto? —le preguntó Rouche.

—La llave de mi apartamento. No pienso dejarte aquí.

Él se dispuso a discutir, pero Baxter lo cortó.

—Me harás un favor —le dijo—. Thomas brincará de alegría cuando le diga que voy a instalarme con él durante un tiempo. Ya tengo al gato en su casa. Es perfecto. No merece la pena que intentes discutir conmigo.

Rouche asumió que, probablemente, Baxter tenía razón.

Cogió la llave y asintió.

27

Rouche llenó el lavavajillas mientras Baxter terminaba de preparar la cama en la otra habitación. A él le daba apuro tocar nada en el apartamento sorprendentemente ordenado de su colega, que sería su hogar temporal hasta la resolución del caso o hasta que lo llamasen de regreso a Estados Unidos. La oía trajinar en el dormitorio, maldiciendo mientras metía como podía en un par de pequeñas bolsas de viaje la ropa que podía necesitar para un período indeterminado de tiempo.

Baxter salió unos minutos después arrastrando las dos bolsas repletas.

—Soy idiota —dijo con un suspiro al ver su ropa de gimnasia colgada en la cinta de correr. La metió a presión en un bolsillo con cremallera de una de las bolsas—. Bueno, me marcho. Siéntete libre de coger... cualquier cosa que necesites. Hay artículos de aseo de repuesto debajo del lavamanos, en caso de que los necesites.

—¡Uau! ¡Estás muy preparada!

—Sí —respondió Baxter con cautela. No tenía ganas de explicar por qué no solo tenía aún, sino que había repuesto un pequeño surtido de artículos de aseo masculinos en su cuarto de baño; una patética parte de sí misma todavía esperaba que algún día fueran de alguna utilidad—. En fin, siéntete como en casa. ¡Buenas noches!

Rouche oyó un estruendo en el pasillo, seguido de un taco particularmente grosero de Baxter, y cayó en la cuenta de que tal vez debería haberse ofrecido a ayudarla con las bolsas. No obstante ya era demasiado tarde. Decidió que era mejor simular que no había oído nada y se dirigió al dormitorio. Sonrió al descubrir que Baxter había escondido a toda prisa debajo de la cama una colección de viejos peluches.

Le llegó al corazón el esfuerzo de Baxter por hacer que se sintiera como en su casa. Encendió la lámpara de la mesilla de noche y apagó la del techo, creando un ambiente más íntimo que le hizo sentirse de inmediato más cerca de la acogedora habitación de Ellie. Sacó de la maleta las tres fotografías del alféizar y durante varios minutos se dejó llevar por los recuerdos de tiempos felices que evocaban. Pasado un rato, desenrolló el saco de dormir, lo tendió sobre la moqueta y se cambió para acostarse.

Baxter llegó a casa de Thomas un poco después de las once de la noche. Dejó sus cosas en el vestíbulo y entró en la cocina a oscuras para servirse una copa de vino. Todavía con un poco de hambre gracias al rácano dueño del local de *fish and chips* de Wimbledon High Street, rebuscó un postre en la nevera. Para su indignación, Thomas estaba en una de sus esporádicas fases saludables, lo cual significaba que las únicas opciones eran rodajas de fruta sin chocolate o una botella de un líquido espeso y verde de aspecto repugnante que, sin duda, los Cazafantasmas habrían considerado una evidencia de actividad paranormal.

—¡Aaah! ¡No intentes liarla, tío raro! —gritó Thomas desde la puerta.

Baxter volvió la cabeza desde la nevera y enarcó las cejas. Thomas, en calzoncillos y con unas zapatillas a cuadros, empuñaba amenazadoramente una raqueta de bádminton con los brazos en alto. Casi se desplomó de alivio al comprobar que era ella.

—¡Oh, gracias a Dios! ¡Eres tú! Por poco... —Contempló la ridícula arma que había elegido—. Bueno, por poco te estampo la raqueta en la cabeza.

Baxter sonrió con superioridad y cogió la copa de vino.

—¿«No intentes liarla, tío raro»? —exclamó ella.

—Ha sido la adrenalina —se justificó Thomas—. He mezclado lo de «No intentes nada raro» y «No quiero líos».

—Ajá. —Baxter sonrió mientras daba un sorbo al vino.

—Haces muy bien —dijo Thomas, y le puso una tranquilizadora mano en el hombro—. Bebe. Te has llevado un buen susto.

De la carcajada, Baxter escupió el vino.

Thomas le pasó un rollo de cocina.

—No sabía que ibas a venir —le dijo mientras ella se limpiaba las manchas rosáceas de la blusa.

—Yo tampoco.

Thomas le apartó los mechones de cabello que le caían sobre los ojos y al hacerlo reveló varias costras que, obstinadas, no acababan de curarse.

—Parece que has tenido un día duro —comentó.

Baxter le lanzó una mirada fulminante.

—Lo digo en el sentido de una jornada laboral intensa y productiva, claro —añadió él rápidamente, logrando que ella se relajase—. ¿Y qué haces aquí?

—Me mudo a esta casa.

—Bien... Quiero decir, ¡estupendo! ¡Es fantástico! ¿Cuándo?

—Esta noche.

—¡Ok! —asintió él—. Quiero decir que estoy encantado, pero ¿a qué vienen tantas prisas?

—He instalado a un hombre en mi casa.

Thomas se tomó un momento para procesar la información. Frunció el ceño y abrió la boca.

—¿Podemos hablar de esto mañana? —le pidió Baxter—. Estoy agotada.

—Claro. Ven a acostarte.

Baxter dejó en el fregadero la copa sin terminar y siguió a Thomas.

—Olvidaba comentarte que de momento tendremos que dormir en la habitación de invitados —le comentó Thomas mientras subían por la escalera—. Las pulgas de Eco han invadido la nuestra. Una auténtica plaga… Pero esta noche he vuelto a rociar el dormitorio con una bomba nuclear de insecticida, y con suerte lograré exterminar hasta la última de esas pequeñas cabronas.

En otras circunstancias, Baxter habría acogido la noticia con indignación, pero Thomas parecía increíblemente orgulloso del genocidio final en su guerra microscópica y las palabras «bomba nuclear de insecticida» habían sonado tan absurdas pronunciadas con su acento pijo que no paró de reír mientras él la acompañaba hasta la cama.

A la mañana siguiente, Baxter entró en Homicidios y Crímenes Graves con un ligero contoneo en los andares gracias a los calzoncillos que había tomado prestados de Thomas, ya que se había olvidado de meter ropa interior en su equipaje. Dado que era sábado y muy temprano, no pensaba toparse con nadie importante, pero al entrar en su despacho se encontró con Vanita en su silla y a un cincuentón elegantemente vestido frente a ella.

Baxter los miró perpleja.

—Mierda. Perdón… Un momento, ¿estoy…?

—Lo estás —le aclaró Vanita—. Este va a ser mi despacho… hasta que reasumas tus obligaciones rutinarias.

Baxter se quedó sin saber qué decir.

—¿Todo esto no te suena de nada? —le preguntó Vanita con tono condescendiente.

El hombre que daba la espalda a Baxter se aclaró la garganta, se levantó y se tomó un momento para abrocharse el botón superior de su traje sastre.

—Disculpa, él es Christian. No he caído en que todavía no os habían presentado —dijo Vanita—. Christian Bellamy, la inspectora jefe Baxter. Baxter, este es nuestro nuevo comisario … desde ayer.

El apuesto caballero lucía un bronceado de primera. El cabello cano sin atisbo de calvicie y el reloj Breitling añadían elementos a la impresión de que era demasiado rico para perder el tiempo con un empleo remunerado más allá de alguna comida de negocios ocasional o una conferencia telefónica realizada desde el borde de la piscina. Tenía una sonrisa triunfadora que decía «Vótame», que obviamente funcionaba.

Estrechó la mano a Baxter.

—Felicidades —dijo ella dejándose llevar—. Aunque de hecho pensaba que ya era el comisario desde hacía tiempo.

Vanita esbozó una sonrisa forzada.

—Christian ha venido de Crimen Especializado, Organizado y Económ…

—De verdad, no necesito saber su currículum completo —la interrumpió Baxter dando la espalda al tipo—. No se ofenda.

—Para nada —replicó él con una sonrisa—. Por resumir: hasta ahora tan solo era comisario interino.

—Bueno… —Baxter consultó el reloj—. Yo solo lo he dicho porque tengo prisa. Así que si me disculpa…

El comisario soltó una carcajada.

—¡Desde luego que no defrauda usted! —exclamó, y se desabotonó la americana para volver a sentarse—. Cumple usted tal como Finlay me anticipó, y hasta supera la expectativa.

Baxter se detuvo ante la puerta.

—¿Conoce usted a Finlay? —preguntó con incredulidad.

—Solo desde hace unos treinta y cinco años. Trabajamos juntos en Robos durante algún tiempo y después aquí algún tiempo más, antes de que nuestras carreras tomaran sendas diferentes.

A Baxter le pareció una manera bastante petulante de fingir tener un tacto exquisito. Lo que soterradamente estaba diciendo era: «Finlay se quedó estancado en el mimo puesto sin futuro alguno mientras yo, su bronceado amigo, iba subiendo peldaños hasta la cima de la escalera».

—Ayer por la tarde me dejé caer por su casa para saludarlos a él y a Maggie —explicó a Baxter—. La ampliación que han hecho no ha quedado nada mal.

Baxter pilló a Vanita poniendo los ojos en blanco.

—No la he visto —reconoció—. He estado muy ocupada.

—Claro —se disculpó el comisario—. He oído que hemos conseguido avances prometedores.

—Sí. Los «hemos» conseguido.

El comisario hizo caso omiso del tonillo.

—Estupendo, son buenas noticias —dijo—. Pero cuando todo esto acabe, déjese caer por su casa. Sé que a Finlay le encantará verla. Ha estado muy preocupado por usted.

Baxter empezaba a sentirse un poco incómoda con el cariz personal que de pronto estaba tomando la conversación.

—Bueno, ya ha llegado mi compañero —mintió, para salir del despacho.

—Cuando vaya a verlo, dele recuerdos de mi parte, ¿de

acuerdo? —le gritó el comisario mientras ella se escabullía hacia la cocinita para prepararse un café.

A media mañana del sábado la temperatura había subido hasta los seis grados, gracias a la capa de nubes negras que nunca parecían alejarse mucho de la capital. De forma milagrosa, Baxter había encontrado un sitio para aparcar en la misma avenida. Estaban estacionados a un centenar de metros del hotel Sicomoro en Marble Arch, que según varios de los textos suicidas recuperados sería el escenario de la reunión final de Green.

—¡Oooh! Si hasta tienen sala de televisión —anunció Rouche mientras ojeaba la web del hotel en el móvil. Echó un vistazo al edificio desde el coche—. ¿Crees que alguien está vigilándolo?

—Es probable —respondió Baxter—. Nos limitaremos a controlar las salidas, los accesos y los puntos de observación.

Rouche infló los mofletes.

—Solo hay un modo de averiguarlo.

Abrió la puerta del coche para apearse, pero Baxter lo agarró del brazo.

—¿Qué haces, Rouche?

—Salidas, accesos, puntos de observación... Desde aquí apenas vemos nada.

—Alguien podría reconocernos.

—A ti quizá. A mí no. Motivo por el cual te he traído un disfraz casero del piso.

—Apartamento —lo corrigió ella.

—Apartamento. Espero que no te importe.

Le pasó una gorra de béisbol que había encontrado colgada en el perchero.

—Es un disfraz en tres partes —le explicó cuando vio que Baxter se mostraba poco impresionada.

—¿Te has acordado de traerme algo más de casa? —le preguntó enarcando las cejas.

Rouche la miró desconcertado.

—Alguna cosa… —insistió Baxter.

—¡Oh, las bragas! Sí. —Rouche sonrió, y sacó una bolsa con ropa interior.

Baxter se la quitó de las manos y la dejó en el asiento trasero. Acto seguido bajó del coche.

—Segunda parte del disfraz: estamos enamorados —anunció Rouche cogiéndole la mano.

—¿Y la tercera parte? —resopló Baxter.

—Sonríe —le dijo. Y murmurando añadió—: Si lo haces, nadie te reconocerá.

El agente especial Chase hizo lo que pudo por contener a su colega.

—¡Por el amor de Dios, Saunders! —gritó Baxter—. ¿Tienes idea de la cantidad de papeleo que generas cada vez que te arrean un puñetazo en la jeta?

La sala de reuniones de Homicidios y Crímenes Graves estaba a rebosar con el equipo de detectives del área de la Policía Metropolitana, los oficiales del SO15 y los agentes del FBI con jet lag que iban a participar en la operación del domingo. Baxter había estado informando a los diversos equipos de su evaluación del exterior del lugar.

En general, la reunión se desarrollaba hasta el momento como era de esperar.

El MI5 había enviado a un agente como presencia testimonial que tenía claras instrucciones de no discutir nada, pero informar con todo detalle de lo que se había discutido, en lo que constituía un descarado acto de espionaje. Rouche, como único representante de la CIA, trataba de pasar con discreción a Baxter un par de bragas que se le habían quedado en el fondo de la mochila.

Por suerte, nadie se percató de la jugada, con la excepción de Blake, que parecía hecho polvo.

—La sala de reuniones de ese hotel ya debería estar infestada de cámaras —dijo Chase a los presentes entre gestos de asentimiento y murmullos de aceptación de su equipo.

—¿Y cómo sabemos que no tienen vigilado el hotel? —preguntó Baxter con impaciencia—. ¿Cómo sabemos que no rastrearán la sala en busca de cámaras, micrófonos u obtusos agentes del FBI escondidos detrás de las cortinas?

Chase hizo caso omiso de las carcajadas que el comentario provocó.

—¡Son chiflados, no espías!

El agente del MI5 levantó la cabeza del portátil como si alguien acabase de mencionar su nombre, confirmando la evidencia de que, con toda probabilidad, era el peor agente secreto en activo.

—Puede que sean chiflados, pero unos chiflados capaces de coordinar ataques en dos continentes sin que nadie haya logrado detenerlos —señaló Baxter—. Si asustamos a uno solo de ellos…, quizá los perdamos a todos. Nos ceñiremos al plan: vigilancia no invasiva en las cinco entradas y las imágenes de las cámaras de vigilancia del hotel redirigidas aquí para el reconocimiento facial. Colocaremos a un falso botones o recepcionista con un potente micrófono por si no podemos meter a nadie ahí dentro. Y en cuanto tengamos la confirmación de que Alexei Green está en el edificio, entramos.

—¿Y si Green no aparece? —preguntó, retador, Chase.

—Aparecerá.

—Pero ¿y si no lo hace?

Entonces estaban bien jodidos. Baxter miró a Rouche en busca de apoyo.

—Si no logramos verificar que Green está en la reunión, esperaremos hasta el último momento —dijo Rouche— y entonces entraremos en el hotel como está previsto. Si no podemos atraparlo allí, llegaremos hasta él interrogando a sus cómplices congregados en la sala.

—Una pregunta rápida —intervino Blake, con una taza de té en la mano—. Con respecto a lo de meter a alguien en el hotel... ¿para qué?

—Necesitamos confirmación visual —se limitó a decir Rouche—. Es el criminal más buscado de la lista del FBI. A estas alturas, cualquiera que haya mirado un periódico conoce su cara. Es más que probable que haya cambiado de aspecto.

—Desde luego, pero no podéis pretender en serio que uno de los nuestros se pasee por el interior del hotel sin tener la más remota idea de lo que va a suceder cuando esas puertas se cierren, y que se siente entre un auditorio compuesto por asesinos psicópatas.

En la sala se hizo un silencio sepulcral.

Rouche miró a Baxter y se quedó bloqueado, aceptando que, tal como lo había expuesto, el plan no sonaba muy prometedor.

Ella se encogió de hombros.

—¿A alguien se le ocurre una idea mejor? —preguntó.

Sexta sesión

Miércoles, 11 de junio de 2014
11.32 h

La camisa blanca a medida aterrizó hecha una bola en el suelo del cuarto de baño, el tejido de algodón egipcio empapado de café. Después de elegir otra del vestidor del dormitorio principal, Lucas se la puso frente al espejo.

Dejó escapar un suspiro al contemplar su cuerpo panzudo, con una marca de un rojo intenso en el pecho, donde le había caído el café hirviendo. Se abotonó la camisa lo más rápido posible y se la remetió en el pantalón mientras bajaba a toda prisa por la escalera para regresar al salón, donde un sesentón delgado como un palillo lo esperaba sentado con una BlackBerry.

—Lo siento —dijo Lucas, y alejó su silla de los restos de café del suelo para volver a sentarse—. No paran de pasarme cosas así.

El invitado lo observó con atención.

—¿Va todo bien, Lucas? —le preguntó, aunque en un contexto profesional los dos hombres se conocían desde hacía años.

—Muy bien —respondió él sin mucha convicción.

—Lo que quiero decir es que... pareces un poco malhumorado, si me permites comentártelo. No ha ocurrido nada que haya precipitado nuestra cita de hoy, ¿verdad?

—En absoluto —le aseguró Lucas—. Se trata únicamente de que llevo tiempo posponiéndolo. Y tengo la sensación de que he sido negligente por no tomar antes la decisión, después de…, bueno, después de…, después de…

El caballero sesentón sonrió con afabilidad y asintió.

—Por supuesto… Bien, pues la verdad es que es muy sencillo. Voy a repasarte solo las partes relevantes: «Revoco los anteriores testamentos y disposiciones testamentarias firmadas por mí… Nombro mis albaceas testamentarios a Samuels-Wright e Hijos, Abogados… Una vez satisfecho el pago de las deudas y los gastos del funeral y la ejecución testamentaria, dejo el resto de mi patrimonio en su totalidad al hospital benéfico de Great Ormond Street». Bla, bla, bla. «Lucas Theodor Keaton.» ¿Te parece todo correcto?

Lucas dudó un instante e, incapaz de controlar los temblores de su mano, sacó del bolsillo una memoria USB. Se la tendió a su invitado.

—Tengo también esto.

El abogado la cogió y la miró inquisitivo.

—Es un mensaje… dirigido a quien pueda interesar… cuando llegue el momento —explicó Lucas, un poco cohibido—. Para explicar el porqué.

El abogado asintió y guardó el *pendrive* en un bolsillo de la cartera que llevaba consigo.

—Es un detalle muy considerado —dijo a Lucas—. No tengo ninguna duda de que querrán oír las explicaciones de la persona que les lega… esta abrumadora suma de dinero. —Estaba a punto de levantarse, pero se detuvo—. Eres un buen hombre, Lucas. Son pocos los que habiendo alcanzado los inauditos niveles de riqueza e influencia que tú has conseguido se mantienen inmunes a la hinchazón del ego y a los delirios de grandeza… Solo quería que lo supieras.

Cuando Lucas llegó a su cita con Alexei Green, el psiquiatra estaba ocupado con una mujer de una belleza arrebatadora. Aunque la atendía con mucha amabilidad, no parecía en absoluto interesado en las evidentes señales de seducción que ella le lanzaba.

—Hablo en serio; literalmente, el día después de asistir a su conferencia sobre las aplicaciones cotidianas de la neurociencia conductista presenté una petición para cambiar el planteamiento de mi tesis.

—Ah, bueno, pues tendremos que agradecérselo a la neurociencia conductista... No puedo atribuirme yo el mérito —bromeó Green.

—Ya sé que es un poco atrevido pedírselo, pero si pudiese disponer de tan solo una hora para hablar con usted, eso sería... —La mujer lanzó un gritito entusiasta, le puso la mano en el hombro y soltó una risilla.

Desde la puerta, Lucas contempló pasmado cómo la mujer se extasiaba, embelesada por el psiquiatra, obnubilada por su encanto.

—Le diré lo que vamos a hacer... —le propuso Green.

La recepcionista puso los ojos en blanco.

—... ¿Por qué no habla con Cassie? Seguro que ella nos encuentra un hueco para almorzar juntos la semana que viene.

—¿En serio?

—La semana que viene tiene usted ese acto en Nueva York —le recordó la voz cansina de Cassie desde su escritorio.

—Entonces la siguiente —prometió Green, y por fin se percató de la presencia de su paciente esperando en la puerta—. ¡Lucas! —lo saludó.

Tuvo que dar un empujoncito a la mujer en la dirección

adecuada para que se largase mientras hacía pasar a Lucas a su despacho.

—¿Sabes?, es normal que sientas ira contra la persona… la gente que os hizo eso a ti y a tu familia —le aseguró Green con tacto.

El sol se ocultó tras una nube y sumió la consulta en la penumbra. Repentinamente, la decorada pantalla de la lámpara, las voluminosas sillas y el majestuoso escritorio de madera, que en condiciones normales daban a la habitación un aire hogareño, adquirieron un aire decrépito y sombrío, y el propio psiquiatra se convirtió en una pálida copia de sí mismo.

—Oh, siento ira —admitió Lucas apretando los dientes—. Pero no contra ellos.

—No te entiendo —dijo Green con cierta brusquedad. Pero de inmediato cambió el tono—: Imagínate que yo fuese el individuo que ese día se desplazó hasta el centro de Londres cargado con un artefacto explosivo con la única finalidad de matar al mayor número de gente posible. ¿Qué querrías decirme?

—Nada. No querría decirle nada en absoluto. Sería tan absurdo lanzar mi ira contra él como lanzarla contra un objeto inanimado…, una pistola…, un cuchillo. Esa gente no son más que instrumentos, personas a las que les han lavado el cerebro y manipulado. No son más que marionetas al servicio de una causa que va mucho más allá de ellas.

—¿Marionetas? —preguntó Green con una mezcla de interés y escepticismo en la voz.

—En cuanto sueltan a esos tipos, se comportan como animales salvajes —continuó Lucas—, se lanzan hacia donde hay mayores concentraciones de sus presas, y nosotros… nos amontonamos en grandes concentraciones humanas, actuando como cebos sin ser conscientes de ello, confiando en que la suerte estará de nuestro lado, en que será a algún otro a quien le llegará el turno de morir. Y mientras tanto las personas que de verdad mueven los hilos, como los responsables de protegernos, juegan con nosotros como si fuésemos piezas en un tablero de ajedrez.

El discurso pareció tocar alguna fibra sensible de Green, que mantuvo la mirada fija en la ventana en el extremo opuesto de la habitación.

—Disculpe el monólogo. Es solo que… Me ayuda mucho hablar con usted —admitió Lucas.

—¿Qué decías? —preguntó Green, cuya mente estaba a millones de kilómetros de allí.

—Decía que me preguntaba si podríamos aumentar la frecuencia de nuestras sesiones, si a partir de ahora tal vez podríamos vernos dos veces por semana —propuso Lucas tratando de ocultar la desesperación que se filtraba en su voz—. Ya he oído que la semana que viene estará fuera… En Nueva York, ¿verdad?

—Sí. Exacto. —Green sonrió, sin dejar de dar vueltas a las palabras de Lucas.

—¿Viaja allí con frecuencia?

—Cinco o seis veces al año. No te preocupes… No tendré que mover la fecha de nuestras citas a menudo —le garantizó Green—. Pero sí, por supuesto. Si consideras que nuestras citas te ayudan, podemos incrementar la frecuencia. Sin embargo, dado que estás haciendo unos progresos tan impresionantes, me preguntaba si no valdría la pena intentar algo un poco diferente contigo… Un enfoque nuevo, podríamos llamarlo. Lucas, ¿crees que estás preparado?

—Sí, lo estoy.

28

Sábado, 19 de diciembre de 2015
14.34 h

Con auténtico estilo de proveedor, el agente especial Chase aparcó la furgoneta entre dos plazas reservadas para minusválidos. Pasó a su compañero una escalera de mano y sacó de la parte trasera una caja de herramientas. Ataviados con monos idénticos, los dos hombres entraron en el vestíbulo del hotel Sicomoro y se dirigieron hacia la recepción, de la que colgaban unas guirnaldas navideñas que parecían una enredadera moribunda.

Mientras atravesaban el vestíbulo, Chase se percató de que ya habían colocado el primer discreto cartel que anunciaba la preparación de la reunión delictiva del día siguiente.

20 de diciembre, 11.00 h
Jules Teller, director ejecutivo de Acciones en Bolsa en
el Reino Unido, dará una charla sobre la recesión
económica y los precios de las acciones, sobre el
precipicio ante el que se encuentran los mercados
financieros y cómo afecta esa situación al inversor.

Chase tuvo que admitir la inteligencia del enemigo: ¿quién necesitaba un ejército de feroces guardias de seguridad protegiendo su privacidad cuando podían utilizarse los precios de las acciones y los mercados financieros como un método igualmente efectivo de mantener a raya a los curiosos?

En vista de que los dos recepcionistas estaban ocupados, siguieron los indicadores por el pasillo hasta la modesta sala de conferencias. Por suerte, se encontraba vacía. Todas las hileras de sillas gastadas por el uso estaban encaradas hacia el escenario apenas elevado. Dentro olía a cerrado, y las paredes pintadas de beis le conferían un aire decadente y anodino.

Si la soporífera conferencia de Jules Teller fuera real, pensó Chase, ese sería, sin duda, el lugar para celebrarla.

Cerraron la puerta y se pusieron a trabajar.

Después de la desastrosa reunión matutina, Lennox había dejado muy claro a su agente al mando en Londres que, a pesar de que la investigación los había llevado hasta esa ciudad, ese seguía siendo un caso del FBI y Alexei Green encabezaba su lista de los más buscados. Sus instrucciones eran hacer caso omiso de la paranoica orden de Baxter de mantenerse alejados del hotel y colocar cámaras y micrófonos en la sala donde tendría lugar la conferencia. En cuanto detectasen la presencia de Green, Chase y sus hombres entrarían para cazar a su objetivo, dejando a Baxter y a los suyos el papel de pillar a sus secuaces cuando tratasen de huir.

Como experimentado agente infiltrado, Chase entendía cuando menos la preocupación de Baxter de que el hotel pudiera estar sometido a vigilancia. Él había aprendido por las malas que en esos casos siempre era preferible pecar de precavido. Por tanto, él y su colega llevaban repuestos auténticos y cambiaron dos de los grasientos goznes de la puerta de doble hoja mientras colocaban su primera cámara. Durante todo el tiempo que estuvieron allí, permanecieron metidos en sus papeles, hablando con pasable acento inglés solo de los trabajos que tenían en perspectiva, por si alguien estaba escuchando.

En quince minutos habían acabado. Habían colocado tres cámaras y un micrófono, y reemplazado cuatro chirriantes goznes.

—No ha resultado tan arduo, ¿no cree, patrón? —dijo sonriendo el colega de Chase, dejándose llevar por el cliché estadounidense de que todos los ingleses hablaban como si estuvieran a punto de ponerse a limpiar la chimenea de Mary Poppins.

—¿Tomamos un té? —sugirió Chase, y contuvo un eructo toda vez que se palmeaba la panza, en una actuación digna de un actor del método.

Guardaron las herramientas, silbando mientras lo hacían, y regresaron a la furgoneta.

La investigación de la policía londinense no avanzaba al ritmo deseable.

A pesar de que consiguieron muestras de ADN de las llaves que Baxter había utilizado para atacar al asesino de Phillip East, no coincidieron con las de nadie fichado, como era de esperar. Un equipo seguía revisando las grabaciones de las cámaras de seguridad en relación con las tres reuniones anteriores.

El rastreo de los pacientes de Alexei Green solo había permitido hasta el momento localizar a algunos recientes y antiguos sin mácula alguna, y todos sostenían que Green era un hombre amable y honesto que los había ayudado en momentos difíciles. Pero varios de los pacientes resultaron ilocalizables. Baxter había asignado a un equipo la tarea de obtener datos de contacto y vigilar sus domicilios, por si se topaban con alguna de las Marionetas de Green.

El FBI no ocultaba a nadie que buscaban por todas partes a Green y su repertorio de subordinados. De modo que el psiquiatra había dispersado a su ejército, que solo volvería a reunirse en una ocasión antes de desatar el nuevo horror que tenían reservado para la población de Londres.

La reunión del domingo iba a ser la única oportunidad de acabar con eso.

A media tarde del sábado, Baxter ya estaba harta.

Todos fingían seguir trabajando, a pesar de que sabían que tan solo estaban haciendo tiempo hasta que llegara el día siguiente. Baxter volvió a hablar con Mitchell, el agente infiltrado al que había elegido para que se colase en la sala de la conferencia. Y después, confiada de que todo estaba en orden, dejó a Rouche con un excolega de Green, se disculpó y se dirigió a Muswell Hill bajo un cielo gris oscuro.

Aparcó junto a un árbol que le resultaba conocido, pero tardó un rato en reconocer la antaño familiar casa que había detrás, a la que le había brotado una habitación extra encima del garaje y un resplandeciente Mercedes nuevo en el camino de acceso. Al bajar del coche y dirigirse hacia la puerta para tocar el timbre, oyó un taladro.

Le abrió la puerta una mujer elegante, recién entrada en la cincuentena. Tenía unos centelleantes ojos azules, que contrastaban con su cabello negro azabache recogido en un moño al estilo de los años cincuenta. Los tejanos oscuros y la sudadera que llevaba estaban manchados de pintura, pero parecía más una elección estética que el resultado de estar pintando.

—¡Vaya, han llegado los problemas! —saludó con su acento refinado a Baxter para, acto seguido, abrazarla y plantarle en la mejilla una mancha de lápiz de labios rosa intenso.

Aunque le costó, Baxter logró liberarse del abrazo de la mujer.

—Hola, Maggie —dijo con una sonrisa—. ¿Está en casa?

—Ahora siempre está en casa. —Suspiró—. Creo que no sabe qué hacer con tanto tiempo libre. Ya le dije que le pasaría cuando se jubilase, pero…, ya conoces a Fin. ¡Bueno, entra, entra!

Baxter la siguió al interior.

A pesar de que Finlay era una de las personas que más quería en el mundo, cada vez que veía a Maggie se maravillaba de cómo su feúcho viejo amigo se las había ingeniado para enamorar y mantener a su lado a una mujer tan atractiva, encantadora y culta. «Me puse a jugar en una liga superior», era siempre su respuesta cuando alguien se lo preguntaba.

—¿Qué tal estás? —le preguntó Baxter, y la pregunta tenía más calado del habitual cuando se le hacía a alguien que había estado muy enferma durante mucho tiempo.

—Voy tirando. No puedo quejarme —respondió con una sonrisa Maggie mientras la acompañaba hasta la cocina, donde se puso a trastear con teteras y tazas.

Baxter aguardaba paciente. Notaba que Maggie quería hablarle de algo.

—¿Qué?

La mujer se volvió con una mirada inocente, pero desistió de disimular casi de inmediato. Se conocían desde hacía demasiado tiempo para andarse con tonterías.

—Me preguntaba si habías oído algo acerca de Will.

Baxter se lo esperaba.

—No, nada. Te lo juro.

Maggie pareció decepcionada. Ella y Wolf habían mantenido una relación muy estrecha durante años, hasta el punto de que él había pasado la Navidad con ellos un par de años antes de que llegaran los nietos.

—Sabes que me puedes contármelo de forma confidencial, ¿verdad?

—Lo sé. Pero eso no cambia el hecho de que no se haya puesto en contacto conmigo.

—Volverá —le aseguró Maggie.

A Baxter no le gustó el tono tranquilizador con que lo dijo.

—Si lo hace, lo arrestarán.

Al oír el comentario, Maggie sonrió.

—Estamos hablando de Will. No pasa nada por echarlo de menos. Todos lo hacemos. Y estoy segura de que nadie tanto como tú.

Maggie había visto interactuar a Baxter y a Wolf suficientes veces a lo largo de los años para saber que su relación iba mucho más allá de ser simples amigos o colegas.

—Todavía no has conocido a Thomas —le dijo Baxter, cambiando de tema, aunque, en realidad, no era exactamente cambiar de tema—. La próxima vez que venga le pediré que me acompañe.

Maggie mostró una sonrisa alentadora, lo cual solo contribuyó a irritar más a Baxter.

De pronto dejó de oírse el taladro en el piso de arriba.

—Adelántate tú. Yo iré con las bebidas.

Baxter subió por la escalera, siguiendo el olor de pintura reciente y se encontró con Finlay a cuatro patas afianzando un tablón del suelo de madera. Él no se percató de la presencia de su amiga hasta que ella se aclaró la garganta, y entonces dejó lo que estaba haciendo y, entre gruñidos y crujidos de la espalda y las rodillas, se levantó para abrazarla.

—¡Emily! No me has avisado de que vendrías.

—Lo he decidido en el último momento.

—Bueno, me alegro de verte. Estaba muy preocupado con todo lo que ha pasado. Siéntate —le ofreció, antes de percatarse de que no había mucho asiento que ofrecer. En una esquina, el suelo cubierto de serrín seguía levantado, con los listones apoyados contra la pared, esperando a ser colocados, lo cual dejaba un peligroso agujero. Y el resto del espacio libre estaba cubierto de botes de sellador y pintura, entre viejas herramientas—. Podemos ir abajo —le propuso después de pensárselo mejor.

—No, aquí está bien… La habitación va a quedaros preciosa.

—Sí, ya, o ampliábamos la casa o teníamos que mudarnos —dijo Finlay recorriendo la habitación con la mano—. Queremos ayudar con los niños ahora que estoy…

—¿Aburrido?

—Jubilado —la corrigió Finlay con una sonrisa—. Conseguiremos terminarlo si Maggie logra decidirse de una vez por un color.

—Una buena ampliación. Y un bonito coche aparcado en el camino de acceso —observó Baxter, sonando más quisquillosa que impresionada.

—¿Qué quieres que te diga? Para los de mi edad, las pensiones todavía son buenas. A ti, en cambio, te tocará una puta mierda. —Se calló para asegurarse de que Maggie no había oído las palabrotas—. Y bien… ¿tengo que estar preocupado por ti?

—No.

—¿No?

—Mañana a mediodía todo habrá terminado. —Baxter sonrió—. Ya lo oirás cuando Vanita salga pavoneándose para anunciar al mundo que ha resuelto el caso sin levantar el culo de su despacho.

—¿Qué va a pasar mañana? —preguntó Finlay con cara de preocupación.

—Nada de lo que debas preocuparte, viejo. Nosotros básicamente nos dedicaremos a contemplar cómo actúa el FBI —mintió, porque tenía claro que Finlay insistiría en echar una mano si sospechaba, siquiera por un instante, que ella podía necesitar su ayuda. Ya había tenido que contar la misma mentira a Edmunds por la misma razón.

Finlay la miró con suspicacia.

—Esta mañana he conocido a nuestro nuevo comisario —le contó Baxter—. Me ha pedido que te saludase de su parte.

—¿En serio? —preguntó Finlay, y decidió sentarse en el suelo.

—Parece que te tiene mucho aprecio. ¿Quién es este tío?

Finlay se frotó la cara sucia con gesto cansado mientras pensaba la respuesta.

—Es un viejo amigo de Fin —respondió por él Maggie desde la escalera al tiempo que subía con una bandeja con los tés y el bote de las palabrotas, para que Finlay pagase la multa por las que acababa de soltar—. Cuando lo conocí, eran casi inseparables. Más que hermanos.

—Nunca me habías hablado de él —dijo Baxter, sorprendida.

—Oh, chica, sí que te he hablado de él. ¿Qué hay de lo de aquella vez en que una víctima de asesinato volvió a la vida ante nuestros ojos? —le recordó—. ¿Y lo de aquella vez en que hicimos la mayor redada antidrogas de la historia de Glasgow? ¿Y lo de aquella otra en que recibió una bala en el culo?

—¿En todas esas historias él era tu compañero? —exclamó Baxter. Se las había oído contar tantas veces que se las sabía de memoria.

—Pues sí. Aunque ninguna de ellas lo haga merecedor de convertirse en comisario.

—Está celoso —dijo Maggie a Baxter mientras frotaba cariñosamente la calva a Finlay.

—¡No es verdad! —protestó él.

—Yo diría que sí lo estás! —Maggie se echó a reír—. Hace tiempo tuvieron una discusión —explicó a Baxter, quien enarcó las cejas porque conocía cuál era la definición de «discusión» en el diccionario de Finlay—. Hubo puñetazos, y volaron por los aires mesas y sillas. Hubo intercambio de insultos y algún que otro hueso roto.

—A mí él no me rompió ningún hueso —murmuró Finlay.

—La nariz —le recordó Maggie.

—Eso no cuenta.

—Pero después se perdonaron —explicó Maggie a Baxter. Se volvió hacia su marido y añadió—: Y al final fuiste tú el que me conquistó, ¿no es así?

Finlay la estrujó con cariño.

—Sí, sí.

Maggie le plantó un beso en la frente y se levantó.

—Os dejo para que habléis de vuestras cosas —zanjó, y bajó por la escalera.

—Que seamos viejos amigos —dijo Finlay a Baxter— no significa que puedas fiarte de él más que de ningún otro burócrata con cargo. Con él siguen en vigor las reglas habituales: mantente lo más alejada posible, a menos que no tengas otro remedio. Pero si te toca las narices, se las verá conmigo.

Rouche no lograba conciliar el sueño. Hacía horas que contemplaba la oscuridad, jugueteando con la crucecita de plata que llevaba colgada y pensando en la inminente operación. El barullo en Wimbledon High Street se había ido intensificando a medida que los que salían el fin de semana llenaban restaurantes y bares, bebiendo hasta emborracharse antes de pasar de un concurrido local al siguiente.

Suspiró y se incorporó para encender la lámpara de la mesilla de noche, que iluminó el trozo de suelo del dormitorio de Baxter que había hecho suyo. Convencido de que esa noche no iba a poder pegar ojo, se deshizo del saco de dormir, se vistió con rapidez y salió para tomar una copa.

Thomas se dio la vuelta en la cama y apartó el edredón de plumas. No abrió los ojos de inmediato. Todavía medio dormido, trataba de recordar si Baxter se había instalado en su casa o no. Finalmente concluyó que lo más probable era que sí, se levantó de la cama, bajó por la escalera y se la encontró dormida delante del televisor. En la pantalla se sucedían las imágenes de un viejo episodio de *QI* mientras los posos de un cabernet sauvignon se aproximaban cada vez más al borde de la tambaleante copa que Baxter sostenía en la mano.

Thomas sonrió al ver la escena. Baxter parecía muy tranquila. El rostro se le había relajado y había desaparecido de su expresión ese permanente ceño fruncido. Además, se había aovillado, ocupando solo una de las tres plazas del sofá. Thomas se inclinó para cogerla en brazos.

Tras lanzar un bufido de agotamiento, no había logrado moverla ni un milímetro.

Se recompuso y lo intentó de nuevo.

Tal vez se debiera al ángulo en que estaba recostada, tal vez al pesado plato de pasta gratinada que había cenado, o tal vez a que sus partidos quincenales de bádminton no habían logrado tonificarlo tanto como esperaba. Fuera como fuese, al final optó por dejarla donde estaba. La cubrió con su manta favorita, subió un poco la calefacción y le dio un beso en la frente antes de volver arriba.

29

Domingo, 20 de diciembre de 2015
10.15 h

—¡Esto es una puta mierda! —gritó Baxter antes de colgar el teléfono a Vanita.

Llevaba toda la mañana lloviendo con intensidad, lo cual le complicaba la organización de las cuatro unidades de Intervención Rápida de las que disponía. Estaba en la planta superior de un aparcamiento que proporcionaba al FBI una vista privilegiada del hotel. Se acercó indignada a Chase, que parecía más corpulento de lo habitual ahora que, por una vez, tenía un motivo real para lucir el equipo antibalas completo.

—¿Has renunciado a mi agente? —le chilló bajo la lluvia.

Chase se volvió hacia ella con expresión de hartazgo.

—Sí. Ya no lo necesito —le dijo con desdén mientras se dirigía hacia la unidad de vigilancia—. Soy yo quién está al mando.

—¡Eh, estoy hablándote! —le gritó Baxter persiguiéndolo.

—Escucha, agradezco que la Policía Metropolitana nos permita utilizar a sus hombres y sus recursos, pero esta es una operación del FBI y, a menos que no haya entendido bien a tu superior, no hay ningún motivo por el que tú tengas que estar aquí.

Baxter abrió la boca para rebatirlo, pero Chase continuó:

—Ten por seguro que si obtenemos algo relevante de Green os lo enviaremos.

—¿Nos lo enviaréis? —preguntó Baxter.

Habían llegado a la furgoneta. La lluvia se había intensificado, creando una suerte de neblina alrededor del techo del vehículo con las gotas que estallaban contra la superficie metálica. Chase tiró de la manilla y deslizó la puerta lateral para subir. Una hilera de monitores que mostraban tres ángulos diferentes de la sala de conferencias quedó a la vista.

Baxter comprendió de pronto por qué ya no necesitaban a su agente infiltrado: Chase y los suyos habían hecho caso omiso de sus órdenes de no entrar en el hotel.

—¡Sois gilipollas!

—Como ya te he dicho, yo estoy al mando —insistió Chase con chulería mientras ella se alejaba—. ¡Baxter! —le gritó—. ¡Si os pillo a ti o al agente Rouche tratando de interferir en mi operación, ordenaré a mis hombres que os intercepten y os detengan!

Baxter salió del aparcamiento y corrió hasta su Audi, que estaba aparcado en la calle. Se metió en el coche y soltó un grito de rabia.

Rouche, completamente seco y con una bolsa de chocolatinas crujientes Cabdury de la que ya se había zampado la mitad, esperó muy educado a que su colega terminase de desahogarse.

—Vanita ha dejado que Chase se haga cargo de la operación. Han llenado la sala de cámaras. Han renunciado a que Mitchell se infiltre. De hecho, rechazan cualquier tipo de ayuda nuestra —fue su versión resumida de lo acontecido.

—Esa mujer sabe que yo no trabajo para ella, ¿verdad? —preguntó Rouche, y ofreció a Baxter una chocolatina para levantarle el ánimo.

—Eso da igual. Chase ha amenazado con «interceptarnos» y «detenernos» si interferimos, y conociéndolo es lo bastante capullo para cumplir su palabra.

—Y yo que pensaba que jugábamos todos en el mismo equipo.

—¿De dónde has sacado esa idea? —preguntó Baxter, exasperada—. Y encima me inquieta una de las cosas que Chase me ha dicho. Empiezo a temerme que el FBI atrape a Green y se las pire de inmediato de regreso a Estados Unidos, dejándonos a nosotros la tarea de limpiar el resto de esta mierda.

Rouche asintió. Él tenía la misma sospecha.

Ambos se quedaron contemplando la lluvia, que no cesaba.

—Veintiocho minutos para empezar la fiesta. —Rouche suspiró.

Alguien golpeó en la ventanilla del conductor.

Sobresaltada, Baxter se volvió y se encontró con un Edmunds sonriente.

—¿Qué coño...?

Edmunds dio la vuelta al coche por delante, abrió la puerta del copiloto y se topó con Rouche mirándolo.

—Edmunds —se presentó a la vez que le tendía la mano.

—Rouche —respondió este, estrechándosela—. Yo ya... —Señaló el asiento trasero.

Rouche se cambió de sitio y permitió que Edmunds entrase para protegerse de la lluvia. Apartó y dejó en el asiento contiguo un par de zapatillas de deporte viejas, unos pringosos recipientes de comida china para llevar y un paquete de un metro de largo de galletas cubiertas de mermelada y chocolate.

—¿Qué haces aquí? —preguntó Baxter a su amigo.

—Ayudar —respondió Edmunds con una sonrisa—. He pensado que podía serte útil.

—¿Recuerdas la parte de nuestra conversación en la que te dije que no necesitaba ayuda?

—¿Y tú recuerdas la última vez que utilizaste las palabras «por favor» y «gracias»?

—Ah —asintió Rouche.

Baxter se volvió indignada y le espetó:

—Aaah, ¿qué?

—Bueno, tú solo utilizas palabras amables cuando mientes —le respondió, mirando a Edmunds en busca de apoyo.

—Exacto —convino este—. ¿Y te has fijado en cómo te lanza un insulto verdaderamente cruel?, se pone a asentir para sí misma, como diciendo: «Toma ya, este ha sido bueno».

Rouche soltó una carcajada.

—Sí que es verdad que lo hace.

Ambos se callaron, tratando de interpretar la nueva expresión que había aparecido en la cara de Baxter.

—¿Cómo nos has encontrado? —le preguntó a Edmunds, todavía apretando los dientes.

—Aún me queda algún que otro amigo en Homicidios —respondió él.

—¿Te has percatado alguna vez de la cara de bobo que se te pone cuando cuentas una mentira de mierda del todo inverosímil? —le preguntó Baxter asintiendo ligeramente para sí misma—. No tienes ningún amigo en Homicidios. Todo el mundo te odia.

—Eres demoledora —dijo Edmunds—. Vale, de acuerdo, puede que yo no tenga ningún amigo allí. Pero Finlay sí. También él sabía que estaba cocinándose algo.

—Santo Dios... Por favor, dime que no has arrastrado a Finlay en esta locura.

En el rostro de Edmunds se dibujó un rictus de culpabilidad.

—Está aparcando —admitió.

—¡Joder!

—Y bien —dijo él con tono animado—, ¿a qué esperamos aquí sentados?

Se oyeron unos crujidos procedentes del asiento trasero.

—El FBI nos ha dejado fuera de la operación —explicó Rouche con la boca llena de galletas con cobertura de mermelada y chocolate—. Necesitamos saber qué está pasando ahí dentro, pero han prescindido del infiltrado de Baxter y han prometido arrestarnos si interferimos.

—Vaya... —Edmunds tuvo que digerir en unos segundos media hora de intenso drama—. Ok, pues entonces mantened los teléfonos encendidos —les dijo antes de salir del coche y regresar bajo la lluvia.

—¡Edmunds! ¿Adónde vas? ¡Espera!

Cerró de un portazo y lo vieron alejarse en dirección a la puerta del hotel.

Rouche estaba impresionado. No daba crédito a que hubiera alguien capaz de manejar tan bien a Baxter.

—¿Sabes?, la verdad es que me gusta el estilo de tu exjefe —le dijo, ajeno a la patinada que acababa de dar.

—¿Mi... qué? —le preguntó ella volviéndose.

Rouche carraspeó.

—Quedan veintitrés minutos —observó.

Edmunds sintió alivio al ponerse a cubierto de la lluvia, hasta que recordó que, al hacerlo, acababa de entrar en un edificio repleto de asesinos de una secta con afición por la automutilación. Mientras la cuenta atrás se aproximaba a su fin, había un continuo movimiento de gente entrando y saliendo del hotel. Cruzó el vestíbulo, cuyo suelo estaba lleno de pisadas, y siguió los discretos carteles que anunciaban la conferencia. Al fondo del pasillo, había unas puertas de doble hoja abiertas, que daban paso a una sala aparentemente vacía.

Edmunds sacó el móvil y marcó el número de Baxter, simulando buscarse en los bolsillos la tarjeta de la puerta de su habitación por si alguien lo observaba.

—¿Hay en el hotel alguna otra sala de conferencias? —preguntó sin saludo previo.

—No. ¿Por qué? —inquirió Baxter.

—Desde donde estoy, la sala parece completamente vacía.

—¿Y dónde estás?

—En el pasillo. A diez metros.

—Aún faltan veinte minutos para la hora en que está programada.

—¿Y todavía no ha llegado nadie?

—No puedes estar seguro de eso. ¿Cuánto trozo de la sala ves desde donde estás?

Edmunds avanzó unos pasos, y echó un vistazo a su espalda para asegurarse de que estaba solo.

—No mucho… Echaré una ojeada desde más cerca.

—¡No! ¡No lo hagas! —se asustó Baxter—. Si te equivocas…, si hay alguien ahí dentro, podrías estropearlo todo.

Edmunds hizo caso omiso de la indicación y continuó avanzando hacia la silenciosa sala. Fueron apareciendo ante sus ojos la mayoría de los asientos vacíos.

—Sigo sin ver a nadie —informó en un susurro.

—¡Edmunds!

—Voy a entrar.

—¡No lo hagas!

Cruzó la puerta de doble hoja y entró en la sala completamente vacía. Perplejo, miró a su alrededor.

—Aquí no hay nadie —confirmó a Baxter, aliviado y preocupado a partes iguales.

Vio un pedazo de papel blanco pegado en la parte interior de la puerta y se acercó para leerlo, y solo entonces se percató de la presencia de un móvil apoyado sutilmente contra el marco: un ojo resplandeciente, una cámara dirigida hacia él y que, sin duda, estaba retransmitiendo su imagen a otro sitio. De modo que había más ojos vigilando la sala vacía.

—Oh, mierda —dijo.

—¿Qué? —preguntó Baxter por el teléfono—. ¿Qué pasa?

—Han cambiado el lugar.

—¿Qué?

—Han cambiado el lugar de la convocatoria..., al City Oasis, al otro lado de la calle. —Edmunds salió corriendo—. ¡Estamos en el edificio equivocado!

30

Domingo, 20 de diciembre de 2015
10.41 h

Edmunds salió corriendo del vestíbulo del hotel Sicomoro temiendo haber echado a perder toda la operación. Al menos, quienquiera que estuviese observando solo habría visto a un civil entrando en la sala, lo cual era preferible a un equipo táctico armado hasta los dientes.

Antes de verse envuelto por el mal tiempo, oyó a Baxter informando al FBI de su hallazgo. Sostuvo el teléfono en la mano, sin colgar, mientras cruzaba la transitada calle y entraba por la puerta giratoria en el hotel City Oasis.

La ostentosa zona de la recepción estaba rodeada por columnas de mármol y un numeroso grupo de gente que mientras esperaba a subir a un autocar se guarecía allí de la lluvia.

Edmunds buscó los carteles indicadores para dar con la sala.

← SALAS DE CONFERENCIAS

Accidentalmente dio una patada a la maleta de alguien y por fin se encaminó hacia la sala correcta. Cuando la localizó, vio a dos tipos fornidos, sin duda guardias de seguridad, plantados delante de las puertas al fondo del pasillo. Los miró de reojo y continuó caminando mientras volvía a llevarse el móvil a la oreja.

—¿Baxter? ¿Estás ahí?

La oyó gritándole a alguien.

—Sí, sigo aquí.

—Es la sala dos —le informó.

La furgoneta aceleró por el camino de acceso del servicio ubicado en la parte trasera del hotel y se detuvo delante de las puertas posteriores. Las laterales se abrieron y los miembros de la unidad bajaron, acompañados por una serie de chasquidos y pitidos, mientras acababan de preparar sus equipos y comprobaban los canales de comunicación.

—Jefe, ¿seguro que esta vez es el lugar correcto? —preguntó uno de los hombres.

El oficial al mando, muy profesional, ignoró el comentario.

—Quiero que vayas hasta la otra punta del edificio y compruebes cuántas salidas más tenemos que cubrir —ordenó al subalterno bocazas. Después se aseguró de que su radio estuviese sintonizada en el canal correcto y pulsó el botón para hablar por su auricular—. Equipo Cuatro en posición. En breve informo de la situación.

La unidad de vigilancia del FBI se detuvo junto al Audi de Baxter en la calle principal. El conductor que iba detrás se puso a dar indignados bocinazos, pero se tranquilizó notablemente cuando un agente armado del FBI se apeó de su vehículo.

Baxter se acercó a Chase mientras este daba órdenes a sus equipos.

—Equipo Tres, tened en cuenta que hay un segundo acceso

justo al doblar la esquina desde vuestra posición. A todas las unidades, a todas las unidades, el Troyano está a punto de entrar en el edificio. Repito: el Troyano está a punto de entrar en el edificio.

Baxter puso los ojos en blanco.

Con Mitchell de regreso a New Scotland Yard, el agente «infiltrado» de Chase salió de la furgoneta. El tipo podía pasar por el hermano menor, pero en versión mejorada de Vin Diesel. Incluso Chase parecía un canijo ante su imponente colega, que tenía una pinta absurda vestido con sudadera y tejanos.

—¡Adelante! —ordenó Chase, y mandó a su agente calle abajo.

Baxter negó con la cabeza y retomó su comunicación con Edmunds:

—El agente del FBI está a punto de entrar —le avisó.

—Ok, ¿qué aspecto tiene? —preguntó en un susurro Edmunds.

Baxter todavía veía al tipo, que se alejaba andando con incomodidad.

—De agente del FBI intentando no parecer un agente del FBI —respondió encogiéndose de hombros.

—Ya he visto al agente de Chase —dijo Edmunds, que oteaba por encima de la multitud del vestíbulo, para regresar a toda prisa acto seguido al punto de observación privilegiado que había encontrado.

Varios pasillos conducían a las salas de conferencias. Había descubierto que el que tenía más cerca lo llevaba directo hasta la puerta de la sala tres, a quince metros de la entrada vigilada. Echó un vistazo asomándose por la esquina y vio lateralmente a los dos imponentes tipos detrás de la puerta abierta. El rumor de voces que llegaban hasta el pasillo sugería que en la sala ya debía de haber varias decenas de personas, tal vez incluso muchas más, y él había visto entrar a otras dos mientras observaba.

—Ok —susurró por el teléfono—. Tengo una visión parcial de la puerta.

—El agente todavía está atravesando el vestíbulo —le informó Baxter.

Edmunds vio a una mujer de cabello grasiento aproximándose a la puerta. Durante el breve instante que la atisbó, la mujer hizo algo extraño.

—Espera —susurró Edmunds, y se arriesgó a salir de detrás de la esquina para tener una visión mejor.

La puerta seguía bloqueándole la visión.

—¿Qué pasa? —preguntó Baxter, nerviosa.

—No estoy seguro. Dile que espere.

Hubo un silencio.

—Ya está en el pasillo —replicó Baxter, muy tensa.

—Mierda —siseó Edmunds, y calibró sus opciones—. Mierda, mierda, mierda.

—¿Abortamos...? ¿Edmunds? ¿Abortamos?

Edmunds ya había tomado una decisión e iba de camino a las puertas abiertas con el móvil pegado a la oreja. Uno de los tipos con cuello digno de un toro asomó la cabeza por el vano al oír que se acercaba; por lo visto, no se esperaba que apareciese alguien por ese lado. Edmunds sonrió con amabilidad al tipo cuando llegó a la altura de la puerta, y se percató de la presencia de la mujer del cabello grasiento detrás, que mostraba a su colega el torso, con la blusa abierta, sin duda, para enseñarle su invitación grabada en la piel que le permitía el acceso a la sala.

Edmunds se puso a simular una conversación banal por el móvil:

—¡Ya lo sé! Podríamos hacerlo si alguna vez dejase de llover —dijo riéndose. Y giró hacia el pasillo principal, por el que el agente del FBI se aproximaba en el sentido contrario.

Ambos tenían la experiencia suficiente para no sucumbir a la tentación de mirarse, hacer un leve gesto de asentimiento o negar con la cabeza para indicar si la operación seguía o no en marcha, porque el tipo de la puerta estaría escrutando cada uno de sus movimientos.

Edmunds se cruzó con el fornido agente sin aminorar la marcha, incapaz de hacerle saber que estaba a menos de seis segundos de ser descubierto.

Al dejarlo atrás, no osó acelerar el paso.

—Sí, desde luego no en Inglaterra, ¿verdad? —dijo riéndose a carcajadas. Luego susurró por el móvil—: ¡Abortad! ¡Abortad! ¡Abortad!

A su espalda, el agente del FBI estaba a tres pasos de la puerta cuando giró a la derecha y siguió tranquilamente por el pasillo por el que Edmunds acababa de pasar.

—¡Tiene que haber otra entrada! —gritó Chase por la radio, tratando desesperadamente de salvar la operación que pendía de un hilo, y luego se dirigió de nuevo a su vehículo de vigilancia.

—¡Chase! ¡Chase! —gritó Baxter para llamar su atención.

Él se detuvo un momento para mirarla.

Baxter le mostró el dedo corazón alzado.

—De nada…, capullo —dijo.

Era consciente de que el comentario no era muy constructivo, pero nunca había pretendido ser perfecta. Por un momento, Chase pareció genuinamente dolido, aunque a ella le daba igual, y después continuó hablando con su agente:

—¿Una ventana? ¿No podemos encontrar otra vía de acceso, o quizá sacar de ahí a los guardias? —propuso.

Baxter se alejó y se apoyó en su coche. Se percató de la presencia de una rozadura reciente en la puerta del copiloto y se puso a frotarla mecánicamente mientras retomaba la conversación con Edmunds.

—Acabas de salvar toda la operación de estos ineptos —le dijo—, pero todavía siguen empeñados en mandar a alguien ahí dentro.

—Si lo hacen y Green no está, lo habremos perdido —opinó Edmunds.

El teléfono empezó a vibrar en la oreja de Baxter. Miró la pantalla.

—Espera, tengo otra llamada… ¿Rouche?

—He tenido una idea. Reúnete conmigo en el café que hay al otro lado de la calle. —Y colgó.

—¿Edmunds? —dijo Baxter—. Espera. Rouche ha tenido una idea. Volveré a llamarte.

Colgó y repasó los locales comerciales del otro lado de la calle.

CAFÉ DE ANGIE

Empapada y helada, Baxter cruzó la calle esquivando a los coches y entró en el café; al abrir la puerta sonó una campanita. Todas las superficies del local, incluida la propia Angie, parecían cubiertas por una visible capa de mugre.

Rouche estaba sentado a una de las grandes mesas de color beis, una de cuyas patas estaba equilibrada con un fajo de servilletas, y sostenía entre las manos un vaso desechable de plástico con un café. En cuanto la vio entrar, se levantó y se dirigió al aseo. Baxter consultó el reloj. Disponían de diez minutos hasta la hora de inicio de la reunión, tal vez de menos tiempo antes de que Chase y sus clones de estrellas de cine de acción se lanzaran a la carga y lo arruinasen todo.

Inquieta, se paseó arriba y abajo por el café, haciendo caso omiso de las miradas de los clientes que, sentados, mostraban el inicio de la raja del culo. Finalmente, entró en los aseos empujando la puerta con el hombro para no tener que tocar la manilla. Se topó con otras dos puertas, cuyos usuarios respectivos quedaban más que claros gracias al añadido de unos grafitis que representaban los respectivos genitales. Empujó la de los tíos, y entró en un espacio repugnante.

Por el ventanuco que había en lo alto entraba un chorro de aire gélido. Había dos mingitorios amarillentos que rebosaban de desinfectante azulado, aunque nadie parecía considerar su presencia como nada más que una educada sugerencia, porque el suelo estaba encharcado de orina.

Rouche había colgado su americana en el canto del cubículo del váter y estaba lavándose las manos en la única pila.

—¿No podíamos hablar ahí fuera? —le preguntó Baxter, y volvió a consultar su reloj.

Parecía distraído, como si no la hubiera oído.

—¿Rouche?

Él cerró el grifo del agua caliente, y Baxter se percató de que no había estado lavándose las manos, sino algo que sostenía en las manos. Sin decir palabra, Rouche le pasó un afilado cuchillo de carne que había cogido de la cocina del establecimiento.

La inspectora lo miró perpleja.

Rouche empezó a desabotonarse la camisa.

—¡No! ¡Ni de coña, Rouche! ¿Estás loco? —exclamó tras comprender por fin lo que su colega pretendía.

—Tenemos que entrar allí —se limitó a decir Rouche, y se quitó la camisa.

—Desde luego que sí —replicó Baxter—. Pero ya se nos ocurrirá otro modo.

Ambos sabían que no lo había.

—No tenemos tiempo que perder —insistió Rouche—. O bien me ayudas, o bien lo hago solo… y seguro que me hago un estropicio mayor. —Hizo el gesto de quitarle el cuchillo.

—¡Ok! ¡Ok! —dijo ella, lívida.

Se acercó dubitativa a él y le agarró el hombro desnudo con la mano izquierda. Notaba su aliento cálido en la frente.

Apretó la punta del cuchillo contra la piel de Rouche y dudó de nuevo.

La puerta a sus espaldas se abrió de golpe y un tipo grandullón se quedó petrificado en la entrada. Ambos se volvieron y lo miraron fijamente. Los ojos del recién llegado pasaron de Baxter a Rouche, luego de él a la camisa que se había quitado y después de ella al cuchillo con el que le presionaba el pecho.

—Ya volveré más tarde —murmuró, giró sobre los talones y desapareció.

Baxter miró de nuevo a Rouche a los ojos, agradeciendo en secreto los segundos extras de que había dispuesto para reunir el coraje necesario. Valoró por dónde empezar y apretó contra la piel la punta del cuchillo, con intensidad creciente hasta que empezó a brotar sangre, y entonces trazó una línea hacia abajo hasta que Rouche le sujetó la mano.

—Vas a hacer que me maten —le dijo, tratando de provocarla—. Ya has visto las cicatrices de esa gente. Si no puedes hacerlo como es debido…

—Rouche, esta marca te quedará para toda la vida, ¿eres consciente?

Él asintió.

—Hazlo.

Sacó su corbata de emergencia de un bolsillo del pantalón, la dobló y se la metió en la boca para morderla.

—¡Hazlo! —volvió a ordenarle, con la voz amortiguada por la improvisada mordaza.

Baxter hizo una mueca de dolor, le hundió la punta del cuchillo en la carne y fue grabándole las letras en el pecho, esforzándose por no inmutarse ante las involuntarias sacudidas de dolor de Rouche, ante el modo en que sus músculos temblaban bajo la piel, ante su respiración acelerada que ella notaba en el cabello.

En un momento dado, Rouche se apoyó contra la pila, casi al borde del desmayo, mientras la sangre cálida le resbalaba hasta la cinturilla de los pantalones.

Mientras él se tomaba un respiro, Baxter contempló asqueada lo que le había hecho y sintió una arcada. Tenía las manos cubiertas de sangre.

MARIONEL

Rouche contempló en el espejo el incompleto trabajo de Baxter.

—No me habías comentado que tienes una letra horrible —bromeó, pero Baxter estaba demasiado traumatizada para reírle la gracia.

Rouche volvió a colocarse entre los dientes la mordaza, se irguió y asintió.

Baxter hundió otra vez la hoja del cuchillo para terminar las últimas letras:

MARIONETA

En cuanto terminó, con las manos temblorosas, dejó el cuchillo en la pila y entró en el cubículo del váter para vomitar.

Cuando salió, menos de un minuto después, se quedó horrorizada al ver que Rouche estaba preparándose una tortura final.

Sostenía el cuchillo con una mano y estaba calentando la hoja con el encendedor que tenía en la otra.

Baxter no se vio capaz de soportar nada más.

—Hay que cauterizar las heridas —le explicó Rouche—. Tengo que conseguir que dejen de sangrar.

No le pidió que lo ayudase.

Aplastó el canto de la hoja contra la herida más profunda, se oyó un siseo al quemarse la carne, y así fue cauterizando los cortes.

Inclinado sobre la pila, se volvió hacia Baxter con los ojos llorosos y la respiración entrecortada.

—¿Qué hora es? —preguntó, casi incapaz de articular palabra.

—Las diez y diecisiete.

Rouche asintió y se limpió la sangre con las ásperas toallas de papel.

—La camisa.

Baxter lo miró desconcertada.

—La camisa, por favor —dijo él señalando el suelo.

Baxter se la tendió, sin poder apartar la mirada de su destrozado pecho hasta que se lo cubrió.

Sacó el móvil y dijo:

—¿Edmunds? Necesito que te coloques en una buena posición de observación… Rouche va a entrar.

31

Domingo, 20 de diciembre de 2015
10.59 h

A Edmunds se le había revuelto el estómago.

Baxter acababa de informarle del sacrificio que el agente de la CIA había hecho para no tener que abortar la operación.

Edmunds vio a Rouche entrando en el hotel por la puerta giratoria. Estaba lívido y sudoroso, caminaba con paso inseguro y se cerraba la americana para ocultar la camisa ensangrentada.

—Ya tengo a Rouche localizado —le dijo a Baxter mientras contenía el impulso de salir corriendo a ayudarlo—. Esto no va a funcionar —añadió, preocupado—. No creo que sea capaz ni de llegar a la puerta de la sala.

—Lo logrará.

Rouche recorrió tambaleándose y agarrándose el pecho la zona de la recepción, atrayendo numerosas miradas inquisitivas. Sin embargo, justo antes de aparecer ante los dos hombres que vigilaban la puerta se recompuso. Le fallaron las piernas. Chocó contra la pared y dejó una mancha roja sobre la pintura de color crema.

Sin pensarlo, Edmunds había empezado a caminar hacia él, pero se detuvo cuando vio que Rouche hacía un leve gesto de negación con la cabeza.

Los dígitos del reloj de Edmunds se avanzaron y sonó un pitido: las once de la mañana. Vio que los dos gorilas de la puerta también comprobaban sus relojes.

—Vamos —susurró mirando una y otra vez, alternativamente, a Rouche y a los dos tipos al fondo del pasillo.

Rouche se apartó de la pared. Notaba que la camisa se le pegaba a la piel e intentó convencerse de que era por efecto del sudor y no a causa de la sangre que había empapado la tela. Tenía la sensación de que en su pecho había un enorme agujero. Notaba cómo el viento que entraba cada vez que la puerta giratoria se movía penetraba en su interior, como si soplase a través de él. Incapaz de precisar una fuente concreta de dolor, su cerebro transmitía a cada uno de los nervios de su cuerpo que todo él ardía.

Se obligó a erguirse, dobló la esquina del pasillo y avanzó con paso decidido hacia la puerta abierta. Los dos gorilas lo observaron con atención mientras se acercaba. A sus espaldas, parecía que los asistentes ya habían ocupado sus asientos y el murmullo de conversaciones iba extinguiéndose.

Los dos tipos de la puerta parecían hermanos; ambos compartían los mismos rasgos angulosos y una idéntica obesidad imponente. Rouche se acercó al más voluminoso de los dos, adoptando la actitud de quien no tenía nada que ocultar. Asintió con sequedad.

El tipo lo observó con cautela y luego lo hizo pasar justo detrás de la puerta, posicionándolo estratégicamente para que perdiese de vista por completo al otro individuo, situado a sus espaldas.

Le señaló el pecho.

Apretando los dientes, Rouche se desabotonó la americana,

y notó que las heridas se le abrían de nuevo cuando deslizó el brazo por la manga para sacársela. No necesitó bajar la mirada para evaluar la magnitud del desastre; fue más que suficiente la expresión del gorila.

La camisa blanca ya no era más que un trapo rojo y marronoso que colgaba sobre su cuerpo, un vendaje que necesitaba un cambio urgente. De pronto le tapó la boca una mano áspera y enorme, cuya piel olía a nicotina, y un brazo del grosor de un tronco le presionó el cuello.

—¡Tenemos un problema! —anunció Edmunds a Baxter—. Han deducido que algo no cuadra.

—¿Estás seguro? —le preguntó ella, incapaz de ocultar el pánico que se había apoderado de su voz—. Si nos han descubierto, debemos actuar de inmediato.

—No lo sé con seguridad… No los veo.

La voz de Baxter se alejó del móvil:

—Preparaos para entrar —dijo a alguien que tenía cerca. Su voz volvió al pleno volumen y añadió—: Dependemos de ti, Edmunds.

—¡Eh! ¡Eh! ¡Eh! —dijo un individuo de voz suave que se acercó a la escena que estaba desarrollándose en la puerta.

Varios miembros del público se habían percatado del revuelo y observaban muy interesados. Rouche luchaba en vano contra el brazo que le rodeaba el cuello. Le habían roto la camisa para mostrar la palabra, casi ilegible por la sangre que cubría las líneas, como si fuese una imagen silueteada mal coloreada.

—¿Qué pasa aquí? —preguntó el recién llegado a los dos porteros.

Era un hombre en la recta final de la cuarentena y, bajo la barba pulcramente recortada, tenía un rostro amable, lo cual resultaba irónico habida cuenta de dónde estaban.

—Doctor, nos dijo que actuásemos ante cualquier presencia sospechosa —se justificó el hermano más alto—. Las heridas de este hombre son recientes —le explicó de manera innecesaria.

El doctor abrió con delicadeza la camisa de Rouche e hizo una mueca de dolor al ver el desaguisado. Miró a Rouche e hizo un gesto al otro hermano para que le dejase hablar.

Rouche jadeó cuando la mano se apartó de su boca y el brazo que lo estrangulaba aflojó un poco la presión.

—Vaya por Dios, te has hecho un auténtico destrozo —dijo el doctor, tranquilo pero suspicaz. Espero una explicación.

—Me lo he hecho esta mañana —dijo Rouche. Fue la mejor respuesta que se le ocurrió.

El doctor parecía indeciso.

—¿Quién te ha invitado a venir aquí? —le preguntó.

—El doctor Green.

La respuesta, aunque pudiese ser cierta, no iba a servir de nada. El FBI había convertido a Alexei Green en una celebridad casi de la noche a la mañana. El tipo se acarició la barbilla mientras contemplaba a Rouche.

—Matadlo —ordenó encogiéndose de hombros con un gesto afligido.

Rouche abrió los ojos desmesuradamente mientras el brazo le apretaba el cuello. Estaba dando patadas y haciendo esfuerzos desesperados para librarse de la asfixiante extremidad, cuando algo captó la atención del doctor.

—¡Para! —ordenó. Agarró a Rouche por las muñecas y se las giró—. ¿Me permites? —le preguntó con suma educación, como si Rouche tuviese la opción de negarse.

Le desabotonó los puños de la camisa y le subió las mangas

para dejar al descubierto las líneas dentadas de piel cicatrizada en cada uno de los antebrazos. El doctor pasó los dedos con delicadeza por encima de la piel rosácea, arrugada y abultada.

—Esto no es tan reciente —aseveró sonriendo a Rouche—. ¿Cómo te llamas?

—Damien —respondió con voz ronca Rouche.

—Tienes que aprender a seguir las instrucciones, Damien —le dijo. A continuación se dirigió a los dos gorilas—: Creo que podemos garantizar que Damien es uno de los nuestros.

La presión en el cuello desapareció, Rouche jadeó en busca de aire y, tambaleándose, dio un par de pasos hacia delante para que Edmunds pudiera verlo a través de la puerta abierta.

—Buen trabajo —dijo el doctor a los dos hermanos—. Pero creo que debéis a Damien una disculpa, ¿no os parece?

—Lo siento —dijo el más alto de los dos, con la mirada clavada en sus zapatos como un niño que acabara de recibir una reprimenda.

En cambio, el otro, el que había estado estrangulando a Rouche, se volvió contra la pared. Y la emprendió a puñetazos con ella.

—¡Eh! ¡Eh! —intervino el doctor. Le cogió las magulladas manos—. Malcolm, nadie se ha enfadado contigo. Solo os he pedido que os disculpaseis con Damien. Es una cuestión de educación.

El tipo esquivaba la mirada del doctor.

—Lo siento.

Rouche hizo un gesto con la mano como diciendo que no era necesario, pese a que todavía estaba doblado sobre sí mismo, intentando recuperar el aliento, y aprovechó la situación para sacarse el auricular del bolsillo.

—Tómate tu tiempo —dijo el doctor, y posó una mano en la espalda de Rouche—. Cuando estés recuperado, busca un asiento.

Todavía inclinado, Rouche miró fugazmente a Edmunds, que seguía en el vestíbulo con el teléfono en la oreja, mientras las pesadas puertas que los separaban se cerraban y lo dejaban encerrado dentro.

El doctor se alejó.

Rouche hizo un esfuerzo por erguirse, se recolocó la ropa y con un movimiento rápido se puso el auricular que le permitía emitir y recibir, mientras echaba un vistazo a su alrededor. En comparación con la deprimente sala del hotel del otro lado de la calle, esa era moderna y luminosa. Contó rápidamente el número de butacas de la última fila y el número de filas entre él y el escenario para hacerse una idea aproximada de la cantidad de personas reunidas. El escenario se elevaba sobre una tarima de tal vez metro y medio, con una gran pantalla para proyectar al fondo. El doctor que le había permitido la entrada subió por la escalerilla central de la tarima, donde se unió a otras dos personas a las que Rouche no reconoció.

—Estoy dentro —murmuró—. Aquí hay entre treinta y cinco y cincuenta sospechosos.

Localizó un asiento vacío en una de las filas y se abrió paso por ella, dando la espalda al escenario. Cuando llegó a su butaca, todo el mundo a su alrededor se levantó y él se encontró mirando un mar de rostros.

Su primer instinto fue salir corriendo, pese a que sabía que no tenía adónde ir, pero de pronto todos se pusieron a aplaudir con entusiasmo.

Alexei Green había subido al escenario.

Rouche se volvió y vio al tipo de larga melena saludando a su entregado auditorio. Para lograr que su aparición fuese un poco más memorable, se había vestido con un elegante traje azul metálico y, tal vez más relevante, había hecho que proyectasen detrás de él una enorme fotografía del cadáver del banquero colgado del puente con la silueta de Nueva York al fondo.

Rouche se unió a los aplausos, consciente de que aparecía en algún lado en esa fotografía, indistinguible entre la multitud de personal de los servicios de emergencia que contemplaban el cadáver desde el puente.

—Localizado Green —casi tuvo que gritar por encima de los vítores y los crecientes aplausos cuando la imagen cambió: un cuatro por cuatro negro aplastado sustituyó al banquero, la parte trasera asomaba de la entrada de la comisaría del distrito 33 como el mango de un cuchillo.

Rouche recordó la visión en la morgue del cadáver del agente Kennedy, un buen tipo, según todos los testimonios. Recordó también la mugrienta cuerda que este aún llevaba anudada en la muñeca y con la que había sido atado a la capota, antes de lanzarlo contra el muro de un edificio repleto de sus amigos y colegas.

Rouche aplaudió con más ímpetu.

—Todos los equipos en posición —ordenó Chase por radio.

—Hay congregadas entre treinta y cinco y cincuenta personas —le dijo Baxter.

—Entre tres cinco y cinco cero perpetradores —tradujo Chase a la jerga estadounidense.

Baxter se alejó de la unidad de vigilancia para retomar su otra conversación:

—Edmunds, evacua el vestíbulo. Van a entrar.

Edmunds contempló con preocupación el concurrido vestíbulo.

—De acuerdo... Ningún problema.

—¿Necesitas ayuda? —le preguntó Baxter.

—No, ya me apaño. Tengo a Fi...

Finlay, que se había unido a Edmunds hacía unos instantes, negó con la cabeza.

—Lo tengo todo controlado —se corrigió, antes de colgar.

—Si Baxter se entera de que estoy aquí, lo único que conseguiríamos es preocuparla más —le explicó Finlay—. Vamos a sacar a esta gente de aquí, y ella no tiene por qué saber que yo te he echado un cable.

Edmunds asintió. Se separaron y empezaron a mover a la gente hacia el exterior lo más silenciosamente posible por una puerta mientras los agentes armados entraban por otra.

Rouche se arriesgó a pasear la mirada por la sala, esperando que Chase y sus hombres aparecieran de inmediato. Había tres salidas, una a cada lado del escenario y la gran puerta doble por la que había entrado. Ya había advertido a Baxter que en cada una de los accesos había un par de improvisados guardias de seguridad, ninguno de los cuales parecía haberse percatado de la llegada de los equipos de Intervención Rápida, que, sin duda, ya estarían a escasos centímetros de ellos, detrás de las puertas de madera.

Rouche observó a Green mientras este bajaba del escenario por la escalera central para reunirse con sus seguidores, con la melena inmovilizada por el soporte del micrófono inalámbrico que se lo sujetaba a la cabeza. Rouche tuvo que admitir que aquel hombre tenía carisma y sabía seducir a su público, el tipo de personalidad idónea para engatusar a personas impresionables.

—Estamos muy muy orgullosos de nuestros hermanos y

hermanas —dijo a los congregados en la sala, emocionado y con la voz a punto de quebrársele.

Mientras se paseaba arriba y abajo por el pasillo, parecía muy interesado en cruzar la mirada con cada uno de los miembros de sus seguidores. Una mujer sentada en el extremo de una fila lo abrazó cuando pasó junto a ella y se cayó de la butaca entre lágrimas de emoción. Rouche vio que uno de los guardias de la puerta se dispuso a acercarse, pero Green lo detuvo con un gesto de la mano. Acarició el cabello de la mujer y le alzó el mentón para hablarle mirándola a los ojos:

—Y nosotros, para corresponderlos, vamos a hacer que se sientan igualmente orgullosos.

La sala aplaudió con entusiasmo la idea mientras el doctor Green continuaba:

—Y una persona muy afortunada, que en estos momentos está sentada en esta sala, actuará un poco antes que los demás —dijo con una sonrisa, y por fin logró desembarazarse de la mujer.

Rouche aprovechó el comentario como excusa para echar otro vistazo a su alrededor mientras los seguidores se miraban unos a otros en busca del elegido todavía no identificado. Cuando Rouche se volvió, Green ya estaba a la altura de su fila. Solo había dos personas entre ambos. Lo tenía a no más de tres metros.

La policía iba a irrumpir de un momento a otro.

Rouche se preguntó si podría atrapar a Green.

Green debió de percatarse de que Rouche lo observaba, porque se quedó mirándolo. Sus ojos se fijaron en la camisa manchada de Rouche, pero no titubeó:

—Dos días, amigos míos. ¡Solo tenemos que esperar dos días más! —gritó, enfervorizando a su público, que estalló en estruendosos aplausos, y siguió avanzando por el pasillo hasta quedar fuera del alcance de Rouche.

Al ver las expresiones de adoración en los rostros que tenía alrededor, Rouche comprendió la necesidad de ese arriesgado encuentro final: esos hombres y esas mujeres idolatraban a Green. Harían cualquier cosa por ganarse su aprobación, incluso morir por él, y lo único que pedían a cambio es que les mostrase su amor. Necesitaban verlo en persona por última vez.

Y ahora estaban a su entera disposición para obedecer sus órdenes.

—Todavía no entréis. Todavía no entréis —murmuró Rouche, confiando en que Baxter siguiera pendiente de sus palabras. Escuchar a Green desvelando sus planes de forma voluntaria era un modo mucho más fiable de conocerlos que depender de los silencios o las engañosas medias verdades que obtendrían en un interrogatorio.

—Repito: todavía... no... entréis —insistió alzando un poco más la voz.

El repiqueteo de la lluvia en la claraboya se transformó repentinamente en estruendoso granizo, que complementó los aplausos.

—Cada uno de vosotros sabe lo que se espera de él —dijo Green a la sala, ahora con un tono muy serio—. Pero tened esto bien claro: cuando los ojos del mundo se queden clavados en Piccadilly Circus y contemplen nuestra gloriosa victoria, cuando retiren a sus muertos para contarlos, entonces por fin se darán cuenta... de que no somos personas «destruidas». Que no estamos «afligidos», que no somos «débiles». —Green negó dramáticamente con la cabeza, alzó ambas manos y añadió—: ¡Juntos... somos... fuertes!

La sala entera volvió a ponerse en pie y los vítores que corearon fueron ensordecedores.

Chase y su puñado de agentes del FBI estaban en posición frente a las dos puertas adyacentes al escenario y, por tanto, adyacentes a Green. Chase se encontraba inmerso en plena discusión en susurros con Baxter.

—Joder, Chase, dale un minuto más —dijo ella.

—Negativo —respondió él, y pudo elevar un poco más la voz porque en la sala continuaban los aplausos—. Ha detectado a Green. Vamos a entrar.

—¡Ha dicho que no entréis!

—Maldita sea, Baxter, ¡mantén el canal desocupado! —le ordenó—. Vamos a entrar. A todos los equipos. A todos los equipos. ¡Entrad! ¡Entrad! ¡Entrad!

La ovación cesó de repente cuando las tres puertas dobles se sacudieron con violencia contra las cerraduras metálicas. Green fue el primero en reaccionar, volviendo a toda prisa hacia el escenario, donde sus asustados colegas se habían puesto en pie. El miedo dibujado en los rostros de los líderes se extendió entre la multitud como un virus. Rouche había empezado a abrirse camino hacia el pasillo cuando, a su espalda, la puerta principal cedió y se abrió.

La multitud se agitó.

La gente del extremo de las filas cercanas reculó hacia los lados, y Rouche se encontró de pronto inmovilizado contra la pared; la audiencia parecía moverse al unísono. Green ya había llegado al escenario cuando las puertas laterales se abrieron por fin, reventadas las cerraduras.

—¡FBI! ¡Al suelo! ¡Al suelo!

Rouche luchaba con desesperación por liberarse de la masa

que lo aplastaba cuando esta volvió a moverse, dirigiéndose hacia las puertas abiertas. Una avalancha de personas chocó contra los agentes del FBI, porque la audiencia no se dispersó en todas direcciones, como era de esperar, sino que se concentró moviéndose hacia un solo punto.

Cuando la multitud se tragó a dos de los agentes armados, empezaron a oírse los primeros disparos. Aun así, siguió empujando para salir. Rouche veía a Green rodeado por su círculo de confianza, que le hacía un pasillo hacia las puertas abiertas. Apartando a una de las personas que le bloqueaban el paso, Rouche logró liberarse de la manada. Fue saltando por encima de las filas de asientos, convencido de que los desbordados agentes no habían visto que Green se dirigía hacia ellos y que, aun en caso de haberse percatado, no estaban en condiciones de interceptarlo.

Se oyó un disparo.

El tipo que Rouche tenía delante se desplomó, y ya nada se interponía entre él y el aterrado agente. Estaba claro que la orden de tirar a matar se había dado cuando la policía empezó a perder el control de la situación. Rouche vio que el agente no lo reconocía, que en medio del caos y dado su estado después de las heridas que se había autoinfligido tenía el mismo aspecto que el resto de los fanáticos seguidores de Green.

El agente le apuntó y el pesado rifle de asalto hizo un clic previo al disparo.

Rouche se quedó petrificado. Abrió la boca para decir algo, pero sabía que jamás lograría pronunciar las palabras a tiempo...

El arma se disparó en el preciso momento en que un enjambre de personas rodeaba al agente, y el tiro se perdió en el aire. El policía cayó al suelo. Rouche intentaba llegar hasta él cuando una segunda oleada de seguidores de Green, moviéndose hacia donde parecía haber una salida, pasó en tromba ante él pisoteando al agente en el suelo.

Rouche se vio arrastrado hacia las puertas y el pasillo. La mayor parte del público corrió hacia el vestíbulo, pero él vio a Green escabulléndose por una salida de emergencia al fondo del pasillo.

El cristal de la puerta se había roto, y se coló entre los afilados fragmentos de vidrio hacia el área de servicio de la parte posterior del hotel. Green había dejado atrás el vehículo de la Unidad de Intervención Rápida y se apresuraba hacia la calle.

—¡Baxter! —gritó Rouche apretándose el auricular contra la oreja—. Green ha salido. Va a pie en dirección a Marble Arch.

No fue capaz de descifrar la distorsionada respuesta.

Corrió rodeando el edificio hasta la calle, donde la gente se protegía de la lluvia bajo las marquesinas de las tiendas y en los portales de las casas. Las gélidas gotas de lluvia le provocaban dolor al impactar en su ardiente pecho.

Creyó que lo había perdido, pero Green apareció de pronto cruzando la calzada frente a los tres grandes arcos, con su cuidada melena convertida en oscuros mechones que se le pegaban a la cara.

—¡Va por Oxford Street! —gritó Rouche mientras doblaba la esquina, sin tener muy claro si Baxter seguía recibiendo sus mensajes con el aguacero que empeoraba por momentos.

Green estaba cada vez más lejos, y a Rouche el cuerpo, después del daño que le había infligido, empezó a fallarle. Las bolas de granizo lo golpeaban como si fuesen cojinetes y cada vez le costaba más respirar.

Green se sintió lo bastante a salvo para volverse y contemplar a Rouche, que ya no corría, sino que caminaba, agotada la última reserva de adrenalina. Se apartó el cabello de los ojos, se echó a reír y se alejó.

Rouche estaba ya al borde del colapso, cuando vio aparecer a toda velocidad el Audi de Baxter.

El coche subió a la acera unos metros por delante de Green y topó contra el muro de un edificio, cortándole el paso. Pillado por sorpresa, Green estaba dudando entre escapar por la concurrida calle o entrar en una tienda de lencería, cuando Rouche se le tiró encima por la espalda y le desgarró el traje azul metálico mientras lo derribaba.

Baxter salió rápidamente del coche y ayudó a retener a Green plantándole una rodilla en el cuello para aplastarlo contra el suelo y ponerle las esposas.

Exhausto, Rouche se tendió boca arriba en el suelo y, mientras contemplaba el cielo encapotado, la aguanieve dio paso a los primeros gráciles copos de nieve. Todavía respiraba con dificultad tratando de recuperar el aliento y se sujetaba el pecho con las manos, pero por primera vez en mucho tiempo se sintió en paz.

—¿Rouche? —gritó Baxter—. ¿Rouche?

La oyó hablando con alguien.

—Ambulancia... en el 521 de Oxford Street... Sí, es donde hay una tienda de Ann Summers... Oficial de policía herido. Múltiples laceraciones profundas, grave pérdida de sangre... ¡Por favor, dense prisa! —De pronto su voz subió de tono—: ¡Rouche, ya están de camino! Lo tenemos. ¡Lo tenemos! La pesadilla se ha acabado.

Rouche movió poco a poco la cabeza para observar a Baxter, que incorporaba a Green hasta colocarlo de rodillas. Se las arregló para sonreír..., pero de pronto abrió mucho los ojos.

—¿Rouche? ¿Estás bien? ¿Qué pasa? —le preguntó Baxter mientras él gateaba hacia ellos—. Creo que es mejor que no te muevas. ¿Rouche?

El agente de la CIA gritó de dolor conforme avanzaba por

el frío cemento. Extendió el brazo y acabó de abrir la empapada camisa de Green para revelar una palabra familiar cicatrizada en su pecho:

MARIONETA

—Mierda —resopló Baxter mientras Rouche volvía a tumbarse boca arriba—. ¿Por qué iba él a…? ¡Oh, mierda!

Green dedicó una sonrisa triunfal a su captora.

—Nunca ha sido él quien movía los hilos —resolló Rouche, y al hablar salió vaho de su boca—. No hemos logrado impedir nada.

32

Chase estaba furioso.

Su chapucera operación y subsiguiente fracaso en la caza de Green había dejado, al menos de forma temporal, al FBI sin su detenido. Baxter era plenamente consciente de que esa situación no iba a prolongarse mucho, ya que su maleable jefa no tardaría en tirar la toalla. Por tanto, organizó un interrogatorio a Green en cuanto este puso un pie en Homicidios y Crímenes Graves.

Habían distribuido a sus adeptos entre varias comisarías cercanas siguiendo los designios de un complicado algoritmo que hacía un cálculo calibrando la carga de trabajo del momento y la predecible demanda operativa futura, obra de un informático. Un informático al que, por cierto, hacía unos dieciocho meses habían confundido fugazmente con el asesino del caso Ragdoll y lo habían privado de manera injusta de su sustento. Los agentes de guardia estaban llevando a cabo interrogatorios basados en el listado de preguntas que Chase había redactado y distribuido.

Baxter esperaba que Green ralentizase el procedimiento pidiendo un abogado; sin embargo, para su sorpresa, no hizo tal petición, una decisión errónea que la inspectora no perdió un minuto en aprovechar. Con Rouche en el hospital, había pedido sin mucho entusiasmo a Saunders que se uniera a ella. Por mucho que le desagradase ese detective bocazas, era tan cabrón que había demostrado una y otra vez ser el interrogador más eficaz.

Se dirigieron a las salas de interrogatorios, donde el agente de guardia les abrió la uno. (Solo el personal recién incorporado al departamento utilizaba la prístina sala dos.) Green aguardaba sentado, muy tranquilo, ante la mesa que ocupaba el centro de la estancia. Les sonrió con afabilidad al verlos entrar.

—Para empezar, ya puedes ir borrando de tu jeta esa sonrisa de comemierda —le gruñó Saunders.

Baxter no estaba acostumbrada a desempeñar el papel de poli buena.

Por primera vez en la historia, Saunders se comportaba de un modo bastante profesional. Seguía con el uniforme de la operación y llevaba en la mano una carpeta llena de papeles, que plantó estruendosamente sobre la mesa con un gesto amenazador mientras se sentaba. En realidad, no era más que un ejemplar de *Men's Health* que había metido en la carpeta de plástico, pero a Baxter le pareció una buena jugada.

—Si creen que nos han vencido, están muy equivocados —les dijo Green al tiempo que se recogía el cabello por detrás de las orejas.

—¿En serio? —exclamó Saunders—. Pues es raro, porque pensaba que habíamos arrestado a todos tus amigos chiflados de mierda, todos los cuales en estos momentos están cantando a base de bien ante nuestros colegas.

—¿A cuántos habéis arrestado? —quiso saber Green.

—A todos, te digo.

—¿A cuántos exactamente?

Saunders titubeó ante la pregunta.

Green sonrió con aire chulesco y se apoyó en el respaldo de la silla.

—Bien, pues si sumamos el montón que ha logrado escapar de vuestra penosa redada de esta mañana a los varios a los que ordené que no se presentasen en el hotel, diría que... estáis jodidos.

Con la finalidad de ganar un poco de tiempo para pensar, Saunders cogió la carpeta y la abrió como si buscase algo. En realidad, lo único que había en ella era uno de los infinitos artículos sobre cómo conseguir unos abdominales de tableta de chocolate en solo seis semanas, lo cual habría acabado con el negocio de la revista pasado mes y medio, si alguno de esos artículos funcionase de verdad.

Sintiéndose de inmediato más gordo, Saunders cerró la carpeta y se volvió hacia Baxter encogiéndose de hombros.

—Supongo que tiene razón —dijo Saunders, y se dio una teatral palmada en la frente—. ¿Sabes qué? ¡He hecho una auténtica estupidez! Ya he organizado la cita con esa mujer el martes. ¿Cómo se llamaba?

—Maria —le recordó Baxter.

—¿Y a que no te imaginas dónde he quedado con ella?

—¡No me digas que en la estación de metro de Piccadilly! —Baxter negó con la cabeza en una pantomima de consternación.

—Escucha —dijo Saunders dirigiéndose a Green—. He pensado que, dado que es tu hermana, podría reconocer a tus excolegas, a tus amigos e incluso tal vez a tus pacientes. Seguro que estarás de acuerdo en que es una petición legítima. Ella se pasará el día allí.

El cambio de actitud de Green les permitió verificar que, en efecto, la estación de metro era el objetivo previsto.

—Maria no significa nada para mí —aseguró Green con un tono bastante convincente.

—¿En serio? —le preguntó Saunders—. ¿Sabes?, yo fui el que la interrogó el día que nos percatamos de que el culpable eras tú.

—Uno de vosotros me interrogó —dijo Green, hablando por encima de Saunders y mirando a Baxter—. En la cárcel. Sí, una agente… Curtis, ¿no era ese su nombre? ¿Qué tal está?

Baxter se puso rígida y cerró los puños.

Saunders continuó rápidamente:

—Fui yo quien tuvo que explicarle que su hermano era un pedazo de cabrón malvado. Al principio no me creyó. Te defendió con pasión. Fue… patético ver cómo su fe en ti se desmoronaba.

El comentario hizo su efecto.

Green lo miró antes de volver a mirar a Baxter.

—Creo que la abandonaste —dijo Green observándola con atención—. Si tú estás aquí sentada, si tú te salvaste, debiste de abandonarla allí.

Baxter afiló la mirada. Su respiración se aceleró.

También Saunders la miraba. Si ella se lanzaba al cuello de Green, el interrogatorio habría terminado y Green quedaría protegido por el código deontológico de la Policía Metropolitana y por un ejército de burócratas adoradores de la ética profesional.

El interrogatorio se había convertido en una carrera por ver quién se quebraba antes.

—Sé que no eres como los demás —dijo Saunders—. Tú no te crees nada de todo esto. Lo haces por la pasta, ¿no es así?

El apuesto sospechoso no cedió a la presión.

—Por lo poco que sé sobre heridas de arma blanca —comentó Green por encima de Saunders—, un cuchillo rara vez mata al instante.

A Baxter las manos le temblaban de ira y mantenía la mandíbula apretada.

—Entonces ¿de qué va esto? —le gritó Saunders—. ¿De dinero o de su silencio? Espera. No serás un pedófilo o algo por el estilo, ¿verdad?

—No creo que estuviera muerta cuando la dejaste. No lo estaba, ¿a que no? —Green sonrió con altivez, mofándose de Baxter.

La inspectora se puso en pie.

Al percatarse de que el enfoque que estaba utilizando no funcionaba, Saunders decidió cambiar de táctica.

—¿Quién es Abby? —preguntó—. Perdón. ¿Debería haber dicho quién era Abby?

Durante no más de una décima de segundo, los ojos de Green brillaron de emoción. Se volvió para dirigirse de nuevo a Baxter, pero ya era demasiado tarde, Saunders había localizado su punto flaco e iba a lanzársele a la yugular.

—Sí, tu hermana la mencionó. Murió, ¿me equivoco? Me pregunto qué pensaría ella de todo esto. ¿Crees que Annie estaría orgullosa de ti? ¿Crees que Annie...?

—¡Abby! —gritó Green—. ¡Se llama Abby!

Saunders se echó a reír.

—La verdad, tío, es que me la sopla como se llame. Oh, espera... A menos que tú la matases. —Se inclinó hacia delante mostrando mucho interés—. En cuyo caso, soy todo oídos.

—¿Cómo te atreves? —le espetó Green, ahora transformado en una versión de rostro enrojecido por la ira de su anterior personalidad, con las profundas líneas marcadas por el ceño fruncido mostrando su edad real—. Que te jodan..., que os jodan a los dos. Estoy haciendo todo esto por ella.

Baxter y Saunders intercambiaron una fugaz mirada, conscientes de lo relevante que resultaba esa ofendida confesión. Pero Saunders todavía no había terminado.

—Me parece muy bien que hagas todo esto como un jodido homenaje a Amy...

—¡Abby! —gritó otra vez Green, escupiendo babas sobre la mesa, mientras trataba de librarse de las esposas.

—… pero ¿en serio crees que alguien va a pensar en ti o en tu maldita novia muerta después de que empiecen a estallar las bombas? —Saunders se rio con amargura en la cara de Green—. Tú eres un don nadie, no eres más que una distracción, un telonero del espectáculo principal.

Baxter y Saunders contuvieron el aliento, conscientes de que ahora Saunders ya había jugado todas sus cartas.

Poco a poco, Green se inclinó hacia el detective hasta donde le permitían las esposas que lo encadenaban a la mesa. Cuando finalmente habló, lo hizo en un susurro cargado de rabia y odio:

—Ven a verme el martes, pedazo de mierda, porque te prometo que te acordarás de su nombre: A-B-B-Y —deletreó acompañándose de los dedos, y acto seguido se apoyó en el respaldo de la silla de nuevo.

Baxter y Saunders se miraron. Sin decir palabra, se levantaron y salieron a toda prisa de la sala.

Tenían lo que necesitaban.

—Me gustaría ver ahora al MI5 pretendiendo asegurarnos que no hay ninguna amenaza de ataque —se mofó Baxter mientras recorrían la oficina en dirección a la sala de reuniones, recogiendo al equipo por el camino—. Y averigua todo lo que puedas sobre la novia fallecida.

—Tenemos un problema grave —anunció una detective en cuanto Baxter asomó por la puerta.

—¡Oh, ahora que todo nos iba viento en popa…! —Nunca lograba recordar el varonil apellido de esa mujer: ¿Nichols? ¿Nixon? ¿Nudillos? Decidió no jugársela—: Dígame, detective.

—Hemos terminado de conectar a los sospechosos detenidos con los mensajes telefónicos autoeliminables…

—¡Los textos suicidas! —recordó la voz del informático Steve desde debajo de un escritorio.

—Nos faltan trece de las Marionetas de Green.

—¿Trece? —dijo Baxter con una mueca de dolor.

—Y... —continuó con tono compungido la detective— de las Marionetas que hemos investigado hasta ahora, al menos cinco no tienen ningún historial previo de enfermedad mental ni hay siquiera registro alguno de que hayan visitado alguna vez a un psiquiatra, y mucho menos a uno de los nuestros. Eso nos confirma que, como en Nueva York, la cosa tiene una dimensión que no se limita a Green y a sus pacientes. Hemos estado centrándonos en una pieza muy pequeña del rompecabezas... He pensado que debía saberlo.

Baxter emitió un gruñido: una mezcla de agotamiento, decepción y preocupación resumidos en un conciso y patético chillido.

La detective respondió con una sonrisa de disculpa y se sentó.

—Eh —susurró Saunders—. ¿Qué quería Nudillos?

«¡Sí, maldita sea, su nombre es Nudillos!», pensó Baxter.

—Básicamente aguarnos la fiesta —dijo con un suspiro mientras se dirigía a su puesto de oradora y pedía a todos que se sentaran de inmediato.

Blake levantó la mano.

—Joder, Blake —protestó Baxter—, ya no estás en el colegio. ¡Habla!

—¿Green ha confirmado cuántas bombas planean colocar?

—Parece lógico pensar que la misma cantidad que en Nueva York. Y Saunders se lo ha sonsacado.

—Oh —asintió Blake, sin pedir más explicaciones.

Chase permanecía sentado entre ellos con cara de no entender nada.

—Saunders es célebre por ser muy persuasivo —le explicó.

—¿Cómo va el reconocimiento facial? —preguntó Baxter a la sala.

—Los del City Oasis nos han enviado las grabaciones de sus cámaras —dijo uno de los miembros del equipo técnico del FBI—. Estamos comprobando los vídeos de los dos hoteles para asegurarnos de que no se nos despista ninguno.

—¿Y las tres personas que había en el escenario con Green? —preguntó Baxter.

—Uno de ellos, una mujer, murió de un disparo mientras intentaba escapar.

Baxter resopló.

—¡Me amenazó con un cuchillo! —se justificó a la defensiva uno de los hombres de Chase.

—Era la doctora Amber Ives —continuó explicando el otro—. También era psiquiatra y asesora terapeuta especializada en procesos de duelo. Pudo contactar con Green en un montón de ocasiones, en seminarios, a través de colegas conocidos de los dos... —Revisó sus notas—. Otro, el que iba junto a Ives, logró escapar.

Las miradas acusadoras se concentraron sobre el agente del FBI.

—¡Había un montón de gente!

—¿Y el tercero? —preguntó Baxter, a punto de perder la paciencia.

—Están trasladándolo aquí en este momento. Dice que quiere hacer un trato.

—Bueno, es un avance —aceptó Baxter—. Entre tanto, sin embargo, continuemos trabajando con la premisa de que lo que nos ofrecerá será una mierda. —Se volvió hacia Saunders—. Has hecho un trabajo excelente en la sala de interrogatorio —lo elogió. Después se dirigió a Chase—: Nosotros ya hemos terminado con Green. Ahora ya puedes empezar a pelearte con el MI5 por su custodia.

Baxter vaciló ante la puerta abierta de la habitación individual de Rouche en el hospital Saint Mary, mientras detrás de la ventana nevaba con intensidad. Durante una décima de segundo, volvió a verse en aquella oscura iglesia, contemplando cómo aparecía en el cuello de Curtis una delgada línea, unos recuerdos activados por las provocativas burlas de Green...

Rouche, dormido, parecía muerto: tenía la cabeza inclinada sobre el pecho, en el que las heridas todavía no cicatrizadas seguían supurando y empapando los vendajes. Sus brazos reposaban en una postura forzada, cada uno conectado a un cuentagotas con su respectiva bolsa colgada de un soporte, y los tubos que serpenteaban alrededor de la cama parecían cables que lo mantuvieran inmovilizado.

Rouche abrió los ojos y sonrió sin apenas energía a Baxter.

La inspectora borró de su cabeza los recuerdos, avanzó hacia la cama y le lanzó la bolsa tamaño familiar de chocolatinas crujientes que había comprado en el quiosco del vestíbulo; fue un gesto emotivo, solo arruinado por la limitada movilidad de los brazos entubados de Rouche y su consiguiente chillido cuando el proyectil aterrizó justo encima de sus ensangrentados vendajes.

—¡Mierda! —dijo con un grito ahogado Baxter, y rápidamente se la quitó de encima y la dejó en la mesilla con ruedas que le permitía comer en la cama.

Baxter cogió el mando del televisor para bajar el volumen de la película navideña que estaban emitiendo; no hizo ningún comentario, pero reconoció que era *Harry Potter y el misterio del príncipe*, y pensó en las similitudes entre el argumento y su situación, mientras Albus Dumbledore lanzaba una seria advertencia a sus alumnos sobre el hecho de que el arma más poderosa de su enemigo eran ellos mismos.

Pulsó el botón de «Silencio» y se sentó junto a Rouche.

—¿Cuándo te darán el alta? —le preguntó.

—Mañana por la mañana —respondió él—. Hasta entonces tienen que atiborrarme de antibióticos para que no me muera, literalmente. Al menos ahora ya vuelvo a respirar con normalidad.

Baxter lo miró desconcertada.

—Tenía una costilla clavada en el pulmón —le explicó Rouche—. Desde lo de la cárcel.

—Ah. —Baxter lanzó una mirada culpable a los vendajes.

—A partir de ahora, cuando vaya a la piscina tendré una pinta muy rara —bromeó Rouche.

—Tal vez puedan hacer algún arreglo —sugirió Baxter—. Con injertos de piel o alguna cosa por el estilo.

—Sí —convino él—. Sí, seguro que algo podrá hacerse.

No lo dijo muy convencido.

—Hay tatuadores capaces de transformar un tatuaje en otra cosa. —Baxter trataba de darle ánimos—. Para quitarse de encima el nombre de una ex y demás.

—Sí. —Rouche asintió—. Pueden hacer que ponga... ¿Camioneta? —E hizo una mueca.

—¡Marianela! —propuso Baxter muy seria, y de pronto ambos rompieron a reír ante la absurda sugerencia.

Rouche se llevó la mano al pecho, que le dolía a causa de las carcajadas.

—¿Qué habéis podido sonsacar a Green? —preguntó.

Baxter le hizo un resumen del interrogatorio al seudolíder y de lo que habían conseguido averiguar gracias al otro doctor detenido, Yannis Hoffman, quien les había proporcionado información detallada de sus pacientes, tres de los cuales estaban entre las Marionetas que seguían libres todavía. El tipo era un especialista en cáncer y cuidados paliativos reclutado directamente por Alexei Green. Estaba convencido de que el psiquiatra era el único orquestador de los asesinatos. Sin embargo, después de garantizarse la pena reducida que había querido negociar, les pasó la información vital de la hora del ataque: las cinco de la tarde. Plena hora punta.

—Y atención a esto —añadió Baxter—. La novia de Green fue asesinada en el ataque terrorista de Noruega.

Si la información causó algún impacto en Rouche, este no lo demostró.

—¿Eso le proporciona un motivo?

—Le crea vulnerabilidad —lo corrigió Baxter.

—Nada de todo esto tiene que ver con el caso Ragdoll, ¿verdad?

—Han utilizado ese caso para asegurarse de que el mundo entero les prestaba atención —dijo Baxter—. Una distracción muy inteligente. Y han utilizado a personas vulnerables para hacer estallar bombas. Han utilizado lo peor de nosotros contra nosotros, y eso ha sido posible gracias a nuestra insaciable sed de sangre. La gente no estaba tan convulsionada desde los asesinatos del caso Ragdoll.

Era evidente que Baxter había estado reflexionando mucho después de interrogar a Green.

—Es un plan genial —continuó—. Quiero decir que ¿quién se preocupa por guardarse las espaldas cuando está dedicando todas sus energías a pelearse con otro? Han logrado que nos matemos entre nosotros.

33

Los copos de nieve resplandecían cuando el haz de luz de los faros del Audi de Baxter los iluminaba mientras caían. El coche emitía un insistente chirrido y tendía a irse un poco hacia la derecha después de haberse empotrado contra la pared del Superdrug de Oxford Street hacía unas horas. Y su propietaria empezaba a tener serias dudas de que en esas condiciones pasase la próxima ITV.

Apagó el motor. Se oyó un intenso siseo de aire saliendo bajo la capota, indicativo de otra avería que reparar/disimular. O bien se trataba de eso, o bien el vehículo literalmente suspiraba de alivio tras acabar su jornada indemne.

Como vio a un grupo de chavales vestidos con ropa de deporte remoloneando en la entrada del parque (uno de ellos, con obesidad mórbida, parecía vestir esa ropa como un gesto irónico), desconectó el navegador por satélite y lo escondió debajo del asiento. Se puso los guantes. El gorro. Cogió una bolsa del asiento del copiloto y recorrió el camino de acceso que llevaba al dúplex de Edmunds.

Llamó al timbre. Mientras esperaba se fijó en unas lucecitas de Navidad apagadas que colgaban del muro de ladrillo y cuyo cable parecía partido por la mitad. En la calle se oyó el estruendo de una botella al romperse y unas carcajadas que se elevaron por encima de las silenciosas casas. Oyó los llantos de Leila antes de que se encendiese la luz del vestíbulo y Tia maniobrase con una sola mano para descorrer el cerrojo de la puerta.

—¡Feliz Navidad! —Baxter sonrió, haciendo un esfuerzo sobrehumano. Alzó la bolsa con regalos que había cogido de su apartamento de camino hasta allí—. Feliz Navidad, Leila —añadió con vocecita infantil al tiempo que extendía el brazo para hacer una carantoña a la niña, en un gesto muy parecido al que emplearía con Eco y utilizando la misma voz bobalicona que empleaba para avisarlo de que su cena estaba lista.

Tia chasqueó la lengua y desapareció por el pasillo, dejando a Baxter plantada en la entrada como una idiota.

—¡Alex! —oyó que Tia llamaba desde alguna puerta abierta al exterior. Leila seguía berreando—. ¡Alex!

—¿Sí?

—Tu amiguita está en la puerta. Me voy arriba —le dijo, y los llantos de Leila fueron apagándose.

Unos momentos después, apareció Edmunds corriendo por el pasillo y sacudiéndose copos de nieve del pelo.

Baxter estaba casi segura de que el modo socialmente aceptable de manejar situaciones como esa era simular no haber oído nada y después, durante la conversación, dejar caer algún comentario pasivo-agresivo sobre Tia en el momento propicio.

—¡Baxter! —Edmunds sonrió—. ¿Por qué sigues ahí fuera? Entra.

—¿Qué demonios le ocurre a tu mujer? —soltó Baxter, incapaz de contenerse.

Edmunds hizo con la mano el gesto de pasar página y dijo:

—Oh, considera que eres una mala influencia para mí... Y esta mañana me he perdido la fiesta de cumpleaños de mi hija que cumplía uno... Y algo más ha sucedido —añadió crípticamente mientras cerraba la puerta y conducía a Baxter hacia la cocina, donde la puerta trasera abierta de par en par invitaba al aire nocturno a colarse.

Baxter le ofreció la bolsa con los regalos y, a cambio, recibió una todavía más grande.

—¿Una copa? —le ofreció Edmunds.

—No..., no debería quedarme —respondió ella mirando intencionadamente al techo, decidida a tomar de todas formas la senda pasivo-agresiva—. He venido... Solo quería... Yo...

Edmunds reconoció la delatora incomodidad que indicaba que Baxter se disponía a lanzar un halago o una felicitación.

—Solo quería darte... las gracias.

—De nada.

—Has estado cuidando de mí..., como de costumbre...

¿Todavía había más? Edmunds estaba asombrado.

—... y hoy has estado brillante..., como de costumbre.

—De hecho —dijo Edmunds—, creo que soy yo quien tiene que darte las gracias a ti. Hoy... Estas últimas dos semanas, en realidad, han hecho que me dé cuenta de lo mucho que echo de menos todo esto. Dios, cómo lo echo de menos: el peligro, la emoción, la... importancia de todo esto. Tia está furiosa conmigo, bueno con los dos, porque esta tarde he preparado todo el papeleo para presentar mi dimisión.

A Baxter se le iluminó la cara.

—¡Vas a volver!

—No puedo.

Ella se desinfló.

—Necesito tener una vida privada. Debo pensar en mi familia. Pero al mismo tiempo ya no puedo seguir malgastando mi vida pegado a un escritorio en Antifraude.

—¿Y entonces...?

—Quiero mostrarte algo.

Desconcertada, Baxter lo siguió al jardín y caminaron sobre la nieve iluminada por la luz de la cocina hasta el desvencijado cobertizo.

—¡Tachán! —exclamó Edmunds con orgullo a la vez que gesticulaba hacia esa casucha que desde luego no era de «tachán».

El entusiasmo se le disipó en cuanto vio la reacción nada entusiasta de Baxter.

—Mierda —dijo Edmunds al darse cuenta de por qué la inauguración no había recibido la respuesta esperada. Se inclinó para recoger el cartel de fabricación casera—. Esta maldita cosa no hay forma de que se mantenga en su sitio —explicó mientras volvía a colgarlo—. ¡Tachán!

ALEX EDMUNDS, DETECTIVE PRIVADO

Abrió la endeble puerta, que casi se desencajó por el movimiento, y mostró a Baxter la oficina que se había montado. Sobre el escritorio iluminado por la acogedora luz de una lámpara de mesa había un portátil, una impresora y un teléfono inalámbrico. Una estufa de aceite colocada en la esquina calentaba el minúsculo espacio. También tenía una cafetera, una tetera, una manguera colgada sobre un cubo a modo de improvisado fregadero e incluso una silla para los clientes (un segundo taburete).

—¿Qué te parece?

Baxter no respondió de inmediato, sino que echó otro prolongado vistazo al cobertizo.

—Esto es temporal, claro está —se justificó Edmunds, ante el largo silencio de ella—. Mientras empiezo en el negocio y… ¿Estás llorando?

—¡No! —respondió Baxter con la voz quebrada—. Es solo que… Me parece perfecto.

—¡Oh, Dios mío! ¡Sí que estás llorando! —exclamó Edmunds, y la abrazó.

—Es que estoy muy contenta por ti... Y, además, han sido dos semanas muy duras —dijo riéndose Baxter, antes de romper a llorar sin poder contenerse.

Edmunds siguió abrazándola mientras sollozaba apoyada en su hombro.

—¡Por Dios! —dijo Baxter con la sombra de ojos tiñéndole las mejillas, y se echó a reír mientras recuperaba la compostura—. Te he llenado de mocos. ¡Lo siento! Soy una calamidad.

—No eres una calamidad —le aseguró Edmunds.

Pero lo cierto es que sí le había hecho un pequeño estropicio.

—De todos modos, Leila ya me había babeado comida en este jersey. —Edmunds se señaló una mancha, si bien sospechaba que era también en parte de Baxter.

—«Significa algo más para él» —dijo Baxter, y continuó secándose los ojos mientras leía una de las ideas garabateadas en varias hojas de papel enganchadas en la pared de madera detrás de Edmunds.

—Sí —dijo Edmunds, que cogió la hoja para descifrar su propia letra—. Marioneta... Anzuelo. ¿Por qué se graban esas precisas palabras ellos mismos y se las graban a sus víctimas?

—¿Una señal de lealtad? —sugirió Baxter, todavía moqueando—. ¿Una prueba?

—Seguro que sus discípulos lo ven de este modo, una marca unitaria, que supone formar parte de algo, pero no dejo de dar vueltas a la idea de que tiene que significar algo completamente distinto para nuestro... Azazel. —Utilizó el nombre con renuencia—. Algo personal.

Dudó unos instantes antes de continuar:

—Baxter, no creo que puedas detener lo que sea que va a suceder.

—Gracias por la confianza.

—Lo digo porque… —Parecía muy preocupado—. Piensa en lo complejo que habrá resultado persuadir a Glenn Arnolds para que se cosiera a otra persona en la espalda, el trabajo que habrá llevado conducirlo hasta ese nivel de delirio, sustituyendo de manera sistemática su medicación…, y todo esto armado a medida pensando en una persona concreta. Esto va más allá de la obsesión… Representa la única meta de alguien en la vida. Y eso me aterra.

Diez minutos y una taza de té de cobertizo después, Baxter estaba de nuevo en la puerta, con una bolsa de regalos en la mano.

—Oh, casi se me olvida —dijo Edmunds.

Corrió por el pasillo en busca de algo. Poco después regresó con un sobre blanco, que deslizó en la bolsa de los regalos de su amiga.

—Es el último informe, me temo. Escúchame, Baxter…

—¿Hazme un favor y no lo abras? —se le adelantó ella, sabiendo que Edmunds le diría una vez más lo que opinaba de espiar las finanzas de Thomas.

Él asintió.

—Feliz Navidad —le deseó Baxter, y le plantó un fugaz beso en la mejilla antes de alejarse hacia la noche.

Al volver a casa, Baxter se la encontró vacía. Había olvidado por completo que Thomas estaba de viaje por uno de los numerosos compromisos de trabajo que tenía durante la Navidad. Dejó la bolsa de los regalos debajo del árbol y poco a poco le vinieron dos ideas a la cabeza: la primera, que Thomas había comprado un árbol. Y la segunda, que, con todo el jaleo, ella todavía no le había comprado a él ni un solo regalo.

Con Eco durmiendo en la cocina, Rouche pasando la noche en el hospital y Thomas, sin duda, siendo manoseado por Linda, esa «madurita de buen ver a la caza de presas jóvenes», pensó que ojalá se hubiera dejado caer por casa de Finlay. No había querido entrometerse en la velada de él y Maggie con sus nietos, de modo que se limitó a llamarlo por teléfono para darle las gracias por su ayuda, y quedaron en verse después de Navidad.

De repente se sintió muy sola y, decidida a no ponerse a pensar en los otros, en las personas con las que había perdido contacto durante el último año y medio, se sacó las botas de una patada, fue al piso de arriba y se preparó un baño.

Baxter recogió a Rouche en la entrada del hospital Saint Mary a las 8.34 de la mañana. Todavía bajo los efectos de los calmantes, el agente de la CIA era una compañía de lo más animada para la hora punta de un lunes por la mañana. Como salían del embotellamiento ante un cruce para meterse en el siguiente, Baxter no tenía grandes esperanzas de llegar a tiempo a la reunión de las nueve y media con los del departamento Antiterrorista del MI5, que de pronto habían empezado a tomarse muy en serio la amenaza contra la seguridad nacional.

Rouche encendió la radio.

—… mañana, el nivel de alerta por ataque terrorista se elevará en el Reino Unido al nivel crítico, lo cual significa que las agencias de seguridad consideran que un ataque en territorio nacional es inminente.

—A buenas horas, joder —se quejó Baxter. Miró a Rouche y lo pilló sonriendo para sus adentros—. ¿Qué es, de todo esto, lo que te da motivos para sonreír? —le preguntó.

—El hecho de que no habrá un ataque. Vamos a detenerlos.

Baxter se saltó un semáforo en rojo.

—Me encanta tu optimismo…, eso de la actitud mental positiva y demás, pero…

—No se trata de optimismo. Se trata de tener un objetivo —puntualizó Rouche mientras la radio cambiaba de asunto e informaba de que tanto Betfred como Ladbrokes habían dejado de aceptar apuestas sobre si la Navidad sería blanca—. Me he pasado años vagando sin propósito alguno, preguntándome por qué yo sobreviví ese día y mi familia no. Ahora lo sé… Piensa en las innumerables decisiones y los incontables hechos azarosos que han sido necesarios para que yo, que salí de esa estación de metro como víctima de un ataque terrorista hace una década, esté mañana en disposición de prevenir otro. Es como si la historia se repitiese para darme una segunda oportunidad. Por fin he entendido por qué sigo vivo y por fin tengo un objetivo.

—Escucha, me alegro de que estés más animado, pero nuestra prioridad es esa estación de metro y lo que sea que esos mierdas han planeado hacer allí. Debemos tenerlo todo controlado. No podemos permitir que nos manipulen como en Nueva York. No podemos desviar efectivos de otras partes de la ciudad pase lo que pase allí, sea lo que sea lo que nos suceda a nosotros. Cualquier intento de distracción de esos tipos es nuestra responsabilidad. Las bombas son asunto de los servicios de seguridad. Tendremos que enfrentarnos a todo eso… Lo lamento —añadió, a pesar de que se sentía como una aguafiestas.

—Pues no lo lamentes —le dijo Rouche—. Tienes razón. Sin embargo, estoy convencido de que mañana lograremos evitar el ataque… si jugamos bien nuestras cartas.

Baxter se forzó a sonreír para animar a Rouche.

—Estamos adelantándonos demasiado —señaló—. Tal vez tengamos que enfrentarnos a un asesinato más antes de llegar a eso. Y si nuestro hombre Géminis cosido es el referente, vamos a enfrentarnos a algo verdaderamente horripilante.

—A menos que ya hayamos arrestado a esa Marioneta concreta.

—Claro, tendremos esa suerte, sí —dijo con amarga ironía Baxter.

El tráfico empezó a avanzar con más fluidez. Rouche guardó silencio mientras Baxter cambiaba de carril y adelantaba a una procesión de autobuses. Las esporádicas pasadas de los limpiaparabrisas habían ido compactando la base de un muñeco de nieve en los bordes del cristal.

—Podríamos... —Rouche dudó, tratando de armar un argumento más persuasivo—. Podríamos esperar hasta las cinco menos cinco, y entonces evacuar la estación.

—Ojalá fuera posible —dijo Baxter—. Pero no lo es.

—¿Y si...?

—Que no podemos. Si lo hacemos, nos arriesgamos a que se dispersen por la ciudad y puedan atacar en cualquier parte. Al menos de esta forma sabemos dónde se encontrarán y estaremos preparados.

—Vamos a utilizar a gente inocente como cebos... ¿Por qué me suena familiar eso? —preguntó Rouche. Su tono no había sido acusatorio, sino tan solo pesaroso.

—Es cierto, pero no veo otra opción.

—Me pregunto si alguien dijo algo similar sobre mí y mi familia en 2005.

—Tal vez sí —admitió Baxter, desolada.

Se sentía un poco disgustada consigo misma por su cruda exposición de la situación. Sospechaba que Rouche iba a pasarlo mal durante el día que los esperaba, cargado de reuniones estratégicas, considerando la vida de las personas como poco más que números en un gráfico. Si sacrificas un dígito aquí, salvas dos allí.

Y sospechaba que también ella iba a pasarlo mal.

A las 18.04 Baxter estaba agotada. Como se esperaba, hasta el momento la jornada había sido una sucesión de reuniones. Se había redoblado la seguridad en el metro de Londres y en todos los lugares emblemáticos. Los cinco grandes hospitales de la ciudad estaban preparados para poner en marcha sus protocolos en caso de incidente grave, y el servicio de ambulancias había ampliado su flota contratando vehículos a empresas privadas.

Los interrogatorios a las Marionetas se desarrollaron a lo largo de todo el día sin obtener grandes revelaciones. Resultó inútil amenazar o intentar negociar con los fanáticos seguidores de Green, ya que no tenían el más mínimo interés en protegerse a sí mismos. El propio Green había pasado la noche en manos del MI5, sometido a las más sofisticadas técnicas de interrogación, pero la falta de resultados dejaba claro que todavía no habían logrado quebrar la resistencia psicológica del psiquiatra.

El departamento se había pasado el día entero con el alma en vilo, pero en ningún momento llegaron noticias de un delirante asesinato final en alguna parte de la ciudad. Tras tantas horas ininterrumpidas de máxima tensión, Baxter se quedó con la sensación de que estaban todo lo bien preparados que podían llegar a estar para enfrentarse al último acto de las Marionetas.

Era una sensación extraña. Saber que algo iba a suceder y traicionar a cada uno de los individuos con los que se cruzaba en la calle al no advertirlos del peligro. Sentía el impulso de llamar a todas las personas a las que tenía en su agenda, gritar a los cuatro vientos que la gente se mantuviese alejada de la ciudad, pero hacerlo solo supondría retrasar lo inevitable y perder la única ventaja de la que disponían.

Vio a Rouche, que esperaba para darle las buenas noches mientras ella acababa de ordenar unos papeles. A esas alturas, tenía la sensación de que ya no podían hacer nada más para prepararse. Metió sus chismes en el bolso y se acercó a él.

—Vamos —dijo bostezando—. Te acompaño a casa. De todos modos, tengo que recoger un par de cosas.

Baxter y Rouche habían llegado a Vincent Square cuando los teléfonos de ambos empezaron a sonar al unísono. Intercambiaron miradas de agotamiento, anticipando lo que se les venía encima. Rouche puso el altavoz.

—Agente Rouche —contestó—. Estoy con la inspectora jefe Baxter.

El móvil de ella dejó de inmediato de emitir zumbidos en el bolso.

—Mis disculpas, agente Rouche. Ya sé que los dos han concluido su jornada laboral —empezó a decir la mujer que llamaba.

—No pasa nada. Adelante.

—Uno de los pacientes del doctor Hoffman, un tal Isaac Johns, acaba de utilizar su tarjeta de crédito para pagar un taxi.

—Ok —dijo Rouche, suponiendo que la cosa no acababa ahí.

—He llamado a la empresa de taxis y me han pasado con el conductor. Me ha dicho que el individuo estaba muy alterado, que le dijo que de todos modos iba a morir y que prefería hacerlo cuando todavía mantenía íntegra su dignidad, de un modo que la gente recordase. Según la declaración de Hoffman, a Johns le han diagnosticado hace poco un tumor cerebral inoperable. El conductor ya había llamado a la policía por su cuenta. Ya ha salido un coche patrulla de la comisaría de Southwark.

—¿Localización? —preguntó Baxter mientras ponía en marcha la sirena y maniobraba para acelerar entre el tráfico.

—El Sky Garden —respondió la mujer.

—¿El Walkie-Talkie? —preguntó Baxter, utilizando el sobrenombre del edificio.

—Exacto. Parece que se dirigía al bar, que está en la planta treinta y cinco.

Las ruedas se deslizaron por el asfalto mojado cuando Baxter aceleró por Rochester Row en dirección norte.

—¡Detenga a ese coche patrulla! —gritó Baxter por encima del ruido de la sirena—. Y pida una unidad armada para que nos apoye. Estamos a siete minutos del lugar.

—Entendido.

—¿Tiene una descripción? —preguntó Rouche.

—Caucásico, «cuadrado como un armario», cabello corto, traje oscuro.

Rouche colgó mientras a su alrededor se sucedían a toda velocidad los colores de la ciudad. Sacó la pistola y la comprobó.

—Allá vamos de nuevo.

Baxter reprimió un bostezo.

—No daremos tregua a los malvados.

34

—Vamos, vamos —murmuró Baxter mientras los números de la pantalla ascendían hacia su destino.

Rouche ya empuñaba su arma reglamentaria, pero no tenía claro si esa Marioneta habría logrado colar algo ilícito a través del control de seguridad semejante al de los aeropuertos de la planta baja del edificio.

31... 32... 33... 34...

El ascensor aminoró el ascenso y se detuvo con suavidad.

—¿Preparada? —preguntó Rouche.

Se abrieron las puertas, y la música que sonaba y el murmullo de las conversaciones de gente sofisticada los recibió. Rouche y Baxter se miraron y se encogieron de hombros gratamente sorprendidos. El agente de la CIA escondió con rapidez su arma y avanzaron por el pasillo en penumbra hasta la cola de personas emperifolladas que esperaban a que las acompañasen a sus mesas.

Con una luz tenue semejante a la de la ciudad que asomaba tras las cristaleras, la enorme estructura de acero emitía un resplandor rosado, y sobre sus cabezas un enorme arco de cristal y metal se alzaba quince metros, codiciando un pedacito más de cielo.

Mientras aguardaban, otearon la concurrida sala en busca de alguien que encajase con la descripción que les habían facilitado y se encontraron con que al menos un tercio de la clientela llevaba traje oscuro. Además, resultaba difícil valorar lo de «cuadrado como un armario» si el individuo en cuestión estaba sentado.

Un hombre vestido con elegancia les hizo un gesto para que se acercaran. Sin grandes sutilezas, dio un repaso a la informal vestimenta invernal de Baxter y después al arrugado traje de Rouche, y concluyó el escrutinio con una sonrisa condescendiente.

—Buenas noches, ¿tienen reserva? —les preguntó con escepticismo.

Rouche le mostró discretamente su identificación.

Baxter se inclinó hacia él para poder hablar en voz baja.

—Soy la inspectora jefe Baxter. ¡No se altere! —le dijo cuando de pronto él la reconoció y miró a su alrededor en busca de un supervisor—. Necesito que repase su lista de reservas. ¿Tiene alguna a nombre de Isaac Johns?

Se produjo una breve pausa, tras la cual el empleado repasó con el dedo su listado de nombres.

—Johns… Johns… Johns…

—¿En serio crees que habrá utilizado su nombre real? —preguntó Rouche.

—Bien que ha utilizado su tarjeta de crédito —respondió Baxter—. Ya no tiene nada que perder. Supongo que le dará lo mismo.

—¡Johns! ¡Lo he encontrado! —exclamó el empleado.

Varias personas los miraron.

—Insisto —le dijo Baxter con calma—. No se altere.

—Perdón.

—¿En qué mesa está? ¡No se vuelva! ¡No señale!

—Perdón. Junto a la ventana. En la parte derecha. Cerca de la puerta, como pidió.

Baxter mantuvo la mirada clavada en el empleado mientras Rouche escrutaba la sala.

—La mesa está vacía.

—¿Se ha fijado en qué aspecto tenía? —preguntó Baxter al empleado.

—Era… alto… y grande, musculoso. Vestía traje negro y corbata…, como si fuera a un funeral.

Baxter y Rouche se miraron.

—Ok —dijo ella al empleado—. Quiero que se comporte con naturalidad. Y si lo ve, quiero que venga muy muy lentamente hasta nosotros y me lo susurre al oído. ¿De acuerdo?

El hombre asintió.

—¿Empezamos por la terraza? —sugirió Baxter a Rouche.

De manera inesperada, lo cogió del brazo. Atravesaron el bar camuflados como una pareja feliz y salieron a la terraza, desde la que se veía a lo lejos la cúspide del Shard de un blanco resplandeciente como el pico de una montaña cubierta de nieve. Cuando llegaron hasta la barandilla metálica, se vieron envueltos por los copos de nieve que el viento hacía volar en varias direcciones antes de caer sobre la centelleante metrópolis que tenían a sus pies.

Las únicas personas que se atrevían a desafiar al frío eran una pareja que brindaba con champán y algunos abnegados progenitores que se dejaban arrastrar al exterior por sus entusiasmadas hijas pequeñas. Desde la relativa privacidad de la oscura terraza podían contemplar el interior iluminado con luces de neón rosa y estudiar los rostros sin llamar la atención.

—Tal vez se haya vuelto a casa —sugirió Rouche con optimismo, pero en ese preciso momento vio al elegante empleado recorriendo la sala en su busca—. O tal vez no.

Volvieron a entrar rápidamente y siguieron al hombre más allá de los ascensores, hasta los aseos. Allí se toparon con una hilera de cubículos idénticos, cuyas relucientes puertas negras prometían un espacio mucho más agradable que el del último lavabo que habían compartido.

Rouche sacó el arma.

—Entraré yo. Tú vigila.

Le pareció que Baxter estaba a punto de darle un guantazo.

—No sabemos con certeza si está ahí dentro —le explicó Rouche, encantado de ir armado—. Además, tal vez sean más de uno. Necesito que me cubras las espaldas.

—De acuerdo. —Baxter resopló, y se pegó a la pared a fin de no interrumpir el paso de los estresados camareros que no daban abasto para atender a las varias cenas navideñas que estaban celebrándose de manera simultánea.

Rouche avanzó por el estrecho pasillo con los sucesivos cubículos y comprobó que los dos primeros estaban vacíos.

—¡Ocupado! —gritó una mujer desde el tercero cuando el agente probó de abrir la puerta.

—Disculpe —dijo él por encima del ruido de un secador de manos, y oyó que alguien abría el pestillo de la siguiente puerta.

Agarró la empuñadura de la pistola bajo la americana, pero se relajó cuando vio salir a un anciano tambaleante que le sonrió con sus mofletes sonrosados.

Pasó ante otro cubículo vacío y llegó a la última puerta negra, que estaba cerrada, pero no con el pestillo echado. Con la pistola en alto, dio una patada para abrir la endeble puerta. Esta golpeó estruendosamente contra la pared del cubículo vacío.

La tapa de la cisterna estaba apoyada contra la pared del fondo y junto a ella alguien había dejado una bolsa de agua caliente de la que goteaba agua al suelo. En la parte posterior de la puerta colgaban una americana negra inmensa y una corbata. Rouche se volvió para salir y al hacerlo pisó algo metálico. Se inclinó y recogió una bala de 9 milímetros.

—Mierda —masculló para sí, y salió corriendo de los aseos—. No está en el… —empezó a explicarse, y chocó contra un camarero que llevaba en precario equilibrio una bandeja a rebosar de la que se le cayeron al suelo todos los vasos—. Perdón —se disculpó mientras buscaba con la mirada a Baxter.

—Ha sido culpa mía —respondió educadamente el joven camarero, aunque no lo era.

—¿Has visto a una mujer que estaba esperando aquí?

Y en ese momento se oyó un chirrido de patas de sillas y un montón de gente abandonó sus mesas.

Rouche corrió hacia el lugar donde se había producido el estruendo y se abrió paso entre la multitud que se apartaba de las ventanas.

Se detuvo.

Vio a Baxter fuera, en la oscuridad. Estaba junto a la barandilla, con el cabello alborotado por el viento. A unos metros de ella, en un rincón, pegados a la cristalera, había una joven familia aterrorizada, el padre inclinado sobre sus dos hijas para protegerlas.

Rouche salió lentamente a la terraza empuñando el arma. Ya sin los reflejos de las luces en los cristales entorpeciéndole la visión, por fin entendió la situación; había otra persona más en la terraza, detrás de Baxter.

Un musculoso brazo la retenía y una pequeña pistola la apuntaba bajo la barbilla.

En la otra mano, el agresor sostenía una segunda pistola con la que encañonaba a la familia del rincón.

—Supongo que tú eres Rouche —dijo una voz aguda que

no casaba bien con aquel cuerpo musculoso; al agresor, oculto tras su escudo humano, apenas se le veía un trozo de la cara.

Pronunció el nombre correctamente, lo cual significaba que o bien se lo había dicho Baxter, o bien el tipo la había oído llamarlo, lo cual era más plausible.

—¿Te importa bajar el arma? —le preguntó el agresor en tono amable mientras amartillaba la pistola bajo la barbilla de Baxter.

Ella negó sutilmente con la cabeza, pero Rouche, dubitativo, bajo el arma.

—Y tú debes de ser Isaac Johns —dijo Rouche, con la esperanza de que su tono relajado sosegase al individuo—. Estás bien, ¿Baxter?

—Está bien —respondió por ella Johns.

—Te dejo sola un minuto y... —Rouche se echó a reír mientras disimuladamente avanzaba un paso hacia ellos.

—¡Eh! ¡Eh! ¡Eh! —gritó Johns, y tiró de Baxter hacia atrás, haciendo que Rouche perdiese el terreno que había ganado.

El tipo era tan imponente como sugería la descripción. Pese a que la delgada Baxter era un escaso escudo para el volumen del agresor, sus órganos vitales, y con ellos cualquier posibilidad de matarlo de manera fulminante, quedaban fuera del alcance del arma de Rouche.

—¿Y cuál es el plan, Isaac? —le preguntó Rouche, con el objetivo de que siguiera hablando. Ya había captado una primera diferencia entre ese tipo y los otros asesinos: Johns parecía mantener la calma y el control. Estaba disfrutando del momento y de ser el centro de atención.

—Bueno, se trataba de que el público decidiese quién de ellos... —Hizo un gesto hacia la aterrada familia y añadió—: Muere y quien vive. Pero entonces he visto a la inspectora jefe

Baxter y no he podido resistirme. De modo que ahora esta responsabilidad pasa a tus manos.

El tipo se distrajo un momento mirando a la gente que había en el interior. Rouche levantó muy lentamente el arma unos centímetros, por si se le presentaba una oportunidad.

—¡No! —gritó Johns, toda vez que mantenía a Baxter interpuesta entre ellos—. Di a todos esos que, si alguno se marcha, empezaré a disparar. Esta gente ha captado la idea: han sacado los teléfonos. Perfecto. Quiero que grabéis esto, quiero que el mundo oiga a Rouche tomar su decisión.

Satisfecho del número de cámaras que iban a inmortalizar su momento de gloria, Johns volvió a concentrar su atención en el agente de la CIA.

—¿Y bien, Rouche? ¿A quién prefieres que mate, a tu colega o a esta familia completamente inocente?

Roche miró angustiado a Baxter.

Ella no hizo ningún gesto.

Con el cañón de la pistola presionado contra su mentón, no podía hacer un solo movimiento, mucho menos crear una oportunidad para que su colega tuviera ángulo para disparar. Después Rouche miró a la familia y reconoció demasiado bien la expresión de absoluto terror del padre.

En el interior se oyeron unos gritos cuando llegaron los primeros agentes armados.

—¡Deteneos! —les gritó Rouche—. ¡Que nadie se acerque!

Uno de los agentes no hizo caso, y Johns efectuó un disparo de advertencia. El proyectil rebotó en la pared, cerca de la niña más pequeña, y después perforó la barrera de cristal que los separaba del cielo. Los agentes del interior levantaron las manos y permanecieron entre la expectante multitud.

En el silencio que siguió, Rouche oyó que a la niña le castañeteaban los dientes. No tendría más de seis años y estaba petrificada de miedo mientras Johns prolongaba la angustiosa situación con la supuesta oferta de esperanza.

No tenía elección. Eso no era un juego. Pretendía matarlos a todos, y Baxter también lo sabía.

Después de tanto teatro, de todos esos horrores pensados para seducir a los medios, que iban aumentando su nivel de espectáculo y ambición, todavía les quedaba un sencillo y despreciable acto que sacarse de la manga, algo peor que todos aquellos cadáveres mutilados: la ejecución pública de una niña inocente. Ya habían demostrado que eran perfectamente capaces de hacerlo al liquidar a la familia Bantham al completo en su casa. Rouche tenía la certeza de que Johns no dudaría en apretar el gatillo.

La nieve que seguía cayendo le entorpecía la visión. Tuvo la precaución de ir moviendo el dedo que mantenía sobre el gatillo, para evitar que con el frío se le quedase rígido y perdiera rapidez.

—¡Ha llegado el momento de decidir! —gritó Johns a su público—. Habla alto para que el mundo pueda oírte —le dijo a Rouche—. ¿Quién quieres que muera? Responde o los mato a todos.

Rouche se mantuvo en silencio.

Johns gimoteó de frustración.

—Muy bien... Última oportunidad. ¡Cinco segundos!

Rouche cruzó una mirada con Baxter. Ella no tenía escapatoria.

—¡Cuatro!

Rouche miró a la familia. El padre le tapaba los ojos con la mano a la hija más pequeña.

—¡Tres!

Rouche sentía la presencia a su espalda de las cámaras de los móviles.

Necesitaba más tiempo.

—¡Dos!

—Rouche… —dijo Baxter.

Él la miró desesperado.

—¡Uno!

—… confío en ti —añadió cerrando los ojos.

Baxter oyó que Rouche se movía, el chasquido de un disparo, el zumbido en el aire muy cerca de su oído, cristales rompiéndose y un impacto amortiguado, todo a la vez. Notó que la presión bajo su mentón desaparecía, el brazo que la bloqueaba se retiraba… y la presencia detrás de ella se desvanecía.

Cuando volvió a abrir los ojos vio a Rouche conmocionado, todavía apuntando con la pistola directamente hacia ella. Vio también un copo de nieve manchado de sangre danzando en el aire entre ellos, antes de caer por el borde del edificio para reunirse con el resto del escenario del crimen, ciento cincuenta metros más abajo.

La sien empezó a palpitarle en el punto en que la bala la había rozado mientras los agentes armados se les acercaban. Los traumatizados padres lloraban desconsoladamente, aliviados y conmocionados; necesitaban unas frases de apoyo, que alguien les dijese en voz alta que estaban a salvo.

Rouche bajó el arma poco a poco.

Sin decir palabra, Baxter entró, cogió de una de las mesas vacías una botella de vino, se sentó delante de la barra desierta y se sirvió una generosa copa.

35

Rouche aparcó el Audi frente al número 56, una casa adosada con la fachada azul celeste en una pudiente calle secundaria; las guirnaldas de diseño que adornaban las puertas eran más una declaración estética que una decoración propiamente dicha. Las pequeñas bombillas blancas y doradas de las luces navideñas exteriores parpadeaban, satisfechas al constatar que no había ni un solo Papa Noel de plástico a la vista. En la calle se alineaban las farolas de aspecto antiguo, como escuetas torres negras firmes contra la nieve, como faros urbanos que avisaban de los peligros ocultos bajo la superficie. El cálido resplandor anaranjado era encantador, si bien servía de recordatorio de por qué el resto de la ciudad había optado por farolas más feas, pero más eficientes a la hora de iluminar mejor.

Rouche metió el pie en un charco de nieve derretida al bajar del coche y lo rodeó para abrir la puerta del copiloto, por la que salió Baxter. La ayudó a caminar, y casi la arrastró hasta el pie de la escalera que llevaba a la puerta. Notó punzadas en sus heridas bajo los vendajes mientras sostenía a su inerte colega y llamaba al timbre.

Tras unos agónicos cuarenta segundos de espera, oyó que alguien bajaba deprisa por la escalera interior. Se corrieron los pestillos y un hombre, que parecía haber estado jugando a bádminton en pijama, echó un vistazo por la puerta entreabierta y de inmediato la abrió del todo.

—¡Oh, Cristo bendito, está muerta! —dijo con voz entrecortada Thomas mientras contemplaba el cuerpo laxo de Baxter, sostenido por Rouche.

—¿Eh? ¡No! ¡Por Dios, no! Solo está borracha —le aclaró Rouche, y alzó la cabeza a Baxter para que Thomas le viera la cara. La cabeza volvió a caerle hacia delante, con la boca entreabierta. Razonablemente confiado en que seguía en el mundo de los vivos, la zarandeó. Ella gruñó—. Muy borracha —añadió él.

—Oh…, de acuerdo —dijo Thomas, aliviado y sorprendido en igual medida—. Vaya por Dios, lo siento. Pasa. Estoy siendo muy maleducado. Huuum… Entonces ¿mejor la llevamos al dormitorio?

—Al cuarto de baño —sugirió Rouche, haciendo esfuerzos por que no se le escurriese y sospechando que el uso del plural por parte de Thomas no significaba que estuviese dispuesto a ayudarlo a cargarla.

—Al cuarto de baño. De acuerdo. —Thomas asintió y cerró la puerta—. Está arriba.

—Fantástico —resopló Rouche, dando tumbos por el vestíbulo.

Se había quedado un poco sorprendido al conocer por fin a Thomas. Sin duda era apuesto, con un aire de modelo de catálogo de chaquetas de punto, pero él se esperaba a alguien… Ahora que lo pensaba, en realidad, no tenía ni idea de qué tipo de persona esperaba encontrarse.

Siguió a Thomas por el dormitorio y entró en el cuarto de baño de la suite, donde por fin pudo dejar a Baxter cerca del váter. Casi de inmediato, ella se despertó y se inclinó sobre el inodoro. Rouche le recogió el cabello mientras ella vomitaba.

Thomas, entre tanto, se había acuclillado al otro lado con un vaso de agua en la mano.

—Por cierto, soy Thomas —se presentó, y la costumbre le hizo tender una mano que Rouche, por motivos obvios, no pudo estrecharle—. Claro, disculpa —dijo retirándola.

—Yo soy Rouche.

—Ah, el famoso Rouche... —dijo sonriendo, y miró preocupado a Baxter cuando ella volvió a sentarse en el suelo entre ambos—. No la había visto así nunca —admitió tirando de la cadena.

Rouche se las apañó para ocultar su sorpresa tanto por el hecho de que Baxter hubiera compartido su lucha por mantenerse sobria con él y no con su novio desde hacía ocho meses como por el hecho de que Thomas no fuese lo bastante perspicaz para no haber notado nada.

Ahora le tocó a Thomas sostener el cabello de Baxter mientras ella volvía a inclinarse sobre el retrete.

—¿Qué ha pasado? —preguntó.

Rouche pensó que no le correspondía a él contarlo. Lo que Baxter quisiera explicarle era asunto suyo. Se encogió de hombros.

—El caso en el que estamos trabajando y todo eso.

Thomas asintió, dando a entender que Baxter ya le había soltado alguna vez un rollo parecido. Decidió cambiar de tema.

—Emily y tú debéis de ser muy buenos amigos.

—¿Quién?

Baxter levantó una endeble mano.

—¡Oh, Baxter! Supongo que... sí —dijo Rouche, cayendo en la cuenta de las muchas situaciones complicadas que habían vivido durante el poco tiempo que llevaban trabajando en ese caso, el equivalente a toda una vida de horrores—. Sí —repitió, esa vez con decisión—. Es una persona muy especial.

Baxter vomitó estruendosamente.

Rouche volvió a encargarse de sostenerle el cabello.

Cuando Baxter terminó, él se puso en pie.

—Parece que aquí ya está todo bajo control —dijo Rouche a Thomas—. Ya encontraré yo solo la salida. —De pronto recordó algo—. Tengo... un pequeño regalo para ella en el coche.

—Puedes dejarlo debajo del árbol con los demás —le indicó Thomas—. Y, por favor, esta noche llévate el coche de Baxter. Mañana por la mañana ya la acompañaré yo al trabajo.

Rouche asintió agradecido y se dispuso a marcharse.

—Rouche.

El agente se volvió.

—Ella no siempre me cuenta todo lo que pasa —empezó Thomas, presentando su propuesta al Tío con Más Tacto del Año—. Yo solo... Bueno, ya sabes..., si puedes..., cuida de ella.

Rouche dudó. No quería hacer a Thomas una promesa que quizá no podría cumplir.

—Lo haré un día más —dijo evasivamente antes de salir de la habitación.

Baxter se despertó en brazos de Thomas. Notó el frío de las baldosas del cuarto de baño en las piernas desnudas y de inmediato fue consciente de la cicatriz sin necesidad de mirársela. Sus pantalones estaban tirados de cualquier manera en un rincón, pero todavía llevaba la blusa empapada de sudor. Ambos estaban envueltos con una toalla grande y Thomas se encontraba incómodamente encajonado entre el retrete y la pared.

—Mierda —murmuró Baxter, furiosa consigo misma.

Se liberó del abrazo y poco a poco se incorporó, tambaleándose mientras se acostumbraba a la altitud. Con prudencia, bajó por la escalera.

Las lucecitas del árbol de Navidad parpadeaban, y eran la única fuente de luz y calidez en toda la casa. Atravesó el salón y se sentó delante de él, cruzó las piernas y se quedó contemplando las bombillitas de colores que iban apagándose y encendiéndose por turnos. Tras unos minutos hipnotizada, se fijó en el hermoso ángel que la miraba desde lo alto del árbol. Las palabras de aliento de Lennox sobre su colega fallecida volvieron a su memoria como dichas por una voz inoportuna que se hubiera colado en su cabeza: «Supongo que Dios necesitaba a otro ángel».

Baxter se levantó, estiró el brazo y lanzó la frágil figurita al sofá. Ya un poco recuperada, empezó a revisar la pila de regalos a la que no había contribuido con ninguno.

De niña adoraba la Navidad. Pero últimamente se limitaba a celebrarla con las habituales cinco películas navideñas en diciembre y, a lo sumo, dejándose caer en la cena de Noche Buena de algún conocido después de que le insistieran mucho y siempre que al día siguiente pudiese llegar sin retraso al trabajo.

Buscó el mando del televisor, lo encendió y bajó el volumen hasta reducirlo a un leve rumor que salía por los altavoces. Sintió un irracional entusiasmo al encontrarse con que pasaban un episodio de tema navideño de *Frasier* e, incapaz de borrar la sonrisa de su cara, se puso a separar los regalos en tres pilas. La mayor pare eran para ella, por supuesto. Eco no había salido mal parado, pero lo de Thomas era patético.

Cogió un paquete que no le sonaba haber visto antes y que, además, estaba envuelto con torpeza y leyó la nota manuscrita en el papel:

Feliz Navidad, Baxter. Se llama Frankie.
Besos, Rouche

Intrigada, entusiasmada con su minifiesta navideña privada y con ganas de saber el precio aproximado del regalo para no resultar demasiado rácana o desmesuradamente generosa con el que le haría ella, rasgó el papel del envoltorio y se quedó mirando el pingüino con gorrito naranja que sostenía en las manos, el mismo peluche que había visto en casa de Rouche… y que perteneció a su hija.

Se quedó mirando al pajarraco de cara bobalicona. Su incredulidad ante el hecho de que Rouche quisiera que ella se quedase con algo tan importante para él se vio superada por la inquietante sospecha de que él considerase que ya no iba a necesitarlo, que, fuera cual fuese la prueba final a la que tendrían que enfrentarse, no esperaba salir de ella con vida.

Se colocó a Frankie sobre las piernas cruzadas y se acercó la enorme bolsa con el regalo de Edmunds y Tia. Metió la mano y se encontró con un sobre blanco sin nada escrito en él, colocado encima del obsequio envuelto.

Se había olvidado por completo de él.

Lo sacó y lo sostuvo en las manos, justo por encima de Frankie, y pensó en sus infundadas sospechas acerca de Rouche. También en su indignación contra Edmunds, que era su mejor amigo, cada vez que este le imploraba que no leyese sus informes clandestinos sobre Thomas. Pensó en Thomas, que imaginó seguiría envuelto en la toalla y encajonado en el suelo del cuarto de baño, donde había pasado la noche cuidando de ella.

Se dio cuenta de que solo pensar en su torpón novio la hacía sonreír. Rompió el sobre en pedazos, los lanzó sobre el papel de envolver hecho trizas y continuó ordenando los regalos.

36

Martes, 22 de diciembre de 2015
9.34 h

Baxter siguió los carteles indicativos de la línea de Bakerloo y descendió a más profundidad bajo la ciudad en la estación de Piccadilly Circus. Se había recogido el cabello en una coleta y se había pintado con el maquillaje colorista que habían ido regalándole a lo largo de los años; la mayor parte de los productos eran obsequio de su madre, en una no muy sutil indirecta para que «dejase de parecer un vampiro». En cualquier caso, el disfraz funcionaba y cuando acabó de retocarse casi ni se reconoció en el espejo.

Siguió a la multitud hacia el andén. A medio camino vislumbró su verdadero destino y se detuvo ante una puerta gris con el logo del metro de Londres y un cartel en el que se leía:

PROHIBIDA LA ENTRADA
SOLO PERSONAL AUTORIZADO

Llamó con los nudillos, esperando haber llegado al sitio correcto y no estar plantada ante un armario con artilugios de limpieza.

—¿Quién es? —preguntó una voz femenina desde dentro.

Tenía a un montón de personas pasando cerca de ella y no

estaba dispuesta a ponerse a gritar su nombre allí en medio, después de sus esfuerzos para pintarrajearse como una payasa.

Volvió a llamar.

Alguien abrió la puerta unos centímetros, con prudencia, pero Baxter la empujó y entró en el cuarto en penumbra. La mujer cerró de inmediato detrás de ella mientras los otros dos agentes del departamento Técnico continuaban colocando los monitores, unidades de radio, inhibidores de frecuencia, ordenadores y equipos de encriptación, convirtiendo el reducido habitáculo en un puesto de mando táctico.

Rouche ya había llegado y estaba clavando en la pared varios mapas junto a una lista de códigos de llamadas de radio.

—Buenos día —la saludó.

Se metió la mano en el bolsillo y sacó las llaves del coche de Baxter, sin hacer mención alguna a los acontecimientos que habían hecho necesario que él lo tomase prestado ni al nuevo rostro pasmosamente colorido de su colega.

—Gracias —dijo Baxter secamente, y se las guardó en el bolsillo del abrigo—. ¿Cuánto falta para que lo tengamos todo listo?

—Diez…, quince minutos —respondió uno de los agentes que manipulaba cables debajo de las mesas.

—Entonces volvemos dentro de un rato —masculló Baxter a la sala.

Rouche captó el mensaje y la siguió al andén para hablar en privado.

Cuando la noche pasada regresó al apartamento de Baxter, las grabaciones del tiroteo ya estaban en antena en los canales de noticias más importantes alrededor del mundo, inmortalizándolo en unas imágenes de video granulosas en el momento en que salvaba la vida a la inspectora jefe. Como resultado del visionado, por la mañana había olvidado de afeitarse, y la sombra de vello en sus mejillas suponía un notable cambio con respecto a su imagen de agente siempre acicalado. También se había peinado hacia atrás el tupé, dejando más a la vista las canas, lo cual, de hecho, lo favorecía.

—Vaya, hoy pareces un zorro plateado. —Baxter sonrió mientras caminaban hacia el extremo del andén, pasando por delante de un enorme cartel que anunciaba el libro de Andrea.

—Gracias. Y tú…, bueno, tú…

Rouche no sabía qué decir.

—Parezco una abuelita aficionada al bingo —concluyó Baxter sin pretender ser graciosa, pero provocando la sonrisa de su colega—. El FBI ha decidido obsequiarnos con su presencia —comentó en voz baja—. Quieren «ayudar cuanto sea posible a acabar de una vez por todas con estos atroces actos de barbarie». Traducido al cristiano: no pueden volver a casa sin Green, pero el MI5 todavía no ha terminado con él, de modo que han tenido que quedarse y quieren disparar algunos tiros.

—Sí, ya me he dado cuenta de que andan por aquí. —Rouche hizo un sutil gesto hacia un tipo fornido con coleta plantado en el andén a unos pasos de ellos—. Ese Steven Seagal de pacotilla lleva casi una hora decidiendo qué barrita de chocolate va a comprar en la máquina.

—Joder —resopló Baxter—. Informe del turno de noche: han detenido a dos Marionetas más.

—Entonces… ¿quedan diez?

—Quedan diez —convino Baxter.

—Y nuestro Azazel, sea quien sea —añadió Rouche.

Permanecieron unos instantes en silencio mientras un tren se detenía en el andén entre chirridos metálicos.

Baxter aprovechó la interrupción para meditar lo que deseaba decir, aunque no se veía capaz de admitir que había abierto el regalo de Rouche y, además, quería evitar cualquier tipo de deriva emocional en la conversación.

—Los dos vamos a salir airosos de esta —le dijo a Rouche mientras contemplaba el tren que se alejaba para evitar mirar a su colega—. Ya casi hemos terminado con esto. Sé que crees que lo de hoy será una especie de prueba, pero solo podemos hacer lo que está en nuestra mano. No se te ocurra correr riesgos innecesarios o…

—¿Sabes en qué estaba pensando anoche? —la interrumpió Rouche—. En que todavía no he contestado a tu pregunta.

Baxter lo miró desconcertada.

—¿Cómo es posible que alguien supuestamente inteligente y que se ha pasado la vida buscando pruebas tangibles crea en algo tan falto de fundamento e ilógico como… el cielo, «cuentos chinos », dijiste? ¿No me preguntaste eso?

—De verdad, no quiero ponerme a hablar de esto ahora —soltó Baxter, que acababa de sentir un escalofrío al recordar su lamentable arrebato en el avión.

—Pero ¡si es el momento perfecto para hacerlo!

Otro tren desaceleró al entrar en la estación, y dio comienzo un juego de las sillas masivo, en el que participaron un montón de pasajeros durante diez segundos: los perdedores se quedaron sin asiento, y tuvieron que agarrarse a una barra o arriesgarse a caerse cuando el tren arrancase.

—Yo era como tú —empezó Rouche—. Ya sabes, antes de lo que pasó. Creía que la fe era algo para los débiles, un engaño para ayudarlos a sobrellevar sus pesarosas vidas…

El modo en que Rouche lo describió, recordó a Baxter su propia reacción ante la idea de recibir asesoramiento psicológico antes de que la ayudase a superar sus problemas.

—… pero entonces, cuando sucedió… lo que sucedió, yo me sentía incapaz siquiera de digerir la idea de que las había perdido para siempre, que no estaría con ellas nunca más, que no volvería a abrazarlas, que mis dos chicas simplemente habían desaparecido. Eran demasiado importantes para mí, demasiado especiales para haber dejado de existir sin más, ¿lo entiendes?

Baxter hacía esfuerzos por no perder la compostura, pero Rouche parecía muy sereno, solo preocupado por articular sus reflexiones.

—Y en cuanto pensé en eso, de pronto todo cobró sentido: no se habían ido de verdad. Lo sentía, y hoy he vuelto aquí abajo y... ¿entiendes lo que intento explicarte?

—¡Esta mañana he rezado! —soltó abruptamente Baxter, y enseguida se tapó la boca con la mano como si acabase de contar un secreto embarazoso.

Rouche la miró con suspicacia.

—¿Qué pasa? Ni siquiera sé si he hecho bien, pero he pensado: ¿Y si me equivoco? ¿Y si hay alguien o algo ahí fuera y no lo hago? Hoy hay demasiado en juego para no hacerlo, ¿no crees? —Baxter se puso colorada. Por suerte, no obstante, el estridente maquillaje que llevaba lo disimuló—. Oh, déjame en paz —refunfuñó cuando vio que Rouche le sonreía. Y rápidamente se centró en el punto importante de verdad—: Además de ponerme en evidencia confesándote todo esto, también te diré qué he pedido en mis oraciones.

—Que impidamos a esos hijoputas chiflados llevar a cabo...

—¡Eso por descontado! Pero también he rezado por ti.

—¿Por mí?

—Sí, por ti. Va a ser la primera y última vez que rece por ti. Y he pedido que salgas de esta con vida conmigo.

La inesperada revelación pareció surtir el efecto deseado.

Si el Dios de Rouche quería que ese día viviese o muriese era un misterio, pero Baxter esperaba que, después de lo que acababa de decirle, al menos se lo pensase dos veces antes de ponerse voluntariamente en peligro.

—¿Qué hora es? —gruñó Baxter con la cabeza entre las manos e iluminada por el resplandor azulado de los monitores del improvisado centro de mando.

—Y diez —respondió Rouche, sin quitar ojo a las imágenes en directo de las cámaras de la estación.

—¿De qué hora?

—Las tres y diez.

Baxter dejó escapar un profundo suspiro.

—¿Dónde coño están esos mierdas? —preguntó a nadie en particular.

La elevación del nivel de alerta terrorista estaba dando como resultado un día interesante en la capital. Habían arrestado a un hombre que trataba de introducir en la Torre de Londres una navaja; sin embargo, todo apuntaba más a la estupidez humana que a un asesino de masas como motor de la acción. Había habido una alerta de bomba en una feria en el Olympia de Kensington. Este caso también había acabado de mala manera con un expositor despistado muy cabreado al enterarse de que la policía había detonado con una explosión controlada el ordenador portátil que había dejado olvidado.

Baxter y su equipo de doce personas habían hecho cinco detenciones por comportamientos sospechosos. Aunque ninguno de los arrestados tenía nada que ver con Green y sus secuaces, se había evidenciado el alarmante número de gente rara que deambula por la ciudad a cualquier hora del día.

—¿Dónde están los tíos del MI5? —preguntó Baxter sin levantar la cabeza de la mesa.

—Siguen con los del FBI en el andén de la línea de Piccadilly —respondió alguien.

Baxter emitió un ruido inespecífico a modo de respuesta.

—¡Tipo raro a la vista! —avisó Rouche.

Baxter alzó la mirada, expectante. Un tipo con gorro de Santa Claus, que era evidente que llevaba escondido algún tipo de animal vivo bajo la chaqueta, pasó frente a una de las cámaras. La inspectora jefe agradeció tener algo que hacer.

—Vamos a comprobarlo.

En New Scotland Yard, a la agente Bethan Roth le habían asignado la tarea de revisar las grabaciones de las cámaras relacionadas con el caso cuya escasa calidad impedía pasarlas por el sistema de reconocimiento facial. A lo largo de la semana había repasado un montón de imágenes de grabaciones borrosas, y gracias a un programa que permitía ampliarlas habían conseguido detener dos Marionetas más.

Ese día estaba dedicándolo a revisar las grabaciones de las cámaras de seguridad del Sky Garden y contemplaba las imágenes del desastre evitado por los pelos tomadas desde diversos ángulos. El vídeo en blanco y negro que visionaba en ese momento era tan soporífero como las dos horas de gente entrando y saliendo del encuadre de camino a los aseos.

Revisaba una grabación hecha desde una cámara del interior, de la zona del bar. No captaba nada de la escena de la terraza y solo podía deducir en qué momento había efectuado Rouche el disparo por la reacción de la gente. Varias personas se daban la vuelta para no mirar, otras continuaban grabando móvil en mano, y una anciana se desmayó y arrastró en la caída a su marido con aspecto de zombi.

La agente se inclinó hacia delante y pasó al siguiente vídeo cuando una de las figuras monocromas del fondo de la imagen le llamó la atención. Rebobinó y volvió a fijarse en la reacción aterrada de la gente al ver morir a un hombre de un disparo ante sus ojos.

Bethan clavó la mirada en la figura ensombrecida del fondo.

En el momento en que la anciana desmayada salía del plano, el individuo se daba la vuelta y caminaba muy tranquilo hacia la salida. Todo en su actitud, incluso su manera de caminar, sugerían un absoluto distanciamiento emocional con lo que acababa de presenciar.

Bethan amplió la imagen con el zoom, pero no logró ver más que un círculo pixelado donde debería haber estado la cabeza del individuo.

Se le ocurrió una idea.

Volvió a cargar las imágenes del exterior de los aseos y continuó visionando a partir de donde lo había dejado. Al cabo de un rato, el individuo sin identificar dobló la esquina y pasó ante la cámara, asegurándose de mantener la cabeza gacha en todo momento.

—Cabrón —susurró Bethan, ahora segura de que ese tipo no era trigo limpio.

Volvió a reproducir el fragmento del vídeo a cámara lenta, preguntándose qué podía ser el círculo resplandeciente que se veía en el suelo. Amplió la imagen con el zoom: una bandeja rodeada de cristales rotos. Amplió más todavía hasta que la superficie reflectante ocupó toda la pantalla, y fue pasando fotograma a fotograma, con unos ojos de palmo por la expectación.

De pronto, sobre la bandeja se proyectó una sombra y unos fotogramas después la parte superior del zapato de un hombre entró en el plano. Bethan continuó avanzando.

—Vamos… Vamos… —dijo con una sonrisa—. ¡Te tengo!

Encuadrada en el círculo plateado de la bandeja, distinguió una imagen válida para trabajar del rostro de un hombre de mediana edad.

—¡Jefa! ¡Necesito que venga!

37

Martes, 22 de diciembre de 2015
15.43 h

Blake llegó al exterior de la casa al mismo tiempo que la Unidad de Intervención Rápida. Durante el trayecto había recibido las primeras informaciones que el equipo había logrado reunir sobre el que pasaba a ser el nuevo sospechoso principal.

Lucas Theodor Keaton era un multimillonario, propietario de una empresa de telecomunicaciones, de cuya dirección había sido apartado en los años noventa a cambio de una generosísima indemnización y una silla en el consejo de administración. Desde entonces, se había concentrado principalmente en sus obras benéficas y en ayudar a emprendedores a crear sus negocios.

Había una pista prometedora: S-S Mobile, en cuyos servidores estaban alojados los mensajes ocultos, era una filial de la empresa de Keaton, Smoke Signal Technologies. Además, la tienda que había vendido todos los móviles implicados estaba vinculada a la poco conocida empresa madre.

Keaton tenía mujer e hijos, todos fallecidos.

Él y los dos niños habían sido víctimas de las bombas del 7 de julio. Y aunque Keaton había salido relativamente indemne, uno de sus hijos había muerto en el mismo lugar de los hechos. El otro falleció por problemas derivados de las heridas sufridas un año y medio después, lo cual llevó a la esposa de Keaton a quitarse la vida con una sobredosis de pastillas.

—Vaya panorama —le había dicho Blake, impactado por lo que oía, al colega que lo informaba desde el otro lado de la línea telefónica

—Pues la cosa empeora.

—¿Puede haber algo peor que perder a toda la familia?

—Su hermano… —El agente que llamaba desde New Scotland Yard tecleó en su ordenador—. Su hermano lo sustituyó en un evento benéfico en Estados Unidos en 2001…

—¡No me lo digas!

—… el 11 de septiembre.

—¡Dios mío! —Blake casi empezó a sentir lástima por su principal sospechoso—. ¿Cuánta mala suerte puede acumular un solo hombre?

—El hermano no tenía ningún motivo concreto para estar en el World Trade Center. Tan solo pasaba por allí en el momento menos adecuado.

—¿Crees que ese tal Keaton acarrea con una maldición o algo por el estilo?

—Tiene una auténtica fortuna, pero su vida es una absoluta mierda. Da que pensar, ¿no crees? —fue la postrera reflexión teórica del agente antes de colgar.

Dado que Saunders formaba parte del operativo de Piccadilly Circus, Vanita había enviado a Blake solo para unirse al equipo de Intervención Rápida en la enorme residencia de Keaton en Chelsea.

Mientras los agentes armados subían por la escalera con el propósito de derribar la puerta principal, Blake se refugió del viento detrás de un buzón para encender un cigarrillo. Pese a ser un barrio elegante, la arbolada calle no era un lugar muy confortable para esperar: casi un tercio de las casas parecían estar acometiendo reformas importantes y entre los coches deportivos de los residentes aparcados había camiones, furgonetas y hasta una pequeña grúa. El ruido era insoportable.

—¡Colega! —llamó Blake a uno de los trabajadores de la construcción que pasó junto a él—. ¿Qué ocurre aquí? ¿La calle está hundiéndose o algo por el estilo? —le preguntó, por si la información pudiera ser relevante.

—¿Esto? —preguntó el fornido tipo señalando el jaleo—. No. Como es una zona de primera, cada metro cuadrado que puedas ganar vale su precio en oro. Así que un billonario listillo, que se sentía aprisionado en sus exiguos diez dormitorios, se percató de que, justo debajo del sótano, todo lo que había hasta llegar al centro de la Tierra era espacio perdido que podía estar utilizando… Y ahora todos andan como locos construyéndose sótanos y más sótanos.

A Blake le sorprendió la elaborada respuesta.

—Aunque, claro, si yo empezase a cavar en el suelo de mi casa acabaría en el restaurante de kebab que tengo debajo —añadió el tipo con un suspiro.

—¡Detective! —lo llamó uno de los agentes del equipo de Intervención Rápida—. ¡Todo despejado!

Blake dio las gracias al bien informado tipo impregnado de olor a kebab y se dirigió con paso rápido a la casa. Solo el vestíbulo ya era más grande que todo su apartamento en Twickenham. Desde el suelo de mosaico ascendía una amplia escalera de madera y los otros siete agentes ya se habían perdido por el interior de la inacabable casa de Keaton. Había flores frescas en carísimos jarrones y de la pared del fondo colgaba un enorme retrato de la familia al completo.

—Si tiene prisa, yo empezaría por la tercera planta —sugirió el jefe de la unidad a Blake con un guiño de complicidad.

Blake se dirigió hacia la escalera.

—Disculpe, es abajo —le aclaró el oficial, y señaló una esquina—. Me refería a la tercera planta del sótano.

Mientras Blake bajaba por la escalera, su móvil emitió un tenue pitido que indicaba que había perdido la señal. Allí, solo un piso por debajo de la elegante fachada del edificio, empezaron a aparecer las primeras señales de una mente trastornada.

La sala parecía haber servido de oficina en algún momento del pasado, pero ahora las paredes estaban totalmente cubiertas de imágenes de la feliz familia: otro retrato encargado a un pintor profesional junto a instantáneas de unas vacaciones, bocetos a lápiz junto a las fotografías en las que se basaban. Y todas las imágenes estaban enmarcadas y colgadas con precisión.

—El ordenador de la esquina —indicó Blake a un agente, para que se lo llevase a la furgoneta en cuanto subiera—. Este teléfono… y esta fotografía —dijo, eligiendo la que, por las edades de los dos chavales con sus sonrisas desdentadas y cortes de pelo idénticos, parecía la más reciente.

Siguieron descendiendo, y a medida que lo hacían la temperatura bajaba, los escalones crujían bajo sus pies y el denso aire estancado se agolpaba en sus pulmones. Para Blake aquello era como sumergirse en el subconsciente de Keaton…

Y llegaron al lugar en el que dormía.

Había un pequeño catre de campaña con las mantas revueltas apoyado contra la pared del fondo, rodeado por lo que solo podía describirse como un santuario. Joyas, ropa, dibujos infantiles y juguetes estaban amontonados en ordenadas pilas en torno a la cama. Alrededor de ese perímetro se veían varias velas derretidas sobre el suelo de madera.

—¡Hostia! —dijo Blake con un sobresalto al fijarse en la representación de un Cristo crucificado que colgaba en la pared que tenían a sus espaldas: los pies y las muñecas estaban atados a la cruz de madera, las manos colgaban lánguidas y sobre la cabeza llevaba una corona de espinas; una violenta inspiración para las atrocidades de las últimas semanas.

Blake frunció el ceño y, de mala gana, se acercó a la pared para leer lo que alguien había escrito, pintando con los dedos, a ambos lados del hijo de Dios:

¿DÓNDE COJONES ESTÁS?

Mientras tomaba una fotografía de la pared para incluirla en el informe, casi se cae al tropezar con un almohadón tirado en el suelo.

—¿Salimos de aquí? —sugirió con impaciencia al agente que lo acompañaba.

Con la temperatura descendiendo otro par de grados, bajaron con cuidado por la cada vez más estrecha escalera hasta el piso más profundo de la casa.

No habían dado ni dos pasos en la nueva habitación cuando a Blake le dio un vuelco el corazón.

Todas las superficies imaginables estaban ocupadas por infinidad de libros, periódicos, carpetas y diagramas, amontonados en pilas que podían llegar al metro o desperdigados por el suelo; eran años de trabajo, la recopilación de una mente obsesiva.

Disponían de menos de una hora.

Otros dos agentes, que ya habían cogido un portátil para llevárselo, se sumaron a la revisión de aquel material.

—En este montón están la práctica totalidad de noticias aparecidas en la prensa sobre el caso Ragdoll —dijo uno de los agentes—. Encima de la otra mesa está toda la información acerca de Alexei Green. Por lo que parece, el tal Keaton está obsesionado con él; lleva años reuniendo información sobre él.

Blake se acercó a la pila de artículos y discos compactos que documentaban las apariciones públicas de Green en entrevistas y conferencias, cada pieza etiquetada con una nota manuscrita. Cogió un diario personal y lo abrió. La primera página se titulaba sin más «Primera Sesión» y lo que venía a continuación parecía una transcripción palabra por palabra del primer encuentro de Keaton con el psiquiatra.

El jefe de la unidad leía por encima del hombro de Blake.

—Parece como si el tal Keaton no fuese más que otro desequilibrado al que hubieran reclutado.

—Pero no puede ser —susurró Blake, y siguió tratando de comprender esa mente desplegada ante ellos a través de todos los papeles y la tinta que llenaban la habitación.

Uno de los agentes dio un golpe a una de las precarias pilas de libros y estos se desparramaron por el suelo. Sin prisas, el agente se inclinó para mirar más de cerca lo que había quedado de pronto a la vista.

—Jefe.

—¿Qué?

—¿Quiere hacer bajar aquí al equipo de desactivación de bombas?

El jefe del equipo puso cara de preocupación y dijo:

—No lo sé. ¿Debería hacerlo?

—No parece que esté activada..., es casera. Aun así..., creo que debería hacerlo.

—Mierda... ¡Todo el mundo fuera! —ordenó.

—Yo me quedo —dijo Blake.

—Esté o no activado, en cuanto detectamos un explosivo tengo que hacer salir a todo el mundo, por seguridad.

—Si Keaton es nuestro hombre... —empezó Blake.

—¡No lo es!

—Pero si lo es, necesitamos lo que hay aquí abajo. Saque a

sus agentes. Mande esos ordenadores a los técnicos y llame al equipo de desactivación…, por favor.

El oficial parecía indeciso, pero al final cogió el portátil que habían encontrado y siguió a sus hombres escalera arriba, dejando a Blake solo, enfrentado a la mente de Keaton.

Volvió a coger el diario, lo abrió por la Primera Sesión y leyó en diagonal la página. Consciente de que el tiempo corría en su contra, saltó hasta la Novena Sesión con el psicoanalista, y enseguida perdió la esperanza de haber encontrado por fin a su Azazel.

Novena sesión

—… Y el mundo siguió como si nada hubiera sucedido —dijo Lucas, perdido en sus pensamientos—. No me queda nada. Vuelvo a casa y me encuentro con un lugar vacío, un mausoleo de todo lo que fueron, noche tras noche. No me veo capaz de tirar nada. Es todo lo que me queda de ellos, pero cada vez que entro siento que me ahogo en los recuerdos… Todavía huelo el perfume de mi mujer… ¿Se encuentra usted bien?

Green se levantó bruscamente de su asiento para servirse un vaso de agua.

—Sí. Estoy bien…, estoy bien —dijo, pero de pronto se le arrugó la cara y rompió a llorar—. Lo siento. Esto es muy poco profesional. Necesito un momento para recuperarme.

—¿Ha sido por algo que he dicho? —preguntó Lucas, preocupado, mientras contemplaba a Green, que ya recuperaba la compostura.

Fuera la lluvia se intensificó. Debía de llevar el día entero lloviendo.

—Tal vez esto no sea una buena idea —dijo Lucas, y se levantó—. Parece que lo único que hago es alterar a todo el mundo.

—No es culpa tuya, Lucas —afirmó Green rápidamente—. Soy yo y mis propios problemas.

—¿Qué pasa? —preguntó Lucas con ingenuidad—. ¿Usted... también ha perdido a alguien?

—Centrémonos en ti, ¿de acuerdo?

—Puede contármelo.

—No, no puedo —negó Green con firmeza.

Lucas, ya de pie, se dirigió hacia la puerta.

—¡Lucas!

—¡Todo lo que usted dice son gilipolleces! Le abro mi corazón dos veces por semana, pero en esta habitación no hay ninguna confianza —le echó en cara al psicoanalista.

—¡Lucas, espera! Vale, vale... Sí —dijo Green—, tienes razón. Te pido disculpas. Sí que hay confianza entre nosotros, y sí, yo también perdí a alguien muy muy importante para mí.

Keaton cerró los ojos, suspiró con victorioso alivio y dejó que el atisbo de sonrisa que había aparecido en su rostro se desvaneciese antes de volver al sofá. Se detuvo ante Green mientras el sofisticado y distante psicoanalista por fin se desmoronaba.

Se inclinó sobre aquel hombre atormentado y le tendió un puñado de los pañuelos grandes que tenía sobre el escritorio.

—Por favor..., hábleme de ella.

Blake pasó las páginas con rapidez hasta llegar a la entrada final: la Undécima Sesión de Alexei Green y Lucas Keaton.

Undécima sesión

—¿Por qué cojones somos nosotros los que recibimos el castigo? —preguntó Keaton, que se paseaba por la consulta mientras Green escuchaba—. ¡Seguimos recibiendo el castigo! Somos buenas personas... ¡Mi familia, tu hermosa Abby eran buenas personas!

Suspiró profundamente y miró por la ventana; el sol de la tarde le calentó el rostro.

—Esos asesinatos del caso Ragdoll —empezó a decir Keaton como de pasada—, ¿supongo que habrás oído hablar de ellos?

—Como todo el mundo —respondió Green, ya agotado por la conversación. Llevaba más de una semana sin apenas pegar ojo.

—¿Eras capaz de recordar el nombre de las víctimas? De hecho, hagamos una apuesta. ¿Eres capaz de nombrarlas en orden?

—¿Para qué, Lucas?

—Para... seguirme el rollo.

Green dejó escapar un gruñido de exasperación.

—De acuerdo. Bueno, estaba el mayor Turnble, por supuesto, y después el hermano de Khalid. ¿Un tal Rana...? Vijay

Rana, sí. Jarred Garland, y el otro día fue Andrew Ford... Insisto, ¿para qué?

—Inmortalizados... un político mentiroso, el hermano de un asesino en serie de niños, un periodista codicioso y oportunista, y, por último, un deplorable desecho humano alcohólico. Sus despreciables nombres han quedado grabados para la historia simplemente porque murieron de un modo impactante.

—Estoy cansado, Lucas. ¿Adónde quieres ir a parar?

—Tengo que confesar una cosa —anunció Keaton sin volverse—. He hecho algunas indagaciones sobre los ataques de Oslo y Utoya.

—¿Por qué lo has hecho? —preguntó Green—. No entiendo por qué tú...

—Básicamente he revisado los artículos de prensa —continuó Keaton, interrumpiéndolo ya que era él quien dirigía la conversación—. «Setenta y siete muertos», «Múltiples bajas», «Muchas víctimas...» ¿Quieres saber cuántos conocían a Abby por su nombre?

Green no respondió.

—Ni uno. No he encontrado ni uno solo que se molestase en informar de que tu novia murió allí.

Green empezó a gimotear, y Keaton se le acercó y se sentó a su lado.

—Toda esa gente de ahí fuera sigue con su vida... mientras las nuestras se desmoronan. ¡Y ni siquiera se molestan en aprenderse los nombres de los fallecidos! —gritó Keaton, indignado, con lágrimas cayéndole por las mejillas—. Ninguno de ellos ha sufrido lo que nosotros hemos sufrido... Ninguno de ellos.

Keaton hizo una pausa para fijarse en la expresión de Green.

—Yo no soy carismático, Alexei. Lo sé. Soy un hombre rico, pero la gente no me escucha cuando hablo..., no me toma en serio. Y ni toda la preparación y manipulación del mundo logrará que hagan lo que necesito que hagan. Necesito que se rindan ante mí..., que se pongan al servicio de nuestra causa, en cuerpo y alma.

—¿Como marionetas? —preguntó Green alzando la mirada, al recordar su conversación anterior sobre la inutilidad de echar la culpa por sus acciones a un objeto inerte.

—Marionetas —asintió Keaton animándolo—. Necesito a alguien que los inspire, alguien a quien puedan admirar, alguien que los lidere... Te necesito a ti.

—¿De qué estás hablando?

Keaton le puso una mano en el hombro.

—Estoy hablando de qué pasaría si hubiera una manera de enderezar las cosas. Una manera de hacer que esas masas embobadas entiendan qué nos ha pasado. Una manera de asegurarnos de que cada jodida persona de este planeta conozca el nombre de mi familia, conozca el rostro de tu hermosa Abby y qué significaba exactamente para ti.

Se produjo un prolongado silencio mientras Green asimilaba lo que Keaton acababa de decirle.

Con un movimiento lento, colocó su mano sobre la mano de Keaton y se volvió para mirarlo.

—En ese caso te diría que me cuentes más.

38

Martes, 22 de diciembre de 2015
16.14 h

Baxter recibió una llamada urgente a través de la radio; le pedían que volviese a la sala de mando del operativo. En cuanto entró le pasaron un teléfono.

—Baxter —respondió.

—Soy Vanita. Es solo una llamada de cortesía para ponerte al día de algunas novedades. Hace más o menos una hora, el equipo de análisis ha extraído una imagen de las grabaciones del Sky Garden que han cotejado con las obtenidas de las cámaras de vigilancia de Nueva York.

—¿Y por qué he tardado tanto en enterarme? —preguntó Baxter.

—Porque en estos momentos nada que esté más allá de los límites de la estación es de tu incumbencia. Tanto el MI5 como el SO15 tienen todos los detalles. Como te he dicho, no es más que una llamada de cortesía. Y he enviado a Blake…

—¿Adónde has enviado a Blake? —la interrumpió Baxter mientras Rouche entraba en la habitación—. Espera. Voy a poner el altavoz.

—He enviado a Blake a la dirección del sospechoso —continuó Vanita— y ha confirmado su implicación: Lucas Theodore Keaton, cuarenta y ocho años. Estoy mandándote ahora mismo los detalles. Preparaos para la noticia..., señoras y señores, tenemos a nuestro Azazel.

Los presentes se arremolinaron alrededor de un ordenador mientras uno de los técnicos abría el email. En la pantalla apareció el rostro anodino de Keaton, con un cuidado corte de pelo en el que se apreciaban ya las entradas en las sienes propias de un hombre de su edad.

—¿Es él? —preguntó Baxter.

—Es él. Su empresa gestionó los mensajes ocultos y facilitó los móviles. Durante el año pasado ha cogido numerosos vuelos de ida y vuelta al JFK, que han ido aumentando de frecuencia. Su último vuelo de vuelta aquí fue el martes por la noche —añadió Vanita como dato significativo.

Sonó el otro teléfono, y Rouche cogió rápidamente la llamada y se puso a conversar en susurros.

—Siguiendo la recomendación de Blake, las fuerzas de seguridad están priorizando la protección de posibles objetivos con connotaciones religiosas. Parece que Keaton podría tener una suerte de agenda espiritual, lo cual explicaría lo de la iglesia de Nueva York —dijo Vanita.

—Ok —respondió Rouche distraídamente.

—Os dejo para que volváis al trabajo —se despidió Vanita, y colgó.

Rouche arrancó un mapa de la pared y, tenso, recorrió con el dedo el papel.

—¿Qué sucede? —preguntó Baxter.

—Acaban de detectar a tres de nuestras Marionetas no detenidas en un perímetro de menos de medio kilómetro.

—Y ya han enviado a unidades de Intervención Rápida, ¿no?

—Sí —respondió Rouche al tiempo que repiqueteaba con el dedo sobre un punto del mapa situado casi en el centro de las tres localizaciones de los sospechosos—. Se dirigen a la estación de Baker Street. Voy para allá.

—No —dijo Baxter—. Las unidades de Intervención Rápida son perfectamente capaces de hacerse cargo de la situación. Te necesito aquí conmigo.

—Puedo llegar antes que ellos.

—¡Tenemos que seguir juntos!

—Baxter... —dijo con un suspiro Rouche mientras notaban bajo los pies la vibración de otro convoy que aminoraba la marcha en el andén de los trenes que circulaban en dirección norte—. Confía en mí. Tengo que ir. Está a tres paradas de aquí. Volveré a tiempo. —Cogió su abrigo.

Baxter se lo agarró por la manga.

—¡No irás! —le dijo.

—No trabajo para ti —le recordó Rouche, y se zafó de ella dejando el abrigo en sus manos.

—¡Rouche! —gritó Baxter.

Lo siguió por la escalera hasta el andén.

Rouche subió al vagón justo cuando las puertas empezaban a cerrarse, y Baxter se quedó fuera por apenas unos segundos.

—¡Rouche! —volvió a gritar mientras el tren se ponía en marcha.

Él, desde el otro lado del cristal, le hizo un gesto de disculpa. Y Baxter, indignada, arrojó al suelo su abrigo.

—¡Rouche! ¡Mierda!

Baxter dio órdenes a los técnicos informáticos de que distribuyeran los detalles y la fotografía de Keaton a todas las unidades mientras ella leía su trágica historia y los documentos que la acompañaban, aportados por Blake. Había incluido la fotografía sin recortar de la familia del millonario al completo, todos sonriendo, dichosamente inconscientes de lo que iba a sucederles.

—Es Rouche —murmuró Baxter negando con la cabeza, o más bien era la personificación de aquello en lo que podría haberse convertido.

Las historias de ambos eran muy similares, incluso en la deriva religiosa, pero mientras que Keaton había dejado que la pena y el odio lo consumieran, Rouche había canalizado toda esa energía negativa ayudando a la gente.

Baxter sonrió; tal vez fuera algo más que una mera coincidencia lo que había llevado a su colega de vuelta allí abajo.

Rouche bajó en el andén de Baker Street. Durante el trayecto le habían llegado al móvil fotografías de los tres sospechosos. Mantuvo la pantalla abierta para tener a mano las imágenes mientras seguía los indicadores negros y amarillos de «Salida» hacia la superficie.

—Baxter, ¿me escuchas?

—Sí.

No parecía muy contenta con él.

—Acabo de llegar a Baker Street. Me dirijo a la entrada principal para interceptar a los sospechosos. Me comunicaré directamente con el centro de operaciones, pero te mantendré al corriente.

—De acuerdo.

Subió corriendo por la parte izquierda de la escalera mecánica. Pasó por un torniquete de salida y se dejó arrastrar por la marea de pasajeros hasta la calle.

La entrada de la estación era un caos de gente yendo y viniendo, y en la concurrida puerta competían por el espacio un vendedor del *Big Issue*, un cantante callejero que entonaba temas de Wham! y un mendigo con expresión lastimera acompañado por un perro de expresión más lastimera todavía.

Rouche se situó junto al muro que daba a la bulliciosa calle. Cambió el canal de su radio y por el auricular oyó el final de una transmisión a la unidad del FBI.

—Aquí Rouche. Estoy en posición en la entrada. ¿Me he perdido algo?

—El sospechoso Brookes ya ha sido detenido —le comunicó una voz femenina.

—Quedan nueve —susurró para sí mismo.

Repasó las fotos de su móvil para comprobar de cuál de los sospechosos podía ya olvidarse. Se puso a mirar el inacabable desfile de gente que se acercaba desde ambos lados de la calle, con los rostros semiocultos bajo sombreros, capuchas y paraguas, mientras la voz femenina seguía informándolo:

—Las unidades de Intervención Rápida están a un minuto del lugar. El resto de los sospechosos llegarán a su localización de un momento a otro.

Rouche escrutaba los rostros que pasaban por algún punto bien iluminado. Y de pronto reconoció a uno de ellos.

—He detectado al gordo —anunció.

—Richard Oldham —puntualizó la voz por el auricular.

Rouche agarró la empuñadura de su pistola.

—Me pongo en movimiento para interceptarlo.

Se detuvo un instante, esperando que se hiciera un pequeño hueco en el torrente humano, y justo entonces divisó una segunda cara familiar que venía del sentido opuesto.

—¡Mierda! Acabo de detectar al otro sospechoso —dijo Rouche.

Miró alternativamente a ambos, que parecían dirigirse hacia un mismo punto en el que converger.

—¿Cuánto tardarán en llegar los refuerzos?

—Cuarenta y cinco segundos.

—Si me lanzo sobre uno, perderé al otro —dijo, y tuvo que mover ligeramente la cabeza a ambos lados para controlarlos a los dos.

—Cuarenta segundos.

Estaba claro que los dos hombres no se habían visto con anterioridad. Antes de entrar en la estación, llegaron a estar separados por, apenas, un par de metros sin dar muestras de reconocerse.

—Voy a seguirlos al interior de la estación —informó Rouche al centro de operaciones, y se sumó a la multitud que avanzaba por el amarillento suelo sucio y húmedo por la nieve derretida, tratando de no perder de vista a los dos individuos cuando estos giraron a la izquierda.

—Se dirigen a la línea de Bakerloo, dirección Piccadilly —comunicó Rouche. Aceleró el paso mientras bajaba por la escalera mecánica—. ¡El tren está entrando en la estación!

La gente que lo rodeaba oyó el comentario. Varias personas se pusieron a correr mientras las puertas de los vagones se abrían y soltaban a una riada de personas contra el flujo de las que corrían hacia ellas. Rouche aminoró el paso justo en el momento en que las puertas se cerraban, pero sintió alivio al comprobar que los dos individuos seguían en el andén.

—Los objetivos no han subido al tren —informó en voz baja mientras la gente empezaba a llenar hasta la bandera el andén—. Atención: uno de los sospechosos lleva una mochila grande.

Sentía curiosidad por saber por qué los dos sospechosos habían decidido no tomar el tren. Entonces se fijó en una mujer desaliñada sentada en uno de los bancos, que tampoco había hecho esfuerzo alguno por subir al convoy.

—Transmita a los refuerzos que se mantengan fuera de la vista de los sospechosos —dijo Rouche, atrayendo la mirada perpleja de un turista japonés que tenía al lado—. ¿Habéis localizado en las imágenes de las cámaras de seguridad a la mujer? Cuarentona, chaqueta azul, tejanos negros, sentada en una punta del andén.

—Espere —le contestó la agente del centro de control por el auricular.

Mientras Rouche aguardaba, la mujer cogió la bolsa de plástico que llevaba, se levantó y se colocó en el borde del andén. Rouche se volvió y comprobó que los dos sospechosos mostraban la misma intención de subir al próximo convoy.

—Van a coger el tren. Ordene a la Unidad de Intervención Rápida que entre en el andén.

En cuanto Rouche pronunció esas palabras, un enjambre de agentes armados rodeó a los dos sospechosos y los inmovilizó en el suelo. Cuando se volvió para controlar a la mujer de la chaqueta azul, vio que se dirigía hacia el final del andén.

El tren entró retumbando mientras uno de los agentes abría con prudencia la mochila que llevaba uno de los sospechosos.

Rouche se esforzaba por ver algo entre la multitud.

Consultó el reloj: las 16.54 h.

Tenía que contactar con Baxter.

Consciente de que no llegaría a tiempo para subir al último vagón, se sumó a la multitud que entró por la doble puerta más cercana; esta se sacudió y volvió a abrirse hasta en dos ocasiones antes de cerrarse por fin a sus espaldas. Haciendo caso omiso de los muy británicos chasquidos de lengua y ojos en blanco ante sus empujones, se abrió paso entre la gente hasta el más oxigenado centro del vagón.

—¿Qué había en la mochila? —preguntó a la agente del centro de control.

Tras un breve silencio, ella respondió:

—Algún tipo de explosivo… Ya los han sacado de la estación… La Unidad de Desactivación está a dos minutos del lugar.

Rouche cambió un momento el canal de la radio.

—Baxter, voy de vuelta hacia ti.

—Me parece muy bien.

—Quedan siete… Y acabo de detectar a una posible —le dijo hablando en clave, incapaz de ser más específico en el vagón lleno de gente.

—Puede que detengamos a otro en un minuto —respondió Baxter—. Parece que los del MI5 se han movilizado a toda prisa hace un momento. Regresa rápido.

Rouche volvió a cambiar de canal y oyó el final de una transmisión:

—… Sospechosa. —Se produjo un silencio—. Agente Rouche, ¿ha oído esto último?

—Negativo. Repita, por favor.

—Confirmado: la mujer de la chaqueta azul es otra sospechosa.

—Recibido —respondió Rouche al tiempo que se abría paso entre los pasajeros.

Llegó al final del vagón y echó un vistazo al siguiente por la ventanilla, con la esperanza de localizar a la mujer, pero no logró ver nada detrás de la multitud apelotonada contra la primera puerta.

—La siguiente estación es… Regent's Park. Conexión con… —anunció una grabación.

Todo el mundo se inclinó hacia un lado al unísono cuando el convoy desaceleró. Por las ventanillas apareció un compacto gentío en el andén mientras el tren frenaba.

Rouche salió a trompicones y se abrió paso entre la muchedumbre para subir al último vagón.

—Disculpe. Disculpe… Perdón —murmuró mientras se deslizaba entre la gente.

Echó un vistazo al mapa del metro del vagón mientras

avanzaba por él; solo quedaba una estación más antes de llegar a Piccadilly Circus.

Volvió a consultar el reloj: las 16.57 h.

—Perdón… Disculpe. —Había recorrido la mitad del vagón cuando vislumbró la familiar chaqueta azul. La desaliñada mujer estaba sentada y protegía con las manos la bolsa que llevaba en el regazo—. Objetivo localizado.

—¿Dónde estás, Rouche? —susurró Baxter mientras observaba cómo el constante flujo de personas llenaba el ya concurridísimo andén.

Los números anaranjados del reloj de la estación contaban los segundos que faltaban para las cinco de la tarde.

—Unidad Tres: chequeando frecuencia de radio —dijo en voz baja, con el corazón a punto de salírsele del pecho.

—La oímos alto y claro. Cambio y corto.

De pronto se oyó un estallido entre la multitud.

—¡Equipo Tres, seguidme! —ordenó Baxter, mientras se abría paso hacia el origen del ruido.

Un aturullado hombre de negocios sostenía una bolsa rota mientras intentaba recoger sus compras navideñas antes de que se le cayesen al suelo más objetos frágiles.

Baxter suspiró aliviada, con los nervios a flor de piel.

—Falsa alarma. Manteneos en posición.

De regreso al improvisado puesto de mando, sus subalternos la pusieron al corriente: se había requisado en un refugio para vagabundos en Clapham un artefacto explosivo similar a los utilizados en Times Square; el propietario de la bolsa que lo contenía era uno de los arrestados la noche anterior.

Uno menos.

Rouche estaba a cuatro pasos de la mujer sentada cuando oyó una distorsión acústica a través del auricular y después la voz de la agente del centro de control.

—Agente Rouche, lo pongo sobre aviso: creemos que otro sospechoso ha subido al tren en la última estación. Los refuerzos se dirigen ya hacia allí.

—Envíeme detalles —respondió Rouche, y se abrió camino hasta la mujer de la chaqueta azul.

La agarró, tiró de ella para sacarla del asiento, la empujó al suelo boca abajo y le bloqueó los brazos detrás de la espalda. Algunos de los impactados pasajeros trataron de intervenir.

—¡Tranquilos! ¡Tranquilos! Soy un agente de la CIA —explicó Rouche mostrando su identificación—. ¡Y usted está arrestada! —gritó a la mujer, que se retorcía en el suelo.

Los buenos samaritanos volvieron a sus asientos, siguiendo la actitud de aquellos de sus compañeros de viaje que habían decidido que lo mejor era apartarse cuanto el concurrido vagón permitía.

Cuando el tren entró en la estación de Oxford Circus, Rouche ya había conseguido esposar una de las muñecas de la mujer, que se resistía. Sin perderla de vista, echó un vistazo a la multitud en movimiento, tratando de atisbar a la unidad de refuerzo. Docenas de personas bajaron, pero al instante las reemplazaron muchas más, que llenaron el vagón a su alrededor.

Logró cerrarle la segunda esposa y aplastó a la detenida contra el suelo antes de tirar de la bolsa de plástico que había quedado debajo de su cuerpo. Presionándole la espalda con una mano para que no se levantase, metió la otra en la bolsa y sacó un deslucido cuchillo de carnicero. Estaba a punto de dejarlo en el suelo cuando se percató de que había muchos niños entre la aterrorizada multitud que lo miraba.

—¡Tranquilos! ¡Soy de la CIA! —repitió para los que acababan de entrar. Pensó unos instantes qué hacer e hizo una señal a un tipo musculoso que acababa de sentarse detrás de él.

—¿Puedes ayudarme?

—¿Yo? —preguntó el hombre. Se acarició la barba como si estuviese pensándoselo y, finalmente, se puso en pie.

Rouche dejó su arma en el suelo, volvió a meter el cuchillo en la bolsa y se la tendió.

—Necesito que me la sostengas —le dijo.

El tipo no sabía qué hacer.

—Sostén la bolsa y asegúrate de no tocar lo que contiene.

El barbudo, indeciso, la cogió y se sentó con la bolsa sobre el regazo, tal como la tenía sujeta antes la mujer.

Cuando las puertas ya se cerraban, Rouche vio a dos agentes armados que corrían por el andén sin posibilidad de alcanzar a tiempo el convoy.

El tren se puso en marcha.

—¡Agente Rouche! ¡Agente Rouche! —dijo la voz por el auricular, hablando más alto que antes…, en estado de pánico.

—Acabo de detener a la mujer. Voy a empezar a buscar a…

—¡Agente Rouche! ¡Tres sospechosos más acaban de subir al tren! Repito: tres nuevos sospechosos.

—Recibido —dijo Rouche lentamente mientras contemplaba los rostros que llenaban el vagón—. Necesito que transmita de inmediato este mensaje a la inspectora jefe Baxter: el objetivo es el tren, no la estación.

Notó que el móvil le vibraba con insistencia en el bolsillo de la americana mientras le enviaban los detalles de los nuevos sospechosos.

—El tren es el objetivo —repitió, y cogió la pistola.

Sin que Rouche lo supiera, la fotografía sin barba del individuo musculoso acababa de descargarse en su móvil.

Sin que Rouche se percatara, el hombre se había levantado y se había situado justo detrás de él.

Sin que Rouche pudiera evitarlo, el deslucido cuchillo de carnicero penetró con violencia en su cuerpo.

39

Martes, 22 de diciembre de 2015
17.00 h

—¡Sacad a esta gente de aquí! —gritó Baxter por encima del comunicado de emergencia grabado.

Había reaccionado de inmediato al mensaje de Rouche; sin embargo, la cantidad de personas que se agolpaban en lo alto de la escalera mecánica estaba bloqueando la evacuación mientras los números anaranjados del reloj de la estación continuaban avanzando: «17:00:34».

—Inspectora jefe Baxter —zumbó una voz nerviosa en su auricular—. Todavía no he conseguido contactar con el agente Rouche.

—Siga intentándolo —respondió ella, y agarró del brazo a un empleado del metro que pasaba junto a ella—. ¡Hay que cerrar la estación! Tiene que impedir que siga entrando gente.

El empleado asintió y echó a correr, y la radió de Baxter volvió a interrumpirse.

—¿Qué? —gritó frustrada.

—Disculpe. Estoy poniéndola en comunicación con el detective Lewis de la Unidad de Análisis de Imágenes.

—¿Ahora? —exclamó Baxter mientras por megafonía una voz masculina anunciaba la llegada inminente del tren.

—Hemos detectado a Lucas Keaton en las grabaciones de

hace cinco minutos de las cámaras de seguridad. La mantendré informada de cualquier novedad.

—Eso son buenas noticias… ¿Dónde se lo ha visto?

—Está aquí, en la estación… ¡Está ahí abajo con usted!

Baxter miró preocupada a la multitud en movimiento, tratando de recordar el rostro de la fotografía que había hecho distribuir entre sus hombres.

—¿Descripción? —pidió.

—Lleva una chaqueta oscura y un jersey oscuro.

Todo el mundo llevaba una chaqueta oscura y un jersey oscuro.

Estaba a punto de pulsar el botón de transmisión para pasar la nueva información a los suyos cuando oyó por el auricular un desgarrador chillido. De forma instintiva, se lo sacó y vio que sus colegas reaccionaban del mismo modo e intercambiaban miradas de preocupación mientras por los auriculares seguían llegando de manera fragmentaria chillidos distorsionados, un mutilado coro de voces.

—¿Rouche? —murmuró Baxter, pero la única respuesta fue el crepitar de la estática de la transmisión—. Rouche, ¿me oyes?

Las vías empezaron a retumbar.

Baxter dio la espalda a la multitud y miró hacia la oscuridad de la boca del túnel. Del auricular que sostenía en la mano seguían surgiendo sonidos aterradores , un escalofriante preludio de un horror desconocido.

Poco a poco, fue avanzando hasta el final del andén. Una telaraña sobre su cabeza empezó a vibrar por la inminente entrada del tren.

De la oscuridad llegaba un repiqueteo, una especie de galope, una vibración que recorría el suelo y anunciaba la llegada del monstruo. Del túnel surgió un soplo de aire cálido que olía a aire estancando y a metal, como el sabor de la sangre en la boca, y de pronto dos ojos resplandecientes atravesaron la penumbra y el tren empezó a acercarse a ella.

A Baxter se le arremolinó la larga melena sobre la cara en cuanto la primera ventanilla pasó junto a ella; un velo carmesí impedía la visión del interior.

Se oyeron gritos entre la gente que todavía estaba en el andén, cundió el pánico y, en la búsqueda desesperada de una salida, se produjeron aplastamientos y enseguida quedó también colapsada la escalera mecánica que bajaba hacia los andenes inferiores de la línea de Piccadilly. Fueron apareciendo imágenes de pesadilla, escenas iluminadas por la luz intensa de los vagones, cada vez más nítidas a medida que el convoy aminoraba la marcha: gente que se agolpaba en las puertas, cadáveres aplastados contra los cristales, el rostro de un pasajero que gritaba pidiendo auxilio, manos ensangrentadas que se alzaban en demanda de ayuda a un dios que no iba a aparecer por allí.

Baxter se percató de que el auricular que seguía sosteniendo no transmitía nada. Con prudencia, volvió a colocárselo en la oreja mientras una doble puerta del tren se detenía justo delante de ella. Detrás de los vidrios manchados, las luces del vagón parpadeaban con los revestimientos rotos. Ya no oía a su espalda el barullo de la estampida humana, tan solo los mensajes grabados de la megafonía que aseguraban que esa era una parada como cualquier otra.

Se abrieron las puertas…

Mientras cientos de pasajeros aterrorizados abandonaban los vagones para encontrarse de nuevo bloqueados en las colapsadas salidas de la estación, un cadáver se desplomó sobre el andén a los pies de Baxter. La mirada petrificada de los ojos de la víctima confirmaba que ya era imposible salvarle la vida. Un ruido de chisporroteo eléctrico acompañaba el parpadeo de las luces cuando Baxter entró en el vagón para valorar la magnitud de la devastación.

Oyó disparos en algún punto del andén y el ruido sordo de pies descalzos que corrían hacia ella.

Se dio la vuelta alzando los brazos en un movimiento defensivo y, por pura suerte, atrapó la mano de la mujer que la atacaba con un cuchillo. Cayeron al suelo del vagón y, al rodar ambas, la punta de la hoja empapada en sangre le hizo un corte en el labio a Baxter.

Tenía encima a la feroz mujer, cuya blusa abierta permitía verle las cicatrices en el pecho mientras cargaba todo su peso sobre el cuchillo. Baxter gritó, luchando por mantener a raya a la agresora, con los brazos temblando por el esfuerzo.

El cuchillo se acercó a escasos centímetros de la cara de Baxter y al mover la cabeza para evitarlo le rozó los dientes. Recordó entonces el consejo que Rouche le había dado durante el motín en la cárcel: alzó un brazo a ciegas y arremetió con la mano contra un ojo de la agresora.

La mujer lanzó un chillido y reculó, y Baxter se la quitó de encima a patadas y se apartó todo lo que pudo arrastrándose por el suelo. La atacante se revolvió como un animal herido durante unos instantes y se lanzó de nuevo contra su víctima.

Sonaron dos disparos mucho más cercanos, y un par de heridas desfiguraron el tatuaje grabado a cuchillo que adornaba el pecho de la agresora. Soltó el cuchillo, se desplomó sobre sus rodillas y cayó de bruces contra el suelo.

—¿Está bien, jefa?

Baxter asintió, se puso en pie y se llevó una mano al dolorido labio.

—¡Rouche! —llamó, al tiempo que comprobaba los rostros mientras avanzaba entre los heridos.

—Inspectora jefe Baxter —dijo una voz por el auricular.

—¡Rouche!

—¡Inspectora jefe Baxter! —insistió la voz.

Se apretó el auricular con un dedo.

—Adelante —respondió sin interrumpir su búsqueda.

Se oyeron cerca otros dos disparos.

Baxter hizo una mueca porque la transmisión se había interrumpido de nuevo.

—Repita.

—Inspectora jefe Baxter, hemos perdido el rastro de Lucas Keaton.

Rouche boqueó en busca de aire.

Estaba aplastado contra el suelo del último vagón y notaba la calidez de su propia sangre deslizándosele cuello abajo desde la profunda herida que tenía en el hombro. Se hallaba atrapado bajo el lastre del cadáver de su musculoso atacante, al que había disparado cinco veces para acabar con la indiscriminada matanza. Había quedado paralizado por el intenso dolor en el pecho cuando los pasajeros a los que había salvado la vida, presas del pánico, lo habían pisoteado en su desesperada huida. Notaba algo arañándole la carne cada vez que respiraba.

Oyó unas fuertes pisadas que resonaban en el suelo.

—¡Despejado! —gritó alguien.

Las pisadas se acercaron.

Rouche trató de avisar de su presencia, pero de su boca solo salió un inaudible jadeo... Lo intentó de nuevo.

Oyó que las botas se aproximaban a él y, acto seguido, empezaban a alejarse.

—¡Ayuda!

Cada vez que exhalaba tenía que hacer un esfuerzo mayor para volver a llenarse de aire los pulmones.

—Eh... Hola. Tranquilo. Cógeme la mano —oyó decir a una de las voces—. Cierra los ojos, ¿de acuerdo?

—¡Aquí hay alguien atrapado! —gritó otra voz—. ¡Necesito ayuda!

Rouche se sintió esperanzado, pero no podía entender qué sucedía cuando la voz anunció:

—Ok. La tengo. La tengo. Vámonos.

Oyó que el sonido de las pisadas era distinto cuando pasaron del suelo del vagón al del andén, dejándolo una vez más solo con los muertos.

—Baxter —trató de gritar, pero ni él logró oír con claridad su susurro pidiendo ayuda.

Su respiración era cada vez más superficial, sus músculos daban muestras de agotamiento bajo el peso que lo aplastaba, y empezó a rendirse a la evidencia de que iba a desangrarse en ese sucio suelo de vinilo antes de que alguien lo encontrase.

Había fracasado.

Baxter regresó al andén y se fijó en la marea de personas que trataban de abrirse paso hasta la superficie. El miedo se había extendido entre la multitud como un incendio y cada individuo luchaba ciegamente por su propia supervivencia, todos devorados por el pánico, todos ajenos a lo nocivas que resultaban sus actitudes..., todos menos uno.

Entre la gente que se agolpaba para huir, Baxter reparó en un rostro al fondo del andén cuyos ojos no miraban hacia la salida como los demás, sino hacia el tren y los agentes que buscaban supervivientes.

Sus miradas se cruzaron entre la muchedumbre.

Era Keaton.

Baxter no lo reconoció por la fotografía, sino por la cicatriz en forma de llave que tenía en la mejilla derecha, de cuando, sin saber que se trataba de Keaton, se había enfrentado a él en el escondrijo de Phillip East en Brooklyn.

Baxter abrió la boca para transmitir por radio su localización.

Pero de pronto Keaton había desaparecido, engullido por la multitud que huía.

—Unidad Tres: continuad la búsqueda —ordenó la voz de Baxter a través del auricular de Rouche, devolviéndolo a la conciencia. —. Unidades Uno y Dos: vuestro objetivo es Lucas Keaton. Controlad las salidas. No podemos permitir que abandone la estación.

Oír ese nombre fue como una descarga de adrenalina para el debilitado cuerpo de Rouche. Logró sobreponerse al dolor lo suficiente para sacar un brazo atrapado bajo el pesado cadáver de su agresor y agarrarse a una barra marrón que surgía del suelo del vagón. Con el pecho desgarrado y aplastado bajo aquella mole, apretó los dientes y se arrastró hasta liberarse. Luego apartó a patadas el cuerpo inerte del barbudo mientras respiraba una eufórica bocanada de aire.

La mujer esposada en el suelo no había sobrevivido a la estampida de los pasajeros.

Rouche cogió su arma reglamentaria y se puso en pie, tambaleándose y jadeando por el esfuerzo que ese simple movimiento le suponía.

Hizo un gesto de asentimiento hacia lo alto.

No había fracasado.

Estaba justo donde debía estar.

40

Martes, 22 de diciembre de 2015
17.04 h

—¡Policía! ¡Muévanse! —gritó Baxter mientras la muchedumbre iba avanzando poco a poco hacia la bloqueada escalera.

Observó con atención tratando de localizar a Keaton. Tras unos instantes de rastreo visual, dio con él. Ya estaba al pie de la escalera e iba mirando hacia atrás con ansiedad por si descubría su presencia.

Cuando Keaton empezó a ascender hacia la superficie, Baxter vio que sujetaba algo.

—¡Atentos a Keaton! —gritó por la radio—. Está subiendo por la escalera mecánica de la línea de Bakerloo. Estad alerta: el sospechoso lleva algo en la mano. Considerad que se trata de un detonador mientras no comprobemos lo contrario.

Ante ella se abrió un hueco. Avanzó por él, ganando varios metros en un par de segundos.

—Es prioritario desarmarlo como sea.

—Baxter, ¿me oyes? —resolló Rouche toda vez que subía por una escalera de emergencia al fondo del andén, pero su dañado micrófono solo emitía ruiditos inútiles.

Sin embargo, todavía podía oír las transmisiones de las unidades mientras llegaba hasta las hordas que corrían en busca de aire fresco. Agarrándose el hombro herido, avanzó con dificultad contracorriente para determinar el origen de la incesante riada de gente.

Del auricular surgió un intenso ruido de distorsión.

Un momento después, delante de él, vio una silueta tendida en el suelo. Con la visión obstruida por las piernas de los que corrían, distinguió que se trataba de un agente con chaleco antibalas boca abajo al final de la escalera mecánica.

—¡Mierda! —Volvió a mirar hacia la multitud que desaparecía por varias salidas que había alrededor de él.

Con algo más de espacio para maniobrar, los evacuados se dirigían caminando hacia la noche que los aguardaba en el exterior.

El tiempo se agotaba.

Rouche echó a correr a ciegas entre la muchedumbre, abriéndose camino mientras buscaba desesperadamente a Keaton.

—¡Agente herido! ¡Agente herido! Al final de la escalera mecánica de la línea de Bakerloo —informó Baxter por radio, y solo cuando se acercó para comprobar si seguía con vida se dio cuenta de que era el agente especial Chase.

No le encontró pulso alguno.

En cada una de las salidas, un agente del FBI en solitario se enfrentaba a la imposible tarea de localizar un rostro entre la multitud que avanzaba hacia ellos. Entre tanto, el personal del metro de Londres trataba de contener al enjambre humano que pretendía entrar en la estación.

De todas las personas que huían de ella, solo una se volvió para mirar atrás.

—¡Keaton a diez metros de la salida tres! —informó Baxter a las unidades—. ¡No… le… permitáis salir!

Se abrió camino hacia delante y la invadió una sensación de alivio al ver a Rouche detrás de las barreras de la salida abiertas, situado en línea recta ante Keaton.

—¡Rouche! —lo llamó.

Estaba demasiado lejos para oírla.

Rouche se había fijado en el individuo de la cicatriz que no dejaba de mirar hacia atrás.

El tipo, sin embargo, no se había percatado de la presencia de Rouche.

Siguiendo las flechas que indicaban Regent's Street, Saint James's y Eros, estaba ya a tan solo unos congestionados metros de él y a punto de cruzar la entrada de la estación hacia el exterior, donde empezaba a formarse una tormenta.

—¡Keaton! —trató de gritar Rouche con una voz ronca casi inaudible mientras al mismo tiempo lo señalaba—. ¡Es Keaton!

El agente apostado en la puerta no lo oyó, pero Keaton sí, y al volverse descubrió lo cerca que tenía a sus perseguidores.

Rouche vislumbró el dispositivo negro que llevaba en la mano en el momento en que Keaton agachaba la cabeza al pasar a escasos centímetros del agente del FBI, y en cuanto emergió a la gélida noche echó a correr.

El agente de la CIA subió a toda prisa por la escalera para salir al bullicio de la calle, y vio las alas de metal de Anteros silueteadas contra los icónicos carteles de neón de la plaza. La evacuación de la estación había llenado las calles adyacentes y había generado un monumental atasco en el corazón de la ciudad; las hileras de coches con los faros encendidos se extendían hasta donde alcanzaba la vista en todas direcciones.

Bajo el cielo encapotado, la nieve azulada caía sin cesar, iluminada por las centellantes luces de los vehículos de emergencias. El súbito cambio de temperatura provocó que le ardieran los pulmones. Tuvo un breve y doloroso acceso de tos y al mirarse la mano con la que se había tapado la boca se descubrió en ella gotas de sangre. Un instante después divisó a Keaton corriendo en dirección sudeste por Regent Street.

Salió en su persecución por la concurrida acera, abriéndose paso entre gruesas chaquetas y manos cargadas con bolsas de regalos mientras le goteaba sangre de la manga, dejando un rastro zigzagueante que Baxter podría seguir.

Baxter esperó a que se produjese una pausa en la frenética sucesión de transmisiones.

Parecía que todas las sirenas de la ciudad estuviesen ululando al mismo tiempo y por el auricular le llegaban continuas actualizaciones del SO15, que tenían cercado a otro de los portadores de bombas.

—Requiero apoyo aéreo —jadeó Baxter por la radio—. Inspectora jefe Baxter en persecución de… Lucas Keaton… por Regent Street… en dirección al parque.

Unos veinte metros después, llegó al cruce con el Pall Mall y casi choca con una moto que avanzaba entre el tráfico detenido. Continuó por Waterloo Place y vio asomar, amenazadoras, las estatuas de bronce entre la tormenta de nieve.

Pasó corriendo entre ellas, con la radio zumbándole en el oído, apenas audible por el ruido del intenso viento, y llegó a los escalones que descendían hacia el oscuro vacío que ya era a esa hora Saint James's Park.

—He perdido al sospechoso —anunció una de las voces en su oreja, convirtiéndola en testigo privilegiado de su operación—. ¿Alguien lo ve? ¿Alguien ve al sospechoso?

—Confirmado: esquina nordeste de la plaza… No hay espacio despejado para disparar.

A Rouche le costaba respirar e iba perdiendo terreno. La silueta espectral de Keaton se perdía a lo lejos.

De pronto, el rugido del rotor de un helicóptero atravesó el aire nocturno, y la luz de un foco cegó a Rouche antes de dirigirse hacia la entrada del parque e iluminar una escultura erguida en la noche: un ángel caído forjado en bronce oscuro, Azazel.

La imagen desapareció rápidamente. El círculo de luz seguía buscando a ciegas a Keaton mientras Rouche iba dejando huellas oscuras en el prístino manto que cubría el suelo. Delante de él, los sauces llorones. con las ramas cargadas de nieve, se inclinaban sobre el agua helada, como si el pequeño lago los atrajese hacia él para congelarlos mientras bebían de él.

La ciudad había desaparecido, más allá de los límites del parque solo existía la tormenta. Al llegar al espacio abierto, Rouche cambió el cargador de la pistola.

Dejó de correr y apuntó con el arma; el lago helado reflejaba el escenario hacia el cielo.

Keaton no era más que una sombra y cada segundo que pasaba su silueta se empequeñecía.

Tratando de no pensar en el dolor del pecho, Rouche extendió el brazo y apuntó a su espalda. Notó el viento que le golpeaba la cara, calibró su velocidad y dirección, calculó la desviación del proyectil y esperó a que el haz de luz iluminase a su objetivo.

Exhaló para afianzar la postura y, con mucha suavidad, apretó el gatillo.

—¡Dispara!
—¡Civil abatido! Objetivo herido... No lo veo. Repito: ya no lo veo.

Baxter estaba atenta tanto a la transmisión del SO15 que informaba de la caza de su presa como al rastro de sangre en el suelo cuando el sonido de un disparo atravesó la tormenta de nieve. Vio que Rouche se había detenido delante de ella, pero Keaton había desaparecido tras la cortina blanca.

Le ardía la garganta, pero recuperó el aliento y continuó corriendo tras ellos.

Keaton había caído al suelo de inmediato, enmarcado por un inestable círculo de luz.

Rouche se acercó al hombre herido, que, desesperado, trataba de alcanzar el aparato que tenía a unos centímetros de la mano. Estaba tumbado boca abajo, y al respirar expulsaba vaho que se elevaba como si fuera humo de un cigarrillo.

—¡Rouche! —gritó Baxter a lo lejos, su voz apenas audible.

El agente de la CIA alzó la mirada y vio que corría hacia ellos.

Mientras Keaton se arrastraba hacia el artefacto negro, Rouche se inclinó para recogerlo y descubrió que era un móvil.

Un poco desconcertado, lo encendió para mirar la pantalla. Un instante después, lo lanzó al suelo y se volvió hacia Keaton con una expresión asesina.

A dos metros de ellos, el vídeo que se había activado, destinado a ser visto por decenas de millones de personas por todo el mundo, avanzaba sin espectador alguno mientras, copo a copo, la nieve iba cubriéndolo.

Durante los cuarenta y seis segundos que duraba, un Keaton sollozante, pero sin remordimiento alguno se proclamaba responsable de todo lo sucedido. Sostenía en la mano una fotografía de su familia en la que había escrito con tosquedad sus nombres y las fechas en que murieron... No mencionó ni una sola vez ni a Alexei Green ni a su amada novia asesinada.

—¡Rouche! ¡Lo necesitamos vivo! ¡Lo necesitamos vivo! —gritó Baxter al ver que su colega presionaba el cañón de la pistola contra la sien del detenido.

Una actuación bajo un único foco en un escenario a oscuras.

—¿Dónde está? —le oyó gritar Baxter por encima del ruido del helicóptero que los sobrevolaba, lo cual daba a entender que el dispositivo recuperado no era lo que esperaban.

Ya casi había llegado hasta ellos.

—¡Disparos efectuados! ¡Disparos efectuados! —oyó por el auricular—. Sospechoso abatido.

Rouche golpeó con furia a Keaton con la pesada pistola, pero el tipo se limitó a sonreír con los dientes ensangrentados mientras la nieve adquiría una tonalidad púrpura a su alrededor.

—¡Rouche! —gritó Baxter, y llegó hasta ellos.

Se dejó caer sobre las rodillas, que se hundieron un poco en la nieve, y agarró a Keaton por la chaqueta buscando desesperadamente el origen de la pérdida de sangre. Localizó con los dedos una herida abierta bajo el hombro antes de que lo hicieran sus ojos. Se quitó la manga de su propia chaqueta, la agarró con la mano y con ella taponó la herida.

—¿Cuál es el objetivo? —preguntó Rouche.

Baxter no veía la expresión desesperada en el rostro de su colega al percatarse de que la única oportunidad de dar sentido a su vida se le escapaba de las manos.

—¡Rouche, si se muere, no podrá decírnoslo! ¡Ayúdame!

Sentado en el suelo húmedo de los mugrientos aseos subterráneos, la última Marioneta de Green comenzó a sollozar al oír el incansable zumbido del helicóptero.

Nunca se había sentido tan solo.

Los oía encima de él, moviéndose para tomar posiciones alrededor de la entrada; oía sus pisadas semejantes a las de un sabueso cuya presa se ha escondido en una madriguera.

Gritó de pura desesperación y se colocó el grueso chaleco que le habían entregado; notó en la espalda la incómoda presión de los cables y los demás componentes.

Pese a cuanto el doctor Green le había explicado, pese a todos sus consejos, se había dejado acorralar en una calle desierta y, como un animal escurridizo, se había refugiado en el único lugar disponible. Había mordido el cebo de la policía.

—¡Aiden Fallon! —gritó una voz amplificada, distorsionada y perversa—. Está completamente rodeado.

Aiden se tapó las orejas con las manos, pero no logró evitar seguir oyendo la voz:

—¡Quítese el chaleco y salga lentamente, o no tendremos otro remedio que provocar una detonación! Tiene treinta segundos.

Aiden miró a su alrededor el pestilente espacio que iba a convertirse en su tumba, un mausoleo apropiado para alguien que había fracasado tan estrepitosamente. Solo pensaba que ojalá pudiese ver por última vez al doctor Green, para decirle que era el mejor amigo que había tenido jamás y que sentía mucho haberle fallado.

—¡Quince segundos!

Aiden se puso en pie sin prisas y se secó el sudor de las manos en los pantalones.

—¡Diez segundos!

Se contempló en el sucio espejo. La verdad es que era un tipo de lo más patético. Mantuvo contacto visual con su gemelo reflejado, y en sus labios se formó una sonrisa mientras tiraba del cordón que colgaba de su pecho... y sintió cómo el fuego lo devoraba.

—¡Rouche, ayúdame! —dijo Baxter con una mueca de contrariedad al tiempo que apretaba con más fuerza la manga contra la herida potencialmente mortal.

A lo lejos se oyó una explosión.

Rouche se apartó de Baxter y su moribundo detenido para mirar más allá de los árboles, y el foco los abandonó porque el helicóptero se dirigió de inmediato hacia el resplandor anaranjado que iluminaba el cielo. En el rostro del agente de la CIA se dibujó una expresión de confusión e incredulidad, incapaz de aceptar que habían fracasado, que jamás en su vida había tenido una misión más importante... y, en realidad, no había ningún plan.

Lo único que podían hacer era contemplar el cielo y atrapar copos de nieve.

—¡Rouche! —lo llamó Baxter al tiempo que trataba de contener la hemorragia con sus manos. Por el auricular llegó el sonido distorsionado de varias transmisiones solapadas—. ¡Rouche! Todavía no sabemos qué ha pasado.

—¿Qué más podríamos haber hecho? —preguntó Rouche, todavía dándole la espalda.

Baxter no sabía si le hablaba a ella o a alguien inconcreto. Nerviosa, vio que su colega alzaba y bajaba la pistola.

—Rouche —dijo con toda la calma que fue capaz de reunir mientras lo que le llegaba a través del auricular era pura confusión y la manga de su chaqueta estaba cada vez más empapada de sangre de Keaton—. Necesito que te marches…, hazlo por mí…, por favor.

El agente se volvió hacia ella con lágrimas en los ojos.

—Vete, Rouche… Aléjate —le rogó Baxter.

Miró nerviosa el arma que él empuñaba.

No podía perderlo, no podía perder a otro amigo arrastrado por la incontestable atracción de una gloriosa y violenta recompensa.

—¿Vas a matarme, Rouche? —dijo con un hilo de voz Keaton, que había oído a Baxter llamarlo por su nombre.

—¡Cállate! —susurró ella. Tenía que pedir una ambulancia, pero no podía mover las manos ni tampoco interrumpir las urgentes transmisiones que se sucedían.

—¿Crees de verdad que me importa? —continuó Keaton, apenas farfullando por la pérdida de sangre—. He conseguido lo que perseguía en esta vida. No me queda ya nada por lo que seguir en este mundo.

—¡He dicho que te calles! —le ordenó Baxter, pero Rouche ya se acercaba a ellos.

—Mi familia está con Dios, y dondequiera que yo vaya, sin duda, será un lugar mejor que este mundo —dijo Keaton. Miró a Rouche expectante, mientras este se arrodillaba ante él.

Viendo que la situación empeoraba de un modo alarmante, Baxter decidió apartar las manos del pecho de Keaton para pulsar el botón de transmisión de su radio.

—Inspectora jefe Baxter, requiero ambulancia urgente en Saint James's Park. Cambio y corto.

Miró con ojos implorantes a Rouche mientras volvía a colocar la mano sobre el pecho del herido.

—Me pregunto si Dios está aquí... —farfulló Keaton al percatarse de que Rouche llevaba una cruz de plata colgada del cuello—, ahora..., escuchándonos. —Miró hacia el cielo en busca de alguna señal de su presencia—. ¡Me pregunto si por fin ha decidido prestarnos alguna puta atención!

Rouche no pudo evitar recordar la traducción literal del nombre de Azazel: la fuerza de Dios.

Se sacó la idea de la cabeza.

—Un año y medio... —dijo entre toses Keaton, medio riendo, medio gimoteando. Cambió de posición sobre la nieve para estar más cómodo—. Un año y medio estuve visitando esa habitación de hospital para estar al lado de mi hijo, tal como estás tú ahora. Durante año y medio recé pidiendo ayuda..., pero jamás llegó. Ya lo ves. Dios no te oye cuando le susurras, pero seguro que ahora sí puede oírme.

Rouche contempló con frialdad al herido.

Estaban solos, el silencio del parque roto únicamente por el débil zumbido procedente del auricular de Baxter, la respiración entrecortada de Keaton y el viento.

—¿Rouche? —susurró Baxter, incapaz de descifrar su mirada.

Con movimientos lentos, se llevó la mano al cogote y se quitó el crucifijo del cuello; la cruz de plata se deslizó por la cadenita.

—¿Rouche? —repitió Baxter—. ¡Rouche!

Él la miró.

—Todavía no sabemos qué ha pasado, pero sea lo que sea, no es culpa tuya. Eso lo tienes claro, ¿verdad? —le preguntó.

Para su sorpresa, Rouche sonrió como si le hubieran quitado un peso de encima.

—Lo sé.

Dejó que la cadenita se deslizase entre sus dedos y cayese sobre la nieve manchada de sangre.

—¿Estás bien? —le preguntó, aunque miraba de reojo a Keaton.

Rouche asintió.

—Olvídate de él —le dijo Baxter lanzando un suspiro de alivio; su amigo había demostrado una vez más lo fuerte que era.

Rouche miró por última vez a aquel tipo, se sacó el móvil del bolsillo y lo aplastó con el pie.

Mientras empezaba a alejarse, a Baxter le llegaron fragmentos de transmisiones del MI5.

—¡Rouche, creo que todo ha ido bien! —le dijo llevada por el entusiasmo, mientras la hemorragia que corría entre sus dedos llegaba a su fin—. ¡Dicen que lo tienen! ¡Dicen que han podido evitar el atentado!… Solo hay un muerto…, ¡el hombre que llevaba la bomba!

Incapaz de contenerse, Baxter sonrió con expresión triunfante a Keaton.

—¿Lo has oído, cabronazo? —le susurró—. Lo tienen. Ha muerto.

Keaton echó la cabeza hacia atrás y cerró los ojos con un gesto de derrota, y el hábito lo impulsó a recitar las palabras que le habían dicho a él demasiadas veces durante su atormentada existencia en la tierra:

—Supongo que Dios necesitaba a otro ángel.

Rouche se quedó petrificado mientras se alejaba.

A Baxter, que ni se había percatado de que había apartado las manos ensangrentadas del pecho del herido, los ojos se le llenaron de lágrimas. Le vino la imagen del hermoso rostro de Curtis.

No oyó las pisadas sobre la nieve.

No sintió la sangre cálida que le salpicaba la cara en el momento en que sonó un disparo amortiguado, ni entendió por qué el cuerpo recostado junto a ella se sacudía con tal violencia... cuando tres balas más lo atravesaron.

Rouche estaba de pie ante Keaton, con lágrimas deslizándosele por las mejillas.

Baxter le dirigió una mirada inexpresiva mientras él volvía a apretar el gatillo una... y otra... y otra vez, hasta que dejó el cadáver reducido a la nada, hasta que el arma se quedó sin balas.

—Dios no existe —susurró.

Baxter, aún sentada, contempló boquiabierta a su amigo, que dio unos tambaleantes pasos y se desplomó.

De los pulmones de Rouche emergió un suspiro de alivio.

El agente de la CIA oyó que Baxter lo llamaba mientras gateaba hacia él.

Pero se limitó a esbozar una sonrisa triste, alzó la cabeza hacia el cielo que escupía nieve... y sacó la lengua.

Epílogo

—Dios... no... existe.

El agente Sinclair pasó con rabiosa decisión por delante del falso espejo camino de la puerta de la sala de interrogatorios.

—Buen trabajo. Gracias por su colaboración, inspectora jefe. Ya hemos terminado —dijo Atkins con un suspiro, y se pasó la mano por la frente sudorosa para, acto seguido, ponerse a recoger sus cosas.

Baxter lo despidió sarcástica con un gesto de la mano mientras el tipo salía precipitadamente detrás del furioso agente del FBI, que, sin duda, le llevaba mucha ventaja en el desvergonzado arte de besar culos.

—Jefa, ¡usted tan diplomática como siempre! —se burló Saunders desde la sala adyacente, y se volvió para sonreír a Vanita y al tipo de la esquina, mientras un estadounidense de aspecto importante salía de la concurrida habitación.

Vanita refunfuñó:

—¿Por qué no puede comportarse como una persona normal? Solo durante veinte malditos minutos. ¿Es pedir tanto?

—Eso parece. —Saunders se encogió de hombros.

El tipo de la esquina asintió mostrándose de acuerdo.

—No empieces. Tú ni siquiera tendrías que estar aquí —le

dijo Vanita, que se masajeó la frente para tratar de calmar el incipiente dolor de cabeza.

Baxter despidió con malos modos a la psiquiatra, asegurándole que estaba perfectamente y no tenía el menor interés en «hablar de nada en absoluto».

Sin pensar, por lo visto, que todavía podía haber personas mirando desde el otro lado del espejo, cuando, de hecho, las había, Baxter apoyó la cabeza en las manos y la inclinó sobre la mesa.

—¿Adónde crees que vas? —preguntó Saunders al tipo de la esquina, que ya se disponía a salir de la sala.

—Quiero verla —respondió él escuetamente.

—Creo que todavía no has entendido del todo lo de «bajo arresto» —dijo Saunders.

El hombre miró a Vanita, que parecía casi tan cansada y resignada como Baxter.

—Teníamos un trato —le recordó.

—De acuerdo —dijo Vanita con un gesto desdeñoso—. Total, esto ya no puede empeorar.

El hombre le sonrió, agradecido, se volvió y salió al pasillo.

—Nos despedirán a todos por esto —dijo Saunders mientras lo veía marcharse.

Vanita asintió.

—Sí. Sí, en efecto.

Baxter oyó pisadas que se acercaban, y no eran ni los estadounidenses con su paso marcial ni Atkins arrastrando los pies.

Dejó escapar un gruñido, con la cabeza aún entre las manos.

Oyó el ruido metálico de las patas de una silla desplazándose por el suelo y notó que la endeble mesa se balanceaba cuando el último incordio del día se sentaba frente a ella. Dejó escapar un suspiro de exasperación, alzó la cabeza y se puso a resoplar con la misma intensidad que si acabasen de arrearle una patada en el estómago.

El imponente individuo le sonrió avergonzado y se echó un poco hacia atrás en la silla de forma deliberada, por si Baxter decidía abofetearlo. Tenía el cabello oscuro y ondulado más largo de lo que la inspectora jefe lo hubiera visto nunca, pero los resplandecientes ojos azules seguían como siempre, capaces de mirar a través de ella, tal como hicieron cuando salió de su vida.

Baxter se lo quedó mirando con cara inexpresiva, incapaz de procesar otro devastador impacto emocional.

—Bueno… ¡Eh! —tanteó él, como si acabasen de verse el día anterior.

Puso sobre la mesa las manos esposadas mientras pensaba algo profundo que decir, algo que convirtiese en trivial el año y medio de silencio, algo que lograse restaurar la fe de Baxter en él.

Por fin, Wolf se decidió:

—¡Sorpresa!

Agradecimientos

Sigo sin saber muy bien qué estoy haciendo, pero tengo la suerte de contar con una larga lista de personas maravillosas e inspiradoras que cuidan de mí. Son las siguientes:

Mi familia: Ma, Ossie, Melo, B., Bob, K. P., Sarah y Belles.

De C+W: mi fantástica agente Susan Armstrong, Emma, Jake, Alexander, Dorcas, Tracy y Alexandra, a la que tanto echo de menos.

De Orion: mi editor Sam Eades, por soportarme; la nube de humo de vapeo que es Ben Willis, el mejor revisor de originales del oficio; Laura Collins, Claire Keep, Katie Espiner, Sarah Benton, Laura Swainbank, Lauren Woosey y el resto del equipo de Hachette en el Reino Unido y por todo el mundo.

Y por último, aunque no menos importante, mi más sincero agradecimiento a todos los lectores por mantenerme en este oficio y por vuestro infinito entusiasmo por estos personajes y sus complicadas vidas que disfruto tanto destrozando. No aparezco en los medios de comunicación y no soy objeto de reseñas, pero aparentemente ahí estáis vosotros, así que ¡gracias!

Descubre tu próxima lectura

Si quieres formar parte de nuestra comunidad,
regístrate en **www.megustaleer.club**
y recibirás recomendaciones personalizadas